JOSEPHINE GASPARD

Die SCHMINK-MEISTERIN von VERSAILLES

Paris im Jahr 1773 Mit Hilfe der Gräfin du Barry entkommt die junge, bildhübsche Manon ihrem Schicksal im Bordell und tritt in den Dienst der königlichen Mätresse am glanzvollsten Hof Europas: Versailles. Dort lernt sie sowohl die angenehmen als auch die dunklen Seiten des Palastes kennen. Als König Ludwig XV. unerwartet stirbt, wird Madame du Barry vom Hof verjagt und Manon verliert ihre Anstellung. Marie Antoinette, Frankreichs neue Königin, nimmt das Mädchen auf, dessen Gespür für Kosmetik, Frisuren und dekorative Accessoires sie schon lange bewundert. An der Seite der leichtsinnigen Monarchin steigt Manon la Belle nicht nur zur Schminkmeisterin von Versailles, sondern auch zu ihrer Freundin und Vertrauten auf. Während Manon wegen der königlichen Verschwendungssucht vor dem ständig wachsenden Volkszorn warnt, ignoriert Marie Antoinette alle Vorzeichen. Bis zum Sturm auf Versailles bleibt die Schminkmeisterin bei Marie Antoinette und wird schließlich Zeugin ihres grausamen Todes unter der Guillotine.

Josephine Gaspard war mehr als zwanzig Jahre im Ausland tätig. Nach der Geburt ihres Sohnes kehrte sie nach Europa zurück und ließ sich in Heidelberg nieder. Seit einigen Jahren lebt und arbeitet sie in Bayern. Unter verschiedenen Pseudonymen veröffentlicht sie Biografien, Sachbücher und (historische) Romane.

JOSEPHINE GASPARD

Die SCHMINK-MEISTERIN von VERSAILLES

Historischer Roman

GMEINER

MIX
Papier | Fördert gute Waldnutzung
FSC® C083411

Besuchen Sie uns im Internet:
www.gmeiner-verlag.de

Im Ehnried 5, 88605 Meßkirch
Telefon 07575/2095-0
info@gmeiner-verlag.de

1. Auflage 2024

Lektorat: Claudia Senghaas, Kirchardt
Herstellung: Mirjam Hecht
Umschlaggestaltung: U.O.R.G. Lutz Eberle, Stuttgart
unter Verwendung eines Bildes von: © Fokasu Art / stock.adobe.com; Andrea Raffin / stock.adobe.com
Druck: CPI books GmbH, Leck
Printed in Germany
ISBN 978-3-8392-0688-1

Vorbemerkung

Die Handlung dieses Romans ist frei erfunden, obwohl sich sein Grundgerüst auf die Regierungszeit der französischen Könige Louis XV. und XVI. sowie die wichtigsten Daten historischer Ereignisse stützt. Einige Figuren – wie Gräfin du Barry, der Page Zamor, König Louis XV., der Dauphin Louis Auguste sowie seine Gemahlin Marie Antoinette und ihre Freunde sind historisch belegt und haben ihren Platz in der Geschichte. Diese sind im Personenverzeichnis mit einem * gekennzeichnet. Fiktive Figuren, wie die Schminkmeisterin Manon, Hauptmann Cronsteed, Madame Elodie, die Kammerfrau Fanny, die Zofen Louise und Agathe, der Lakai Pierre und viele Geschehnisse in Versailles sind Produkte meiner Fantasie, ebenso wie die Dialoge zwischen den Protagonisten. Ich habe mir die Freiheit genommen, Zeiten, Ereignisse und Schauplätze nach meiner Vorstellung zu interpretieren und der Erzählung anzupassen.

Personenverzeichnis

Manon la Belle, ehemaliges Dienstmädchen im Bordell *Maison Reine Margot*, die als Schminkmeisterin der *Königin Marie Antoinette* ihr Glück macht, bis ihre Herrin dem Grauen der französischen Revolution zum Opfer fällt.

Ellie, Marie, Emma, Sophie, Freudenmädchen im Bordell *Maison Reine Margot*

Madame Elodie, die Bordellwirtin

Jacques Hubert, der Majordomus des Bordells

**Gräfin du Barry*, ehemaliges Straßenmädchen, aufgestiegen zur Geliebten des französischen Königs, die mächtigste Frau in Versailles, tonangebend in Sachen Mode, Frisuren und Kosmetik, erste Herrin von *Manon*

**Zamor*, der Page der Gräfin

Fanny, Kammerfrau der Gräfin

**König Louis XV.*, König von Frankreich, Liebhaber der *Gräfin du Barry*

**Louis Auguste XVI.*, Dauphin von Frankreich, der Nachfolger seines Großvaters *Louis XV.*

**Marie Antoinette,* Dauphine, die österreichische Gattin des Thronfolgers

**Madame Noailles,* nach der Eheschließung die sittenstrenge erste Hofdame der Dauphine

**Prinzessin Lamballe,* Seelenfreundin der Dauphine

**Herzogin Polignac,* exzentrische Freundin der Dauphine

**Madame Campan,* Erste Kammerfrau der Königin

**Hans Axel Graf von Fersen,* schwedischer Gesandter und Favorit der Königin *Marie Antoinette*

Hauptmann Eugen von Cronsteed, Fersens Adjutant, Manons Geliebter

**Philippe, Herzog von Bourbon d'Orleans,* Cousin von Louis XVI., gehört zur Entourage der Dauphine

**Karl X. Philipp, Graf von Artois,* jüngerer Bruder von *Louis XVI.*, der gemeinsam mit seiner Gemahlin **Maria Theresia von Savoyen* ebenfalls der Clique der Dauphine angehört

Louise, Erste Kammerfrau im *Petit Trianon*

Agathe, Zofe und Gehilfin von Louise

**Adélaïde, Victoire* und *Sophie,* die missgünstigen Töchter von Louis XV., Tanten des Dauphins

**Graf von Mercy-Argenteau,* österreichischer Botschafter am französischen Hof, die Augen und Ohren der *Kaiserin Maria Theresia* in Versailles

**Kaiserin Maria Theresia,* die Mutter von *Marie Antoinette*

**Joseph II.*, Sohn von *Maria Theresia*, der ältere Bruder von *Marie Antoinette*

Monsieur Thierry, Leibkoch von Marie Antoinette

Inhalt

Prolog

Paris, Revolutionsplatz, am 16. Oktober 1793

Seit Tagen regnete es ohne Unterlass, und von der Seine her wehte ein kalter Wind. In diesem Jahr war der Herbst früh gekommen. Die Frau in dem Kleid aus grob gewebtem Leinen zog ihre bäuerliche Haube noch weiter ins Gesicht und hielt frierend das Schultertuch zusammen. Durchnässt von Kopf bis Fuß zitterte sie am ganzen Leib. Der Mann an ihrer Seite fragte: »Ist dir kalt, Manon? Willst du lieber gehen? Wir könnten dort drüben bei einem der Schankwirte einen Becher heißen Würzwein trinken. Er würde dich ein wenig aufwärmen. Komm, Liebste, lass uns gehen.«

Doch die Frau schüttelte stur den Kopf und starrte weiter nach vorn, dorthin, wo sich ein hölzerner Aufbau über den Köpfen der grölenden Menge erhob. Dicht gedrängt standen die Pariser um das Schafott mit den blutverschmierten Planken und den schmutzigen Sägespänen, während sie gespannt auf das Erscheinen der Delinquentin warteten, die heute ihren Kopf unter dem Fallbeil der Guillotine verlieren würde. Diese Hinrichtung versprach ein unvergessliches Spektakel zu werden.

Ein Windstoß wehte den Gestank von getrocknetem Blut, Schweiß und Fäkalien über den Richtplatz und ließ die Frau vor Ekel würgen. Rasch barg sie den Kopf an der Brust ihres Mannes und atmete dessen tröstlich-vertrauten Geruch nach Heu, Pferden, Leder und Tabak ein. Manon, die ehemalige Schminkmeisterin und Freundin der Königin, war in Begleitung ihres Ehemannes, Eugen Ritter van Cronsteed, aus ihrem Versteck im Elsass in ihre Heimatstadt gekommen, um der Hinrichtung ihrer früheren Herrin beizuwohnen. Heute sollte Marie Antoinette, einst Königin von Frankreich, auf dem Schafott sterben. Nach dem Willen des Geschworenengerichts war sie wegen Unzucht und Hochverrates zum Tode verurteilt worden. Noch immer weigerte sich Manon zu glauben, dass die *Witwe Capet*, wie die Königin seit ihrer Inhaftierung genannt wurde, tatsächlich ihr Leben verlieren sollte. Sie hoffte, dass das Todesurteil in letzter Minute aufgehoben und Marie Antoinette stattdessen in die Verbannung geschickt werden würde.

In längst vergangenen Zeiten hatte Manon die Königin über alles geliebt. Ihre Bewunderung hatte der Frau gegolten, die bereits mit 19 Jahren auf dem Thron saß und über 20 Millionen Franzosen herrschte. Damals hatte sie sich in der Gunst ihrer jungen Herrin gesonnt und das luxuriöse Leben an deren Seite genossen. Nicht einen Augenblick lang wäre es ihr in den Sinn gekommen, dass es mit Marie Antoinette einmal ein derart unrühmliches Ende nehmen würde.

Das Geschrei des Pöbels schwoll an und wurde immer lauter, dröhnte so gewaltig, dass man sein eigenes Wort nicht mehr verstand. Als das Rattern der Räder auf dem Pflaster und das Klappern von Pferdehufen zu hören war, gab es für die rasende Menge kein Halten mehr. Der Schinderkarren, von Gendarmen bewacht, näherte sich dem Richtplatz. Jetzt waren die hasserfüllten Rufe aus der Menge deutlich zu verstehen:

»Hure!«

»Verräterin!«

»Aufs Schafott mit Madame Défizit!«

»Tod der Österreicherin!«

Warum nur hatte Marie Antoinette damals in Versailles alle wohlgemeinten Ratschläge missachtet? Warum hatte sie die Not ihre Untertanen bis kurz vor Beginn der Revolution ignoriert? Warum hatte sie trotz aller Warnungen weiterhin Unsummen für Kleider und Schmuck ausgegeben, anstatt den Hunger ihres Volkes zu lindern?

Mit kalter Wut erinnerte sich Manon an ein Gespräch zwischen Graf von Mercy-Argenteau, dem ranghohen österreichischen Gesandten, und der Königin, in dem der Diplomat Marie Antoinette berichtete, dass die einfachen Menschen dagegen protestierten, dass riesige Mengen Mehl für das Pudern von Frisuren und Perücken verschwendet wurden, während die Bäcker in der Backstube vor leeren Regalen standen. Mit einem kleinen Lächeln hatte Marie Antoinette darauf geantwortet: »Ach herrje, lieber Graf, das bisschen Mehl zum Wohle der Schönheit. Daran kann die Brotknappheit wohl nicht liegen«

Sprachlos angesichts solch unfassbarer Ignoranz hatte Mercy-Argenteau nur den Kopf geschüttelt, bevor er zum Abschied noch einmal mahnend die Stimme erhob: »Ich hoffe sehr, dass Ihr diese Haltung nicht einmal bereuen müsst, Majestät. Bedenkt, wozu ein hungerndes Volk in seinem Elend fähig ist.«

Daraufhin hatte Marie Antoinette lediglich mit den Schultern gezuckt und das Problem in der nächsten Minute vergessen.

Heute also war der Tag der Abrechnung des Volkes mit der Monarchie gekommen. Die ehemalige Königin

Marie Antoinette sollte für ihre unbedachten Worte und Handlungen mit dem Leben bezahlen.

Der Schinderkarren rollte auf den Platz, die Soldaten drängten die entfesselte Meute zurück, die sich mit erhobenen Fäusten nach vorn schob, bereit, die Frau mit den gefesselten Händen vom Karren zu zerren und in Stücke zu reißen.

Neben ihrem Mann atmete Manon erleichtert auf. »Eugen, das ist nicht die Königin. Sieh doch selbst, es ist eine alte Frau mit schlohweißem Haar. Marie Antoinette aber hat das 40. Lebensjahr noch nicht erreicht«, stieß sie atemlos hervor.

Grob wurde die Gefangene von zwei Gendarmen vom Karren gerissen und die Stufen zum Schafott hinaufgestoßen. Sie wandte das Gesicht den Menschen auf dem Platz zu – und mit einem leisen Aufschrei erkannte Manon, dass sie sich geirrt hatte. Die verhärmte Frau in dem zerschlissenen Kleid war tatsächlich Frankreichs frühere Monarchin. Ungewollt füllten sich Manons Augen mit Tränen. Mit einer Mischung aus Wut, Verzweiflung und Trauer beobachtete sie ihre ehemalige Gönnerin.

Auf der Plattform warteten der Scharfrichter sowie seine beiden Gehilfen neben Abbé Lothringer auf die Delinquentin. Der Priester sollte ihr geistlichen Beistand leisten, doch das Geschrei der Massen hatte mittlerweile eine unerträgliche Lautstärke erreicht. Verwünschungen und Flüche flogen der schmalen Gestalt neben der Guillotine entgegen. Die Henkersgesellen packten die Frau an den Armen und banden sie unter das Fallbeil. Da rief sie mit lauter Stimme: »Lebt wohl, meine lieben Kinder! Nun werde ich euren Vater wiedersehen!«

Dann fiel das Beil, ein Blutstrom ergoss sich über die Planken, und der Kopf der Königin rollte in die Sägespäne. Einer der Männer ergriff ihn an den Haaren, hob ihn hoch und präsentierte ihn der tobenden Menge, die nach vorn drängte, um ihre Taschentücher mit dem Blut der französischen Königin zu tränken, als Andenken an das grausige Ende der Monarchie.

In diesem Augenblick donnerte ein ohrenbetäubender Schrei aus Tausenden Kehlen über den Platz.

»Lang lebe die Republik!«

Erster Teil
Im Bordell Maison Reine Margot

Kapitel 1

»Manon, du nichtsnutziges Weibsbild, wo treibst du dich wieder herum? Schwing gefälligst deinen faulen Hintern hierher und hilf mir, das Korsett zu schnüren!«

In der Küche legte die so Gescholtene vorsichtig die Brennschere aus der Hand, die sie soeben im Feuer erhitzt hatte, raffte den Rock und beeilte sich, die Treppe in die obere Etage hochzulaufen, wo Madame Elodie, die Besitzerin des Edel-Bordells *Maison Reine Margot*, auf sie wartete.

»Hier bin ich, Madame!«, rief das junge Mädchen beim Eintreten.

Die Hausherrin, die vor Jahren im berühmt-berüchtigten Bordell von Madame Gourdan als Freudenmädchen ihr Handwerk gelernt hatte, erhob sich aus ihrem Sessel und stellte sich ans Himmelbett, wo sie mit beiden Händen den Bettpfosten umklammerte, nicht ohne Manon vorher mit dem Fächer auf die Wange zu schlagen, als Strafe für deren Trägheit.

»Nun mach schon und beeile dich. Du weißt doch, dass ich eine Anprobe im *Salon Gabrielle* habe. Wegen deiner Trödelei werde ich noch zu spät kommen.«

Manon griff nach den Bändern des Korsetts und zog mit aller Kraft. Es war gar nicht so einfach, die ausladenden Rundungen von Madame in das schmale Gestell zu zwängen.

»Enger!«, schrie ihre Herrin mit feuerrotem Kopf, und Manon strengte sich noch mehr an.

»So, nun her mit den Unterröcken, dem grünen Kleid mit der cremefarbenen Spitze und dem Hut mit der Satinschleife«, keuchte die Bordellwirtin, nachdem ihre Fülle gebändigt und sie mit dem Ergebnis zufrieden war. »Los, los, nun mach schon, ich habe nicht ewig Zeit.«

Madame Elodie scheuchte Manon durch das Schlafgemach und ließ sich Schultertuch, Handschuhe und Parfüm reichen. Es dauerte noch eine Weile, bis sie zum Ausgehen fertig war. Als sie endlich aus der Tür rauschte, sank Manon erschöpft auf den Sessel.

»Ist die Alte endlich weg?«

Das Gesicht, das um die Ecke lugte, war bildhübsch, mit großen grünen Kulleraugen, umrahmt von einer Mähne kupferfarbener Locken.

Als Manon nickte, kam Ellie ins Zimmer, ergriff den Arm des Dienstmädchens und zog sie mit sich. »Komm mit in die Küche, *ma petite,* wir sitzen schon alle beim Frühstück. Das hast du dir redlich verdient. Die Alte ins Korsett zu pressen ist anstrengender, als ein Weinfass zu stemmen. Danach braucht man eine ordentliche Stärkung.«

Die beiden Mädchen lachten vergnügt und hüpften die Treppe hinunter ins Erdgeschoss. Dort saßen die sechs Damen des *Maison Reine Margot* um den Küchentisch und ließen sich frisches Weißbrot, Rahmbutter, Kompott und Käse schmecken. Lautstark wurden die Erlebnisse der letzten Nacht ausgetauscht und die Eigenheiten der Freier, die im Haus »Gäste« genannt werden mussten, mit bissiger Ironie kommentiert. Marie, ein Bauernmädchen aus Burgund, verstand es wie keine andere, die Männer nachzuäffen, die vergangene Nacht mit den Freudenmädchen verbracht hatten.

»Gegrunzt hat er wie eine brünstige Wildsau, während er auf mir lag, und als er gekommen ist, hat er geröchelt, als hätte er den Fangschuss erhalten«, berichtete Sophie, die Tochter eines Wildhüters aus dem Luberon. Die Mädchen kreischten vor Vergnügen, als Marie die Geräusche nachahmte und dazu Grimassen schnitt, bis sie mit lustvoll verdrehten Augen über ihrem Teller zusammensank. Mit Händeklatschen und Beifallsrufen belohnten die Kurtisanen die Schauspielkunst ihrer Kameradin. Erst als die Tür zum Hinterhof aufgerissen wurde und eine Stimme donnerte: »Was ist denn hier los? Muss ich euch Hühnern wieder einmal Benehmen beibringen?«, verstummte das Gelächter. Jacques Hubert, der Majordomus des Bordells, das den Namen der leichtlebigen Königin Margarete de Valois trug, trat an den Tisch. Die Mädchen wussten, dass ihm schnell die Hand ausrutschte, die dann hart auf der Wange oder dem Rücken der Betroffenen landete. Jetzt bebte sein mächtiger Schnurrbart vor Empörung über die lockeren Tischsitten seiner Schützlinge. Mit zusammengekniffenen Augen musterte er eine nach der anderen argwöhnisch, bis sein Blick zum Schluss an Manon hängen blieb.

»Und du da, hast du nichts zu tun, Mademoiselle? Hockst faul herum und lässt den lieben Gott einen guten Mann sein? Los, an die Arbeit, aber schnell! Oder soll ich Madame erzählen, dass du dein Brot mit Faulenzen verdienst?«

»Ach Jacques, lass sie, sei nicht so streng mit ihr. Sie ist doch noch ein Kind. Warum gönnst du ihr nicht die kurze Verschnaufpause?« Sophie, mit 21 die Älteste der Kurtisanen, schlug einen versöhnlichen Ton an.

»Ein Kind, soso. Na, da wird das Kind aber bald eine

Überraschung erleben«, knurrte der Hüne mit finsterer Miene.

»Was meinst du damit, Jacques?«, schaltete sich nun auch Marie ein, für die der Majordomus ein besonderes Faible hatte.

»Sie ist beinahe 14, habe ich recht? Mit 14 ist sie genau im richtigen Alter. Da wird sich so manch ein edler Herr für das knusprige Hühnchen interessieren, zumal sie ja auch recht ansehnlich ist. Sie kann ihr Geld auf dem Rücken liegend verdienen, genau wie ihr alle. Ankleiden, frisieren und euch Farbe ins Gesicht schmieren – das ist doch keine anständige Arbeit für eine hübsche Frau im richtigen Alter. Jetzt glotzt mich nicht an, als wäre ich Gil de Rais, der Kinderfresser, höchstpersönlich. Was habe ich denn Schlimmes gesagt?«

Der Majordomus griff nach dem letzten Stück Brot und kaute geräuschvoll mit offenem Mund.

»Willst du uns damit sagen, dass Madame die Kleine schon bald als Hure arbeiten lässt?«, zischte Marie. »Ihre Jungfräulichkeit an den Meistbietenden verschachert, so wie sie es mit mir gemacht hat?«

Die junge Frau war aufgesprungen und ging mit gesenktem Kopf drohend auf den Majordomus zu. Obwohl sie nur ein zierliches Persönchen war und er ein breitschultriger Riese, wich er vor der zornigen Frau zwei Schritte zurück, bis er mit dem Rücken an der Wand stand.

»Das habe ich nicht gesagt«, versuchte Jacques die Aufgebrachte zu beruhigen.

»Aber gemeint«, schleuderte Marie ihm finster entgegen.

Der Majordomus schwieg, besann sich dann seiner

Würde, rückte den steifen Kragen seiner Jacke zurecht und scheuchte die Mädchen mit einer Handbewegung aus der Küche. Manon war als Erste aus der Reichweite seiner schaufelartigen Hände geflohen und wartete in Sophies Zimmer darauf, ihr die Haare zu richten, sie zu schminken und ihr in das tief dekolletierte Gewand aus rosenfarbener Seide zu helfen, dessen Ausschnitt ihre Brüste beinahe gänzlich entblößte, unter dem sie aber weder Hemd noch Schnürbrust oder gar ein sogenanntes *Panier* trug, ein kuppelförmiges, vorn und hinten abgeflachtes, zu den Seiten weit ausladendes Gestänge.

»Was für ein wunderschönes Kleid«, hauchte Manon bewundernd, während sie mit einer weichen Bürste sorgfältig Haare und Staub von dem Stoff entfernte. »Wenn du darunter ein *Panier* tragen würdest, und ich würde dir die Haare aufstecken und pudern, würdest du aussehen wie eine echte Herzogin.«

»Ich soll aber nicht aussehen wie eine Herzogin, sondern wie eine Hure, jedenfalls nach dem Willen von Madame Elodie«, schimpfte Sophie und hob den Kopf, damit Manon ihr ein paar freche Stirnlöckchen zurechtzupfen konnte. Anschließend tauchte die Dienerin den Zeigefinger nacheinander in jedes der zahlreichen Rougetöpfchen mit verschiedenen Rottönen, die auf Sophies Frisiertisch standen. Vorsichtig verrieb sie eine Schicht nach der anderen auf den hohen Wangenknochen der jungen Frau, bis diese mit der Schattierung zufrieden war. Ein Tupfer Rosenrot auf den Lippen, ein wenig Reispuder auf Stirn, Nase und Kinn vervollständigten die puppenhaft wirkende Maske der jungen Kokotte. Aber Manon war damit nicht ganz zufrieden.

»Warte, ich will dir noch die Wimpern schwärzen.«

Mit einem winzigen Bürstchen, das sonst für das Bürsten der Augenbrauen verwendet wurde, etwas Speichel und ein wenig Holzkohle färbte sie Sophies Wimpern, bis deren Augen im pechschwarzen Haarkreis förmlich zu glühen schienen.

»Das sieht ja verführerisch aus! Den Kerlen wird es sicher gefallen«, lobte die Kurtisane die Schminkkünste des jungen Mädchens.

»Aber reib dir bloß nicht die Augen, sonst verschmierst du mein Kunstwerk«, lachte die Kleine.

»Danke, Manon, ich werde darauf achten. Mit dieser Aufmachung kann ich mich im Salon sehen lassen, denke ich.« Sophie drehte sich vor dem Spiegel hin und her, um sich von allen Seiten zu bewundern.

»Wunderschön siehst du aus, Sophie«, lächelte Manon und arrangierte eine goldglänzende Locke auf Sophies Schulter.

»Du auch, *ma petite.* Kein Wunder, dass man dich ›Manon la Belle‹ nennt. Selten habe ich ein hübscheres Kind als dich gesehen. Du machst deinem Namen wirklich alle Ehre.« Sie streichelte Manons Wange, dann trat sie einen Schritt zurück und sagte: »Du darfst dir das blaue Spitzenhemd nehmen, ich schenke es dir. Es ist an der Schulter eingerissen, aber du wirst es schon flicken können. Das Blau passt gut zu deinen himmelblauen Augen und den silberblonden Haaren.«

Mit diesen Worten schwebte sie davon und ließ einen durchdringenden Duft nach Veilchenparfüm zurück, während Manon rasch nach dem Geschenk griff und ihre Wange an den feinen Stoff schmiegte.

Kapitel 2

Am Abend war der Salon des Bordells gut besucht. Die Damen des Hauses räkelten sich in reizvollen Posen in den prächtigen Fauteuils und führten gepflegte Unterhaltungen mit ihren Gästen. Sophie war bereits in Begleitung eines englischen Earls in ihrem Zimmer verschwunden. Madame Elodie saß am Cembalo und klimperte mehr schlecht als recht eine Weise des Komponisten Joseph Bologne. Als ihr Blick auf Manon fiel, die mit einem mit Champagnergläsern gefüllten Tablett herumging, um den Gästen eine Erfrischung anzubieten, beobachtete sie das Mädchen eine Weile. Dann brach sie ihr Spiel abrupt ab, erhob sich und winkte Manon zu sich.

»Komm mit, ich habe mit dir zu reden.«

Verängstigt stellte das Dienstmädchen das Tablett auf einem der Tische ab und folgte seiner Herrin in einen winzigen fensterlosen Raum, den die Bordellwirtin als Kontor bezeichnete. In Erwartung einer harten Bestrafung wegen einer angeblichen oder tatsächlichen Verfehlung blieb sie an der Tür stehen, die Arme hinter dem Rücken verschränkt.

Solange Jacques nicht auf der Bildfläche erscheint, gibt es auch keine Prügel, dachte Manon.

»Nur nicht so schüchtern, mein Kind, komm herein und setz dich dort auf den Hocker«, lud Madame das Mädchen ein.

Das kam zögerlich näher und nahm vorsichtig auf der Kante des Sitzmöbels Platz. Eigentlich war es ihm nicht erlaubt, in Gegenwart der Bordellwirtin zu sitzen. Ruhepausen waren bei ihrer nie enden wollenden Arbeit auch nicht möglich.

»Du bist jetzt beinahe ein Jahr in meinem Haus«, begann Elodie mit sanfter Stimme. »Gefällt es dir bei mir?«

»Oh ja, Madame, sehr gut!«, beeilte sich Manon zu versichern. »Ich habe einen warmen Schlafplatz neben der Küche und genug zu essen. Das ist mehr, als ich in meinem Elternhaus hatte. Dort gab es mehr Not als Brot.«

»Es freut mich, *ma petite*, dass du dich bei mir wohlfühlst«, lächelte die Dame des Hauses. »Aber bislang hast du nur für Kost und Logis gearbeitet. Wie würde es dir gefallen, dafür auch einen guten Lohn zu erhalten?«

»Einen Lohn, Madame? Sie meinen damit – Geld?«, fragte das Mädchen zweifelnd. »Aber – was müsste ich denn dafür tun?«

»Nicht viel, eigentlich fast gar nichts. Nur freundlich zu den Gästen sein«, gurrte die Bordellwirtin.

»Aber das bin ich doch! Wirklich, Madame!«, wandte Manon erschrocken ein. »Oder hat sich ein Gast über mich beschwert?«

»Aber nein, liebes Kind, ganz im Gegenteil. Ich höre nur Gutes über dich. Du gefällst den Männern, ihre Blicke folgen dir voll Verlangen, wenn du im Salon Champagner servierst. Steh doch einmal auf und dreh dich im Kreis, damit ich dich anschauen kann«, verlangte sie.

Gehorsam erhob sich Manon und drehte sich langsam, sodass Madame Elodie sie von allen Seiten begutachten konnte.

»So, und nun leg dein Kleid ab!«, befahl die Frau plötzlich in scharfem Ton.

»Aber ... aber, Madame! Ich kann nicht einfach ... Das geht doch nicht ...«, stotterte das Mädchen, bestürzt über den überraschenden Stimmungswechsel seiner Herrin.

»Soll ich etwa Jacques hereinholen, damit er dir aus den Kleidern hilft?«, keifte die Frau hinter dem Schreibtisch. »Los, zieh dich aus!«

Mit zitternden Händen legte Manon die Schürze ab, streifte das graue Leinengewand von den Schultern und ließ es zu Boden fallen. Darunter war sie nackt.

»So, und jetzt dreh dich noch einmal, damit ich mir die Ware anschauen kann, die du zu bieten hast.«

Während Manon sich um die eigene Achse drehte, Brust und Scham mit Armen und Händen bedeckte, war Jacques lautlos ins Kontor getreten. Seine Augen glitten wie giftige Schlangen über den Körper des Mädchens.

»Nun, mein Lieber, was sagst du dazu? Das Gesicht eines Engels, eine Haut wie Sahne, der Körper einer griechischen Göttin. Ob sie unseren Gästen wohl gefallen wird?«, wollte Madame Elodie von ihrem Majordomus wissen.

Als Manon den Mann bemerkte, hob sie rasch ihr Gewand vom Boden auf, um es schützend vor sich zu halten und damit ihre Nacktheit zu bedecken. Doch Jacques war mit einem Schritt bei ihr und riss ihr die Arme herunter. Mit seinen riesigen Händen betastete er die knospenden Brüste und den straffen Bauch und zwickte sie grob in die runden Hinterbacken.

»Sie ist jung und gesund, aber eindeutig zu mager. Nichts, was mit regelmäßigen Mahlzeiten nicht zu ändern wäre. Aber sie scheint recht widerborstig zu sein«, urteilte der Beschützer des Bordells.

»Nichts, was mit einer ordentlichen Tracht Prügel nicht zu ändern wäre, oder was meinst du, lieber Jacques?«, konterte die Bordellwirtin süffisant.

Der Majordomus des Bordells nickte zustimmend.

»Sobald sie ein wenig besser im Futter steht, wird sie an den Höchstbietenden versteigert«, entschied Madame Elodie.

Damit war Manons Schicksal besiegelt.

Vor den Fenstern des *Maison Reine Margot* zog bereits der Morgen herauf, als der letzte Freier in trunkener Seligkeit aus dem Bordell torkelte. Manon schleppte noch ein mit leeren Gläsern und Flaschen beladenes Tablett in die Küche, dann schlich sie die Treppe nach oben zu Maries Zimmer. Sie wusste, dass Marie heute keinen Übernachtungsgast bei sich hatte, darum öffnete sie die Tür einen Spalt, um zu sehen, ob ihre Freundin noch wach war. Marie saß vor dem goldgerahmten Spiegel und betrachtete aufmerksam ihr makelloses Gesicht, in der Hand die Bürste mit dem Elfenbeingriff, eines der Geschenke ihrer reichen Kunden. Als sie Manon bemerkte, legte sie das kostbare Stück beiseite und winkte das Mädchen zu sich.

»Zu so später Stunde noch wach, Mademoiselle la Belle?«, neckte sie die Kleine mit einem Grinsen.

Doch als sie Manons verstörte Miene sah, gefror ihr Lachen. Die erfahrene Kurtisane, die mit einem Blick ihre Bestürzung erkannte, griff nach der Hand des Mädchens und zog sie aufs Bett, wo sich die beiden in die Satinkissen fallen ließen.

»Was ist passiert?«, wollte Marie wissen, den Kopf auf den Unterarm gestützt. »Hat dir einer der Kerle etwas angetan? Hat sich dir einer aufgedrängt?«

Als Manon wortlos den Kopf schüttelte, atmete die Freundin erleichtert auf.

»Was ist es dann? Du bist ja ganz verstört. Etwas ist dir zugestoßen. Erzähl doch, was ist geschehen?«

Da sprudelte die Geschichte über die bevorstehende Versteigerung wie ein Wasserfall aus Manon heraus. Als sie endete, wischte sich die Kleine die Tränen ab, die ihr während des Erzählens über die Wangen gekullert waren.

Marie hatte zugehört, ohne den Redeschwall auch nur einmal zu unterbrechen und ohne eine Miene zu verziehen. Als Manon ein weiteres Mal verzweifelt aufschluchzte, zog sie das Mädchen an sich und streichelte ihm tröstend über Kopf und Rücken.

»Aber das ist doch nichts Schlimmes, *ma petite*. Hast du geglaubt, du kannst in einem Hurenhaus arbeiten und dabei deine Jungfräulichkeit bewahren? Wozu sollte das denn gut sein?« Die Kurtisane lachte auf. »Sieh es doch einmal von der positiven Seite. Madame verschafft dir einen wohlhabenden Gönner, der dich jede Woche besucht und dich mit Geschenken und Leckereien verwöhnt. Du bekommst schöne Kleider, ein wenig Schmuck, Pralinés, hin und wieder einen Theaterbesuch, und wirst für deine Dienste ordentlich bezahlt. Ganz ehrlich, ich habe jeden Tag befürchtet, dass beim Einkaufen auf dem Markt ein betrunkener Soldat oder ein Bierkutscher in einer dunklen Ecke über dich herfällt und dich nimmt, ohne einen Sou dafür zu bezahlen. Wäre dir das vielleicht lieber?«

Mit liebevoller Geste strich Marie der Weinenden eine verschwitzte Strähne aus der Stirn. Als das Mädchen nicht antwortete, legte die Kurtisane einen Finger unter Manons Kinn, hob ihren Kopf an und sah ihr fest in die Augen.

»Es gibt schlimmere Schicksale, als im *Maison Reine Margot* zu arbeiten, mein Kind. Du bist jung und bildschön. Vielleicht schaffst du es, dir einen Baron oder Grafen zu angeln, der dich hier herausholt und dir im Marais-Viertel eine feine Wohnung einrichtet. Dann musst du nur noch ihm zur Verfügung stehen, wäre das nicht nett?«, lockte Marie mit sanfter Stimme.

»Auch eine Hure mit nur einem Freier ist eine Hure!«, stellte Manon nüchtern fest.

»Und was ist daran auszusetzen?« Maries Geduld mit der widerspenstigen Dienerin begann zu schwinden.

»Ich will keine Hure sein!«

»Sondern was?«, fragte die Kurtisane unwillig. »Eine Gräfin, eine Herzogin? Was willst du denn?«

»Ich möchte bei einer großen Dame in Diensten stehen, mich um ihre Garderobe kümmern, sie bei der Auswahl der Roben, Perücken, der Schminke und des Parfüms beraten, sodass ein jeder von ihrer Erscheinung derart geblendet ist, dass er fragt, wer diese fabelhafte Erscheinung erschaffen hat. Eine Künstlerin am lebenden Objekt zu werden – das ist mein Traum.«

Marie richtete sich auf und starrte das Dienstmädchen kopfschüttelnd an.

»Du bist ja völlig verrückt! Welche edle Dame sollte eine aus der Gosse in ihren Dienst nehmen? Die uneheliche Tochter einer armen Näherin! Du kannst froh sein, in einem vornehmen Haus wie diesem arbeiten zu dürfen.

Hör auf, von Edeldamen und ihren Festgewändern zu träumen und gib dir Mühe, einen reichen Freier zu finden, der dir ein sorgenfreies Leben bietet. Etwas anderes ist Frauen wie uns nicht möglich, hast du das verstanden?«

»Dir vielleicht, mir nicht!«, schrie Manon, worauf ihre Freundin Marie die Hand hob und die Unverschämtheit mit einer schallenden Ohrfeige quittierte.

»Es reicht, Mädchen, geh jetzt, ich bin müde und will endlich schlafen!« Die Kurtisane drehte Manon den Rücken zu und vergrub ihr Gesicht in den Kissen.

Ohne ein weiteres Wort stieg Manon aus dem Bett und floh mit schmerzender Wange hinunter in die Küche.

Kapitel 3

Von nun an achtete Madame Elodie streng darauf, was und wie viel ihr Dienstmädchen aß. Zuvor hatte Manon es nur selten gewagt, sich zu den Kurtisanen zu setzen, wenn Madame und ihr Majordomus in der Nähe waren. Meist hatte sie sich zwischen Tür und Angel mit den Essensresten der anderen begnügt, außer, wenn die Mädchen ihr kleine Leckerbissen zusteckten. Doch jetzt wurde ihr ein Platz am Tisch zwischen Marie und Ellie eingeräumt und sie kam, wie alle anderen Frauen des *Maison Reine Margot*, in den Genuss von Ragout, Coq au Vin, Potaufeu und Cassoulet, Köstlichkeiten, die ihr vorher versagt geblieben waren. Die Mahlzeiten orderte die Hausherrin stets in einem benachbarten Wirtshaus, weil in der Küche des Bordells nicht gekocht werden durfte. Madame verabscheute Küchendünste im Haus, zum einen aus Angst, sie würden sich in den Kleidern und Haaren der Mädchen festsetzen, zum anderen, weil ihre noblen Gäste sich dadurch belästigt fühlten.

»Hier, nimm doch noch ein Stück von der Birnentarte mit Rahm«, forderte sie Manon auf und legte ihr nach einem späten Mittagessen noch ein riesiges Stück Kuchen auf den Teller. »Er schmeckt wirklich ganz vorzüglich, ein Gedicht!« Sie häufte sich selbst den Teller randvoll.

»Danke, Madame, aber ich platze gleich«, wehrte das Mädchen ab und schob das Gebäck zurück.

»In meinem Magen ist noch genug Platz«, befand Ellie und zog den Kuchen zu sich heran.

Ein schmerzhafter Aufschrei folgte, weil Madame dem gierigen Freudenmädchen mit ihrem geschlossenen Fächer hart auf die Fingerknöchel schlug.

»Hände weg, du verfressenes Luder. Bist du nicht schon fett genug? Der Kuchen gehört Manon, und sie wird ihn aufessen, und zwar jeden Bissen. Los, Mädchen, nun mach schon, oder muss ich dich stopfen wie eine Weihnachtsgans?«

Gehorsam schob sich Manon einen Brocken nach dem anderen in den Mund, von Madame mit Argusaugen überwacht. Erst als auch noch der allerletzte Krümel verzehrt war, durfte sie aufstehen und an ihre Arbeit zurückkehren, während die anderen Frauen munter plaudernd sitzen blieben, um sich mit einem Gläschen Eau de Vie auf ihren bevorstehenden Dienst einzustimmen.

Sowohl das reichhaltige Mittagessen als auch die Birnentarte mit Sahne lagen Manon wie Blei im Magen, als sie sich in der Küche auf Hände und Knie niederließ, um den Boden zu schrubben. Erst als an der Hintertür ein leises Scharren ertönte, unterbrach sie die schweißtreibende Tätigkeit und richtete sich auf. Rasch wischte sie die Hände an der Arbeitsschürze ab, erhob sich, öffnete die Tür einen Spalt und spähte neugierig hinaus in den sonnigen Nachmittag. Auf dem Treppenabsatz stand eine Dame in einer prachtvollen weißen Satinrobe à l'anglaise nach der neuesten Mode, verziert mit Rüschen, Schleifen und Spitzen, durch die ein Unterkleid aus zartblauer Seide schimmerte. Ihre Taille war derart eng geschnürt, dass Manon sich fragte, wie sie überhaupt atmen konnte, ohne das Korsett zu sprengen, und das Dekolleté war so unanständig tief, dass die rosigen Brustspitzen hervorblitzten, sobald die Dame sich bewegte. Die gepuderte Perücke, geschmückt mit farbigen Straußenfedern und Diamantspangen, umrahmte ein sinnliches Gesicht mit verlockend vollen Lippen, veilchenblauen Augen und niedlichem Stupsnäschen. Vor Ungeduld wippte die Dame von einem Fuß auf den anderen und zeigte dabei ihre eleganten Seidenschuhe mit Brillantschleifen und überhohen Absätzen. Halb verborgen hinter den ausladenden Röcken lugte ein schwarzes Gesicht hervor, ein Mohrenknabe, der die Schleppe seiner Herrin krampfhaft mit beiden Händen festhielt. Mit einem Blick erkannte Manon, wen sie da vor sich hatte.

»Jeanne!«, rief sie entzückt, warf ihre Arme um die Wespentaille der Edeldame und drückte ihr Gesicht an die rauen Goldstickereien des Mieders.

»Madame la Comtesse, wenn ich bitten darf, Mademoiselle la Belle. Jeanne – das war einmal«, lachte die junge Frau, befreite sich aus der stürmischen Umarmung und küsste das junge Mädchen herzhaft auf den Mund.

»Mit einer derart überschwänglichen Begrüßung habe ich gar nicht gerechnet. Aber ich freue mich auch, meine kleine Nachbarin von einst wiederzusehen.«

»Oh, Jeanne, ich bin ja so froh, dass du hier bist!«, rief das Dienstmädchen, ohne den Titel der anderen zu beachten. Doch nachdem sie sich besonnen hatte, knickste sie unbeholfen. Dann senkte sie die Stimme zu einem Flüstern: »Frau Gräfin, ich muss unbedingt mit dir reden. Aber es ist streng geheim, niemand darf davon erfahren.«

»Ein Geheimnis? Wie aufregend!«, lachte die Gräfin verschmitzt. »Jetzt bin ich aber neugierig, was du mir erzählen willst. Doch zuerst muss ich mit Madame sprechen. Ist sie zu Hause?«

»Sie ist oben und hält ihr Mittagsschläfchen. Eigentlich darf sie nicht gestört …«, begann Manon, doch Jacques' Stimme unterbrach ihre Erklärung.

»Madame la Comtesse, welch eine Ehre! Darf ich Euch ins Haus bitten? Zur Seite, du Trampel, mach Platz, damit die Frau Gräfin eintreten kann.«

Er dienerte eifrig vor Marie-Jeanne Gräfin du Barry, der neuesten Mätresse König Ludwig XV., die die Nachfolge der berühmten Madame Pompadour angetreten hatte. Es war noch nicht lange her, als das damals 17-jährige Freudenmädchen vom Etablissement der Madame Gourdan ins *Maison Reine Margot* wechselte, wo sie durch Schönheit, Witz und Schlagfertigkeit dem Grafen du Barry aufgefallen war, der sie erst zu seiner Geliebten machte, um sie danach kurzerhand mit seinem jüngeren Bruder Guillaume zu verheiraten. Auf diese Weise wurde aus der Pariser Kurtisane eine hoffähige Adelige. In Versailles gelang es der frischgebackenen Gräfin mühelos, die Aufmerksamkeit des alternden Monarchen auf sich zu ziehen. Wenn man den Gerüchten Glauben schenkte, war sie nach nur wenigen Stunden bei Hofe im königlichen Bett gelandet und hatte bereits am darauffolgenden Nachmittag ein prunkvolles Appartement neben den Gemächern des Königs bezogen. Der greise Herrscher liebte nichts so sehr wie willige junge Frauen, außer vielleicht derbe Zoten, vulgäre Witze und anstößige Anekdoten. Jeanne, von frühester Jugend an mit allen Schlichen und Kniffen einer Straßenhure vertraut, besaß davon ein unerschöpfliches Repertoire, sehr zum Vergnügen des Königs.

Nun also lebte Jeanne als große Dame in Versailles, doch sie hatte ihre Freunde und Weggefährten von einst nicht vergessen. In unregelmäßigen Abständen kam sie im *Maison Reine Margot* vorbei, um mit ihren früheren Freundinnen zu plaudern, zu lachen und zu lästern. Die Dirnen verlangten nach immer neuen schlüpfrigen Geschichten aus der Welt des Hochadels, mit denen Jeanne sie bereitwillig versorgte. Doch heute stand ihr der Sinn offenbar nicht nach scharfzüngiger Zerstreuung, denn sie schob den Majordomus achtlos beiseite und eilte die Stufen hinauf in den ersten Stock. Zurück blieben Jacques, Manon und der Mohrenknabe, die der Gräfin hinterherblickten. Nach kurzem Zögern forderte Jacques den jungen Bediensteten auf, ihm zu folgen, und Manon hörte, wie er ihm eine Tasse Tee anbot, ein kostspieliger Luxus, der sonst ausschließlich der Hausherrin vorbehalten blieb.

Da es später Nachmittag war, ging Manon in den winzigen Verschlag neben der Küche, der ihr als Schlafkammer diente. Sie schlüpfte in ihr »gutes« Gewand und band sich die weiße Spitzenschürze um, denn das Bordell würde bald seine Pforten öffnen. Vor einer Spiegelscherbe, die an das nackte Mauerwerk gelehnt stand, flocht sie einen festen Zopf, den sie wie eine Krone um den Kopf feststeckte. In Kürze musste sie den Gästen aufwarten, Champagner und Cognac servieren, und, wenn gewünscht, Essen aus dem Wirtshaus holen. Bis in die frühen Morgenstunden würde sie auf den Füßen sein, sich um das leibliche Wohl der Freier und Kurtisanen kümmern. Der Tag des Dienstmädchens begann früh, endete spät und war angefüllt mit harter Arbeit. Doch selbst dieses Los erschien dem Mädchen besser als die Aussicht, den Gästen als

Hure zur Verfügung stehen zu müssen. Aber vielleicht konnte sie auf Hilfe hoffen, vielleicht würde ihre Freundin Jeanne ihr beistehen.

Die Mädchen kannten sich von Kindesbeinen an, waren beide in den Elendsquartieren von Paris aufgewachsen. Die eine wie die andere waren uneheliche Töchter. Manon hatte ihren Vater nie kennengelernt. Die Mütter der Mädchen waren Näherinnen, die mit ihrer Hände Arbeit einen kargen Lohn verdienten, der kaum zum Überleben reichte. Jeanne, die schon als ganz junges Mädchen ihren Körper auf den Gassen und Märkten feilbot, hatte Manon den Platz im *Maison Reine Margot* verschafft, da Manons Mutter noch zwei andere Mäuler zu stopfen hatte und froh war, ihre Älteste loszuwerden.

Bald war am Rascheln der Seidenkleider zu erkennen, dass die Mädchen nach unten in den Salon kamen, gefolgt von Madame und der Gräfin, die sich jedoch gleich ins Kontor zurückzogen. Jacques hatte seinen Platz an der Tür eingenommen, während Manon in der Küche Gläser polierte. Der dunkelhäutige Knabe saß still in einer Küchenecke und betrachtete gelangweilt seine goldenen Schuhspitzen. Nach einer Weile wurde die Tür leise geöffnet und Jeanne spähte herein.

»Da bist du ja, *ma petite*«, wisperte sie und ließ sich auf einen Stuhl fallen. »Jetzt habe ich einen Augenblick Zeit für dich, denn Madame wurde zu einem Gast gerufen. Warum wolltest du mich sprechen?«

»Ach, Jeanne, Madame will mich an einen Freier verkaufen, ich soll als Hure für sie arbeiten«, sprudelten Manons Nöte aus ihr heraus. »Aber das will ich nicht, auf keinen Fall. Eher gehe ich in die Seine. Kannst du mir nicht helfen?«

Nur mit Mühe unterdrückte sie ein verzweifeltes Schluchzen.

»Ruhig, ruhig«, murmelte Jeanne erschrocken. »Du musst deswegen nicht gleich ins Wasser gehen. Mir fällt schon etwas ein.«

Ganz undamenhaft stützte sie beide Ellbogen auf den Tisch, legte ihr Kinn auf die Hände und schien nachzudenken.

»Wie würde es dir gefallen, mit mir nach Versailles zu kommen? Du könntest ... hm, lass mich mal überlegen ... dich um meine Leibwäsche und die Schuhe kümmern. Wie würde dir das gefallen? Die Wäsche ausbessern, sie zu den Waschfrauen bringen, nach dem Waschen und Plätten ordentlich gefaltet verstauen, außerdem meine Schuhe reinigen und pflegen. Mittlerweile besitze ich nämlich mehr als 50 Paare. In meinen Schränken und Truhen herrscht oft ein heilloses Durcheinander. Du weißt ja, wie ungern ich mich um Hausfrauendinge kümmere. Wärst du in der Lage, für Ordnung zu sorgen?«

»Aber ja, Jeanne, ich tue alles, was du mir befiehlst. Ich könnte dich schminken und frisieren. Wenn du willst, säubere ich auch deinen Leibstuhl«, stimmte das Mädchen eifrig zu.

»Nein, das musst du nicht. So etwas erledigt schon ein Kammerherr des Königs«, lachte die Gräfin und fächelte sich mit ihrem bemalten Seidenfächer Luft zu.

»Nimmst du mich gleich heute mit?«, bettelte Manon. »Jetzt, sofort? Damit ich keine Stunde länger in diesem Haus bleiben muss?«

»Das geht nicht, Mädchen. Ich muss erst mein Alterchen fragen, ob ich dich zu mir nehmen darf. Außerdem sollte ich eine dicke Geldbörse mitbringen, denn ohne eine saftige Ablöse wird Madame dich nicht ziehen lassen. Aber ich verspreche dir, bald zurückzukommen, und dann nehme ich dich mit nach Versailles.«

»Dein Alterchen? Wer ist denn das?«, wollte Manon wissen.

»Na, der König, du Dummchen«, grinste die Gräfin. »Er ist 63 Jahre alt und schon ein wenig tattrig. Wie soll ich ihn sonst nennen? Mein Jüngelchen?«

»Du nennst den König ›Alterchen‹?«, stammelte das Mädchen entsetzt. »Was passiert, wenn er das hört?«

»Das hat er bereits und sich darüber schlapp gelacht!«, erwiderte seine Mätresse respektlos. »Nichts liebt er mehr als einen derben Spruch. Weißt du, wie ich mir mein Alterchen geangelt habe?«

Als das Dienstmädchen fragend den Kopf schüttelte, erzählte die Gräfin: »An meinem ersten Abend in Versailles saßen wir in kleiner Runde am Spieltisch, wo ich meinen gesamten Einsatz beim Roulette verlor. Als ich den letzten Louisdor zu Lebel hinüberschob, der die Bank hielt, sagte ich: Je suis frite – ich bin hin. Der König hat daraufhin gelacht, bis ihm die Tränen über die Wangen liefen.«

»Aber … aber … das ist doch allerübelste Gossensprache«, hauchte Manon entsetzt. »Von Madame würde ich mir dafür eine kräftige Maulschelle einfangen. Und der König hat dich nicht hinauswerfen lassen, als du das gesagt hast?«

»Nein, du Schaf, er fand es zum Schreien komisch und hat es den ganzen Abend lang wiederholt. Je suis frite, je suis frite, solange bis es alle seine Höflinge nachgeplappert haben. Der König liebt es, wenn ich ihm Frechheiten an den Kopf werfe, je schamloser, desto besser. Er wird begeistert sein, wenn ich ein Dienstmädchen aus dem Puff in meinen Dienst nehme.«

Bei den rüden Worten der Gräfin stieg Manon die Röte ins Gesicht. Doch bevor sie etwas erwidern konnte, rauschte Madame ins Zimmer. Als ihr Blick auf das Mädchen fiel, das am Tisch saß, schlug sie ihr mit dem Fächer auf beide Wangen und schrie: »Was hockst du hier untätig herum? Hast du keine Arbeit? Raus mit dir, kümmere dich um unsere Gäste. Verzeiht, liebe Gräfin, aber ich muss diesem Tollpatsch noch Benehmen beibringen, bevor ich sie unseren Kunden anbieten kann.«

Hart umfasste die Hausherrin den Arm der Kleinen und riss sie vom Stuhl hoch. Mit einem heftigen Stoß beförderte sie das Mädchen aus der Küche, bevor sie sich der Gräfin zuwandte.

Am Horizont zog bereits die Morgendämmerung herauf, als Manon todmüde auf ihren Strohsack fiel. Nachdem sie Schürze und Kleid abgestreift und sorgfältig an einen Haken gehängt hatte, bemerkte sie die dunklen Flecken auf Armen und Brust, die nicht nur von Madames Schlägen, sondern auch von den geilen Handgreiflichkeiten der Freier herrührten. Heute hatte einer der »Gäste« sie mit einem brutalen Ruck von den Füßen gerissen und auf seinen Schoß gezerrt, wo er ihre Brust befingerte und ihr einen feuchten Kuss auf die Lippen presste. Angeekelt von seinem üblen Atem war Manon aufgesprungen und in die Küche geflohen, gefolgt vom Gelächter der Kurtisanen und dem betrunkenen Grölen der Männer.

»Lieber Gott, mach, dass Jeanne mich hier herausholt, bevor Madame mich an einen dieser Wüstlinge verkauft. Ich will alles tun, was Jeanne mir aufträgt, wenn sie mir nur hilft«, betete das Mädchen, bevor es in einen traumlosen Schlummer sank.

Doch die Tage und Wochen vergingen, ohne dass die Gräfin du Barry ins *Maison Reine Margot* zurückkehrte. Durch die üppigen Mahlzeiten rundeten sich Manons Wangen und Hüften, ihre Brust unter dem grauen Leinenkleid zeigte erste weibliche Formen. Nicht mehr lange, und Madame Elodie würde Manons Jungfräulichkeit dem Meistbietenden zum Kauf anbieten, als wäre das Mädchen nichts anderes als ein Stück Vieh auf dem Markt.

An einem Nachmittag im August wurde Manon ins Kontor gerufen. Dort wartete neben Madame eine Frau, die sich gemeinsam mit der Bordellwirtin über ein Stoffmusterbuch beugte. Als sich das Mädchen schüchtern ins Zimmer schob, drehten die Frauen sich zu ihr um.

»Da bist du ja, mein Kind«, flötete Madame ungewohnt freundlich. »Zieh dich aus, damit die Schneiderin Maß nehmen kann. Nun, Mademoiselle Colette, was meinen Sie? Welche Farbe würde die Kleine wohl am besten kleiden?«

Da Manon, starr vor Entsetzen, zu keiner Reaktion fähig war, streifte ihr die Hausherrin eigenhändig das Kleid von den Schultern, das zu Manons Füßen liegen blieb. Die Fremde musterte die Gestalt des Mädchens mit fachmännischem Blick und befahl ihr, sich langsam im Kreis zu drehen.

»Zu den türkisfarbenen Augen und den silberblonden Locken empfehle ich ein kräftiges Blau, den Rock höchstens knöchellang, damit ihre hübschen Füße und schlanken Fesseln zur Geltung kommen. Ich würde nur wenige Rüschen rund ums Dekolleté und an den Ärmeln nehmen. Zu viel Zierrat lenkt von ihrer tadellosen Figur und dem exquisiten Gesicht ab. Weder Tand noch Schmuck soll das Auge des Betrachters auf sich ziehen, denn Mademoiselle la Belles Liebreiz wirkt für sich. In dem royalblauen Satinkleid mit champagnerfarbenen Rüschen wird sie unwiderstehlich aussehen. Ihr werdet keine Mühe haben, sie an den Mann zu bringen, Madame Elodie.«

Die beiden Frauen lachten, und die Schneiderin zog ihr Maßband hervor, um an Manons Schultern, Brust, Taille und Hüften Maß zu nehmen. Danach widmeten die Frauen ihre Aufmerksamkeit wieder der Wahl des geeigneten Stoffs für das neue Kleid und ließen das nackte Mädchen unbeachtet stehen. Zögernd griff es nach seinem Kleid, um damit so rasch als möglich seine Blöße zu bedecken.

»Worauf wartest du noch?«, keifte Madame, sobald Manon den letzten Haken geschlossen hatte, und wedelte mit der Hand, als wolle sie eine lästige Fliege verscheuchen. »Marsch, an die Arbeit!« Zitternd vor Angst ergriff Manon die Flucht.

In der oberen Etage stand Maries Zimmertür weit offen, als Zeichen dafür, dass sie keinen Herrenbesuch hatte. Mit zwei Fingern kratzte Manon am Türrahmen, um sich bemerkbar zu machen. Marie, die gerade die Strumpfbänder an ihren weißen Seidenstrümpfen befestigte, blickte auf und lächelte Manon entgegen.

»Nur nicht so schüchtern, Liebchen, komm herein«, lud sie das Mädchen ein. »Du siehst aus, als wärst du einem Geist begegnet. Was ist geschehen?«

»Die Schneiderin ist unten. Sie fertigt ein Kleid für mich an, in dem ich mich den Gästen präsentieren soll.«

»Ich weiß, seit Tagen tratschen die Mädchen über nichts anderes als dein bevorstehendes ›Debüt‹ in der nächsten Woche, das mit einem großen Fest gefeiert werden soll. Madame hat alle vermögenden Gäste geladen, einen Herzog, einige Grafen, dazu Offiziere und hohe Beamte. Die Freier fiebern dem Ereignis mit Spannung entgegen, ganz so, als wäre es die Theaterpremiere einer berühmten Primadonna. Madame erwartet sich einen satten Gewinn von diesem Ereignis, also gibt dein Bestes.«

»Aber, Marie, ich will mich nicht verkaufen lassen, das habe ich dir doch gesagt!«, rief Manon verzweifelt. »Kannst du mir nicht helfen?«

Kopfschüttelnd zog Marie das Mädchen zu sich heran.

»Und wie sollte ich das wohl anstellen, hm? Soll ich mich mit der Bordellwirtin oder dem Majordomus anlegen? Weißt du denn nicht, dass ich mit einem stattlichen Betrag in Madames Schuld stehe? Oder glaubst du etwa, die Roben, die Schminke, das Parfüm, Kost und Logis wären Geschenke von Madame Elodie an ihre Mädchen? Wir alle arbeiten bei ihr unsere Schulden ab. Erst dann sind wir frei und dürfen vielleicht, und nur mit ihrer Zustimmung, das *Maison Reine Margot* verlassen. Willst du, dass ich Madames Zorn auf mich ziehe? Nein, Manon, nicht einmal für dich würde ich so weit gehen.«

Marie strich dem Mädchen tröstend über Kopf und Schultern.

»Was ist schon dabei, mit einem Mann zu schlafen? Warum sträubst du dich so sehr? Vielleicht bereitet es dir sogar Vergnügen. Einer muss ja schließlich der Erste sein.«

»Aber ich würde gern selbst entscheiden, mit wem ich das Bett teile«, widersprach Manon störrisch.

»Nicht, solange du unter der Fuchtel von Madame Elodie stehst. Hast du es immer noch nicht begriffen? Madame entscheidet über das Schicksal aller Mädchen in ihrem Haus, und dazu gehörst auch du.«

Kapitel 4

Von dieser Stunde an lebte Manon in nicht enden wollender Angst. Was, wenn ihre Freundin Jeanne ihr Versprechen längst vergessen hatte? Wenn der König seine Mätresse nicht gehen ließ? Wenn er ihr verboten hatte, sie nach Versailles zu holen?

Angespannt lauschte sie auf das kleinste Geräusch vor dem Haus. Sobald eine Kutsche vorfuhr, eilte sie ans Fenster, um nachzusehen, ob sich nicht Gräfin du Barry von einem Lakaien aus der Karosse helfen ließ. Doch jedes Mal wandte sie sich enttäuscht ab, denn es waren immer nur die Kutschen der »Gäste«, die sich zum Bordell bringen ließen.

Am Morgen der Versteigerung wurde Manon befohlen, den Holzzuber in Madames Kabinett, in dem auch ihr Leibstuhl stand, mit warmem Wasser zu füllen. Marie und Emma standen bereit, um Manon zu entkleiden und in den Zuber zu heben. Das Haar des Mädchens sowie ihr Körper wurden sorgfältig mit duftender Lavendelseife gewaschen. Nach dem Abtrocknen wurde jedes einzelne Haar am Körper mit Pinzetten entfernt, eine schmerzhafte und langwierige Prozedur.

Gerade als die Helferinnen dabei waren, Manons Schultern und Brüste mit Puder zu bestäuben, trat Madame ein und besah sich ihr Opfer kritisch von allen Seiten. Mit harten Fingern kniff sie in Manons Bauch, Brust und Hinterbacken, tätschelte die langen, festen Schenkel und drehte den Kopf mit den silbern schimmernden Locken zum Licht.

»Sehr schön! Prall und frisch«, befand sie nach eingehender Prüfung, als wäre das Mädchen nichts anderes als ein reifer Pfirsich. »Heute Abend wirst du einen Triumph feiern. Die Interessenten für die *Jungfrauenversteigerung* werden sich für das Privileg überbieten, dein erster Liebhaber zu sein. Du wirst sehen, mit dem Gewinn werden wir beide zufrieden sein, liebes Kind.«

Bei diesen Worten lief dem Mädchen ein eisiger Schauer über den Rücken. Es war zu spät, nichts und niemand konnte es mehr vor dem entwürdigenden Schauspiel retten, das am Abend im Bordell *Maison Reine Margot* mit Manon la Belle als Hauptdarstellerin über die Bühne gehen würde.

Stunden vor der Versteigerung konnte das Mädchen keine Ruhe mehr finden. Die Gräfin du Barry hatte ihr Versprechen nicht eingehalten. Wahrscheinlich hatte sie ihre kleine Freundin Manon längst vergessen und dachte nur noch an die exquisiten Vergnügungen und Geschenke, die der König im Märchenschloss Versailles seiner Mätresse aus der Gosse zu Füßen legte.

Als sie in die Küche kam, um Feuer im Herd zu schüren, kniete Jacques schon davor und blies in die Flammen, um sie anzufachen.

»Was willst du denn hier?«, schnauzte er das Mädchen an, das an der Tür stehen geblieben war. »Leg dich wieder hin und ruh dich aus, du hast einen anstrengenden Tag vor dir. Oder sollte ich besser sagen, eine anstrengende Nacht?«

Er lachte hämisch, stand auf und rieb sich die Hände an seinen Kniehosen sauber. Bei seinen boshaften Worten floh Manon Hals über Kopf zurück in ihren Verschlag.

Es war schon beinahe Mittag, als Marie sie holen kam, um mit den anderen Mädchen das Frühstück einzunehmen. Wie üblich war der Tisch reich gedeckt, doch Manon brachte keinen Bissen hinunter, obwohl die anderen sie mit süßen Küchlein, sahniger Butter, feinem Weißbrot und herzhaftem Käse lockten. Als Madame Elodie hereinrauschte, befahl sie Jacques, zur Feier des Tages Kaffee zuzubereiten.

»Für jeden aber nur eine einzige Tasse, Kaffee ist schließlich teuer«, ordnete sie an, und Jacques beeilte sich, ihren Wunsch zu erfüllen. »Das Getränk wirkt äußerst stimulierend, und genau das ist es doch, was wir heute brauchen, nicht wahr, meine Mädchen? Ein wenig Anregung, um in Stimmung zu kommen.« Die Mädchen pflichteten ihr mit unterwürfigem Lachen bei. Als der Majordomus Manon ihre Tasse reichte und sie den ersten Schluck nahm, empfand sie das schwarze Gebräu als unangenehm bitter und fragte sich, warum alle Welt den Genuss von Kaffee so begeistert lobte.

»Trink, Mädchen!«, forderte die Bordellwirtin Manon auf, als sie bemerkte, dass diese nur zaghaft an ihrer Tasse nippte. »Nach dem Frühstück kommt Mademoiselle Colette mit deiner neuen Garderobe. Ich habe zwei Kleider für dich anfertigen lassen, ein blaues und ein roséfarbenes. Die Schneiderin hat auch die passenden Strümpfe und Seidenpantoffeln dabei. Heute Abend wirst du das blaue Kleid tragen. Marie soll dir helfen, dich zu schminken und zu frisieren. Nimm nur wenig Farbe fürs Gesicht, Marie, damit ihr frischer Teint gut zur Geltung kommt.

Du begleitest mich jetzt ins Kontor, Manon. Ich möchte dabei sein, wenn du die neue Robe anlegst, damit ich sehe, was ich für mein sauer verdientes Geld bekomme.«

Nachdem Madame das Frühstück beendet hatte, trottete ihr Manon in das fensterlose Kontor hinterher, wo sie bereits von der Schneiderin erwartet wurden. Das blaue Seidenkleid passte wie angegossen und ließ Manons Augen in einem tiefen Türkisblau erstrahlen. Mademoiselle Colette half dem Mädchen, in die hellblauen Seidenstrümpfe zu schlüpfen, und befestigte mit wenigen Handgriffen die Strumpfhalter. Als Manon in die Pantöffelchen geschlüpft war, wurde sie von beiden Frauen begutachtet, als wäre sie eine preisgekrönte Kuh.

»Perfekt, liebe Colette, einfach entzückend! Ihr seid eine Meisterin Eures Fachs!«, lobte Madame die Schneiderin. »Das Mädchen sieht aus wie eine Dame von Stand, selbst ohne Korsett.«

»In der Tat!«, stimmte die Schneiderin zu. »Sie ist entzückend, eine wahre Schönheit. Pudert ihr das Haar und gebt ihr einen Fächer in die Hand, und sie ist von den Damen des Hofes nicht zu unterscheiden. Die Männer werden sich um sie reißen.« Sie trat zu Manon und zupfte die champagnerfarbene Spitze um das Dekolleté zurecht.

Da wurde die Tür aufgerissen, und im Türrahmen stand die Gräfin du Barry. Mit einem eisigen Blick erfasste sie die Szene, bevor sie ins Zimmer rauschte, gefolgt von ihrem dunkelhäutigen Pagen.

»Hinaus!«, befahl sie der Schneiderin mit einer Handbewegung, und Mademoiselle Colette beeilte sich, ihre Siebensachen zusammenzuraffen und so schnell wie möglich das Feld zu räumen.

»Jeanne … ich meine, Madame la Comtesse!« Die Bordellwirtin knickste vor ihrer Besucherin. »Welch eine unermessliche Freude!«

»Eine Freude? Sicher nicht! Ich bin hier, um Manon abzuholen«, zischte Jeanne mit hochmütiger Miene. »Aber da ich weiß, dass für Euch alles und jeder seinen Preis hat, bin ich bereit, für das Mädchen zu bezahlen. Zamor, die Börse!« Sie streckte die Hand aus, und der Page reichte seiner Herrin eine prall gefüllte Geldkatze, die diese mit verächtlicher Miene auf den Schreibtisch warf. »Das sollte eigentlich genügen, selbst einer geldgierigen Person, wie Ihr eine sind. Die beiden Kleider und Accessoires erhalte ich als Zugabe. Komm mit, Manon, die Kutsche wartet.« Sie griff nach der Hand des Mädchens.

»Aber … aber … das geht nicht, Madame la Comtesse. Sie hat heute Abend ihr Debüt und ….«

»Für Eure schmutzigen Kuppeleien werdet Ihr Euch ein anderes Kind suchen müssen«, entgegnete die Gräfin giftig. »Manon begleitet mich nach Versailles – auf Anweisung des Königs, habt Ihr das verstanden, Madame?« Jeannes Wangen hatten sich vor Zorn gerötet.

»Oh … selbstverständlich, Madame la Comtesse, stets zu Diensten. Nehmt die Kleine ruhig mit«, stimmte die Bordellwirtin sogleich mit unterwürfigem Lächeln zu.

»Komm, Manon, und du, Zamor, vergiss das Kleid und die Schuhe nicht!«, befahl die du Barry und schob das Mädchen vor sich her aus dem Kontor. Die Kurtisanen hatten die Ankunft der Gräfin längst bemerkt und hingen über das Treppengeländer, um sich berstend vor Neugier und mit einer großen Portion Schadenfreude kein Wort und keine Geste vom Auftritt der Gräfin und

Manons überraschendem Auszug aus dem *Maison Reine Margot* entgehen zu lassen.

Unter den wohlwollenden Blicken der Dirnen verließ Manon la Belle das Bordell, auf dem Weg in ein neues Leben.

Zweiter Teil
Der Salon der Favoritin

Kapitel 5

Vor dem Bordell half der Page Zamor dem Mädchen in die Kutsche. Noch immer atemlos vor Aufregung sank sie an Jeannes Seite in die bestickten Seidenpolster. Während die Gräfin ihr den Arm um die Schultern legte und das zitternde Bündel Mensch an ihren halb entblößten Busen drückte, kauerte sich der kleine Diener zu Füßen seiner Herrin nieder. Mit ihrem Fächer klopfte die du Barry an die vordere Wagenwand, und mit einem Ruck setzte sich die Kutsche in Bewegung. Noch immer zitterte Manon am ganzen Körper. Ihr Verstand weigerte sich zu glauben, dass sie tatsächlich den gierigen Fängen der Madame Elodie entronnen und an der Seite ihrer Freundin Jeanne auf dem Weg nach Versailles war.

»Hier!« Die Gräfin zog ein Döschen aus ihrem Seidenbeutel hervor und öffnete es. »Das wird dir schmecken!« Sie schob Manon etwas zwischen die Zähne und reichte auch ihrem Pagen ein Stück, bevor sie sich selbst das letzte rote Bonbon in den Mund steckte.

»Pastilles framboise, Himbeerbonbons. Himmlisch, nicht wahr? Die lässt mein Alterchen speziell für mich in der königlichen Patisserie herstellen, weil er weiß, dass ich ein Leckermäulchen bin, das keiner Süßigkeit widerstehen kann. Kannst du dir das vorstellen? Der König von Frankreich lässt für mich, Jeanne Bécu, Tochter einer einfachen Näherin, Bonbons drehen, Torten backen und Sorbets herstellen, nur weil ich verrückt nach Süßkram bin. Es ist wie im Märchen, und ich bin die Prinzessin.«

Jeanne lachte vor Vergnügen bei dem Gedanken und wedelte sich mit ihrem Fächer Luft zu, während sie geräuschvoll das Bonbon lutschte.

»Du wirst es gut bei mir haben, kleine Manon, das verspreche ich dir. Neben meinem Ankleidezimmer gibt es eine Kammer, die soll ab jetzt dir gehören. Darin stehen ein weiches Bett sowie eine Kommode und ein Schrank, in denen du deine Habseligkeiten verstauen kannst. Zwei Kleider für dich habe ich bereits in Auftrag gegeben, denn du kannst mir nicht in einem Seidenkleid aufwarten. Nur Adeligen ist es in Versailles gestattet, Seide zu tragen. Als meine *fille de chambre*, meine Kammerjungfer, trägst du einen gestreiften Rock und ein schwarzes Mieder, wie es sich für eine Bedienstete gehört.«

»Was sind denn meine Aufgaben als Kammerjungfer, Jeanne?«, fragte Manon schüchtern.

»Vor allem darfst du mich nicht mehr Jeanne nennen. Bei Hofe sowie in Gesellschaft lautet die korrekte Anrede Erlaucht oder Frau Gräfin. Nur wenn wir unter uns sind, dürfen wir uns Vertraulichkeiten erlauben. Unter keinen Umständen ist es erlaubt, Klatsch und Tratsch nach draußen zu tragen. Was in meinen Räumen geschieht, bleibt in meinen Räumen, das ist oberstes Gebot. Nimm dich vor den falschen Freundlichkeiten der anderen Dienstboten in Acht. Sie wollen dich im Auftrag ihrer Herrschaft aushorchen und tragen jedes deiner Worte sogleich weiter. Trau keinem von ihnen, es sind hinterlistige, verlogene Kreaturen, die nur auf ihren eigenen Vorteil bedacht sind.«

Jeannes Miene wurde plötzlich streng, alle Fröhlichkeit war aus ihrem Gesicht gewichen, die Augenbrauen hatte sie zusammengezogen.

»Es gibt so viele Fallstricke, die es zu vermeiden gilt. Vor allem darfst du nicht auf die Schmeicheleien der Edelmänner hören. Sie wollen nur eins: dir unter die Röcke greifen, dich auf den nächstbesten Diwan werfen und ihre Lust befriedigen. Vermeide es, mit einem Höfling allein zu sein. Auch wenn nichts passiert ist, wird er danach die tollsten Geschichten über dich erzählen. Am besten, du hältst dich vorerst nur in meinen Gemächern auf, bis du dich eingelebt hast.«

Die Gräfin schob Manon ein Stück von sich, um sie besser betrachten zu können. »Du sorgst in Zukunft für meine Parfüms, Lotionen, Salben, Schminkutensilien und Perücken. Für mich ist das Beste gerade gut genug, hast du verstanden? Du orderst Farben aus Ägypten, Bleiweiß aus Venedig, Parfüm und Lotionen aus dem Orient und aus Grasse. Ich übertrage dir die Verantwortung für alles, was für meine Schönheitspflege vonnöten ist. Du gehst mir bei der Morgentoilette zur Hand und sorgst für mein tadelloses Aussehen. Wende dich an meine Kammerfrau, die wird dir alles erklären.«

Manon brach der Schweiß aus bei dem Gedanken, Waren aus dem Orient beschaffen zu müssen, und sie fragte sich, wie sie diese schwierige Aufgabe bewältigen sollte, doch die du Barry war mit der Aufzählung ihrer Wünsche noch nicht am Ende.

»Wenn Léonard, der Friseur, nicht verfügbar ist, sollst du hübsche Dekorationen für meine Frisuren entwerfen. Ich übertrage dir die Verantwortung für alles, was damit zu tun hat. Das Frisieren selbst übernimmt eine der Zofen. Du kümmerst dich auch um meine Kleider, überprüfst sie täglich auf Schäden oder Flecken. Sind das nicht reizvolle Aufgaben für ein junges Mädchen? Von den Frauen im *Maison Reine Margot* weiß ich, dass du ein Händchen für all diese Dinge hast.«

Sie hielt inne und tätschelte ihrer neuen Kammerjungfer beruhigend die Hand, weil die von der Vielzahl ihrer neuen Pflichten völlig erschlagen schien.

»Ich weiß, das klingt nach einer Menge Arbeit, aber du bist ein kluges Kind, das sich sicher zu helfen weiß. Wer sich im *Maison Reine Margot* durchgeschlagen hat, geht auch in Versailles nicht unter.«

Bei dem Gedanken an all die bevorstehenden Aufgaben begannen Manons dunkle Wimpern unruhig zu flattern, und in Panik rang sie die eiskalten Hände. Mit sanften Worten redete die Gräfin auf Manon ein: »Nun schau doch nicht gar so verzweifelt drein, liebes Kind. Dir zur Seite steht eine sehr tüchtige Kammerfrau. Ihr Name ist Fanny, die zwar eine spitze Zunge, aber das Herz auf dem rechten Fleck hat. Sie kümmert sich zusammen mit dir um meine Garderobe, näht abgerissene Volants und Spitzen an, reinigt und repariert zerrissene Kleider, wenn nötig. Sie sorgt dafür, dass meine Roben immer sauber und präsentabel sind. Du gehst ihr dabei zur Hand, putzt meine Schuhe, bringst meine Leibwäsche zur Wäscherin und achtest darauf, dass sie gewaschen und geplättet zurückgebracht wird. Fanny wird froh sein, wenn ich ihr eine Gehilfin zur Seite stelle. Sie war auch eine ...« Verlegen hielt die Gräfin inne. »Ich meine, ich kenne Fanny von früher. Sie ist geschickt und sehr verschwiegen. Ihr obliegt auch die Aufsicht über meine Schmuckschatulle. Auf sie kann ich mich stets verlassen, sie würde meine Geheimnisse für kein Geld der Welt verraten. Außerdem ist sie mir dankbar, dass ich sie aus den Händen der Hurenwirtin Gourdan befreit habe und ihr eine anständige Anstellung verschafft habe.«

Jeanne kicherte verschmitzt. »Wie du siehst, sind wir ein verschworener kleiner Kreis von Straßengören, die sich am Königshof eingenistet haben. Eines der unzähligen Geheimnisse, die wir unbedingt hüten müssen.«

Ein Schatten glitt über ihr schönes Antlitz. »Die Freunde der Dauphine fangen schon an, über mich und meine Getreuen die bösartigsten Gerüchte zu streuen.«

»Die Dauphine? Wer ist das?«, unterbrach Manon ihre neue Herrin. »Eine Verwandte des Königs?«

»Es ist die Kronprinzessin Marie Antoinette, du Dummchen, die Gemahlin unseres Kronprinzen Louis. Eine aufgeblasene, alberne Gans, die mich behandelt, als wäre ich Dreck unter ihrem Seidenpantoffel. Stell dir vor, bisher hat sie noch nie das Wort an mich gerichtet und meine ergebenen Grüße nicht erwidert, ganz so, als wäre ich Luft für sie.« Jeanne fächelte sich derart heftig, dass ihre Frisur in Unordnung geriet. »Obwohl mein Alterchen sie schon mehrmals aufgefordert hat, mit mir zu sprechen, weigert sie sich! Diese österreichische Kuh schlägt dem König von Frankreich einen Wunsch ab, ist das zu fassen? Oh, das werde ich sie bitter büßen lassen! Noch länger lasse ich mich von diesem unfruchtbaren Frauenzimmer, deren Bauch nach vier Jahren Ehe noch immer so flach ist wie ein Waschbrett, nicht beiseiteschieben.«

Ihr Gesicht überzog sich mit flammender Röte, sogar ihr üppiges Dekolletee war rosig angehaucht, so sehr erregte allein der Gedanke an Marie Antoinettes eisige Verachtung ihren Zorn. Die Lust auf fröhliches Geplauder war der Gräfin schlagartig vergangen, verbittert kaute sie an ihrer Unterlippe und schmollte wie ein launisches Kind. Schließlich lehnte sie den Kopf mit der gepuderten Perücke erschöpft an die Kissen. Nach einer Weile öffneten sich ihre Lippen und ein sanftes Schnarchen ertönte.

Erst jetzt wagte Manon, dem Pagen, der immer noch zu Füßen seiner Herrin auf dem Boden der Kutsche hockte, einen kurzen Blick zuzuwerfen. Nie zuvor war ihr ein Mensch mit dunkler Hautfarbe begegnet, deshalb war sie ängstlich darauf bedacht, ihn weder mit den Füßen noch mit dem Gewand zu streifen. Aber Zamor grinste sie gutmütig an. Die Kinder, der zwölfjährige Page und die 14-jährige Kammerjungfer, musterten einander mit neugierigen Blicken. Schließlich fasste sich Manon ein Herz und flüsterte, um die du Barry nicht zu wecken: »Bist du schon lange im Dienst der Gräfin?« Sie hielt inne, nicht sicher, ob der Junge sie überhaupt verstand. Umso überraschter war sie, als er im besten Französisch antwortete:

»Erst seit Kurzem, Mademoiselle. Der König hat mich der Herrin geschenkt, als Belohnung für eine lustvolle erste Liebesnacht.«

»Behandelt dich die Gräfin gut? Ich meine, ist sie eine freundliche Herrin?«, wisperte Manon, während sie die Schlafende aus den Augenwinkeln beobachtete.

»Das ist sie, Mademoiselle. Meistens lacht und singt sie schon am Morgen. Dann steckt sie mir kandierte Früchte zu und nennt mich ihren ›kleinen Schatz‹. Madame ist oft guter Dinge, außer, wenn sie sich wieder einmal über die Dauphine geärgert hat. Dann kommt Ihr der Herrin besser nicht in die Quere. Auch vor der Kammerfrau Fanny solltet Ihr Euch in Acht nehmen. Sie ist ein böses Luder. Wenn man ihre Anweisungen nicht auf der Stelle befolgt, rutscht ihr leicht die Hand aus. Schon oft hat sie mich zu Unrecht irgendwelcher Vergehen beschuldigt und mich mit einem Gürtel oder einer Bürste geschlagen. Diesem Frauenzimmer dürft Ihr nicht trauen. Sie wird Euch bei der Herrin anschwärzen und Lügen über Euch verbreiten. Erledigt am besten gewissenhaft Eure Pflichten, aber kommt Fanny dabei nicht in die Quere.«

»Aber … aber … Jeanne hat doch gesagt …«, wisperte Manon mit einem Seitenblick auf die Gräfin, um sich zu vergewissern, dass diese nach wie vor fest schlief.

»Gegenüber Ihrer Gnaden ist Fanny die Liebenswürdigkeit in Person, weil sie Angst hat, ihre lukrative Stellung in Madames Gefolge zu verlieren. Aber die Dienerschaft behandelt sie, als wäre *sie* die Herrin und wir ihre Sklaven. Seid auf der Hut, Mademoiselle, und vertraut niemanden.«

»Ich bin keine Mademoiselle. Nenn mich einfach Manon, das tun alle. Wie soll ich dich nennen?«

»Getauft wurde ich Louis-Benoit. Mein richtiger Name lautet Jamar, aber alle rufen mich Zamor.«

Er streckte Manon die Hand entgegen, die diese nach kurzem Zögern ergriff. Mit ernster Miene schüttelten sich die Kinder die Hände, um ihre neue Freundschaft zu besiegeln.

»Bist du in Paris geboren?«, wollte das Mädchen wissen.

»Nein, im Mogulreich, in der Stadt Chittagong. Englische Sklavenhändler haben mich geraubt und auf dem Schiff nach Frankreich gebracht. Der König höchstselbst hat mich gekauft, aber schon nach kurzer Zeit seiner Geliebten geschenkt. Die Herrin hat einen Lehrer engagiert, der mich ihre Sprache lehrt. Noch immer erhalte ich jeden Tag Unterricht und darf sogar Bücher lesen. Es ist ein feines Leben in Madames Appartements, du wirst schon sehen.« Er kicherte verschmitzt. »So hübsch, wie du bist, wirst du sicher bald viele Verehrer haben. Sie werden dir Geschenke machen– Seidentücher, Bonbons, Kleider und vielleicht sogar Schmuck. Es wird dir gefallen in Versailles.« Er nickte heftig, um seine Worte zu bekräftigen.

Danach versiegte das Gespräch, denn auch Zamor schloss die Augen und nickte ein, den Kopf an das Knie der Gräfin gelehnt. Manon rückte zur Seite, sah aus dem Fenster und betrachtete die vorbeifliegende Landschaft. Dichte Wälder wechselten sich ab mit wogenden Getreidefeldern, auf denen Bauern ihrer Arbeit nachgingen. Kühe, Ziegen und Schafe grasten auf smaragdgrünen Wiesen, bewacht von Hütejungen. Das Mädchen, in einem verwahrlosten Armenviertel von Paris aufgewachsen, war noch nie auf dem Land gewesen. Jetzt bestaunte es andächtig die Schönheit der Natur und konnte sich an der Vielfalt nicht sattsehen, die die französische Landschaft im Sommer bot.

Nach einer Weile zeichnete sich am Horizont eine dunkle Masse ab, der sich die Kutsche im raschen Tempo näherte. Mit einem verwunderten »Oh« drückte Manon das Fenster nach unten und streckte den Kopf hinaus. Dort lag ein mächtiges Gebäude, so groß, wie sie noch keines zuvor gesehen hatte. Soweit das Auge reichte, dehnten sich die Mauern aus. Die helle Sandsteinfassade leuchtete im letzten Licht der untergehenden Sonne, sodass der Eindruck entstand, der Palast wäre mit Gold überzogen.

»Ein Wunder!«, hauchte Manon überwältigt. »Es ist ein Wunder, vom lieben Gott eigenhändig erbaut.«

Nun regte sich auch die du Barry, schlug die Augen auf und rückte ihre im Schlaf verrutschte Perücke zurecht.

»Himmel, mach endlich das Fenster zu! Willst du, dass ich mir den Tod hole? Hat dir noch keiner gesagt, dass frische Luft schädlich, weil voller krankheitserregender Miasmen ist?«, murrte sie verschlafen.

Als Manon nicht sofort reagierte, verabreichte ihr die Frau einen Klaps mit dem Fächer. Widerstrebend schob das Mädchen die Scheibe nach oben, aber nicht, ohne vorher noch einen letzten Blick auf das goldene Zauberschloss geworfen zu haben. Auch Zamor war erwacht und reckte seine verspannten Glieder.

»Setz dich ordentlich hin, Junge!«, befahl die Gräfin, half ihm beim Aufstehen und schubste ihn auf die gegenüberliegende Sitzbank. Zamor zog Weste und Rock zurecht und schob den Seidenturban, der ihm im Schlaf auf die Nase gerutscht war, an seinen Platz.

»Die Kutsche hält im Ehrenhof. Manon, du wirst nicht mit offenem Mund herumstehen und gaffen wie eine Kuhmagd, die noch nie etwas anderes als ihren Stall gesehen hat, hast du verstanden? Zusammen mit Zamor gehst du zwei Schritte hinter mir und trägst mein Reticule, meine Handschuhe und den Fächer. Zamor, du nimmst die Schleppe, und wehe dir, wenn du sie wieder im Dreck schleifen lässt«, drohte die du Barry.

Sehr freundlich kommt mir Jeanne nicht vor, dachte Manon, aber sie nickte gehorsam und erwiderte:

»Sehr wohl, Frau Gräfin«, ganz so, wie sie es eben von Zamor gehört hatte. Doch sie bemerkte Jeannes steigende Unruhe, denn diese zupfte unablässig an ihrer Seidenrobe und der Perücke, bis sie schließlich wissen wollte:

»Wie sehe ich aus? Mein Kleid ist doch nicht zerknittert, oder? Und die Frisur? Kann ich mich so sehen lassen?«

Die beiden Bediensteten beeilten sich, der Gräfin zu versichern, dass ihre Erscheinung ebenso makellos wie eindrucksvoll war. In diesem Moment rollte die Kutsche durch das goldene Tor von Versailles, durchquerte den Marmorhof und den Königshof, um vor den Stufen des Ehrenhofs zu halten. Ein Lakai riss den Wagenschlag auf, klappte den Tritt der Kutsche nach unten und streckte die Hand aus, um der Gräfin beim Aussteigen behilflich zu sein. Dann folgten Zamor und schließlich Manon, die sich angesichts der ungeheuren Pracht mit angehaltenem Atem an die Anweisung der Gräfin erinnern musste, nicht wie eine Bäuerin Maulaffen feilzuhalten.

Kapitel 6

Im Ehrenhof, auf drei Seiten von Gebäuden umschlossen, flanierten Damen und Herren in prachtvollen Roben auf und ab oder standen plaudernd in Grüppchen beisammen, um die Ankunft der Favoritin mit Argusaugen zu verfolgen. Gräfin du Barry hatte ihr schönstes Lächeln aufgesetzt, während sie huldvoll lächelnd nach allen Seiten grüßte. Nur eine Dame, deren dicke dunkle Locken ungepudert über die Schultern fielen, wandte sich bei ihrem Anblick ab, ohne den Gruß zu erwidern. Für einen Moment schien die du Barry zu erstarren, doch dann warf sie den Kopf in den Nacken und rauschte an der Dame in der silbergrün gemusterten Brokatrobe vorüber, ohne ihr einen weiteren Blick zu schenken.

»Das war die Herzogin Polignac, die engste Vertraute der Dauphine«, wisperte Zamor, als Manon sich erstaunt nach der so abweisenden Dame umdrehen wollte. »Die Herrin wird über diesen erneuten Affront vor Wut toben.«

»Aber warum hat die Herzogin sie denn nicht auch gegrüßt?«, flüsterte Manon zurück.

»Weil sie zum Gefolge der Kronprinzessin gehört, das unsere Herrin mit Verachtung und Hass verfolgt. Die Polignac wollte der Favoritin des Königs damit ihre Geringschätzung zeigen, was ihr auch gelungen ist. Darüber wird sich die Dauphine mit Sicherheit freuen.«

In diesem Augenblick stürzte ein distinguiert wirkender Herr in blauem Barchentrock, schwarzer Kniehose und hochrotem Gesicht über dem schneeweißen Spitzenjabot auf sie zu. Während er sich tief vor der Favoritin verneigte, wischte er sich mit einem riesigen Sacktuch den Schweiß von der Stirn.

»Verehrte Gräfin, wie bin ich froh, Euch zu sehen!« Atemlos verneigte sich der Mann ein weiteres Mal. »Seine Majestät verlangt unverzüglich nach Eurer Gesellschaft. Er hat schon dreimal nach Eurem Verbleib gefragt und wird langsam ungeduldig.«

»Nur nicht so hastig, lieber Lebel. Wie Ihr vielleicht bemerkt, muss ich erst einmal meine Robe wechseln. Die hier hat während der Fahrt arg gelitten, wie Ihr selbst sehen könnt. Sobald ich mich umgekleidet habe, folge ich der Einladung des Königs auf der Stelle«, versicherte die Gräfin mit honigsüßem Lächeln.

»Ich bedauere, Frau Gräfin, aber der Befehl seiner Majestät lautet: unverzüglich! Wenn Ihr mir also folgen wollt, Madame?« Monsieur Lebel wies mit herrischer Bewegung Richtung Treppe, und mit einem Seufzer des Überdrusses zog die Gräfin ihren Manteau um sich, ohne sich noch einmal nach ihren Bediensteten umzuschauen.

»Wer war das?«, fragte Manon und starrte ihrer Herrin hinterher, die mit schwankender Perücke und fliegenden Röcken dem Mann hinterhereilte.

»Das war Monsieur Lebel, der Erste Kammerdiener seiner Majestät. Lebels Wort ist im Palast Gesetz, denn er überbringt die Befehle seines Herrn. Wenn er etwas anordnet, solltest du besser nicht fragen, sondern dem Befehl ohne Zögern Folge leisten. Das gilt selbst für Madame la Comtesse, wie du soeben gesehen hast«, erklärte Zamor leichthin. »Jetzt komm, ich zeige dir die

Räume der Gräfin. Ihre Appartements befinden sich direkt neben denen des Königs.«

Die Kinder stiegen die Stufen hinauf, und Manon konnte sich an der Pracht des marmornen Treppenhauses mit seinen funkelnden Goldornamenten und den ausladenden Kristalllüstern kaum sattsehen. Nun, da die Gräfin nicht anwesend war, um sie dafür zu tadeln, blieb sie immer wieder stehen und schaute sich mit großen Augen um. Zahllose Menschen begegneten ihnen auf der Treppe in die zweite Etage, Dienerinnen in adrett gestreiften Kleidern und steifen Leinenhauben, Lakaien in Livree, Damen in raschelnden Seidengewändern, umgeben von Wolken orientalischen Parfüms, Edelmänner in schimmernden Brokatröcken, den Degen an der Seite. Keiner von ihnen schenkte dem dunkelhäutigen Pagen und dem jungen Mädchen neben ihm auch nur die geringste Beachtung. Doch Manon war von Versailles und seinen Bewohnern zutiefst beeindruckt.

»Der Palast muss das Paradies sein«, murmelte sie angesichts der auf sie einstürzenden Eindrücke.

»Eher die Hölle, würde ich sagen.« Zamor hatte sich umgewandt und grinste seine neue Freundin spöttisch an. »Was du hier siehst, ist nichts weiter als die glänzende Fassade. Warte, bis du einen Blick dahinter geworfen hast. Du wirst dich noch wundern.«

»Und du bist ganz schön überheblich für ein zwölfjähriges Bürschchen, das noch grün ist hinter den Ohren«, entgegnete Manon scharf.

»Grün?« Hochmütig zog der Junge die Augenbrauen nach oben. »Doch wohl eher schwarz, würde ich meinen.«

Seine Schlagfertigkeit raubte Manon für einen Moment

die Sprache, sodass sie ihm ohne ein weiteres Wort durch ein Labyrinth von Gängen und Fluren bis zu einer Pforte folgte, vor der zwei uniformierte Gardisten Wache hielten.

»Das war einmal das Appartement der Prinzessin Adelaïde, einer Tochter des Königs. Davor gehörte es Madame de Saxe, seiner verstorbenen Schwiegertochter. Die Gräfin hat ihr Alterchen so lange umschmeichelt und mit erotischen Versprechen umgarnt, bis er seine Tochter in einen Seitenflügel verbannt und diese hochherrschaftlichen Räume seiner Geliebten überlassen hat. Ja, unsere Herrin erreicht beim König alles, was sie sich in den Kopf gesetzt hat.«

Zamor hob die Hand, um die Tür zu öffnen, doch da kreuzten die Männer ihre Hellebarden, um ihn am Eintreten zu hindern.

»Was bringst du da für ein Frauenzimmer mit, Bürschchen?«, verlangte der Ältere zu wissen, während er mit dem Kinn auf das Mädchen wies. »Dich kenne ich, aber wer ist die da? Ich habe sie hier noch nie gesehen.«

»Das ist die neue Kammerjungfer der Gräfin. Ihr Name ist Manon. Sie wird in Zukunft hier ein und aus gehen. Und jetzt gib den Weg frei, Kerl!«

Die herrische Stimme des Pagen veranlasste die Soldaten, der Anordnung widerspruchslos zu gehorchen, und sie traten beiseite, um die beiden einzulassen.

Sie betraten einen düsteren Korridor, dessen Ende sich im Dunkeln verlor und von dem viele Türen abgingen. In einer Nische standen zwei Stubenmädchen und ein Diener beisammen, die kichernd den neuesten Klatsch austauschten. Beim Anblick der Neuankömmlinge hielten sie kurz inne, doch als sie erkannten, wer sich da näherte, setzten sie ihr Getuschel fort.

Zamor riss die nächstgelegene doppelflügelige Tür auf und lud Manon mit einer Geste und den Worten: »Voilà, Mademoiselle, das blaue Vorzimmer!« ein näherzutreten. Mit zaghaften Schritten kam sie herein – und blieb wie angewurzelt stehen. Die beiden ersten Eindrücke der gräflichen Gemächer würde die neue Kammerjungfer ihr Leben lang nicht vergessen: Noch nie hatte sie einen derart reich ausgestatteten Raum gesehen. Dagegen wirkten die Zimmer des *Maison Reine Margot* so spartanisch wie Klosterzellen. Aber noch größer war die unfassbare Unordnung, die im Raum herrschte.

Auf allen Möbelstücken lagen Wäschestücke; achtlos hingeworfene Sonnenschirme, Fächer, Handschuhe, Hüte und Bänder bedeckten die Fläche eines weißgoldenen Schreibtischs. Auf einer der drei samtbezogenen Ottomanen räkelten sich zwei Schoßhunde auf einem Zobelumhang, die anderen waren mit Mänteln, Umhängen, Strümpfen und Schuhen bedeckt. Vor diesen prachtvollen Möbelstücken stand ein goldener Tisch mit weißer Marmorplatte und darauf ein Tablett mit farbigen Trinkpokalen, verziert mit Edelsteinen. Leere Weinflaschen und Speisereste auf goldenen Tellern ließen ein zärtliches Rendezvous erahnen, bei dem der Wein offenbar in Strömen geflossen war, und Manon fragte sich, ob es wohl der König selbst gewesen war, der seiner Geliebten auf dem bequemen Polstermöbel Gesellschaft geleistet hatte.

Ein Cembalo mit den schönsten Intarsien stand in einer Ecke, Gemälde in Goldrahmen schmückten die mit zartblauer Seide bespannten Wände, darunter auch ein besonders eindrucksvolles Porträt des Königs. Ein großer Teil des Parkettbodens aus Edelhölzern war mit *Aubusson*-Teppichen bedeckt, die das Geräusch der

Schritte dämpften. An den drei Fenstertüren, die den Blick auf den Marmorhof freigaben, hingen nachtblaue Samtportieren, die über und über mit goldenen Lilien bestickt waren. Hier schmückte das Emblem der Bourbonenkönige die Räume der Königsmätresse, ein Privileg, das sonst ausschließlich den Mitgliedern der königlichen Familie vorbehalten war.

Zwei reich verzierte Kommoden erregten Manons Aufmerksamkeit, denn darauf standen zart bemalte *Limoges*-Blumenschalen mit opulenten Bouquets tiefroter Rosen, deren süßer Duft in der Luft hing. Die Kommoden bildeten den vornehmen Rahmen für einen weißen Marmorkamin, dessen Sims von zwei sitzenden Löwen getragen wurde. Darauf waren Gruppen von *Sèvres*-Figuren aus feinstem Porzellan angeordnet. Im Kamin loderte trotz des lauen Sommerabends ein Feuer. Jemand hatte sich die Mühe gemacht, nicht nur das Kaminfeuer, sondern auch alle Kerzen der vier Kristallkandelaber anzuzünden.

Den Blickfang jedoch stellte ein mit Meerestieren bemalter Porzellanaufsatz in der Mitte des Raumes dar, der aus einem gläsernen Bassin ragte, in dem zwischen Seerosen Goldfische schwammen. Darüber hing ein böhmischer Kristallleuchter von beachtlicher Größe, dessen Facetten blaue, gelbe und rote Spiegelungen des Feuers in jeden Winkel des Zimmers warfen.

Trotz der luxuriösen Einrichtung erzählte alles im Raum von der Nachlässigkeit seiner Bewohnerin, die diese unbezahlbaren Kostbarkeiten als eine Selbstverständlichkeit hinnahm, Liebesgaben, die ihr, der Favoritin des Königs, ihrer Meinung nach zustanden. Es war offensichtlich, dass die Gräfin alle diese erlesenen Stücke mit aufreizender Gleichgültigkeit behandelte.

»Wenn du damit fertig bist, jedes einzelne Möbel wie eine Närrin zu begaffen, zeige ich dir deine Kammer.«

Zamor, der auf einem Fußschemel gehockt und sich aus einer Konfektschale bedient hatte, war aufgestanden und wischte sich die klebrigen Finger an seiner Kniehose ab.

»Gibt es noch mehr Räume wie diesen?«, wollte Manon wissen.

»Aber natürlich! Oder dachtest du, die Gräfin gibt sich mit einem einzigen Raum zufrieden? An diesen hier schließt sich die Bibliothek an, dann der Salon, das Speisezimmer, daneben eine kleine Küche, dann das Schlafgemach, das Ankleidezimmer, das Vorzimmer des Badezimmers, das Badezimmer selbst und die Unterkünfte der Bediensteten. Du hast dich hauptsächlich in den hinteren Räumen aufzuhalten. Der Salon, die Bibliothek oder das Speisezimmer sind für dich tabu«, erklärte der Page leichthin.

»Wie viele Räume umfasst denn die Wohnung?«, fragte Manon mit großen Augen.

»Zehn oder zwölf repräsentative und ungefähr sieben oder acht Nebenräume. Allerdings habe ich sie noch nie gezählt.«

»Zehn bis zwölf? Aber das ist ja …«

Ungläubig schüttelte Manon den Kopf bei dem Gedanken, dass ihre Freundin Jeanne sich in zwölf üppig ausgestatteten Räumen breitmachte, während ihre eigene Mutter und ihre Schwestern in einem einzigen feuchten Kellerverschlag hausen mussten, in dem sie aßen, schliefen und ihre Näharbeiten verrichteten. In einem Anfall von Zorn ballte sie die Fäuste zwischen den Falten ihres Rocks, doch gerade noch rechtzeitig fiel ihr ein, wie dankbar sie der Gräfin sein musste, sie aus dem Elend ihrer

Kindheit befreit zu haben. Sie schluckte erst ihren Ärger hinunter, bevor sie fragen konnte: »Weißt du, wie viele Räume der gesamte Palast umfasst?«

»Ich habe einmal die Zahl 1800 gehört. Ob das den Tatsachen entspricht, weiß ich allerdings nicht«, antwortete der Page mit gleichgültigem Schulterzucken. »Aber wen interessiert das schon, außer vielleicht eine vorwitzige Kammerjungfer.«

Noch während sie sprachen, öffnete sich zwischen den Gemälden eine unsichtbare Tapetentür und eine Frau trat ein. Sie war jung, sicher nicht älter als 18 Jahre und sehr hübsch. Als ihr Blick auf Manon fiel, hielt sie abrupt inne.

»Wer bist du, Mädchen, und was zum Teufel treibst du in den Gemächern der Gräfin?«, keifte sie die überraschte Manon an. Als diese nicht sogleich antwortete, begann die Frau zu zetern: »Du bist eine Diebin, die es auf die Juwelen der Herrin abgesehen hat. Ich rufe die Wache, die dich festnehmen und in den Kerker werfen wird.«

Schon öffnete sie den Mund, um nach Hilfe zu rufen, als Zamor nach ihrem Arm griff, um sie am Schreien zu hindern.

»Fanny, Fanny, beruhige dich. Sie ist keine Diebin, sondern die neue Kammerjungfer der Gräfin. Ihr Name ist Manon«, versuchte er, die aufgebrachte Erste Kammerfrau zu beschwichtigen. Doch die schüttelte unwillig seine Hände ab und musterte das eingeschüchterte Mädchen von Kopf bis Fuß.

»Eine neue Kammerjungfer? Warum weiß ich davon nichts? Jeanne hat mir kein Wort über eine neue Dienerin erzählt. Woher kommst du, Mädchen? Los, antworte!«, herrschte sie die Kleine an.

»Ich habe bisher im *Maison Reine Margot* gedient, doch die Frau Gräfin hat mich freigekauft, deshalb ...«

Weiter kam Manon nicht, denn Fanny schrie wutentbrannt: »Ein Straßenmädchen also, noch dazu aus dem schlimmsten Hurenhaus der Stadt. Und so eine bringt Jeanne mit nach Versailles! Hat sie den Verstand verloren?«

»Darf ich dich daran erinnern, liebste Fanny, dass auch du noch vor nicht allzu langer Zeit an der Straßenecke auf Freier gewartet hast?«, schnurrte Zamor mit samtweicher Stimme, während sich Manon mit dem Vorwurf: »Kommst du nicht aus dem Haus der Madame Gourdan?« gegen die Anschuldigung wehrte.

»Woher weißt du das, Mädchen?«, kreischte die Kammerfrau. »Konnte der Sklavenbengel wieder einmal den Mund nicht halten?«

»Sei friedlich, Fanny, und freue dich, dass dir in Zukunft jemand bei der Arbeit hilft. Du weißt selbst, wie faul und nachlässig die Stubenmädchen sind. Du brauchst dich doch nur umzusehen, überall Schlamperei, überall Schmutz und Staub. Manon wird sich nicht nur um Schminke, Parfüm und Perücken der Herrin, sondern auch um andere Dinge kümmern«, versuchte Zamor, die Wogen zu glätten.

»Dann soll sie gleich damit anfangen, hier Ordnung zu schaffen«, zischte Fanny, ohne Manon anzusehen. »Die Roben müssen ins Ankleidezimmer, ebenso die Accessoires und die Schuhe. *Vite, vite*, worauf wartet die dumme Gans denn noch?« Damit verschwand Fanny durch die Tapetentür, die sie mit Schwung hinter sich zuwarf.

»Ich helfe dir«, bot der Page der Kammerjungfer gutmütig an. Gemeinsam sammelten sie die herumliegenden

Kleidungsstücke ein. Schwer bepackt folgte Manon ihrem neuen Freund bis ans Ende des Korridors in das Ankleidezimmer der Gräfin, das an das Schlafgemach mit dem Bett *à la polonaise*, überspannt von einem goldfarbenen Baldachin, grenzte. Zu Manons Überraschung erwies sich das Ankleidezimmer als ein riesiger Raum, in dem neben unzähligen Kommoden, Kleiderstangen, Regalen, Schuhschränken, einem eleganten Sofa und einem Schminktisch aus edlen Hölzern auch zahlreiche venezianische Spiegel standen und hingen, in denen man sich von Kopf bis Fuß betrachten konnte. Gestülpt über hölzerne Kugeln, die auf breiten Sockelfüßen ruhten, gab es eine Vielzahl der unterschiedlichsten Perücken, die einen gepudert, die anderen in natürlichen Blondtönen. Nachdem sie jede einzelne in Augenschein genommen hatte, begann die Kammerjungfer, die Roben sorgfältig aufzuhängen, während Zamor ihr ein Stück nach dem anderen reichte und ihr zeigte, wo ein jedes seinen Platz hatte. Danach traten die beiden an den ausladenden Schminktisch, auf dem neben unzähligen Lackkästchen, Porzellanschalen, Fläschchen, Parfümflakons und Puderdosen auch Kholpulver und Rougetöpfchen in allen Größen sowie feine Pinsel, Puderquasten, juwelenbesetzte Kämme, Schleifen, Spangen, Ringe, Armbänder und Colliers in wildem Durcheinander lagen. Auch hier herrschte eine heillose Unordnung.

»In diesem Zimmer wirst du fortan deine Arbeit verrichten«, erklärte Zamor. »Die Gräfin hält sich oft und gern hier auf. Meist lässt sie sich von mir Kaffee zubereiten, den ich ihr serviere, während sie frisiert wird. Sie liebt es, inmitten ihrer Besitztümer zu sitzen und dabei ihre Roben und Geschmeide zu bewundern.«

»Und wo befindet sich meine Kammer?«, verlangte Manon zu wissen.

»Gleich hier!« Der Page öffnete eine unsichtbare Tapetentür zwischen zwei wuchtigen Kommoden und trat beiseite, um dem Mädchen Platz zu machen.

»Oh, aber das ist ja unglaublich!« Mit offenem Mund blieb Manon im Türrahmen stehen und wagte nicht, ihren Fuß über die Schwelle zu setzen. Sie konnte kaum fassen, dass dieses Zimmer nun ihr allein gehören sollte, denn es enthielt außer einem richtigen Bett mit Kopfpolster, sauberen Laken und dicker Wolldecke einen Schrank, eine kleine Kommode sowie einen Tisch mit Waschschüssel und Wasserkrug nebst einem Stuhl – für das Mädchen aus dem Armenviertel ein bis dahin kaum vorstellbarer Luxus.

»Die billigen Seidenfähnchen aus dem Bordell brauchst du in Versailles nicht. Du hängst sie am besten in den Schrank«, schlug Zamor vor. »Dort findest du auch die Kleider sowie Häubchen, Leibwäsche, Strümpfe und Schuhe, die du im Dienst zu tragen hast. Achte auf Sauberkeit, wasche stets Gesicht und Hände, bevor du der Herrin gegenübertrittst. Darauf legt sie allergrößten Wert. Auch deine Kleidung muss stets tadellos sein«, wies der Page das neue Mädchen in seine Pflichten ein. »Nachdem die Gräfin morgens das Bett verlassen hat, ist ihr Fanny im Badezimmer bei der Körperpflege behilflich. Sie reinigt Gesicht und Körper der Herrin mit einem feuchten Schwamm und reibt sie danach mit duftenden Lotionen ein, um die Haut glatt und geschmeidig zu halten. Mindestens zweimal jede Woche verlangt die Gräfin aber auch nach einem Wannenbad. Dabei muss einer von uns Fanny zur Hand gehen, denn die Prozedur ist aufwendig.«

Er griff nach Manons Arm und zog das Mädchen zurück ins Ankleidezimmer. »Erst nach der Körperreinigung sucht Madame das Ankleidezimmer auf, um sich mit dir über Garderobe und Frisur für den Tag zu beraten. Je nach Anlass wählt sie ihre Garderobe für den Vormittag. Normalerweise zieht sich Madame dreimal täglich um, bei entsprechenden Anlässen aber auch öfter. Nach der Morgentoilette empfängt sie Bittsteller und Händler. Du legst in der Zwischenzeit die angemessenen Roben und Perücken für Nachmittag und Abend heraus, die du der Herrin präsentierst. Sie entscheidet, welche Kleider infrage kommen. Dann suchst du den passenden Schmuck aus, den du aber erst einmal zur Seite legst, um ihn der Dame nach dem Schminken anzulegen.« Der Page deutete auf den Schminktisch. »Jetzt beginnt das Ritual der Verschönerung, das sehr viel Zeit in Anspruch nehmen kann. Den größten Wert legt Madame auf die richtige Schattierung des Wangenrots. Man sagt, Madame Pompadour, die frühere Favoritin des Königs, hat 25 verschiedene Farbtöne übereinander aufgetragen, bis der gewünschte Effekt erzielt war. Die Gräfin ist nicht ganz so anspruchsvoll, aber auch sie gibt sich gern kapriziös und launenhaft. Auf die *Mouche,* die Schönheitspflästerchen, verzichtet sie ganz, denn sie hat ein natürliches Mal über dem rechten Mundwinkel. Sie wird wütend, wenn die Zofe ihr eine künstliche ›Fliege‹ aufkleben will. Du wirst es nicht einfach haben, Mädchen. Ich beneide dich nicht um deine Aufgaben.«

»Auch Madame Elodie war nicht leicht zufriedenzustellen«, versicherte Manon, doch sie war zutiefst erschrocken über die zahlreichen Anforderungen, die an sie gestellt wurden. Wie sollte sie bei all den unzähligen Roben in den Schränken und an den Kleiderstangen die richtige auswählen? Woher sollte sie wissen, welchen Schmuck die Gräfin zu tragen wünschte? Wo wurden die Accessoires wie Gürtel, Handschuhe, Reticules und Haarschmuck aufbewahrt? Wo die Leibwäsche, Mieder, Korsetts und Seidenstrümpfe?

»Schau, hier findest du das Beiwerk, das Madame für eine standesgemäße Garderobe benötigt.« Als hätte Zamor Manons Gedanken gelesen, zog er verschiedene Schubladen auf, um ihr den Inhalt zu zeigen. Hier herrschte, im Gegensatz zu dem sonst allgegenwärtigen Chaos, penible Ordnung.

»Das ist Fannys Werk.« Wieder schien Zamor ihre Gedanken erraten zu haben. »Sie hat dafür gesorgt, dass die Sachen geordnet in den Kommoden verstaut wurden. Die Kammerfrau ist zwar launenhaft und unfreundlich, aber sie sorgt vorbildlich für Madame und ihre Besitztümer. Wenn du alles nach ihren Wünschen erledigst, wird sie dich nach einer Weile in Ruhe lassen«, versicherte der Page, doch angesichts der frostigen Begrüßung wagte Manon diese Aussage zu bezweifeln.

Just in dem Augenblick flog die Tür auf. Wutschnaubend wie Zerberus, der Höllenhund, stürzte Fanny ins Zimmer und bellte in Richtung der beiden jungen Leute: »Hier treibst du dich also herum, du fauler Nichtsnutz, während die Herrin deine Dienste benötigt. Los, los, worauf wartest du noch, steh nicht herum und gaffe Löcher in die Luft!«

Sofort ließ der Page alles stehen und liegen, um sich auf den Weg zu den königlichen Appartements zu machen, gefolgt von Fanny, die ihn mit derben Worten zur Eile antrieb. Zurück blieb eine verängstige Kammerjungfer, die zwischen den Holzgestellen mit den Festroben zu Boden sank und verzweifelt die Hände vors Gesicht schlug. Erst nach und nach dämmerten dem Mädchen die Unwägbarkeiten ihres Abenteuers mit seiner Vielzahl von Aufgaben. Zum ersten Mal, seit sie das *Maison Reine Margot* verlassen hatte, dachte die Halbwüchsige darüber nach, wie sie ihnen jemals gerecht werden sollte. Einen Wimpernschlag lang wünschte sie sich zurück ins Bordell, zu seinem immer gleichen Alltagstrott und den Kokotten, die mit einem Tupfen Rouge und einer einfachen Perlenschnur zufrieden waren. Die frisch gekürte Kammerjungfer wusste nicht, wie sie sich inmitten der erlesenen Seidenroben und Brokatgewänder, der kostbaren Juwelen und edlen Pelze zurechtfinden sollte. Nicht im Traum wäre Manon zuvor in den Sinn gekommen, dass eine einzelne Frau so viele Gewänder, Schuhe und Accessoires besitzen konnte. Als Tochter einer armen Näherin hatte sie nie mehr als zwei Kleider und ein Paar Schuhe besessen. Darum war sie überwältigt von Jeannes angehäuften Reichtümern, von denen sie bisher keine Vorstellung gehabt hatte. Was wäre, wenn Manon den hohen Ansprüchen der Favoritin des Königs nicht entspräche? Würde sie zu Madame Elodie und den Freiern zurückgeschickt werden, die schon auf ihre Beute lauerten?

Resigniert kauerte sie in einer Ecke und knabberte an den Fingernägeln, wie immer, wenn sie kurz davor war, die Fassung zu verlieren.

»*Mon Dieu*, worauf habe ich mich da bloß eingelassen?«, wisperte sie. Doch wie hätte sie ohne Jeannes Hilfe den Fängen der Madame Elodie entkommen sollen? Manon wusste, dass sie keine andere Wahl gehabt hatte und sich nun wohl oder übel bemühen musste, die ihr aufgetragenen Pflichten mit aller gebotenen Sorgfalt zu erledigen.

Ein vernehmliches Grummeln riss sie aus ihren Überlegungen. Ihr Bauch machte mit grollenden Geräuschen darauf aufmerksam, dass sie den ganzen Tag nichts gegessen hatte. Doch wo sollte sie jetzt etwas Essbares finden? Die grimmige Fanny zu fragen, kam ihr nicht in den Sinn. Plötzlich erinnerte sie sich an die Reste, die auf den goldenen Tellern im Vorzimmer lagen, und hoffte, dass kein eifriges Stubenmädchen sie in der Zwischenzeit fortgeschafft hatte. Unbeholfen krabbelte sie zwischen den Kleidern hervor, schlüpfte durch das Ankleidezimmer ins Schlafgemach und von dort auf den Flur, der dunkel und leer vor ihr lag. Auf Zehenspitzen huschte sie bis zur Tür, die nach ihrer Erinnerung ins gräfliche *Antichambre* führte. Geräuschlos drückte sie die Klinke nach unten und schob sich leise in den Raum. Und richtig, Fanny hatte es versäumt, das Geschirr abräumen zu lassen. Die Schoßhunde hatten das übrig gebliebene Fleisch verschlungen, aber Reste von Artischockenböden, in fetter Soße schwimmender Reis, hartes Brot, braun verfärbte Birnenhälften und ein wenig Zuckerwerk lagen noch auf den Tellern. Mit beiden Händen stopfte sich Manon gierig alles noch Genießbare in den Mund, um das schmerzhafte Ziehen im Magen zu besänftigen.

»Was soll das? Was treibst du im Vorzimmer der Gräfin? Ein für alle Mal, du hast hier nichts verloren, Mädchen!« Unbemerkt war die allgegenwärtige Fanny hereingekommen. Mit in die Hüfte gestemmten Fäusten baute sie sich vor der Kleinen auf, die vor Schreck den Teller fallen ließ, der polternd zu Boden fiel.

»Pardon, Mademoiselle, aber ich hatte solchen Hunger …«, versuchte die Kammerjungfer, sich zu entschuldigen.

»Warum kommst du nicht zu mir, sondern schleichst herum wie ein Dieb in der Nacht und stiehlst die Überreste von Madames gestrigem Imbiss? Tu das nie wieder, hörst du! Jetzt mach, dass du fortkommst, hinaus mit dir. Geh zu Bett, deine Dienste werden heute nicht mehr benötigt.«

Wie ein geprügelter Hund schlich Manon mit eingezogenem Kopf davon. Egal, was Zamor sagte: Wie viel Mühe sie sich auch mit ihrer Arbeit geben mochte, Fanny würde sie niemals anerkennen und ihr immer mit Misstrauen, Neid und Abneigung begegnen.

Kapitel 7

Als sie am nächsten Morgen erwachte, wusste Manon einen Augenblick lang nicht, wo sie sich befand. Noch nie zuvor hatte sie in einem weichen Bett zwischen lavendelduftenden Laken und warmen Decken geschlafen. Zufrieden schloss sie noch einmal die Augen und gab sich ganz dem Gefühl des Wohlbehagens hin. Doch sobald ihr einfiel, dass ihr erster Tag als Kammerjungfer bevorstand, warf sie die Decken ab und sprang auf. Jemand hatte den Krug mit Wasser gefüllt und sowohl ein Stück Seife als auch ein Leinentuch zum Abtrocknen danebengelegt. Hastig wusch sie Gesicht, Hals und Hände und versuchte, mit feuchten Fingern ihr prachtvolles Haar zu bändigen. Dabei wurde ihr bewusst, dass sie weder Bürste noch Spiegel besaß, um sich ordentlich zu frisieren.

Aus einer Kommodenschublade zog sie ein Hüftpolster hervor, hielt es an den Schnüren hoch und besah es von allen Seiten. Da sie nicht wusste, was sie damit anstellen sollte, legte sie es zurück und schlüpfte stattdessen in die gestärkten Unterröcke, den gestreiften Rock und das schwarze Mieder einer Dienerin. Verschämt stellte sie fest, dass es den Busenansatz sehen ließ. Sie suchte nach einem Jabot oder Tuch, um damit das Dekolleté zu bedecken, konnte jedoch nichts dergleichen finden. Auch der Rock erschien ihr reichlich kurz, denn er gab den Blick auf ihre schlanken Fesseln frei. Alles in allem eine recht frivole Aufmachung für eine Kammerjungfer, stellte Manon fest, die sich in den neuen Kleidern mehr als unwohl fühlte. So freizügig hatte sie noch nie Hals und Busen gezeigt.

Vorsichtig öffnete sie die Tür einen Spalt und schielte ins Ankleidezimmer, das im Halbdunkel lag. Nur vom Schminktisch kam das flackernde Licht zweier Kerzen. Mit dem flachen Spitzenhäubchen in der Hand, das mit Nadeln im Haar befestigt wurde, huschte sie dorthin, um sich vor dem großen venezianischen Spiegel das Haar zu richten und das Häubchen zu befestigen.

»Du bist ja früh auf den Beinen.«

Erschrocken wirbelte Manon herum.

Ausgestreckt auf der Chaiselongue lag die du Barry, eingehüllt in ein duftiges Negligé, in der Hand ein volles Glas, neben sich auf einem Beistelltisch eine Flasche und ein Schälchen mit Mandelkonfekt.

»Verzeiht, Frau Gräfin, dass ich Euch nicht bemerkt habe«, wisperte das Mädchen mit klopfendem Herzen.

»Nur nicht so förmlich, meine Kleine, wir sind schließlich *entre nous.* Keiner kann uns hören. Komm«, sie klopfte einladend neben sich auf das Polster. »Setz dich zu mir und lass uns ein wenig plaudern.«

Zögernd trat Manon näher und ließ sich widerstrebend auf der äußersten Kante der Chaiselongue nieder. Die Gräfin streckte die Hand aus und zog das Mädchen zu sich.

»Hast du schon einmal Champagner gekostet?«, wollte ihre Herrin wissen.

Als die Kammerjungfer den Kopf schüttelte, presste ihr die Gräfin das Glas an die Lippen und forderte:

»Trink, er wirkt äußerst belebend!«

Manon nahm einen kleinen Schluck.

»Nun? Wie schmeckt er dir?«, wollte die du Barry wissen, wartete die Antwort jedoch nicht ab, sondern sprach weiter: »Mein Alterchen trinkt flaschenweise Champagner, weil er von der aphrodisierenden Wirkung überzeugt ist, so wie von der des Spargels, der Austern und der Artischocken. Auch Kaffee und Schokolade, gewürzt mit allerlei Gewürzen, hält er für anregend. Leider lässt das Ergebnis immer öfter zu wünschen übrig, egal, was ich mit ihm anstelle.« Schmollend zog sie die Stirn in Falten. Doch plötzlich hellte sich ihre Miene auf.

»Stell dir vor, Manon, die Vigée wird ein Porträt von mir malen, das im königlichen Schlafgemach hängen soll. Jedenfalls hat mein Alterchen es mir versprochen. Was sagst du dazu?«

Wie immer, wenn Jeanne ihren königlichen Liebhaber respektlos »mein Alterchen« nannte, zuckte Manon zusammen, obwohl sie wusste, dass der Monarch mehr als vier Jahrzehnte älter war als seine lebenshungrige Mätresse. Doch sie riss sich zusammen und fragte schüchtern:

»Die Vigée, wer ist das, Madame?«

»Die berühmte Hofmalerin, du dummes Ding. Ihre Porträts sind hinreißend; schmeichelhaft, aber trotzdem absolut naturgetreu. Diese österreichische Gans wird vor Wut platzen, wenn sie davon erfährt, das kann ich dir sagen. Von ihrer langweiligen Visage hat die Vigée nämlich noch kein Bild gemalt.« Das Lachen der Gräfin klang gehässig. »Vielleicht kann sie sich dann dazu überwinden, mir endlich einen Gruß zu schenken.«

Wieder versank sie in dumpfes Brüten, und Manon bemerkte, wie rasch die Stimmung ihrer Herrin von einer Sekunde zur anderen umschlagen konnte.

»Was mich auf den Gedanken bringt, mich auf das nachmittägliche Treffen mit der Vigée vorzubereiten.«

Die Gräfin griff nach dem Glas und leerte es in einem Zug.

»Was, meinst du, soll ich zu diesem besonderen Treffen tragen? Rätst du mir zu großer Toilette oder eher zu etwas Einfachem? Viel Farbe im Gesicht oder vielleicht lieber ganz natürlich? Eine Perücke oder eher nicht? Brauche ich Geschmeide, um mich ordentlich herauszuputzen?«

»Warum nicht ganz schlicht mit leichtem Gewand und Strohhut?«, sprudelte es aus Manon heraus, bevor sie darüber nachdenken konnte.

Die du Barry richtete sich kerzengerade auf und starrte ihre Kammerjungfer an.

»Ein leichtes Gewand und ein Strohhut? Bist du von Sinnen? Das Gemälde ist für den König bestimmt.«

»Eben deshalb, Madame«, entgegnete das Mädchen beherzt. »Ein Gemälde, das Euch so zeigt, wie er Euch aus intimsten Momenten kennt, natürlich und gelöst.« Sie lächelte. »Ich empfehle nur einen Hauch roséfarbenes Rouge auf den Wangen und einen Tupfer Pomade, zwei Schattierungen dunkler, auf den Lippen.«

»Kein Bleiweiß?«

»Keinesfalls, Madame. Ich habe nie verstanden, warum jemand aussehen will wie ein Gespenst. Eure Haut ist wunderschön, zart schimmernd wie Perlmutt. Ihr seid so, wie Ihr jetzt ausseht, am schönsten.«

»Und was ist mit meinem Haar? Was willst du damit anstellen?«

»Wenn ich das sagen darf, Madame, keine Perücke ist schöner als Euer eigenes Haar, ungepudert, lose über die

Schultern fallend. Der Hut wird mit einem einfachen Band verziert, dessen Enden bis über die Schultern reichen. Damit werdet Ihr aussehen wie ein ganz junges Mädchen.«

»Ich *bin* ein ganz junges Mädchen«, stellte die Gräfin frostig klar. »Gerade einmal 22 Jahre alt. Rede also nicht über mich, als wäre ich eine vertrocknete Alte mit Krähenfüßen und Runzeln.« Missmutig zog sie das Negligé über der Brust zusammen.

»So war es doch nicht gemeint, Erlaucht!«, lenkte Manon sofort ein. »Ich wollte damit nur sagen …«

»Egal, was du sagen willst, wir machen es so, wie du vorgeschlagen hast. Ich werde jetzt ein Bad nehmen und eine Kleinigkeit essen. Du bleibst hier und suchst die passende Garderobe zusammen. Wenn ich zurückkomme, hilfst du Fanny, mich für das Treffen am Nachmittag anzukleiden.«

Mit den nackten Zehen angelte die Gräfin nach ihren Seidenpantoffeln, schlüpfte hinein und erhob sich.

»Gib Zamor Bescheid, dass ich während des Frisierens Kaffee wünsche. Vielleicht noch ein wenig Gebäck dazu.« Die Gräfin wandte sich zum Gehen, drehte sich aber noch einmal um und fragte: »Hast du schon etwas gegessen, Kleine?«

Als Manon den Kopf schüttelte, sagte die du Barry: »Du kannst ein Stubenmädchen anweisen, dir etwas aus der Küche zu holen, ich erlaube es. Schließlich musst du ja bei Kräften sein, wenn du mich präsentabel herrichten sollst.«

Nachdem Manon ihre Wünsche einem der Stubenmädchen mitgeteilt hatte, die mit Staubwedel und Lappen im gräflichen Schlafgemach zugange waren, ging sie an die Arbeit, nahm eine Robe nach der anderen in Augenschein, begutachtete nacheinander Hüte und Hauben und fand schließlich ein Kleid aus hellem Musselin sowie einen breitkrempigen Hut, den sie für geeignet hielt. Sie umwand ihn mit einem weißen Seidenband und befestigte eine hübsch geschwungene grüne Straußenfeder daran. Der Effekt war verblüffend. Sie hatte einen einfachen Sonnenhut in eine Kopfbedeckung verwandelt, die Aufsehen erregen würde. Dann wählte sie fleischfarbene Seidenstrümpfe aus und staunte über die Feinheit der gräflichen Leibwäsche, die aus spinnwebdünnem Leinen gewebt war, sodass sie beinahe durchsichtig und zudem mit feinster Lochstickerei gesäumt war. Seidenschuhe mit hohem Absatz rundeten das Ensemble ab. Die bildschöne Mätresse würde in dieser schlichten Aufmachung hinreißend aussehen.

Als das Stubenmädchen mit einem Tablett erschien, stopfte sich Manon im Stehen heißhungrig Brot und Käse in den Mund, löffelte die Rinderbrühe und stürzte hastig den mit Wasser verdünnten Wein hinunter. Danach fühlte sie sich gestärkt, um mit neuem Elan ans Werk zu gehen. Als Nächstes besah sie sich die Rougetöpfe, die Lippenpomaden, Lotionen und Bleipuder, öffnete einen Flakon nach dem anderen, um an den verschiedenen Parfüms zu schnuppern. Aromen von Ambra, Moschus, Bergamotte, Jasmin, Flieder und Rosen stiegen ihr in die Nase. Genießerisch schloss sie die Augen und atmete die sinnlichen Düfte ein. Hier fehlte es an nichts; alles war vorhanden, was eine Dame der adeligen Gesellschaft für ihre Schönheitspflege benötigte.

Sorgsam legte die Kammerjungfer alles zurecht, was sie brauchte, um die natürliche Frische ihrer Herrin hervorzuheben. Dann nahm sie die diamantgeschmückten Kämme aus Elfenbein in die Hand und bewunderte das zierliche Schnitzwerk von allen Seiten. Die Bürste aus reinem Gold, versehen mit dem Wappen der Gräfin, lag schwer in ihrer Hand. Selbst die Haarnadeln schienen aus purem Gold zu sein. Für seine Favoritin war dem König offenbar nichts zu teuer.

Zamor trat ein, ein Tablett mit einer Kanne, einer Tasse und Gebäckschale in den Händen. Er setzte es vor Manon auf dem Schminktisch ab, zwinkerte ihr zu und verschwand wortlos.

Es dauerte eine Weile, bis die du Barry aus dem Badezimmer kam, rosig, wohlduftend und in einen Seidenmantel gehüllt. Die Geliebte des Königs war eine der wenigen Frauen in Versailles, die großen Wert auf Körperhygiene legte und regelmäßig badete. Sie ließ sich am Schminktisch nieder, beugte sich vor und studierte aufmerksam jede Linie ihres Gesichts im Spiegel. Mit dem Zeigefinger fuhr sie am unteren Wimpernkranz entlang, lehnte sich dann zurück und seufzte.

»Findest du, dass die Spannkraft meiner Haut nachlässt, Manon? Ich meine, in den Augenwinkeln kleine Fältchen zu entdecken. Wenn ich nicht achtgebe, werden es schon bald tiefe Furchen sein. Was soll ich bloß dagegen tun? Wenn ich vorzeitig altere, verliere ich die Zuneigung des Königs.«

»Aber Madame, Eure Haut ist so glatt und prall wie ein Pfirsich, nirgendwo ist auch nur das kleinste Fältchen zu entdecken«, versuchte die Kammerjungfer, ihre Herrin zu aufzumuntern. »Aber wenn Ihr es wünscht, werde ich aus der Küche eine Gurke bringen lassen. In dünnen Scheiben auf die geschlossenen Augen gelegt, wirkt sie

Wunder. Doch nun beruhigt Euch, macht es Euch bequem und lasst mich nur machen.«

Es klopfte und Fanny trat ein, um einen Herzog und zwei Grafen anzukündigen, die der Favoritin ihre Aufwartung zu machen wünschten. Gelangweilt winkte die du Barry ab: »Jetzt nicht, Fanny, sie sollen morgen wiederkommen. Und du, Manon, fang endlich an.«

Mit einem in Rosenwasser getränkten Läppchen massierte sie Jeannes Gesicht mit sanft kreisenden Bewegungen, trug danach eine samtige Lotion auf, betupfte die Lider vorsichtig mit einem schimmernden Puder und verrieb eine winzige Menge Rouge auf den Wangenknochen. Den Lippen verlieh sie mit Lippenpomade verlockenden Glanz.

»Wirklich kein Bleipuder?«, fragte die Gräfin, die ihr Spiegelbild kritisch betrachtete. »Ich sehe viel zu frisch aus, mir fehlt die vornehme Blässe.«

»Nein, Madame. Eure Haut ist makellos, rein und durchscheinend wie feinstes Porzellan. Warum wollt Ihr Eure schönste Zierde hinter einer Maske aus Bleipuder verstecken?«, erwiderte die Kammerjungfer.

»Vielleicht hast du ja recht«, bestätigte die Gräfin, nachdem sie eine Weile überlegt hatte. »Damit werde ich Aufsehen erregen, denn die hysterischen Weiber bei Hofe werden sich fragen, warum die Hure des Königs der gaffenden Menge ihr bloßes Gesicht zeigt, ganz ohne die übliche Bemalung. Ich könnte damit sogar eine neue Mode kreieren, die Rückkehr zur Natürlichkeit, zum Charme der Schäferin.«

Diese Vorstellung reizte sie zum Lachen. »Schade nur, dass meine Wimpern zwar dicht, aber so hell sind, dass man sie kaum bemerkt.«

»Nun ja, Herrin, auch dafür gäbe es Abhilfe«, wandte Manon ein. »Allerdings müsst Ihr darauf achten, nicht mit den Händen die Augen zu berühren. Ihr dürft auch keine einzige Träne vergießen und müsst Euch vor Regen hüten.«

»All das werde ich beachten, versprochen. *Alors*, meine Kleine, worauf wartest du noch?«

Die Gräfin drehte sich zu Manon um und gab ihr einen leichten Stoß in den Rücken. Diese nahm ein Porzellanschälchen und verließ damit das Zimmer. Es dauerte nur ein paar Minuten, bis sie zurückkehrte, in der Hand das gefüllte Gefäß.

»Was zum Henker ist das?«, wollte die Gräfin wissen, nachdem sie den Inhalt misstrauisch beäugt hatte. Wie immer, wenn sie erregt war, verfiel die Favoritin in die Sprache der Gosse, aus der sie kam, und fluchte wie ein Wasserträger.

»Holzkohlenstaub, Madame.« Manons Augen glitten suchend über die Utensilien auf dem Schminktisch, bis sie das richtige Werkzeug gefunden hatte. Sie befeuchtete das Bürstchen mit einem Tropfen Öl und tunkte es anschließend in den Kohlenstaub. Vorsichtig fuhr sie damit an Jeannes Wimpern entlang, bis sie eine dunkle Färbung annahmen. Dann strich sie damit über die blonden Augenbrauen ihrer Herrin, um auch ihnen mehr Farbe zu verleihen.

»Oh là là, du bist ja tatsächlich eine kleine Künstlerin, ganz so, wie die Mädchen im *Maison Reine Margot* es gesagt haben«, freute sich die Favoritin, entzückt von ihrem Spiegelbild.

»Mit diesem Mittel müssen wir sparsam umgehen und dürfen es nicht zu oft verwenden. Kohlenstaub kann schlimme Augenentzündungen verursachen, Madame, deshalb müsst Ihr peinlich darauf achten, nichts davon ins Auge zu bekommen. Stellt Euch einfach vor, Euer Gesicht ist ein unbezahlbares Kunstwerk, das nicht berührt werden darf.«

»Das werde ich!«, kicherte die du Barry. »So, und jetzt her mit der Robe.«

Als Manon das Musselinkleid hochhielt, schüttelte Madame energisch den Kopf.

»Auf keinen Fall ziehe ich diesen Fetzen an. Darin sehe ich aus wie eine Bäuerin. Soll ich mich auf dem Bild vielleicht als Gänsemagd präsentieren?«

»Nein, Madame, als eine Jungfer, die an einem sonnigen Tag durch den Garten flaniert. Ganz ohne Mieder oder Korsett«, schmeichelte Manon und hielt der Gräfin den liebevoll dekorierten Strohhut entgegen. Sie nahm ihn und drückte ihn sich aufs Haar. »In der Hand solltet Ihr Blumen halten. Das wirkt sehr natürlich und unschuldig.«

»Donnerwetter, du verstehst dein Handwerk!« Die Gräfin betrachtete selbstverliebt ihr Spiegelbild. »Der ist allerdings bezaubernd. Den nehmen wir. Aber zuvor frisierst du mich, wie besprochen. Und jetzt ruf Fanny herein, sie soll mir beim Ankleiden helfen!«

Es dauerte noch mehr als zwei Stunden, bis die du Barry mit ihrem Erscheinungsbild endlich zufrieden war.

»Ihr seid die schönste Frau, die ich je gesehen habe«, entfuhr es Manon, als die Gräfin zum Ausgehen bereit vor ihr stand. Die kniff ihre Kammerjungfer gut gelaunt in die Wange und lachte: »Was für ein reizendes Kompliment!«

Dann ließ sie ihren schwarzen Pagen rufen, der sie ins blaue Vorzimmer begleiten sollte, wo die Hofmalerin bereits seit Stunden auf ihr Treffen mit der Königsmätresse wartete. Doch bevor sie zur Tür hinausrauschte, drehte sich die Gräfin noch einmal um und befahl: »Du kommst mit, Manon. Schließlich bist du für diese Kostümierung verantwortlich. Deshalb sollst du aus dem Mund von Elisabeth Vigée persönlich hören, was sie davon hält. *Alors,* worauf wartest du?«

Eilig schloss sich die Kammerjungfer dem Pagen an, der Reticule, Fächer und Handschuhe seiner Herrin trug. Gemessenen Schrittes zog die kleine Gruppe durch die Privaträume der Mätresse hinüber ins *Antichambre,* den Raum mit dem Fischbassin und dem kunstvoll gearbeiteten Kamin, wobei Manon erstmals das Speisezimmer, den Salon und die Bibliothek zu sehen bekam, allesamt ausgestattet mit den neuesten Kunstwerken der königlichen Möbelschreiner Bernard van Risenburgh und Denis-Louis Pelletier. Bei der Einrichtung war an nichts gespart worden, weder an Edelhölzern noch an Vergoldungen oder Stoffen. Mit großen Augen bewunderte Manon im Vorübergehen die Kommoden in chinesischem Dekor, die anmutig gedrechselten Stühle, die Gobelinsessel und die schimmernden Intarsien auf Beistelltischen aller Größen. Es erschien Manon wie ein wunderbarer Traum, dass es ihr gestattet war, in diesen elegant ausgestatteten Räumen zu arbeiten, denn trotz Zamors mahnenden Worten glaubte sie nach wie vor fest daran, geradewegs im Paradies gelandet zu sein.

Als ein Kammerdiener die Tür zum blauen Vorzimmer öffnete, um die Gräfin eintreten zu lassen, sprang ein zierliches junges Mädchen in schlichter Kleidung und einem kecken Hütchen auf den dunklen Locken auf und versank in einen tiefen Knicks. Manon schaute sich um und fragte sich, wo wohl die berühmte Hofmalerin blieb und wer dieses junge Ding dort am Fenster war, das sich uneingeladen in den Räumen der Königsmätresse aufhielt.

»Nehmt Platz, Mademoiselle Vigée«, forderte die Favoritin die Frauensperson auf, nachdem sie selbst auf einen Sessel gesunken war und ihr Kleid in anmutigen Falten um sich herum drapiert hatte. »Kommen wir gleich zur Sache, meine Zeit ist kostbar und daher sehr begrenzt. Nun, ich trage das Kostüm, in dem Ihr mich malen sollt. Wie ist Eure Meinung dazu? Ist es nicht zu schlicht? Womöglich gar zu gewöhnlich?«

»Aber nein, Madame, Ihr seht darin so lieblich aus wie eine frisch erblühte Rose«, beeilte sich die Malerin zu versichern. »Wenn ich es recht verstanden habe, soll das Bild ausschließlich für die Augen des Königs bestimmt sein. Dazu passt dieses Gewand wie kein anderes. Auch der Strohhut gefällt mir. Ich werde den Moment eines Sommertages einfangen, an dem Ihr von einem Spaziergang im Park zurückkehrt, erholt, entspannt, ohne große Toilette und ohne Zierrat, umhüllt von Eurer natürlichen Schönheit. Eine intime Szene, an der sich der König in privater Atmosphäre erfreuen kann, so wie er es gewünscht hat.«

Langsam wandte die du Barry den Kopf und starrte ihre neue Kammerjungfer stirnrunzelnd an. Die vermochte nicht, ein kleines Lächeln zu unterdrücken, bevor sie rasch den Kopf senkte.

Die Gräfin räusperte sich mehrmals, bevor sie zustimmte: »Also gut, Mademoiselle Vigée, ganz wie Ihr meint. Wo wollt Ihr arbeiten? In Eurem Atelier oder doch besser in meinen Räumlichkeiten?«

»Mein Atelier liegt in Paris, Erlaucht. Wir werden mehrere Sitzungen brauchen, deshalb schlage ich vor, dass ich genau hier arbeite. Das Licht ist wunderbar, hell, aber zugleich schmeichelnd weich. Mit Eurer Erlaubnis, Madame, schlage ich vor, dass ich Euch in diesem Raum male.«

»Einverstanden! Wann wollen wir anfangen?«, fragte die Gräfin leicht verärgert, weil ihre neue Kammerjungfer mit ihrer Voraussage bezüglich der Kleiderfrage recht behalten hatte.

»Nennt mir einen Zeitpunkt, der Euch genehm ist, Madame, und ich werde zur Stelle sein.«

»Ihr erhaltet rechtzeitig Nachricht, Mademoiselle. Aber nun dürft Ihr Euch verabschieden.«

Die Malerin erhob sich, knickste und ging rückwärts zur Tür, die der Kammerdiener geöffnet hatte. Kaum hatte sie sich hinter der Malerin geschlossen, als die Gräfin ausrief: »Zamor, mich gelüstet nach heißer Schokolade, Venusbrüstchen und Kuchen. Mit zwei Tassen, und rasch, wenn ich bitten darf.«

Der Page, der bisher regungslos hinter dem Sessel der Gräfin gestanden hatte, machte sich davon, bevor seine Herrin ungeduldig mit dem Fächer nach ihm schlagen konnte.

Währenddessen hing gespanntes Schweigen zwischen der du Barry und ihrer neuen Kammerjungfer. Das Mädchen saß mit bescheiden gesenktem Kopf und im Schoß gefalteten Händen da und wartete, dass die Gräfin sprach.

»Bilde dir bloß nichts darauf ein, Kleine«, unterbrach schließlich die gereizte Stimme der du Barry die Stille. »Es war reiner Zufall, dass du die Wünsche der Malerin vorhergesehen hast. Sie dachte wahrscheinlich, dieser sonderbare Aufzug wäre meine eigene Wahl und wollte höflich sein. Nur darum hat sie sich einverstanden erklärt.«

»Verzeiht, wenn ich Euch widerspreche, Frau Gräfin. Aber dieses Gewand kleidet Euch wie kein anderes. Ihr braucht keine große Robe, um zu glänzen. Eure Schönheit überstrahlt jedes noch so prachtvolle Festkleid und selbst jedes königliche Schmuckstück«, wagte Manon zu erwidern.

Bei diesen Worten hellte sich die Miene ihrer Herrin auf, sie lachte und klopfte ihrer Kammerzofe mit dem Fächer anerkennend auf die Wange.

»Du bist eine gewiefte Schmeichlerin, Manon la Belle, geschickter als jeder Höfling, denn du weißt, dass ich einem Kompliment kaum zu widerstehen vermag. Aber du hast recht, vielleicht ist es tatsächlich an der Zeit, die hochnäsigen Weiber bei Hofe mit einer neuen Mode zu überraschen.«

»Es gibt sicher nicht viele Damen in Versailles, die ein einfaches Musselinkleid mit der gleichen Eleganz zu tragen verstehen wie Ihr, Madame. Eure Figur ist tadellos, sie bedarf keiner Korsettstangen, keines Mieders. Welche Frau kann das von sich behaupten?«, lächelte Manon, erleichtert, dass ihre Freundin Jeanne in versöhnlicher Stimmung war.

Da betrat Zamor das *Antichambre*, gefolgt von einem Lakaien mit einem Silbertablett. Nachdem der eine dampfende braune Flüssigkeit in die beiden Tassen gegossen hatte, zog er sich mit einer Verbeugung zurück, während Zamor erneut hinter dem Sessel seiner Herrin Aufstellung nahm, um sofort zur Stelle zu sein, wenn diese weitere Wünsche äußerte. Beim Anblick des verlockenden Gebäcks lief Manon das Wasser im Munde zusammen. Im *Maison Reine Margot* hatte es Kuchen nur zu besonderen Anlässen gegeben, und auch nur ein winziges Stück für jedes Mädchen. Meist hatte Manon von solchen Köstlichkeiten nichts abbekommen.

Die Gräfin beugte sich vor, nahm eine Tasse und reichte sie der überraschten Manon, bevor sie ihre eigene zum Mund führte.

»Greif ruhig zu, *ma petite*. Die Venusbrüstchen sind eine Sünde wert. Die Österreicherin hat sie bei Hofe eingeführt, als Mitbringsel aus ihrer Heimat. Meiner Meinung nach das einzig Gute, das diese Frau je für Frankreich getan hat.«

Sie griff nach der appetitlichen, mit Schokolade überzogenen Nougatmasse, die tatsächlich die Form einer weiblichen Brust hatte, gekrönt von einer Amarenakirsche, und biss genüsslich hinein. Auch Manon nahm eine der Pralinen und knabberte vorsichtig daran.

Was für ein himmlischer Geschmack!, schoss es ihr durch den Kopf, während das Nougat auf der Zunge zerging und sie vor Entzücken die Augen schloss.

»Danke, Madame!«, stammelte die Kammerjungfer, die sich bei diesem Genuss im siebten Himmel wähnte.

Während sie von den süßen Köstlichkeiten naschten, plauderten sie mit alter Vertrautheit, die in ihrer gemeinsamen Vergangenheit begründet lag.

Wenn Manon eine Anekdote aus dem *Maison Reine Margot* zum Besten gab, lachte die Gräfin belustigt auf, und so saßen die beiden für eine unterhaltsame halbe Stunde wie alte Freunde beisammen. Beendet wurde die Unterhaltung durch die Ankunft eines korpulenten älteren Herrn in schmutzigen Stiefeln und blutbespritzter Jagdkleidung, der plötzlich ohne Ankündigung im Raum stand.

»Majestät!« Die Gräfin war aufgesprungen und in einen tiefen Hofknicks gesunken. Manon, die Tasse an den

Lippen, saß stocksteif auf der Ottomane und starrte den Unbekannten mit großen Augen an. Es bedurfte Jeannes energischer Hand, um sie am Kleid in einen Knicks zu ziehen.

»Erhebt Euch, Mesdames. Verzeiht mein Eindringen, ich bitte um Nachsicht dafür, denn ich wollte Eure Plauderei keineswegs stören«, lachte der König, dessen Blick neugierig an Manon hing. »Ich bin sehr erfreut, Euch in so guter Stimmung anzutreffen, Madame. Darf ich fragen, wer diese entzückende junge Dame an Eurer Seite ist? Ich habe sie hier noch nie bemerkt.«

»Sire, das ist Manon la Belle, meine neue Kammerjungfer.«

»Und wie ich sehe, trägt die junge Dame ihren Namen völlig zu Recht.« Die Blicke des Königs glitten gierig über Manons Gesicht und Körper. »Ist sie es, über die wir unlängst gesprochen haben? Das Fräulein aus Paris, das Ihr so dringend in Euren Dienst zu nehmen wünschtet? Charmant, ein echter Gewinn für Euren Haushalt, liebste Freundin.«

»Ich bin hocherfreut, dass meine Wahl Eure Zustimmung findet. Doch was verschafft mir die Ehre Eures Besuchs, Sire?«, fragte die du Barry.

»Es betrifft unser Diner heute Abend. Bedauerlicherweise muss ich mich entschuldigen. Der Jagdausflug hat mich mehr angestrengt als erwartet, deshalb werde ich früh zu Bett gehen. Ich bin gekommen, um Euch zu fragen, ob ich Euch stattdessen am morgigen Nachmittag mit einer Bootsfahrt und einem anschließenden Picknick entschädigen kann.«

»Ganz wie Ihr wünscht, Majestät. Für eine Bootsfahrt bin ich immer zu haben, wie Ihr sicherlich wisst«, schnurrte die Favoritin und schenkte ihrem Liebhaber ein zärtliches Lächeln.

»Dann auf morgen, Liebste.« Der König ergriff die Hand seiner Mätresse und küsste sie, bevor sein Blick wieder zu Manon hinüberglitt, die noch immer, in Ehrfurcht erstarrt, neben der Ottomane stand.

»Ihr dürft Eure Herrin morgen begleiten, Mademoiselle, ich erlaube es. Mehr noch, ich lade Euch dazu ein.«

Mit galanter Geste zog er den Hut und verneigte sich vor den Damen, bevor er das Vorzimmer verließ.

Der König von Frankreich hat sich vor mir verbeugt, schoss es Manon dabei durch den Kopf, und ihre Wangen röteten sich, während ihr Herz vor Aufregung einen Schlag aussetzte. Erst als ihre Herrin sie mit dem Ellbogen anstieß, kam sie wieder zur Besinnung.

»Du hast es gehört, wir unternehmen morgen eine Bootsfahrt. Überlege dir, was ich zu diesem Anlass tragen soll und welche Frisur dem Anlass gerecht wird. Wenn ich mich recht erinnere, besitze ich ein duftiges rosenfarbenes Baumwollkleid, das sich für diese Gelegenheit eignen würde. Suche es und lege es bereit, damit ich es anprobieren kann. Es muss sehr schlicht sein, weil wir nach der Fahrt zwanglos im Gras sitzen werden. Es darf also kein teures Kleid sein, sondern eines, das entbehrlich ist, sollte es hinterher Grasflecken aufweisen. Auch um dein Auftreten müssen wir uns Gedanken machen. Du kannst natürlich nicht in der Tracht einer Kammerjungfer erscheinen. Such dir unter meinen Kleidern etwas Passendes aus. Das ist sicher kein Problem, da wir annähernd die gleiche Größe haben, auch wenn du natürlich dünner bist als ich. Aber das ist nichts, was sich nicht mit ein oder zwei Abnähern ändern lässt. Also, husch, husch, an die Arbeit!«

Nachdem sie ihre Anweisungen erteilt hatte, erhob sich die Gräfin.

»Aber zuerst hilfst du mir, mich für den Abend umzukleiden.«

Zurück im Ankleidezimmer schlüpfte die du Barry in eine veilchenblaue Contouche-Satinrobe, die perfekt mit ihrer Augenfarbe harmonierte. Dazu wählte sie eine gepuderte Lockenperücke, die Manon mit Diamantschleifen schmückte. Mit Brillanten besetzte Armbänder, Ohrringe und ein Collier vervollständigten die prächtige Aufmachung, so wie die exquisite Gesichtsbemalung, mit der Manon sich besondere Mühe gab. Minutenlang betrachtete die Gräfin ihre Erscheinung von allen Seiten im Spiegel, bevor sie erklärte: »Ja, das gefällt mir und ist dem Anlass angemessen. Ich werde heute Abend mit dem englischen Gesandten, Lord Seymour, dinieren, da der König meiner Gesellschaft nicht bedarf. Du brauchst nicht auf mich zu warten, Kleine, ich werde erst sehr spät zurückkehren. Wenn du alles für morgen vorbereitet hast, kannst du zu Bett gehen.«

Dem Klatsch und Tratsch der Dienerschaft hatte Manon entnommen, dass Lord Seymour einer der vielen Liebhaber der du Barry war. Auch mit dem Herzog Aiguillon hatte sie angeblich ein Liebesverhältnis, und es wurde zudem über eine Affäre mit dem Herzog de la Vrillière gemunkelt. Man flüsterte hinter vorgehaltener Hand, dass ihre Herrin auch nichts gegen eine Liebesnacht mit einem gut gewachsenen Leibgardisten des Königs einzuwenden hatte, sofern dieser sich diskret verhielt und nicht mit seiner Eroberung prahlte.

Ich mag Jeanne noch immer, und sie ist auch eine gute Herrin. Aber sie verhält sich so schamlos wie eine Dirne aus dem *Maison Reine Margot,* die mit jedem Mann ins Bett steigt, und nicht wie eine Dame von Adel, dachte Manon enttäuscht, bevor ihr in ihrem Kämmerlein die Augen zufielen.

Kapitel 8

Bereits vor Anbruch der Morgendämmerung war Manon wach. Sie schlug die Augen auf und erinnerte sich, dass sie ihre Herrin am Nachmittag zu einer Bootsfahrt begleiten durfte, ein Privileg, das einer Kammerjungfer keineswegs zustand, und das ihr nur durch die Gunst des Königs gewährt wurde.

Wie geheißen, hatte sie das rosenfarbene Linonkleid herausgesucht, das die Gräfin heute zu tragen wünschte. Ein großer Florentinerhut, geschmückt mit rosenroten Seidenblumen und Bändern, sollte ihren milchweißen Teint vor der Sonne schützen. Bei der schlanken Figur der du Barry waren weder Mieder noch Fischbeinkorsett nötig, eine rosenrote Seidenschärpe, eng um die Taille geschlungen, würde genügen. Für sich selbst hatte Manon ein einfaches lindgrünes Baumwollkleid gewählt, das in langen, weich fließenden Falten herabfiel, sowie ein über der Brust geknüpftes Spitzenfichu. Damit wirkte sie so züchtig wie eine Klosterschülerin, denn nichts lag ihr ferner, als unliebsame Aufmerksamkeit zu erregen. Doch sie musste lange warten, bis ihre Herrin endlich im Ankleidezimmer erschien; verschlafen, aber trotzdem bester Laune und in Vorfreude auf den kommenden Tag. Sie ließ sich in den Sessel fallen und legte den Kopf in den Nacken, sodass Manon geschickt die Zeichen der Müdigkeit beseitigen und ihr Gesicht mit ein wenig Rouge und Perlmuttpuder zum Strahlen bringen konnte.

Als die Kammerjungfer gerade dabei war, die dicken blonden Strähnen der Gräfin zu ordnen und mit Schildpattkämmen an den Seiten aufzustecken, trat die Kammerfrau Fanny ein, das Tablett mit dem morgendlichen Kaffee in Händen. Doch bevor sie es abstellen konnte, stolperte sie, und das Getränk ergoss sich über Manons Gewand. Erschrocken schrie diese auf und sprang hastig beiseite, als die heiße braune Flüssigkeit auf Kleid und Haut traf, doch es war zu spät, das Unglück war geschehen. Auf dem zarten Gewebe breiteten sich hässliche braune Flecken aus, und ihr Schenkel brannte wie Feuer.

»Zum Teufel mit dir, du Trampel, kannst du nicht aufpassen? Sieh nur, was du angerichtet hast! Ich kenne keine Dienerin, die so ungeschickt ist wie du«, schimpfte die Gräfin auf Fanny ein. »Rasch, Manon, kleide dich um. Du darfst dir das malvenfarbene Gazekleid nehmen. Es ist nagelneu, ich hatte noch keine Gelegenheit, es zu tragen, aber egal. Rose Bertin wird eben ein neues schneidern müssen.«

Trotz des Tadels ihrer Herrin grinste Fanny hämisch und beobachtete Manon, die das ruinierte Baumwollkleid abstreifte, um nach dem Schneiderkunstwerk aus feinem Gazestoff zu suchen. Auf ihrem Oberschenkel zeigte sich ein hässlicher roter Fleck, wo der siedend heiße Kaffee die Haut verbrüht hatte. Auch das Fichu hatte braune Spritzer, sodass Manon darauf verzichten musste. Schamhaft zog sie den Ausschnitt des neuen Kleids zurecht, der ihr unangemessen tief erschien.

»Das Kleid steht dir, *ma petite*, du darfst es behalten«, rief die Gräfin, die Fannys schadenfrohe Miene sehr wohl bemerkt hatte und wusste, dass diese selbst ein Auge auf das hochmodische Gewand geworfen hatte.

Von einem Moment zum anderen verschwand das Grinsen aus Fannys Gesicht, und mit kaum hörbarer Stimme hauchte sie eine Entschuldigung für ihr »Missgeschick«. Doch so leicht war die Gräfin nicht zu beschwichtigen.

»Geh mir aus den Augen, Fanny. Ich habe keine Lust, mir von deinen Streichen den Tag verderben zu lassen«, zischte die du Barry. »Wenn ich zurückkomme, hast du Vorzimmer, Bibliothek und Salon aufgeräumt und dafür gesorgt, dass die Stubenmädchen das Schlafgemach gründlich reinigen. Danach gehst du zum Goldschmied, um mein Brillantarmband abzuholen. Außerdem bringst du meine Leibwäsche zu den Wäscherinnen, nimmst die frisch gewaschene Wäsche mit und ordnest sie fein säuberlich in den Schubladen ein, hast du verstanden?«

»Das ist nicht meine Aufgabe, Jeanne, sondern die der Kammerjungfer«, widersprach Fanny schnippisch.

»Himmeldonnerwetter noch mal, und ab heute ist es eben deine. Und nenn mich nicht Jeanne!«, fluchte die Gräfin ganz undamenhaft. »Wenn es dir in meinem Dienst nicht gefällt oder dir die Arbeit zu schwer erscheint, steht es dir frei zu gehen. Ich halte dich nicht fest! Und jetzt raus mit dir, verschwinde!«

Fanny knickste mit hochrotem Kopf, bevor sie fluchtartig das Ankleidezimmer verließ.

»So, *ma petite,* nun müssen wir uns aber sputen. Wir dürfen Seine Majestät nicht warten lassen. Das mag mein Alterchen nämlich gar nicht.«

Zamor, in farbenprächtiger Livree und taubenblauem Turban, hatte sich inzwischen beinahe geräuschlos im Ankleidezimmer eingefunden. Er griff nach dem Fächer und dem sogenannten *Pompadour,* einem beutelartigen

Täschchen, und folgte an der Seite von Manon seiner Herrin. Als sie die Treppen hinabstiegen, wurde die Gräfin von allen Seiten respektvoll gegrüßt. Edelmänner zogen den Hut und beugten den Rücken, vornehm gekleidete Damen neigten das Haupt, wenn die Gräfin an ihnen vorüberschritt. Erst als ein hübsches Mädchen, gehüllt in eine cremefarbene Robe über seitlich ausladendem *Panier* und mit unordentlicher Frisur, in Begleitung ihrer Entourage an der kleinen Gruppe vorbeiflanierte, war es die du Barry, die das Knie beugen musste. Nach kurzem Zögern tat es ihr Manon gleich, obwohl sie nicht wusste, wer ihre Herrin da vor aller Augen mit Nichtachtung strafte. Denn das junge Ding hatte den höflichen Gruß der Favoritin nicht nur ignoriert, sondern sogar den Kopf zur Seite gedreht und so getan, als hätte sie die ihr erwiesene Reverenz nicht bemerkt. Auch ihre Damen schienen die Gräfin nicht wahrzunehmen, denn sie spazierten an ihr vorbei, ohne ihr einen Blick zu gönnen. Im Gegenteil, die Damen kicherten verächtlich, während die Gräfin sich aufrichtete und der kleinen Gruppe hinterher starrte. Zornesröte verdunkelte dabei ihr Gesicht, vor allem, als die umstehenden Höflinge diesen Affront mit nur mühsam unterdrücktem Gelächter quittierten.

»Das wird sie mir büßen, dieses hässliche österreichische Entlein«, murmelte die Favoritin, rasend vor Wut. »Hast du bemerkt, wie schlampig sie gekleidet und frisiert war, Manon? Der Saum ihres Kleides hing herab, das *Manteau* hatte Schmutzflecken, und ihre Haare sahen aus, als hätten Vögel darin genistet. Wie mir zu Ohren gekommen ist, weigert sich dieser Schmutzfink zu baden; noch nicht einmal waschen will sie sich. Schweißgeruch und andere unappetitliche Ausdünstungen überdeckt sie mit

Parfüm und Puder. Sie ist eine Schande für den französischen Hof. Ich werde dem König davon berichten und mich über ihre Respektlosigkeit beschweren.«

Bebend vor Empörung über die öffentliche Demütigung rauschte die Favoritin davon, sodass ihre beiden Begleiter ihr kaum zu folgen vermochten. Mit großen Schritten durchquerte sie den Spiegelsaal und ließ Manon keine Zeit, auch nur einen einzigen Blick auf die ausufernde Pracht zu werfen.

Sobald sich die Türen zum Park vor ihnen auftaten, hielt Manon entzückt den Atem an. Sie betraten die Terrasse, die den Blick auf die schönste Parkanlage der Welt freigab. Gerne hätte das Mädchen dort länger verweilt, um die Symmetrie der verschiedenen Parterres und der Bassins zu bewundern, doch sie wurden bereits von Lakaien mit einer goldenen Sänfte erwartet. Sobald die Gräfin darin Platz genommen hatte, ging es über die große Treppe nach unten, dorthin, wo das blaue Band des *Grand Canals* im Sonnenlicht schimmerte. Manon und Zamor liefen der Sänfte zu Fuß hinterher. Sie folgten den akribisch geharkten Wegen, vorbei am Latona-Bassin und zahlreichen wundervollen Götterstatuen, bis hin zum Ufer der Wasserstraße. Dort lagen die Gondeln für die Vergnügungsfahrt vertäut, und die Bootsführer warteten auf die Passagiere. Höflinge in den schlichten Kniehosen und Leinenhemden des Landadels und Hofdamen in schmucklosen Tageskleidern umringten den König, der ein volles Champagnerglas in der Hand hielt. Als die Gräfin mit ihren Bediensteten eintraf, wandten sich ihr alle Köpfe zu. Die Damen taxierten die Gräfin mit missgünstigen Blicken von Kopf bis Fuß, die Herren dagegen zeigten Interesse an der bildhübschen Kammerjungfer. Lediglich der König empfing seine Mätresse mit wohlwollendem Lächeln.

»*Enchanté*, meine Liebste, da seid Ihr ja endlich!«, begrüßte sie der Monarch gut gelaunt. Galant beugte er sich vor, um erst die Hand der Gräfin und danach ihre Lippen zu küssen. »Aber Ihr seht wieder einmal so bezaubernd aus, dass ich Euch die kleine Verspätung nur allzu gern verzeihe. Gegen Eure Schönheit verblasst selbst die der Göttin Aphrodite. Ihr seid in der Tat der hellste Stern an meinem Hof.«

Seine Geliebte kicherte geschmeichelt: »Und Ihr, Sire, seid der gewiefteste Schwindler, den ich kenne. Selbst der Verführer Casanova, von dem alle Welt schwärmt, könnte von Euch noch einiges lernen.«

Der König warf den Kopf in den Nacken und lachte aus voller Kehle. Als er sich beruhigt hatte, wandte er sich an Manon.

»Auch Euch heiße ich willkommen, Mademoiselle. Es freut mich, dass Ihr meiner Einladung Folge leistet, und ich wünsche Euch gute Unterhaltung.«

Er deutete eine Verbeugung an, bevor er das Haar des Pagen zauste. »Wie immer ist es ein Vergnügen, dich an meiner Seite zu sehen, Zamor. Deine Gesellschaft ist mir angenehm. Doch nun lasst uns einsteigen, damit die Fahrt beginnen kann.«

Die Bootsführer streckten die Hände aus, um den Damen beim Einsteigen behilflich zu sein. Zamor und Manon wurde gestattet, still im Bug der königlichen Gondel zu sitzen, während der König und seine Geliebte unter einem Baldachin im Heck des Bootes Platz nahmen. Die Gondeln legten ab, mit dem königlichen Wasserfahrzeug an der Spitze. Die Bootsführer stakten in gemächlichem

Tempo davon, dorthin, wo sich die beiden Arme des Kanals kreuzten, um die Gondeln nach Norden zu lenken. Verzaubert von dem Anblick betrachtete Manon die vorbeiziehenden Gartenanlagen mit den geradlinigen, stillen Alleen, den verschwiegenen Lauben und den mystischen Labyrinthen sowie die Weitläufigkeit des Schlossparks. Sie konnte nicht begreifen, wie all diese Herrlichkeit einem einzigen Menschen gehören konnte.

Dann hörte sie ihre Herrin fragen: »Wohin geht denn die Reise, Sire?«

»Nur Geduld, mein Augenstern, ich habe eine Überraschung für Euch.«

Obwohl der König leise gesprochen hatte, war die Bemerkung Manons gespitzten Ohren nicht entgangen. Sie drehte den Kopf und sah die Gräfin an, deren Wangen sich vor Aufregung gerötet hatten. Nichts liebte sie mehr als die Überraschungen des Königs, bei denen er sie meist mit Juwelen, Pelzen, Grundbesitz oder Geld überschüttete. Sicher würde sie auch an diesem Tag ein wertvolles Präsent erhalten. Manon merkte ihrer Herrin an, dass diese vor Neugierde kaum noch stillsitzen konnte.

Sobald sie anlegten und die Herrschaften festen Boden unter den Füßen hatten, verkündete der König, eine Promenade unternehmen zu wollen. Er bot seiner Favoritin den Arm, hinter ihnen gruppierte sich der Zug der Höflinge gemäß ihrer Rangfolge. Ganz zum Schluss folgten die Bediensteten. Der Weg führte durch schattige Alleen vorbei am *Grand Trianon*. Dort wandten sich die Spaziergänger in nordöstlicher Richtung, bis sie schließlich die exotischen Gärten rund um das *Petit Trianon* betraten, das Ludwig XV. für seine ehemalige Mätresse, Madame Pompadour, hatte bauen lassen. Das Lustschlösschen im klassischen Stil wirkte von außen bescheiden, eher wie eine hübsche Sommervilla denn ein herrschaftliches Schloss, war im Inneren jedoch mit der neuesten Technik und dem hochwertigsten Mobiliar ausgestattet. Zum Anwesen gehörten neben dem prachtvollen botanischen Garten mit exotischen Bäumen und Pflanzen, die aus der Levante, der Neuen Welt, Afrika und Asien herbeigeschafft worden waren, auch zahlreiche Gewächshäuser mit Mandarinen-, Orangen- und Zitronenbäumen in wuchtigen Terrakottatöpfen. Gleich nebenan gediehen Mandelbäumchen, japanische Kirschen, Kaffee- und Bananenstauden. In anderen Glashäusern wuchsen verschiedenste Arten der schönsten Orchideen. Entlang der Wege blühten Oleander, Hibiskus, Stockrosen und Blumen, wie man sie in Frankreich bisher nicht gekannt hatte. Der botanische Garten des Königs erregte weltweites Aufsehen und Neid. Die berühmtesten Botaniker und Wissenschaftler der Erde rissen sich um eine Einladung in die Gärten des Königs. Über dem gesamten Areal hing der betörende Duft Tausender Pflanzen in der Luft.

Der König gebot seinem Gefolge mit einer Geste zurückzubleiben. Nur in Begleitung von Manon und Zamor entfernte er sich am Arm seiner Geliebten von der Gruppe. Vor der Treppe, die zur Terrasse des *Petit Trianon* führte, blieb Ludwig stehen.

»Nun, meine Liebste, wie gefällt es Euch?«, wollte er von seiner Mätresse wissen.

Die kniff gegen das grelle Sonnenlicht die Augen zusammen und sah an der goldgelben Sandsteinfassade des Schlösschens empor.

»Es ist wunderschön, Sire. Aber warum fragt Ihr?«

»Weil es von nun an Euch gehören soll«, erwiderte der König mit einem Lächeln. »Hier könnt Ihr zur Ruhe kommen und den bösartigen Hofklatsch hinter Euch lassen. Es soll Euer Refugium sein, Euer Rückzugsort. Besucher dürfen nur mit Eurer ausdrücklichen Erlaubnis den Frieden dieser Idylle stören. Was sagt Ihr dazu?«

»Oh, Sire! Ihr seid so gut zu mir, so überaus großzügig. Wie kann ich Euch nur danken?« Atemlos vor Freude sank die du Barry in einen Hofknicks, griff nach Ludwigs Hand und küsste sie inbrünstig. »Womit habe ich eine solch wundervolle Gabe verdient?«

Der König zog sie an sich.

»Indem Ihr mein Leben lebenswert macht und es jeden Tag mit Eurer Anwesenheit versüßt. Ihr seid der wichtigste Mensch für mich, meine ganze Freude, denn Ihr habt mir noch niemals Kummer bereitet. Euch verdanke ich meine schönsten Stunden.« Er drückte sie an seine Brust und bedeckte ihr Gesicht mit leidenschaftlichen Küssen.

»Ach, Liebster, das Schlösschen ist ja wirklich zauberhaft, aber ...« Leise begann die Favoritin zu schniefen und sah trotz Trauermiene zum Anbeißen hübsch aus.

»Was ist denn? Was habt Ihr?« Erschrocken schob er sie ein Stück von sich, um ihr trauriges Gesicht zu betrachten. »Sagt die Wahrheit, das *Petit Trianon* gefällt Euch nicht, es ist Euch zu gering. Ihr habt Euch etwas Repräsentativeres, Größeres erhofft, ist es das?«

Doch sie schüttelte nur effektvoll schluchzend den Kopf, aber Manon sah, dass ihre Augen dabei trocken blieben. Stockend jammerte sie über die kürzlich erlittene Demütigung durch die Dauphine und beschwerte sich mit kaum hörbarer Stimme über die Beleidigungen, die Marie Antoinette ihr tagtäglich zufügte.

Die Lippen des Königs wurden schmal vor Wut. Er zog ein Seidentüchlein aus dem Ärmel, reichte es seiner Favoritin und streichelte ihr dann sanft übers Haar. Dabei flüsterte er ihr zärtliche Galanterien ins Ohr.

Laut aber sagte er: »Nun habe ich endgültig genug von den Launen eines verwöhnten jungen Frauenzimmers, das sich nicht zu benehmen weiß. Es war das letzte Mal, dass sie Euch gekränkt hat, mein Liebling, das verspreche ich Euch. Ich werde ihre Aufsässigkeit nicht länger dulden und mich persönlich um die Angelegenheit kümmern. Sie wird ihr Verhalten noch bereuen. Wer Euch beleidigt, Madame, beleidigt auch mich, den König von Frankreich. Das wird die Dauphine entweder lernen oder dafür die Konsequenzen tragen. Doch jetzt kommt, beruhigt Euch und genießt mit mir den schönen Tag.«

Er legte den Arm um ihre Schulter und küsste sie tröstend auf die Wange. »Hört auf zu schmollen und freut Euch stattdessen über das neue Heim, Liebste, in dem Ihr von heute an die Herrscherin seid. Schaut, all das gehört jetzt Euch. Sämtliche Früchte aus fernen Ländern, all die kostbaren Blumen und Pflanzen, sie blühen nur zu Eurem Gefallen.« Er breitete die Arme aus, um ihr den ganzen Reichtum seines Geschenks vor Augen zu führen.

Die Gräfin nickte, beruhigt durch das Versprechen des Monarchen, die Dauphine für ihre Impertinenz zur Rechenschaft zu ziehen.

Ihren Kopf an die Schulter des Königs gelehnt, schlenderte das Paar Arm in Arm zurück zur Hofgesellschaft, die bequem im Schatten der hohen Bäume lagerte.

Etwas abseits erwartete sie eine Heerschar von Dienern. Im weichen Gras waren für die Hofgesellschaft Decken und Kissen ausgebreitet worden, die ihnen unter dem Blätterdach der Bäume einen geschützten Platz zum Sitzen boten. Erleichtert waren die Damen darauf niedergesunken und fächelten sich nun schwer atmend Luft zu, erhitzt vom Spaziergang, denn der Tag war ungewöhnlich warm. Manch eine drückten die Fischbeinstäbe ihres Korsetts tief ins Fleisch, und sie beneideten die Favoritin, die auf die Schnürung verzichtet hatte. Zahlreiche Lakaien waren zur Stelle, um Champagner und eisgekühlte Limonade zu reichen.

Sobald der König neben seiner Mätresse Platz genommen hatte, begann ein kleines Orchester, versteckt hinter blühendem Buschwerk, das Liebeslied »L'amour s'envole« zu spielen, und die Damen und Herren klatschten begeistert in die Hände. Auch Manon lauschte aufmerksam, denn sie hatte noch nie einem Konzert beigewohnt. Während sich die Zuhörer den lieblichen Klängen von Bratsche, Cello, Geige und Querflöte hingaben, hatten die Diener Tische aufgebaut, die sich unter der Last der Leckerbissen bogen, vom König höchstselbst für diesen besonderen Anlass ausgewählt. Auf einen Wink hin eilten Lakaien herbei, um silberne Teller mit kalten Pasteten, Braten, Schinken, Räucherfischen, Austern und weiches Weißbrot zu servieren. Danach wurden Früchte, Petit Fours, Schaumgebäck, Kuchen und Creme Chantilly gereicht, während der Champagner in Strömen floss. Schon bald verloren die Damen jede Scheu, zogen wegen der Hitze die Kleider über die Schultern herab und zeigten mit bis ans Knie gezogenen Röcken schamlos ihre Beine. Die Herren entledigten sich Rock und Weste und genossen hemdsärmelig den ungewohnten Anblick halb nackter Hofdamen.

Die Kammerjungfer und der Page saßen ein wenig abseits der Adeligen, an den Stamm einer mächtigen Eiche gelehnt, und beobachteten das Treiben um sie herum. Manon beugte sich über einen Teller mit Kuchen und Konfekt. Obwohl sie sich bereits an Braten und Fisch satt gegessen hatte, vermochte sie den süßen Versuchungen nicht zu widerstehen. Besonders die Meringue hatten es ihr angetan, und sie schob sich gerade das dritte Törtchen in den Mund. Als ihr ein Lakai ein Glas Champagner reichen wollte, lehnte sie ab und verlangte stattdessen nach einem Glas Limonade.

»Magst du etwa keinen Champagner?«, fragte der Page, der schon das dritte Glas getrunken hatte und die Hand nach einem vierten ausstreckte. »Gewöhne dich besser daran, denn bei Hof wird er getrunken wie Quellwasser.«

»Warum sollte ich, wenn er mir nicht schmeckt?«, entgegnete das Mädchen abweisend und griff nach dem letzten Stück Obstkuchen.

Während sie schweigend aß, sah sie sich unter halb gesenkten Lidern um. Der König hatte den Arm um Jeannes Taille gelegt und küsste ihre nackte Schulter, doch seine Blicke schweiften hinüber zu Manon. Auch einige andere Edelmänner hatten ihr den Kopf zugewandt und musterten die Kammerjungfer, deren Körperkonturen sich verführerisch unter dem dünnen Stoff ihres Kleides abzeichneten. Nervös durch die ungewohnte Aufmerksamkeit nestelte sie an ihrem Dekolleté und zog die Füße unter den weiten Rock. Spöttisch beobachtete Zamor ihr Treiben.

»Warum so schamhaft, Mademoiselle? Nennt man dich

nicht Manon la Belle? Du hast doch im Bordell gearbeitet, da bist du sicher an die Aufmerksamkeiten der Männer gewöhnt, nehme ich an. Schau nur genau hin. Du hast die Neugier von Minister Aiguillon, von Herzog Richelieu und dem Kanzler Maupeou erregt, und selbst der König kann kaum den Blick von dir wenden, obwohl er die schönste Frau Frankreichs in den Armen hält. Hat sich unsere Herrin da etwa eine Nebenbuhlerin ins Haus geholt?« Er feixte boshaft und leerte den Rest des Glases.

»Du bist ja betrunken, darum weißt du nicht, was du redest, Junge. Vielleicht solltest du besser dein loses Maul halten und aufhören, haltlose Gerüchte zu verbreiten. Welcher der hohen Herren würde an einer einfachen Kammerjungfer Gefallen finden, wenn er sich stattdessen zu einer Gräfin oder Herzogin ins Bett legen kann?«

»Oh, die edlen Herren wissen auch einfache Genüsse durchaus zu schätzen. Pass nur gut auf dich auf, sonst findest du dich schneller als gedacht im Bett eines Höflings wieder.«

Er grinste ihr dreist ins Gesicht, während er an seinem fünften Glas Champagner nippte.

Angewidert wandte sich Manon von ihm ab. Aber der Page hatte recht. Immer wieder trafen sie lüsterne Männerblicke, während die Damen des Hofs einer kleinen Kammerzofe keinerlei Beachtung schenkten.

Als das helle Tageslicht der samtblauen Dämmerung wich, ordnete der König den Aufbruch an. Außer der du Barry und ihrer jungen Zofe, die kaum Alkohol genossen hatten, waren alle unsicher auf den Beinen, berauscht von zu viel Liebesgeflüster, Wein und Champagner. Manch eine Dame musste auf den starken Armen eines Bootsführers zur Gondel getragen und hineingesetzt werden. Einer Herzogin fiel die Perücke vom Kopf, während sie sich ungeniert vor aller Augen ins Gras erbrach, doch außer Manon schien niemand Anstoß daran zu nehmen.

Sie benehmen sich noch widerwärtiger als die Freier im *Maison Reine Margot,* dabei sind es doch Edelleute, die sich vorbildlich verhalten sollten, besonders in Gegenwart ihres Souveräns. Sie zeigen ihm keinerlei Respekt, dachte Manon, abgestoßen von den aufgedunsenen Gesichtern und dem trunkenen Lallen der Männer und Frauen. Auch der König schien nicht mehr ganz nüchtern zu sein, denn kaum saß er im Sessel unter dem Baldachin, da sank sein Kopf an die Brust seiner Geliebten, und bald darauf ertönte lautes Schnarchen.

Manon zuckte zusammen, als eine Hand versuchte, ihre Brust zu streicheln. Sie drehte sich um und zischte dem Pagen, dem der Turban fast bis auf die Nase gerutscht war, erbost zu: »Wenn du nicht damit sofort aufhörst, werfe ich dich über Bord, hast du verstanden? Ich bin größer und stärker als du, also lass diesen Unsinn.«

Die vorwitzige Hand zog sich augenblicklich zurück, der Page rückte von ihr ab und drehte ihr beleidigt den Rücken zu. Nun begann Manon, die Fahrt mit allen Sinnen zu genießen. Die Hitze des Tages war einer angenehmen Wärme gewichen. Das Mondlicht warf geheimnisvolle Schatten auf die Statuen entlang des Kanals, sodass sie beinahe lebendig wirkten. Der Gesang der Vögel war verstummt; außer dem Quaken der Frösche und dem Ruderschlag der Bootsführer war kein Laut zu hören. Zahllose Blumen, Büsche und Sträucher verströmten einen betäubenden Duft. Manon schnupperte entzückt und hob den Kopf, um den nachtblauen Himmel mit seinen unzähligen Sternen zu betrachten, die wie Brillanten über ihr funkelten.

So sorglos also kann das Leben sein, wenn man über unermesslichen Reichtum und uneingeschränkte Macht verfügt, dachte sie, und ihre Mutter kam ihr in den Sinn, die sich Tag für Tag mit nicht enden wollenden Näharbeiten plagte und kaum je das Tageslicht zu sehen bekam, weil sie von Sonnenaufgang bis Sonnenuntergang mit dem Ausbessern von Weißwäsche beschäftigt war. Wie ungerecht es doch zugeht auf dieser Welt. Was habe ich für ein Glück, wie dankbar muss ich sein, dass ich diesem elenden Schicksal entronnen bin, grübelte sie.

Während sie die laue Abendluft einsog, freute sie sich über den Abend, der den friedlichen Abschluss eines aufregenden Tages bildete. Sie lehnte sich über die Bootswand und ließ ihre Hand träge durchs Wasser gleiten, als über den heimkehrenden Booten ein lautes Krachen ertönte. Augenblicklich war alles um sie herum hell erleuchtet, denn der Monarch feierte seine Rückkehr vom Spaziergang mit einem Feuerwerk. Rote, grüne, blaue, silberne und goldene Lichter zischten über den Nachthimmel, während die Lichterfunken glitzernd zu Boden sanken.

»Mon Dieu, es regnet Sterne«, murmelte Manon verzückt und streckte die Hände aus, um die vermeintlich vom Himmel regnenden Sterntaler zu fangen, die jedoch verglühten, bevor sie zur Erde fielen. Die Köpfe der Ausflügler reckten sich nach oben, und so manches bewundernde Ah und Oh wurde laut. Als das Spektakel beendet war, belohnten die Damen und Herren es mit langanhaltendem Beifall, und auch Manon klatschte begeistert in die Hände. Hätte sie sich auf ihrem feuchten Strohsack in der Abstellkammer des Bordells je träumen lassen, einen so märchenhaften Tag zu erleben? An der Seite des Königs zu sitzen, wie eine Fürstin zu speisen und ein Feuerwerk zu sehen? Bei dem Gedanken musste sie unwillkürlich lächeln. Sie, Manon la Belle, war unter einem Glücksstern geboren, und auch für sie würde es einmal glitzernde Sterne regnen, davon war sie überzeugt.

Schon bald hatte sich Manon im Palast eingelebt. Nachdem sie sich mit dem Appartement der Favoritin und seinen zahlreichen Zimmern und Kammern vertraut gemacht hatte, die abseits der herrschaftlichen Gemächer lagen, erkundete sie nach und nach die Treppen, Geheimgänge, Nischen und Winkel der zweiten Etage, auf der auch die Räume des Königs lagen. Bald wusste sie, wo die Waschfrauen zu finden waren, wo der königliche Goldschmied seine Werkstatt hatte und – was ihr am wichtigsten erschien – wo die Küchen lagen, in denen die königlichen Mahlzeiten zubereitet wurden, die auch der Gräfin serviert wurden. Sie lernte den Friseur Léonard kennen sowie Rose Bertin, die bevorzugte Schneiderin und Modistin der du Barry, deren Karriere als gefragte Beraterin hochadeliger Kundinnen soeben ihren Anfang nahm. Léonard war ein affektierter junger Mann, der Manon zwar mit überlegener Arroganz behandelte, ihr jedoch gelegentlich wertvolle Ratschläge erteilte. Die Bertin war Manon anfangs mit Zurückhaltung begegnet, doch als sie merkte, welch großen Respekt die Kammerjungfer ihrer Arbeit zollte, zeigte sie ihr, wie sie mit wenigen Handgriffen einen Saum oder eine abgerissene Spitze annähen konnte. Manon war ihr dafür dankbar, denn ihre Herrin behandelte ihre kostbaren Roben mit der gleichen Nachlässigkeit wie all ihre anderen Besitztümer. Manche Kleider wiesen Risse und Flecken auf, der Saum war heruntergetreten, die Seitennähte aufgeplatzt. Nur allzu oft verlor oder verlegte sie Fächer, Handschuhe, Schals, Armbänder oder Ohrringe, die auf mysteriöse Weise verschwunden blieben.

»Warum soll ich auf diese Dinge achten?«, murrte die du Barry unwillig, als Manon einmal vorsichtig auf eine durch Champagnerflecken ruinierte Seidenrobe mit Goldstickerei hinwies. »Ich verstehe deine Aufregung nicht. Wenn sie unbrauchbar ist, bestelle ich eben eine neue. Der König bezahlt dafür, dass ich stets tadellos gekleidet bin. Das Kleid kannst du behalten, ich schenke es dir.«

Fassungslos, sowohl über ihr Glück als auch über so viel Gleichgültigkeit, legte Manon das kostbare Gewand beiseite. Sie würde eine Wäscherin fragen, wie man die Flecken entfernen konnte. Vielleicht war das Kleid ja zu retten und konnte gewinnbringend verkauft werden.

Da die du Barry ständig nach neuen Accessoires, Kleidern, Stoffen, Kosmetika und Juwelen gierte, gaben sich während ihrer Morgentoilette die Händler die Klinke in die Hand. Tagtäglich präsentierten Juweliere, Goldschmiede, Parfümeure, Möbelschreiner, Stoffhändler, Modistinnen, Putzmacher und Schneider ihre modischsten und kostspieligsten Waren, und nur selten vermochte die du Barry ein Angebot auszuschlagen. Zweimal wöchentlich fanden sich die Juweliere Boehmer und Bassenge, bekannt für ihren exquisiten Diamantschmuck, in ihren Gemächern ein, um die exklusivsten Stücke ihres Ateliers zu präsentieren. Aus Grasse reiste eigens ein Parfümeur an, im Gepäck fünf Kisten mit Flakons voll erlesener Düfte. Venezianische Kaufleute boten Bleipaste, Talk- und Reispuder zum Bleichen der Haut an, fettige Pomaden zum Fixieren der Frisur sowie verschiedene Lippenfarben und das unverzichtbare Rouge, das aus der Cochenille Schildlaus gewonnen wurde. Anders als ihre Vorgängerin, Madame Pompadour, verzichtete die du Barry auf Schönheitspflästerchen, kleine zugeschnittene Flecken aus Leder, Seide oder Samt, mit denen andere Damen gern die vornehme Blässe ihrer Haut betonten, und hinter denen sich Hautunreinheiten gut verstecken ließen.

Manon erwies sich als das gelehrigste Kammerkätzchen, das sich eine Dame nur wünschen konnte. Sie liebte es, die prächtigen Kleider, Hüte, Pelze und zarten Dessous ihrer Herrin zu pflegen. Es war beinahe so, als würden ihr diese Kostbarkeiten selbst gehören. Die du Barry zeigte sich ihrer Kammerjungfer gegenüber äußerst dankbar und würdigte Manons Fleiß mit kleinen Geschenken. So manches Kleidungsstück, Tücher und duftige Dessous wechselten bei dieser Gelegenheit die Besitzerin.

Schon bald beherrschte Manon alle Tricks und Kniffe des Schminkens. Es gelang ihr scheinbar mühelos, die prachtvolle Erscheinung der Gräfin noch schöner und glanzvoller erscheinen zu lassen. Darum dauerte es nicht lange, bis die Damen des Hofs begannen, die Favoritin um ihre so vielseitig begabte Kammerjungfer zu beneiden. Gelegentlich fand Manon ein Briefchen in ihrer Kammer, in dem ihr eine Fürstin oder Herzogin einen Platz in ihrem Haushalt anbot, mit dem Versprechen, dass der Wechsel für die Kammerjungfer durchaus lohnend wäre. Jedes Mal warf sie den jeweiligen Brief achtlos ins Feuer, denn trotz Fannys fortwährender Sticheleien fühlte sie sich im Dienst ihrer alten Freundin Jeanne durchaus wohl, war ihr von Herzen zugetan und treu ergeben.

In der Zwischenzeit hatte der König die Dauphine zu einer Privataudienz beordert. Unter vier Augen hatte der alternde Monarch ein Machtwort gesprochen und mit allem Nachdruck von der jungen Frau verlangt, seiner Mätresse den gebührenden Respekt zu erweisen. Zähneknirschend hatte sich Marie Antoinette gefügt.

An einem Sommermorgen begleitete die Gräfin ihren königlichen Liebhaber auf einem Spaziergang durch den Schlosspark. Wie immer waren Zamor und Manon an der Seite ihrer Herrin. Auch einige Höflinge hatten darum gebeten, sich dem König anschließen zu dürfen. Arm in Arm betraten der König und seine Favoritin den Spiegelsaal, in dem zahlreiche Damen und Herren der Hofgesellschaft lustwandelten, um sich an der Schönheit dieses architektonischen Wunderwerks zu ergötzen, das im Sonnenlicht funkelte wie ein Juwel. Kaum waren sie ein paar Schritte gegangen, als sie auf die Dauphine in Gesellschaft der Herzogin Polignac und der Prinzessin Lamballe trafen, den beiden liebsten Freundinnen der Kronprinzessin.

Der König blieb abrupt stehen, und seine Augenbrauen zogen sich beim Anblick der Gemahlin seines Enkels drohend zusammen. Doch die verneigte sich anmutig vor ihrem Schwiegergroßvater, während ihre Begleiterinnen ängstlich in einem tiefen Hofknicks verharrten. Einen unendlich scheinenden Augenblick lang hielt die versammelte Hofgesellschaft den Atem an, und alle Blicke richteten sich auf die kleine Gruppe um den König, um kein Detail dieses denkwürdigen Schauspiels zu verpassen. Es war so still, dass man eine Nadel hätte fallen hören.

Die Dauphine räusperte sich mehrmals. Langsam drehte sie ihren Kopf der du Barry zu, ohne sie dabei anzusehen, und sprach laut, sodass alle Umstehenden es hören konnten: »Es sind heute viele Menschen in Versailles.«

Ein Leuchten ging über das Antlitz der du Barry, und sie erwiderte mit ebenso klarer Stimme: »In der Tat.«

Der König nickte, hocherfreut über diesen Austausch von Höflichkeiten, beugte sich vor und küsste die Dauphine zum Zeichen seines Wohlwollens auf beide Wangen. Marie Antoinettes Mund lächelte charmant, doch ihre Augen glitzerten kalt wie Eis. Manon lief ein Schauer über den Rücken, weil sie in diesem Moment erkannte, dass die Tage der du Barry gezählt wären, sobald die Dauphine an der Seite ihres Gemahls den Thron bestieg. Das neue Königspaar würde die ehemalige Mätresse mit Schimpf und Schande davonjagen, dafür würde Marie Antoinette schon sorgen. Und es war fraglich, ob sie der du Barry gestatten würde, ihre angehäuften Reichtümer mitzunehmen.

Mit einem flüchtigen Knicks nahm die Dauphine die Gunstbezeugung des Monarchen entgegen und verabschiedete sich mit einem scheinheiligen »*Au revoir*, liebste Majestät«, bevor sie in Begleitung ihrer Freundinnen davonschlenderte.

Der Gräfin war der Sieg über die Arroganz der österreichischen Kaisertochter deutlich anzusehen, denn sie zitterte am ganzen Leib vor Genugtuung über ihren Triumph, während sich ihr Gesicht vor Aufregung rötete. Ihr königlicher Liebhaber dagegen schien zufrieden mit der banalen Konversation zwischen der Kronprinzessin und seiner Mätresse und lud diese ein, ihm bei Tisch

Gesellschaft zu leisten. Er wusste, wie dankbar sie sich nach dem Essen ihm gegenüber erweisen würde. Für den Nachmittag war Manon vom Dienst befreit, denn nur der Page wurde aufgefordert, seiner Herrin zu folgen.

Manon sah der du Barry nach, die sich am Arm des Königs entfernte.

Welch ein Glück, dass ich heute das wasserblaue Baumwollkleid und den hübschen Strohhut trage, dachte Manon erleichtert und strich die Falten ihres Gewandes glatt, als sie die prüfenden Blicke der Umstehenden bemerkte. Mit dem gestreiften Rock und dem schwarzen Mieder wüsste jeder sofort, dass ich nichts anderes bin als eine kleine Kammerjungfer. Tatsächlich befanden sich am heutigen Tag ungewöhnlich viele Fremde in Versailles, denn das Schloss stand jedem Besucher offen, der sich ordentliche Kleider leisten konnte.

»Mademoiselle!« Eine weibliche Stimme schreckte Manon aus ihren Gedanken auf. Langsam drehte sie sich zu der Sprecherin um. Vor ihr stand die Dauphine im Kreis ihrer Freundinnen. Augenblicklich versank das Mädchen in eine tiefe Reverenz.

»Du darfst dich erheben.« Mit der Spitze ihres Fächers tippte ihr die Kronprinzessin leicht auf die Schulter. »Nenn mir deinen Namen, Mädchen!«

»Manon la Belle, königliche Hoheit«, murmelte die Kammerjungfer und fragte sich, womit sie den Unwillen der Dauphine erregt haben könnte.

»Du stehst im Dienst von Madame du Barry, habe ich recht?«, forschte Marie Antoinette, während sie die Bedienstete neugierig musterte. Als Manon nickte, wollte sie wissen: »Gefällt es dir bei ihr? Bist du zufrieden oder wünschst du dir eine andere Herrin?«

»Oh nein, königliche Hoheit, keineswegs. Ich bin durchaus glücklich mit meinem Los und könnte mir keine bessere Herrin vorstellen. Die Gräfin sorgt gut für mich. Bei ihr habe ich alles, was ich brauche«, stotterte das Mädchen verwirrt.

»Soso, sie behandelt dich also gut, das freut mich zu hören. Aber du sollst wissen, dass auch ich eine tüchtige Kammerzofe brauche. Eine, die sich um meine ganz persönlichen Belange kümmert, die vertrauenswürdig und sehr verschwiegen ist.« Marie Antoinette trat so dicht an Manon heran, dass sie ihr zuflüstern konnte: »Bist du verschwiegen, Manon la Belle? Kannst du Geheimnisse für dich behalten? Oder verkaufst du sie für klingende Münze an weit geöffnete Ohren?«

Manon hielt den Atem an, denn die Dauphine roch stark nach Schweiß und anderen unangenehmen Körperausdünstungen, die selbst ihr schweres Parfüm nicht zu überdecken vermochte.

»Aber nein, Hoheit, ganz gewiss nicht!«, entgegnete Manon und trat zwei Schritte zurück. »Was denkt Ihr von mir? Haltet Ihr mich für eine Klatschbase?«

»Ich halte dich für das, was du bist, Mädchen, die Dienerin einer Kurtisane.« Die Dauphine lächelte hochmütig. »Lass es mich wissen, falls du es dir anders überlegst. Ein zweites Mal werde ich dir nicht einen Platz in meinem Haushalt anbieten. An deiner Stelle würde ich darüber nachdenken, wo meine Zukunft liegt.«

Sie hakte sich bei der Prinzessin Lamballe unter und ging grußlos ihres Wegs. Zurück blieb Manon, verstört durch Marie Antoinettes unverblümte Aufforderung, ihre Herrin zu verraten, indem sie eine Anstellung in den Gemächern ihrer schlimmsten Widersacherin annahm.

Von Stunde an quälten Manon Zweifel, ob sie ihrer Herrin von ihrer Begegnung mit Marie Antoinette und deren Angebot erzählen oder die Episode lieber für sich behalten sollte. Da sie die tiefe Abneigung der Gräfin gegen die Kronprinzessin kannte, fürchtete sie, dass ihre Offenbarung bei der du Barry zu einem ihrer berüchtigten Wutanfälle führen würde.

»Was fehlt dir, Manon? Wo versteckt sich dein Lächeln?«, wollte die Gräfin einige Tage nach dem Vorfall im Spiegelsaal wissen. »Seit einiger Zeit bist du recht blass und schweigsam. Du hast dir doch nichts zuschulden kommen lassen? Etwa mit Zamor oder einem der Lakaien?«

»Aber Madame!«, fuhr die Kammerjungfer aus ihren Grübeleien auf. »Wofür haltet Ihr mich? Niemals würde ich mich so vergessen.«

»Kein Liebeskummer also? Was bedrückt dich dann? Du bist mit deinen Gedanken weit weg, anstatt bei mir und deinen Pflichten. Erzähle mir doch, was dich quält.« Mit dem Fuß zog sie einen Schemel heran und drückte Manon darauf nieder.

Einen Moment lang zögerte Manon, doch dann brach es aus ihr heraus und sie berichtete über das Angebot der Dauphine. Als sie ihre Geschichte beendet hatte, knirschte die Gräfin vor Wut mit den Zähnen und fauchte: »Dieses niederträchtige Luder! Erst hat sie beim König und seinem Gefolge die gemeinsten Lügen über mich verbreitet, jetzt versucht sie, mir meine Dienstboten abspenstig zu machen. Sie lässt in der Tat nichts unversucht, um mir das Leben sauer zu machen. Was habe ich diesem verwöhnten Fratz bloß getan, um eine solche Behandlung zu verdienen? Oh, ich gehe auf der Stelle zum König und beschwere mich über ihre fortwährenden Intrigen!«

Sie zerrte sich das Negligé so gewaltsam von den Schultern, dass das zarte Gewebe mit einem scharfen Ratsch entzweiriss. Mit einem Fußtritt schleuderte sie es beiseite und schrie: »Los, Mädchen, steh nicht herum wie eine Idiotin, sondern bring mir die neue Seidenbrokatrobe, die die Bertin gestern geliefert hat.« Sie begann, hektisch in der großen Schmuckschatulle zu wühlen, in der sie die Schmuckstücke aufbewahrte, die sie am liebsten trug.

»Wo ist das verdammte Saphircollier?«, kreischte sie und fegte plötzlich mit einer Handbewegung Puder, Flakons, Salben und Pinsel vom Schminktisch. Im Nu glich das Ankleidezimmer einem Schlachtfeld, übersät mit klebrigen Pomaden, verschiedenfarbigen Pudern, Scherben von Glasfläschchen und deren Inhalt, der von Wänden, Möbeln und Kleidern tropfte.

»Madame, Madame, beruhigt Euch doch bitte!«, flehte Manon, doch die du Barry dachte nicht daran, dieser Bitte Folge zu leisten. Ungehemmt tobte sie weiter, zerriss Wäsche und warf mit allem um sich, was ihr in die Hände geriet. Endlich wurde die Tür aufgerissen, und Fanny, Zamor und ein Lakai blickten entsetzt auf die Verwüstungen. Mit zwei Schritten war Fanny bei Manon, stieß sie beiseite und zischte ihr zu:

»Verschwinde, aber schnell!«, und als diese wie versteinert stehen blieb, gab sie ihr einen heftigen Stoß, der sie in die Arme des Lakaien beförderte. Der junge Mann führte das verstörte Mädchen hinaus in den Flur. Der erschrockene Zamor folgte ihnen.

»Was, in aller Welt, hast du nur gesagt oder getan, das unsere Herrin derart in Rage gebracht hat?«, wollte der Lakai kopfschüttelnd wissen, doch Manon war zu keiner Antwort fähig.

»Ich weiß noch, als sie das letzte Mal die Contenance verloren hat«, erinnerte sich der Page. »Das war, als sie erfuhr, dass sich der König wieder einmal heimlich zu der irischen Hure O'Murphy geschlichen hat, um sich nächtelang mit ihr zu vergnügen. Damals hat sie gewütet wie eine Furie, hat Spiegel, Geschirr, Vasen und sogar einen Stuhl zertrümmert.«

»Stimmt, das war ein furchtbarer Tumult an diesem Tag«, stimmte der Lakai seufzend zu. »Erst als sie das Versprechen des Königs erhielt, ihr eine neue Kutsche und vier Pferde zu schenken, kam sie ein wenig zur Ruhe. Die Herrin verliert manchmal bei nichtigen Anlässen die Fassung, obwohl sie sonst die Liebenswürdigkeit in Person ist.«

Zamor betrachtete Manons blasses Gesicht, dann wandte er sich an den Diener: »Pierre, geh und hol ein Glas Branntwein. Das Mädchen hat den Schreck seines Lebens erlitten. Es braucht dringend eine kleine Stärkung.«

Der Lakai Pierre grinste und eilte davon, um nach wenigen Minuten mit einem gut gefüllten Glas zurückzukehren. Zamor hielt es dem Mädchen an die bleichen Lippen und zwang es, kleine Schlucke der goldbrauen Flüssigkeit zu trinken, bis seine Wangen wieder ein wenig Farbe annahmen.

Aber Manon sollte diese Lektion niemals vergessen. In Zukunft hütete sie sich davor, die Überbringerin schlechter Nachrichten zu sein.

Kapitel 9

Seitdem die Gräfin du Barry wusste, dass es nur eines einzigen Wortes ihrer jungen Zofe bedurfte, um in den Haushalt der Dauphine zu wechseln, behandelte sie das Mädchen mit noch mehr Freundlichkeit als früher. Ihr war bewusst, dass es neben der Dauphine noch andere Hofdamen gab, die Manon nur allzu gern in ihren Dienst genommen hätten. Darum war das Mädchen nach dem erschreckenden Wutausbruch seiner Herrin nun stolze Besitzerin eines mit Amethysten besetzten Armbands und einer winzigen silbernen Taschenuhr; das Armband ein Geschenk der du Barry, die Uhr eine Gabe des Königs, der selbst ein Auge auf die Kammerjungfer geworfen hatte. Manon fragte sich manchmal, ob es ihm gelungen war, den ständigen Zwist zwischen der Dauphine und seiner Mätresse zu schlichten, wagte aber nicht, danach zu fragen, aus Angst, erneut Zielscheibe von Madames Zorn zu werden.

Eine Schar von Stubenmädchen hatte innerhalb von zwei Tagen die Spuren von Madames Raserei beseitigt. Die mit Puder beschmutzten Kleider wurden gereinigt, die im Zimmer verstreuten Schminkutensilien sowie die zerbrochenen Parfümflakons durch eine Lieferung aus Grasse und Venedig ersetzt. Madame besaß seit dem Vorfall eine stattliche Anzahl neuester Lingerie, genäht von Nonnen des Klosters Port Royal des Champs und mit feinster Stickerei versehen. Die zerfetzte Weißwäsche war an Manon und Fanny zu deren Verwendung weitergereicht worden. In ihren wenigen freien Stunden war Manon damit beschäftigt, die feinen Dessous zu reparieren, so gut es eben ging. Noch nie zuvor hatte sie so duftige Weißwäsche gesehen, geschweige denn besessen, darum gab sie sich mit der Näharbeit die größte Mühe.

Unmerklich war aus dem schüchternen kleinen Dienstmädchen aus dem *Maison Reine Margot* eine geschickte Versailler Kammerzofe geworden. Sie trug die auffällig silberblonden Haare stets adrett frisiert, hatte sich des Dienstbotengewands entledigt und war stattdessen in die abgelegten Gewänder der Gräfin geschlüpft. Jeden Morgen wusch sie in ihrer Kammer sorgfältig Achseln, Scham und Füße mit feiner Seife, um den lästigen Schweißgeruch loszuwerden. Danach tupfte sie einen Tropfen Rosenwasser hinters Ohr, zwischen die Brüste und in die Armbeuge, wo der Duft besonders lange anhielt. Nun sah sie nicht nur aus wie eine frisch erblühte Rose, sie roch auch so.

Wissensdurstig sog die Kammerjungfer sämtliche Regeln der Versailler Etikette auf und erinnerte sich noch nach Jahrzehnten an jede einzelne. Während sie das Gesicht der Favoritin mit Rouge, Pomade, Khol und Reispuder kunstvoll bemalte und die schweren Locken mit Seidenschmetterlingen und Edelsteinblüten schmückte, lauschte sie bei der Morgentoilette aufmerksam den Gesprächen zwischen der Gastgeberin und den Höflingen. Auf diese Weise erfuhr sie alles über die Rangfolge des Adels. Nun wusste sie, dass eine Duchesse im Rang weit über einer Gräfin stand und achtete darauf, stets die korrekte Anrede zu benützen. Sie konnte einen Prinzen königlichen Geblüts von einem Prinzen nichtköniglichen Geblüts unterscheiden. Doch wenn die Stubenmädchen über Madames wundersame Verwandlung von der Kokotte zur Gräfin durch die Heirat mit einem versoffenen Grafen in Geldnöten tuschelten, verschloss sie die Ohren und wandte sich ab.

Bei jeder sich bietenden Gelegenheit studierte sie den schwebenden Gang der neuen Hofdamen, jungen Adelsfräulein, die direkt aus dem Kloster nach Versailles geschickt wurden, um einen passenden Ehemann zu finden, und imitierte ihn so vollkommen, dass jedermann glaubte, ihre Füßchen in hochhackigen Pantoffeln würden kaum den Boden berühren, sondern engelsgleich darüber gleiten.

Die Gräfin ermahnte sie immer wieder, beim Essen nicht zu schlingen wie ein Habicht, statt eines Löffels Messer und Gabel zu benutzen und die Lippen mit einer Serviette abzutupfen, bevor sie das Glas zum Munde führte. Vor dem König und seinem Gefolge vollführte sie, nach langem Üben vor jedem Spiegel, den perfekten Hofknicks, sodass der Monarch ihre Anmut lobte.

Nachdem der Goldschmied ihre Ohrläppchen mit einer Stopfnadel durchbohrt hatte, trug sie winzige Perlenohrringe und um den Hals ein Kreuz an einer dünnen Goldkette, Geschenke ihrer Herrin, die den Wert ihrer Zofe sehr wohl zu schätzen wusste und sie um keinen Preis verlieren wollte. Manon polierte ihre Fingernägel mit einem Seidentüchlein, bis sie im Kerzenlicht glänzten, betonte die hohen Wangenknochen mit einem Hauch Rouge und die vollen Lippen mit zartrosa Pomade. Durch die regelmäßigen üppigen Mahlzeiten rundeten sich Brust und Hüften, doch ihre Taille blieb auch ohne Korsett so schmal, dass sie mit zwei Händen zu umspannen war, ein Anreiz für jeden Mann, es einmal zu versuchen. Die Blicke der Männer folgten ihr, wann immer sie mit einem Auftrag ihrer Herrin durch den Palast eilte. Oft erhielt sie nicht nur von Bediensteten, sondern auch von Grafen und Herzögen eindeutige Angebote, die sie stets höflich ablehnte. Doch der Jagdeifer der Männer war geweckt, die die reizvolle Kammerjungfer bei jeder Gelegenheit mit geilen Blicken verfolgten. Das schöne Geschöpf erschien so manchem als lohnende Beute.

An einem Nachmittag hatte sie einen Botengang für ihre Herrin erledigt und lief die Treppen empor zur zweiten Etage. Die Wachen vor der doppelflügeligen Tür gewährten ihr mit vertraulichem Zwinkern Einlass, denn schon längst war Manon keine Unbekannte mehr für sie. Die Kammerzofe wusste, dass ihre Herrin der Malerin Elisabeth Vigée Modell saß und deshalb nicht gestört werden durfte. Am Nachmittag wurde der König erwartet. Manon beschloss, dass die Nachricht, die sie der Gräfin überbringen sollte, in diesem Fall warten musste. Sie nahm sich vor, im Ankleidezimmer Ordnung zu schaffen, bis die Sitzung beendet war.

Düster lag der Korridor vor ihr, nur zwei Wandleuchten warfen ihr spärliches Licht in die Dunkelheit. Auf Zehenspitzen huschte sie davon, denn der lange Flur mit seinen verborgenen Nischen und dunklen Ecken war ihr von Anfang an unheimlich gewesen.

Kaum hatte sie die Tür zum Schlafgemach der Favoritin geöffnet, als ihr aus dem Bett ein pelziges Ungeheuer entgegensprang, das sie im ersten Augenblick für eine Ratte hielt. Kreischend landete es auf ihrer Schulter und klammerte sich mit klauenartigen Händen in ihren Haaren fest, wobei es unablässig schrille Schreie ausstieß. In Panik versuchte Manon, die Kreatur abzuschütteln, aber vergebens. Verängstigt begann sie um Hilfe zu schreien und schlug dabei wild um sich, was die Bestie nur noch mehr aufbrachte, die daraufhin mit beiden Ärmchen ihren Hals umschlang. Zum Glück hatte Pierre, der Lakai, den Tumult im gräflichen Schlafzimmer vernommen und eilte zu Hilfe.

Als er sah, um wen es sich bei dem »Untier« handelte, streckte er beide Arme aus und lachte: »Aber Nana, du kleiner Kobold, was fällt dir ein, eine junge Dame so zu erschrecken?« Mit geschickten Fingern erlöste er Manon aus der pelzigen Umarmung und befreite sie von dem Tier, das sich sogleich auf Pierres Schulter flüchtete, Manons orangerotes Halstuch in den klauenartigen Fingern.

»Was ... was ist das?«, keuchte Manon atemlos, denn ihr schlug das Herz bis zum Hals.

»Darf ich vorstellen? Das Seidenäffchen Nana, ein Geschenk des osmanischen Sultans an unsere Herrin. Ich hoffe, Nanas Kapriolen haben dich nicht allzu sehr aufgeregt. Warte einen Augenblick, ich bringe sie in die Kammer zu den Schoßhunden und dem Papagei, dort ist sie in guter Gesellschaft. Ich weiß nicht, wie sie ins herrschaftliche Schlafgemach gekommen ist.« Er ließ Manon stehen und entfernte sich mit dem Affen im Arm.

Manon sank auf den Rand des Bettes und schloss die Augen, um sich von dem soeben erlittenen Schock zu erholen. Plötzlich fühlte sie sich von zwei kräftigen Händen gepackt und gewaltsam auf die Matratze niedergedrückt. Als sie die Augen aufriss, kniete Pierre über ihr, bog ihre Arme über den Kopf zurück und hielt sie dort fest.

»Bist du so feurig, wie die Farbe deines Halstuchs vermuten lässt?«, wisperte ihr Pierre ins Ohr. »Sag nichts, ich werde es selbst herausfinden.«

Als Manon zu schreien begann, presste er seinen Mund auf ihren und drängte seine Zunge zwischen ihre Lippen. Angewidert versuchte sie, ihn von sich zu stoßen, aber er war zu stark. Während er sie mit einer Hand weiter festhielt, öffnete er mit der anderen seinen Hosenlatz und schob ihren Rock bis zu den Hüften hoch. Dann spürte sie Pierres Finger zwischen ihren Schenkeln, die sich schmerzhaft in das weiche Fleisch ihrer Scham gruben. Vergeblich wand sie sich unter der Last seines schwitzenden Körpers.

»Pierre!? Was geht hier vor? Lass sofort meine Zofe los, du verkommene Kanaille!« Das war die keifende Stimme der du Barry. In einem durchsichtigen Negligé stand sie im Türrahmen und dahinter, das Gesicht rot vor Zorn, seine Majestät, der König. Achtlos schob er seine Geliebte beiseite und war mit zwei Schritten am Bett. Roh riss er den Burschen am Kragen zurück, verabreichte ihm zwei schallende Ohrfeigen und schleuderte ihn zu Boden, als wäre er ein tollwütiger Hund. Dann beugte er sich über Manon, zog ihren Rock zurecht und half ihr, sich aufzurichten. Er reichte das Mädchen an die du Barry weiter, drehte sich zur offenen Tür und brüllte: »Wachen! Auf der Stelle zu mir!«

Das Gepolter genagelter Stiefel war zu hören, dann standen die beiden Soldaten, die sonst vor der Tür des Appartements Wache hielten, salutierend vor ihren Befehlshaber.

»Nehmt den Kerl fest und werft ihn in den Kerker. Bewacht ihn gut, der Verbrecher wollte vor den Augen des Königs ein junges Mädchen schänden.«

Wimmernd lag die Kammerjungfer in den Armen ihrer Herrin, vor Schreck unfähig, auch nur ein Wort zu sprechen.

»Komm, du armes Kind, ich bringe dich in deine Kammer. Du brauchst Ruhe, um dich von dieser Attacke zu erholen.« Die du Barry führte Manon aus ihrem Schlafgemach durch das Ankleidezimmer bis ins Kämmerchen der Zofe. »Lege dich nieder, ich bin gleich wieder bei dir.«

Sie ging, kam aber nach wenigen Minuten mit einem Glas zurück, in dem eine goldbraune Flüssigkeit schwappte.

»Hier, trink, es wird dich beruhigen und dir beim Einschlafen helfen.«

»Was ist das?«, gelang es dem Mädchen zu fragen.

»Laudanum. Doch nun trink!«

Gehorsam schluckte Manon die leicht bittere Medizin, die in Dessertwein aufgelöst war. Es dauerte nicht lange, dann schlossen sich ihre Lider, und sie fiel in einen tiefen, traumlosen Schlaf.

Als Manon anderntags die Augen öffnete, war es helllichter Tag. Sie versuchte, sich an die Geschehnisse des Vortags zu erinnern, doch in ihrem Kopf wirbelten die Gedanken ebenso unruhig hin und her wie die Sonnenstrahlen in ihrem Zimmer. Mühsam erhob sie sich. Als sie zur Waschschüssel ging, bemerkte sie die dunklen Flecken an den Handgelenken und Schenkeln, dort, wo der Lakai sie mit eisernem Griff gepackt hatte. Da erinnerte sie sich an Pierres Fratze, verzerrt vor Geilheit; an den lüsternen Mund, der sich an ihren Lippen festsaugte, und an seine bohrenden Finger, die ihr schlimme Schmerzen zufügten. Mit einem Mal schmeckte sie den bitteren

Geschmack von Galle, beugte sich über die Waschschüssel und übergab sich. Ihr wurde schwindelig, dann brach ihr der Schweiß aus allen Poren. Entkräftet taumelte sie zum Bett und fiel darauf nieder. Sie zog die Decke bis über die Ohren, schloss die Augen und hoffte, dass die Übelkeit nachließ.

»Manon, bist du wach?« Es war Zamors Stimme, dicht an ihrem Ohr. Verschlafen schlug sie die Augen auf. »Schau, ich habe Rinderbrühe, Weißbrot, Butter und Obst mitgebracht. Du musst etwas essen, damit du wieder zu Kräften kommst.« Der Page brach ein kleines Stück Brot ab, bestrich es mit Butter und schob es Manon in den Mund. »Hier ist verdünnter Wein, er wird dir guttun.« Gehorsam schlürfte Manon den süßlichen Weißwein, dann lehnte sie sich in die Kissen zurück. Noch immer schien sich das Zimmer um sie zu drehen, noch immer verspürte sie leichte Übelkeit.

»Wie geht's der Kleinen?« Fanny hatte den Kopf durch den Türspalt gestreckt und musterte das Mädchen, das ermattet zwischen den Laken lag.

»Sie ist noch recht schwach. Kein Wunder nach dem, was sie gestern erlebt hat«, murrte Zamor.

»Vielleicht weckt der hier ihre Lebensgeister.« Die Kammerfrau, die Manon bisher mit Sticheleien und bösartiger Kritik schikaniert hatte, zog ein Glas mit einer bernsteinfarbenen Flüssigkeit hinter dem Rücken hervor.

»Was ist das?«, fragte der Page, als er das Glas entgegennahm, und roch misstrauisch an seinem Inhalt.

»Der hochwertigste Armagnac, den Versailles zu bieten hat. Unsere Herrin hat eine Kiste davon als Geschenk erhalten. Der Schnaps kommt direkt aus dem Bas-Armagnac, allerfeinste Qualität, das kannst du mir glauben.

Hier, Kleine, trink einen Schluck, der hilft dir schnell auf die Beine.«

Manon roch an dem Getränk, und der Duft von Vanille und kandierten Früchten kitzelte sie in der Nase. Sie schloss die Augen, legte den Kopf in den Nacken und kippte den Armagnac in einem Zug hinunter. Sogleich breitete sich ein wohlig warmes Gefühl in ihrem Magen aus.

»Na also, wer sagt's denn! Du musst dich nicht immer zieren, als wärst du eine eiserne Jungfer, Mädchen«, sagte die Kammerfrau kopfschüttelnd. »Leg endlich dein zimperliches Getue ab. Du bist auch nichts Besseres als ich. Wir stammen beide aus der Gosse, genau wie unsere Freundin Jeanne. Vergiss nie, woher du kommst, dann werden wir uns in Zukunft besser vertragen.«

Danach wandte sie sich an Zamor: »Vor einigen Minuten kam ein Bote mit einer Nachricht. Du und ich, wir sollen ins *Petit Trianon* kommen. Die Gräfin hat sich dorthin zurückgezogen, in Begleitung ihres Alterchens.« Die Kammerfrau kicherte respektlos. »Die gestrige Aufregung war wohl zu viel für den alten Mann, denn die Leibärzte mussten gerufen werden. Madame braucht uns zu ihrer Bedienung.« Fanny drehte sich zu Manon um. »Du sollst hierbleiben und dich erholen, so lautet die Anweisung. Wir sind morgen, spätestens übermorgen wieder zurück.«

In Begleitung des Pagen verließ Fanny die Kammer. Eine Weile noch hörte Manon ihre Stimme aus dem Ankleidezimmer, wo sie, den Geräuschen nach zu urteilen, die Kleider der Gräfin, ihren Schmuck und Accessoires zusammenraffte. Danach wurde es still.

Zamor und Fanny hatten das Appartement verlassen.

Die Favoritin kehrte weder am nächsten Tag noch am darauffolgenden zurück. Manon, deren jugendliche Stärke den Schrecken des Angriffs nach kurzer Zeit überwunden hatte, sperrte die Ohren auf und lauschte neugierig, als die Stubenmädchen zu tratschen begannen. Vermutungen machten die Runde, der König hätte einen Schwächeanfall erlitten und müsse das Bett hüten. Dann wurde über Schlagfluss, Atemnot oder Herzrasen geflüstert und schließlich laut über eine schwere Krankheit gesprochen. Manon enthielt sich aller Spekulationen. Ihr blieb nichts anderes übrig, als in den Gemächern ihrer Herrin auf Nachricht aus dem *Petit Trianon* zu warten. Am dritten Tag lief sie ziellos von Zimmer zu Zimmer, weil sie keine Ruhe fand. Am Fenster der Bibliothek blieb sie stehen und starrte blicklos hinunter in den Marmorhof, wo Damen unter spitzenbesetzten Sonnenschirmen in Begleitung eleganter Herren lustwandelten und neugierig ankommende Besucher beäugten.

Da Manon sich allein schrecklich langweilte, und um die Zeit sinnvoll zu nutzen, nahm sie eine Robe nach der anderen aus den Schränken, entfernte mit einer weichen Bürste den Staub und untersuchte sie auf Flecken, abgerissene Bordüren oder aufgeplatzte Nähte. Sie tauschte ramponierte Federn, Bänder und Seidenblumen an den Hüten gegen neue aus, putzte unzählige Schuhe, hängte Pelze, Capes und Mäntel ordentlich in den dafür vorgesehenen Schrank, kämmte vorsichtig die Perücken und probierte neuartige Frisuren daran aus. Sie nahm Töpfchen und Fläschchen vom Spiegeltisch zur Hand und reinigte ein jedes sorgfältig von Flüssigkeits- und Farbresten. Sie wischte Staub, fegte und putzte, obwohl diese Tätigkeiten nicht zu ihren Aufgaben gehörten. Und jedes Mal, wenn irgendwo eine Tür klapperte, hob sie den Kopf, in der Hoffnung, dass die Gräfin zurückgekehrt war.

Schließlich war alle Arbeit getan, und es blieb Manon nichts anderes übrig, als weiter zu warten. Mit jeder Stunde, die ohne Nachricht aus dem *Petit Trianon* verging, kroch das Gefühl drohenden Unheils näher. Irgendetwas stimmte ganz und gar nicht, sonst hätte ihre Herrin sie längst rufen lassen, das war Manon klar.

Am sechsten Tag kam die Gräfin zurück. Als sie plötzlich ohne Ankündigung im Ankleidezimmer stand, eilte Manon, die ein seltsames Rascheln vernommen hatte, aus ihrem Kämmerchen herbei – und erschrak. Die du Barry, sonst stets eine tadellose Erscheinung, trug ein mit Flecken übersätes Seidentaftkleid. Die Haare waren im Nacken zu einem unordentlichen Zopf geflochten, aus dem Strähnen hingen. Ihr Gesicht war bleich, tränenüberströmt und von Erschöpfung gezeichnet. Anstatt wie sonst bei ihrer Ankunft laut nach Manon, einem Tablett mit Gebäck und heißer Schokolade sowie ihren Schoßhunden zu rufen, hatte sie sich lautlos hereingeschlichen. Müde ließ sie sich auf den Sessel sinken und strich die Haare aus der Stirn.

»Madame! Wie bin ich froh, Euch zu sehen!« Manon griff nach Jeannes Hand und küsste sie zum Zeichen ihrer Ergebenheit und Freude. Doch die Gräfin reagierte nicht, sondern betrachtete mit aufgerissenen Augen ihr Spiegelbild.

»*Mon Dieu,* ich sehe aus wie eine alte Frau und stinke wie eine Bäuerin auf dem Feld. Sag Fanny, sie soll mein Bad vorbereiten«, ordnete sie dabei mit matter Stimme an. »Danach wirst du mich frisieren und ankleiden. Nimm eines der Kleider aus dunklem Moiré, entweder dunkelblau oder dunkelgrün, schlicht und unauffällig, hast du verstanden? Außerdem möchte ich Kaffee und ein Glas Armagnac, also gib Zamor Bescheid und sag ihm, er soll sich beeilen. Ich brauche dringend eine Stärkung.«

»Sehr wohl, Madame«, antwortete Manon gehorsam und lief los, um Fanny und Zamor zu suchen.

Zurück im Ankleidezimmer wusste die Kammerjungfer genau, wo sie zwischen den zahllosen Kleidern nach der gewünschten Robe greifen musste. Ohne Zögern nahm sie ein Gewand aus moosgrünem Seidenmoiré heraus, das ihr passend erschien und das über einem einfachen *Cul de Paris* getragen wurde.

Schnüren und Ankleiden verliefen in tiefer Stille, es wurde kein Wort gewechselt. Die Augen der Gräfin waren vom Weinen geschwollen und ihre Miene traurig.

Sonst hatten sich bei der Morgentoilette der Gräfin stets zahlreiche Besucher eingefunden, doch heute war kein einziger von Madames Bewunderern erschienen. Als die Kammerjungfer die Frisur ihrer Herrin mit Diamantspangen feststecken wollte, wehrte diese ab und verlangte nach einfachen Haarnadeln. Außer einem Hauch Reispuder verzichtete sie auf jegliche Farbe und sogar auf ihren Brillantschmuck, den sie sonst zu jedem Anlass trug.

Schließlich ertrug Manon die Stille nicht mehr und wagte zu fragen: »Madame, was ist denn nur geschehen? Wollt Ihr mir nicht sagen, was Euch so bedrückt?«

»Der König ist krank, schwer krank«, antwortete die Favoritin verzweifelt. »Wenn du ihn gesehen hättest, Manon, du hättest ihn nicht wiedererkannt. Seine Wangen waren schlaff und er lag auf dem Boden des Salons, als wäre er bereits tot. So habe ich ihn aufgefunden. Er wurde ins Schlafgemach getragen, und die Ärzte haben ihn unzählige Male zur Ader gelassen. Heute Morgen haben sie ihn aus dem *Petit Trianon* abgeholt und in seine Gemächer geschafft. Sie haben ihn in eine Kutsche mit verhängten Fenstern gezerrt, damit keiner der Höflinge auch nur einen Blick auf ihn werfen konnte, weil er schrecklich aussieht. Niemand darf zu ihm, auch ich nicht.«

»Was fehlt ihm denn? Er wird sich doch sicher bald erholen?«, fragte Manon entsetzt, weil die Gerüchte sich tatsächlich bewahrheiteten. Mit Schrecken dachte sie an den übergewichtigen, kurzatmigen alten Mann, der manchmal in einer Sänfte durch den Palast getragen wurde, weil ihn die Gicht plagte. »Die vielen Leibärzte, die er beschäftigt, können ihm doch bestimmt helfen, Madame.«

»So Gott will«, flüsterte die Favoritin ihrem Spiegelbild zu und wischte sich eine Träne ab, die über ihre linke Wange rann und eine dunkle Spur im weißen Reispuder hinterließ.

Sobald Manon den Schaden behoben hatte, stand die du Barry auf.

»Ich gehe nun in seine Gemächer und hoffe, dass man mich irgendwann einmal zu ihm lässt. Gnade uns allen Gott, wenn er stirbt, Mädchen, dann ist es mit unserem Wohlleben in Versailles vorbei. Die neue Königin wird mich davonjagen, sobald Louis die Augen für immer geschlossen hat.« Sie schaute ihrer Kammerjungfer prüfend in die Augen. »Noch hast du die Möglichkeit, das Angebot der Dauphine anzunehmen. Es ist noch nicht zu spät.«

»Aber Madame, ich kann Euch doch im Augenblick der größten Not nicht im Stich lassen«, wisperte Manon bestürzt. »Ihr braucht mich. Wer soll Euch denn beim

Ankleiden, Schminken und Frisieren zur Hand gehen? Könnt Ihr mich nicht mitnehmen, wenn Ihr den Hof verlasst?«

»Außer Zamor wird mich keiner meiner Diener begleiten dürfen, wenn ich zum Gut Ruel reise. Ich bete, dass mein Freund Aiguillon mir seinen Schutz gewährt. Dir rate ich, *ma petite*, in den Dienst der Dauphine zu treten. Schon bald werde ich eine Ausgestoßene sein, die nichts mehr für dich tun kann.«

Es dauerte nicht lange, dann kehrte die Mätresse des Königs, in Tränen aufgelöst, in ihre Gemächer zurück. Manon kam dazu, als die Favoritin ihrer Kammerfrau Fanny erzählte, man habe sie nicht zum König vorgelassen. Einer der Leibärzte, der zufällig vorbeieilte, hätte ihr zugeraunt, man befürchte, der Herrscher habe sich mit den Schwarzen Pocken infiziert. Keiner konnte sich erklären, wie es dazu gekommen war, denn es gab sonst keine weiteren Krankheitsfälle im Palast.

»Die Schwarzen Pocken! Gott steh uns bei! Wir werden alle sterben«, kreischte Fanny, fiel auf die Knie und bekreuzigte sich ein ums andere Mal.

»Sei still, du dumme Gans, außer dem König ist keiner von den Pocken befallen.« Erregt lief die Gräfin im Schlafgemach auf und ab. Schließlich fuhr sie herum und ordnete an: »Fanny, Manon, ihr fangt an zu packen. Alle Kleider, Wäsche, Accessoires, Schuhe und Hüte gehen mit auf die Reise, und vergesst meinen Schmuck nicht. Er ist das Wichtigste. Zamor! Wo bist du, du Nichtsnutz?« Der Junge trat so schnell ins Zimmer, dass er hinter der Tür gelauscht haben musste.

»Du gibst dem Kutscher Bescheid, er soll die vierspännige Kutsche zur Abfahrt bereithalten.«

Die Bediensteten stoben auseinander, um die Befehle ihrer Herrin auszuführen.

In dieser Nacht begann das lange Warten. Aber ein Tag nach dem anderen verstrich, ohne dass die gefürchtete Todesnachricht eintraf. Es wurde sogar gemunkelt, der König sei auf dem Weg der Besserung und hätte nach Wein, einer Süßspeise und seiner Geliebten verlangt.

Später berichtete die Gräfin ihren Vertrauten, es sei der Herzog von Aiguillon, einer ihrer Anhänger, gewesen, der ihr nach Tagen des Bangens und Hoffens die ersehnte Botschaft brachte, dass die Krise vorüber war und Hoffnung auf Genesung bestünde. Er versicherte seiner Freundin, dass der Monarch sich gut erhole, und bot ihr den Arm, um sie persönlich ins Krankenzimmer zu begleiten. Freudestrahlend sei sie ins Schlafgemach des Königs geeilt, doch sobald sie ihn sah, erkannte sie auf den ersten Blick, dass er bereits vom Tod gezeichnet war.

Sein Gesicht war aufgedunsen und von schwarzen Pusteln übersät. Die Haut an Hals und Armen war gerötet und von eitrigen Beulen bedeckt. Verwesungsgeruch sei von dem Kranken ausgegangen, so, als würde er bei lebendigem Leibe verfaulen. Sie habe sich ein Taschentuch vor Mund und Nase gehalten, um die üblen Ausdünstungen zu ertragen. Als er sie sah, habe er kraftlos den Kopf gehoben, und seine entzündeten Augen hätten das Antlitz der Frau gesucht, die ihm seine letzten Lebensjahre mit ihrer Zuneigung und Leidenschaft versüßt hatte. Daraufhin wäre sie in der Nähe des Krankenbetts niedergekniet, mit einer Demut, die sie ihm in den

Tagen seiner Macht nie gezeigt hatte, was sie nun aber von Herzen bereue.

»Sire, Ihr habt nach mir verlangt?«, wisperte sie, um den Kranken nicht aufzuregen.

Die Ärzte, die in einer Ecke beisammenstanden und sich flüsternd unterhielten, seien daraufhin neugierig näher gerückt, um kein Wort zu verpassen, doch der König hatte sie mit einer Handbewegung fortgescheucht.

Seine Stimme hätte rau geklungen, als er krächzte: »Liebste, es geht mit mir zu Ende.«

Als sie auffuhr, um ihm zu widersprechen, winkte er ab und flüsterte: »Ersparen wir uns die barmherzigen Lügen.«

An diesem Punkt der Erzählung brach die Gräfin erneut in Tränen aus und schluchzte in ihr Taschentuch:

»Ich wollte nach seiner Hand greifen, doch er duldete es nicht. Also erhob ich mich und verließ nach einem letzten Gruß den Raum, weil die Priester bereits im Vorzimmer warteten, um dem Ärmsten das Sterbesakrament zu spenden.«

Nun weinten auch Fanny, Zamor und Manon, denn ihre gemeinsame Zeit in den Gemächern der Favoritin näherte sich dem Ende. Doch auch um den König trauerten sie, der ihnen zu jeder Zeit ein gnädiger und freundlicher Herr gewesen war.

Im Ehrenhof, gegenüber des königlichen Schlafgemachs, hatten sich die Höflinge versammelt und starrten in aufgeregter Spannung nach oben, dorthin, wo im Fenster des königlichen Schlafgemachs eine einsame Kerze brannte. Als sie zu flackern begann, um dann langsam zu erlöschen, brach ein Schrei aus Hunderten Kehlen: »Der König ist tot, es lebe der König!«

Danach drehten sich die Edelleute zum Eingang des Palastes um und begannen zu rennen, stießen einander rücksichtslos zur Seite und rempelten einander an, denn jeder wollte der Erste sein, der dem neuen König seine Reverenz erwies.

Noch während der neue König Ludwig XVI. und seine Gemahlin Marie Antoinette in ihren Gemächern die ersten Huldigungen des Hofstaats entgegennahmen, fand im Salon der Gräfin du Barry ein tränenreicher Abschied statt. Zamors Gesicht war die Erleichterung darüber anzusehen, Madame ins Exil begleiten zu dürfen, doch Fanny, Manon, die Stubenmädchen, Diener und Lakaien waren in Tränen aufgelöst über den Verlust ihrer umgänglichen, liebenswürdigen Herrin.

Die Dienerschaft hatte sich im Salon versammelt, um ein letztes Mal die Hand der Gräfin zu küssen und ihr Lebewohl zu sagen. Wie es ihre Art war, verteilte diese zum Abschied großzügige Geldgeschenke und Kleidungsstücke an die Stubenmädchen und Lakaien. Fanny und Manon erhielten jede ein Schmuckstück, Fanny ein prachtvolles Armband aus Jade und Manon einen in Silber gefassten Bernsteinring.

Als sich die Dienstboten bei der Gräfin für die Geschenke bedankten, betrat ein Offizier der königlichen Garde unangemeldet den Salon und reichte der Gräfin mit einer knappen Verbeugung ein Schreiben. Dann trat er beiseite und stellte sich wie ein Wachposten neben der Tür auf. Die du Barry ließ sich auf der Chaiselongue nieder und öffnete den Brief. Stirnrunzelnd las sie die wenigen Zeilen, dann sank sie mit einem Aufschrei ohnmächtig nach hinten. Sogleich waren Fanny und Manon an der Seite ihrer Herrin, um sie aufzufangen. Zamor jedoch nahm den Brief und las laut vor: »Madame, es ist mir höchst unangenehm, doch ich muss das Verbot aussprechen, Euch zukünftig bei Hofe aufzuhalten. Ich führe damit einen Befehl von König Louis XVI. aus, der mich beauftragt hat, Euch diese Anordnung mitzuteilen. Bis Ihr einen neuen königlichen Befehl erhaltet, dürft Ihr nicht mehr in Erscheinung treten.

Doch seine Majestät gestattet es Euch, unverzüglich die Gastfreundschaft Eurer Tante anzunehmen und sie in der Abtei Pont-aux-Dames zu besuchen. Ich selbst werde der Frau Äbtissin schreiben, damit Ihr bei Eurem Besuch auf keinerlei Widerstände stoßt. Ich muss Euch bitten, den Erhalt des Befehls dem Überbringer zu bestätigen, damit ich seiner Majestät die Ausführung des Befehls melden kann.

Madame, ich bin wie stets Euer ergebener Diener – Herzog de la Vrillière.«

Nachdem die du Barry aus ihrer Ohnmacht erwacht war, verlangte sie unter Tränen nach einem Glas Wein, das Zamor in aller Eile herbeischaffte. Nachdem seine Herrin es mit einem Zug geleert hatte, fuhr sie den Offizier an: »Ich soll also in einem Kloster lebendig begraben werden? Glaubt Ihr, ich wüsste nicht, wer hinter diesem grausamen Befehl steckt? Es ist nicht der König, sondern die Königin, die mich davonjagen lässt wie eine Aussätzige, weil sie mich als Rivalin betrachtet. Sie hat mich seit ihrer Ankunft in Versailles gehasst und bekämpft. Aber wenn sie glaubt, dass ich diesen angeblich königlichen Befehl unterschreiben werde, hat sie sich getäuscht, mein Herr. Noch in dieser Stunde werde ich mich auf den Weg zum Gut Ruel machen und mich unter den Schutz des Herzogs von Aiguillon stellen.«

Wie ein trotziges Kind verschränkte sie die Arme vor der Brust.

Der königliche Gardist antwortete mit unbewegter Miene: »In diesem Fall soll ich Euch mitteilen, dass vor dem Gut Ruel 50 Leibgardisten des Königs unter meinem Befehl Aufstellung genommen haben, um Euch den Zutritt zu verwehren. Ich selbst habe die Order erhalten, Euch sicheres Geleit zum Kloster Pont-aux-Dames zu geben. Wenn nötig, auch gegen Euren Willen. Ich hoffe jedoch, dass es dazu nicht kommen wird, Madame.«

»Ihr seid ein Feigling, Herr Hauptmann. Ein Kerl wie Ihr braucht 50 Mann, um mich am Betreten von Gut Ruel zu hindern? Fanny, bring mir Feder und Tinte, damit ich diesen Fetzen hier unterzeichnen kann.«

Mit einem verächtlichen Federstrich setzte sie Titel und Namen unter den königlichen Befehl. Rasch nahm der Gardist das Schreiben an sich, bevor er auf dem Absatz kehrtmachte und grußlos den Salon verließ.

Als Nächstes ließ sich der Herzog Aiguillon bei der Gräfin melden.

»Emmanuel!«, schrie die du Barry, die ihren soeben erlittenen Schwächeanfall bereits vergessen hatte, und stürzte ihrem ehemaligen Liebhaber entgegen, sobald er den Salon betreten hatte.

»Stell dir vor, man jagt mich davon! Dieser impotente Schwächling wagt es, mich in ein Kloster einzusperren. Du bist doch Minister, du musst dagegen protestieren!«

Der Herzog sah sich entsetzt nach allen Seiten um, um sich zu vergewissern, dass niemand diese respektlose Anschuldigung gehört hatte.

»Madame, ich muss doch sehr bitten! Mäßigt Euch, und achtet auf Eure Sprache!«

Mit einem Seidentuch wischte er sich den Schweiß von der bleichen Stirn. »Ihr wisst es also noch nicht? Seit heute bin ich kein Minister mehr. Der König hat meinem Ersuchen um Entlassung aus allen Ämtern stattgegeben, obwohl ich mit keinem Wort darum gebeten habe. Mir wurde all meine Macht entzogen. Ich bin gesellschaftlich ruiniert. Ein Geächteter, genau wie Ihr. Auch ich wurde aufgefordert, den Hof sofort zu verlassen. Darum rate ich Euch dringend, meine Liebe, Euch ruhig zu verhalten und dem Wunsch des Königs Folge zu leisten. Geht ins Kloster zu Eurer Tante. Soweit ich weiß, ist lediglich von einem Besuch die Rede. Einen Besuch kann man auch beenden, wie Ihr wisst. Es steht auch nichts davon in dem Brief, dass Euer Vermögen konfisziert wurde. Ihr dürft alle Eure Reichtümer behalten, vorläufig wenigstens. Also tut, was man Euch befohlen hat, bevor dem König einfällt, Eure Ländereien zu konfiszieren.«

Ohne sie noch einmal anzusehen, verabschiedete sich der Herzog mit einem flüchtigen Nicken und beeilte sich, seiner früheren Geliebten, der er während gemeinsamer Schäferstündchen ewige Treue geschworen hatte, den Rücken zuzukehren. Langsam dämmerte es der Gräfin, dass ihre Getreuen sie allesamt im Stich ließen, und ihr keine andere Wahl blieb, als Versailles zu verlassen.

»Madame, Ihr müsst sofort aufbrechen, bevor ein Unglück geschieht«, drängte Manon, die die Geschehnisse im Salon mit Schrecken verfolgt hatte.

»Was soll denn noch geschehen, *ma petite*?«, entgegnete die du Barry, die sich wieder gefasst hatte, mit einem spöttischen Lachen. »Oder fürchtest du, dass man mich verhaftet, wenn ich noch eine Stunde länger in meinen Gemächern bleibe?«

Trotz ihrer sarkastischen Worte raffte sie Zobelcape, Handschuhe und Sonnenschirm zusammen, drückte Zamor die Schmuckschatulle in die Hände und eilte mit einem Winken davon.

Die beiden Kammerzofen sahen ihr nach und erkannten die bittere Wahrheit: Ihre Herrin würde den Palast nie wieder betreten. Seine Pforten blieben ihr für immer verschlossen.

Damit endete die Ära der Gräfin du Barry in Versailles, und die Herrschaft der Königin Marie Antoinette begann.

Dritter Teil
Die Gemächer der Königin

Kapitel 10

Niedergeschlagen blieben Fanny und Manon im Salon zurück. Nachdem das Klappern von Madames hohen Absätzen auf dem Parkett verklungen war und die Eingangstür sich ein letztes Mal hinter ihr geschlossen hatte, breitete sich eine gespenstische Stille in den Gemächern aus. Sonst hatte hier geschäftiges Treiben geherrscht, weil zahllose Bedienstete ihren Tätigkeiten nachgegangen waren. Als sie eine Weile untätig gelauscht hatte, erhob sich Fanny so steif wie eine alte Frau und verließ den Raum. Mit einer Flasche Armagnac und zwei Gläsern kehrte sie zurück, ließ sich auf die Chaiselongue fallen und füllte die Schwenker bis zum Rand mit der goldbraunen Flüssigkeit.

»Fort ist sie, unsere Gnädigste, und was wird jetzt aus uns?«, wollte die ehemalige Kammerfrau der Gräfin wissen und genehmigte sich einen großzügigen Schluck Schnaps. »Sollen wir hier sitzen und warten, bis man uns auch vor die Tür setzt? Was sagst du dazu, Kleine?«

»Wir haben uns nichts zuschulden kommen lassen, Fanny«, murmelte Manon und nippte an ihrem Glas. »Warum sollte man uns fortschicken? Vielleicht wird uns eine neue Stelle angeboten. Du bist eine geschickte Kammerfrau, und zudem diskret und sehr verschwiegen. Warum also …«

In diesem Augenblick wurde die Tür aufgerissen, und der Überbringer der königlichen Hiobsbotschaft an die du Barry betrat erneut den Raum.

»Wer von euch beiden ist Manon la Belle?«, donnerte er und musterte die Frauen mit kaltem Blick.

Manon stellte das Glas ab, erhob sich und antwortete: »Das bin ich, Monsieur.« Fanny folgte ihrem Beispiel und kam taumelnd auf die Füße.

»Mitkommen!«, befahl der Gardeoffizier schroff und packte sie am Arm.

Mit einem Ruck befreite sich das Mädchen und fauchte: »Lasst mich los! Ich bin kein Kleinkind und vermag auch ohne Eure Hilfe zu gehen.«

Ein Lächeln huschte über das kantige Gesicht des Offiziers, aber er zog seine Hand zurück. Höflich hielt er die Tür auf und ließ der Kammerjungfer den Vortritt.

»He, Soldat, und was wird aus mir?«, schrie Fanny, mutig geworden durch die nicht unbeträchtliche Menge Armagnac, die sie sich während der letzten Stunden einverleibt hatte, und hielt sich an der Tischkante fest, um nicht zu fallen. »Soll ich vielleicht hier sitzen und auf das Jüngste Gericht warten?«

Der Mann drehte sich um und betrachtete die betrunken hin und her schwankende Frau mit Abscheu.

»Wenn du die Kammerzofe der ehemaligen Königshure bist, hast du den Befehl, den Palast zu verlassen. Die Schätze, die du deiner Herrin gestohlen oder als Geschenk erhalten hast, verbleiben im Besitz des Königs. Meine Männer werden dich und dein Gepäck durchsuchen, bevor du für immer aus Versailles verschwindest. Bis morgen früh hast du Zeit, dann will ich deine Visage hier nicht mehr sehen, hast du das verstanden? Ich bin der Meinung, dass einer Dirne wie dir ein paar Monate Kerker gut bekommen würden.«

»Du elender …«, lallte Fanny und fiel auf die Chaiselongue zurück. »Wohin soll ich denn gehen, frage ich dich? Das hier ist mein Zuhause. Ich weiß nicht …« Den Rest des Satzes hörte Manon nicht mehr, denn der Offizier hatte die Tür mit lautem Knall ins Schloss geworfen.

»Komm jetzt!«, forderte er Manon auf, die wartend im Korridor stand. »Wir haben mehr als genug Zeit mit dem verkommenen Weibsbild vertrödelt, das aus derselben Gosse gekrochen ist wie die ehemalige Königshure.«

»Wohin bringt Ihr mich?«, verlangte das Mädchen zu wissen, erhielt jedoch keine Antwort, denn der Leibgardist strebte mit schnellen Schritten voran, ohne sich zu überzeugen, ob sie ihm zu folgen vermochte. Manon begann zu rennen, um ihn im unübersichtlichen Gewimmel auf den Gängen und Treppen des Palastes nicht aus den Augen zu verlieren. Der Weg führte sie in die oberste Etage des Schlosses, wo die *Petit Appartements,* die Privaträume der Königin, lagen, ein Vermächtnis der Madame Pompadour, die sich oft und gern mit ihrem königlichen Geliebten, Ludwig XV., dorthin zurückgezogen hatte, um der strengen Versailler Etikette zu entkommen.

Vor einem Portal, bewacht von zwei Leibgardisten, schnauzte der Mann: »Öffnen!«, und wie durch Zauberhand glitten die beiden Türflügel zur Seite und gaben den Blick frei in einen intimen Raum der früheren Mätresse, die 20 Jahre lang in Frankreich den Ton angegeben hatte. Vor der staunenden Kammerjungfer lag ein in Weiß-Gold gehaltener achteckiger Salon, geschmückt mit Statuetten der römischen Gottheiten Venus und Amor sowie ägyptischen Sphingen. An den Wänden hingen Bilder ernst dreinblickender Herren und Damen in altmodischer Kleidung, Familienmitglieder der Königin, wie Manon vermutete. Mitten im Raum stand ein Cembalo, daneben eine Harfe. Manon lief ein ehrfürchtiger Schauer über den Rücken bei dem Gedanken, dass ihr, der Tochter einer einfachen Weißnäherin, Zutritt zu den innersten Räumen der französischen Königsgemahlin gewährt wurde. Der prachtvolle Salon war von Dutzenden Menschen bevölkert, die geschäftig hin und her eilten, doch der Offizier blieb abwartend an der Tür stehen. Manon erhaschte einen flüchtigen Blick auf die Damen Lamballe und Polignac in eleganten Roben, die ein wenig abseits auf rosa geblümten Fauteuils mehr lagen als saßen, während eine andere Dame ein Tablett mit goldener Kanne und dem dazu passenden Geschirr vor ihnen abstellte. Als die dunkelhaarige Dame ermunternd nickte, goss die Bedienstete eine dampfende Flüssigkeit in die zierlichen Tässchen. Manon vermutete, dass es heiße Schokolade war. Bei dem verlockenden Anblick begann ihr Magen vernehmlich zu knurren. Wann hatte sie das letzte Mal etwas gegessen? Der Soldat drehte sich zu ihr um und bedachte sie mit einem strafenden Blick. Doch in diesem Moment ertönte eine gedämpfte Stimme: »Das Mädchen soll nähertreten!«

Zögernd ging Manon Schritt für Schritt auf die Dame vor dem gewaltigen Spiegel im Goldrahmen zu, die eine konisch geformte Schutzmaske vor das Gesicht hielt. Hinter ihr stand der Haarkünstler Léonard Autier, den Manon aus den Räumen der du Barry kannte, und stäubte ihre Frisur mit solchen Unmengen von Mehl ein, dass ihr Kopf beinahe gänzlich in der weißen Wolke verschwand. Die Dame hob die Hand.

»Das genügt, Léonard, Schluss damit!«

Ungeduldig zerrte sie am Frisierumhang, den der Mann in dem gelben Seidenrock über schwarzen Kniehosen ihr rasch von den Schultern zog, beiseitetrat und sich verneigte, als die Dame die Pudermaske abnahm. Manon erkannte das jugendlich-frische Gesicht von Marie Antoinette, als sich die Augen der beiden jungen Frauen im Spiegel trafen.

»Da bist du ja endlich!« Eine Zofe entfernte mit einer weichen Bürste die Mehlreste von Gesicht und Dekolleté der Königin, die sich sogleich erhob und zu ihren Freundinnen begab, wo sie sich graziös in einen Sessel sinken ließ. Manon verharrte währenddessen reglos in einem tiefen Hofknicks.

»Keine Förmlichkeiten, wenn ich bitten darf, wir sind hier schließlich ganz unter uns, nicht wahr, meine Damen? Und selbstverständlich Ihr, liebster Léonard. Du darfst dich erheben, Mademoiselle la Belle und dich zu uns gesellen. Ihr, Herr Hauptmann, dürft Euch nun verabschieden. Wir brauchen Eure Dienste nicht mehr.« Mit einer lässigen Handbewegung scheuchte sie den Gardeoffizier hinaus. Dann wanderte ihr Blick zurück zu Manon.

»Nun setz dich doch, Kind. Madame Campan, bitte bringt noch eine weitere Tasse sowie ein wenig Gebäck. Unser Gast ist vielleicht hungrig.« Die Erste Kammerfrau der Königin beeilte sich, das Gewünschte zu holen, während Marie Antoinette und ihre Damen das junge Mädchen von Kopf bis Fuß einer Musterung unterzogen. Auch Madame Campan gesellte sich schließlich zu der zwanglosen Runde. Es war offensichtlich, dass sich die neue Königin in ihren Privatgemächern völlig ungezwungen und frei von jeder Etikette bewegte.

»Ich hatte dir zwar vor einer Weile gesagt, dass ich dich kein zweites Mal fragen würde, ob du in meinen Dienst treten willst. Aber die Situation hat sich geändert, darum frage ich dich doch noch einmal. Wie also lautet deine Antwort dieses Mal? Möchtest du in meinen Dienst treten, um dich um mein Äußeres zu kümmern?«

Manon ließ sich vorsichtig auf der äußersten Kante eines zierlichen Hockers nieder, wobei ihre Augen wie gebannt an den vollen Lippen der Königin hingen.

»Nun sag schon, Mädchen, die Königin hat dich etwas gefragt«, fuhr sie die Dame in dem Kleid aus rostrotem Moiré unwirsch an.

»Ach, Gabrielle, sei doch nicht so streng mit der armen Kleinen. Du siehst doch, wie verschreckt sie ist. Hier«, die Königin beugte sich zu Manon, um ihr eine Tasse zu reichen, »trink etwas von dieser köstlichen Schokolade und nimm ein Macaron dazu. Dieses hier hat das Aroma frischer Himbeeren, das braune duftet nach Zimt, und das hier ist mit einer Creme gefüllt, die nach einer Frucht namens Kokosnuss schmeckt, welche uns aus den überseeischen Kolonien geschickt wurde. Dieses Kokosgebäck schmeckt mir am besten. Greif nur zu und geniere dich nicht.«

Beim Anblick des bunten Naschwerks lief Manon das Wasser im Munde zusammen, und ihr Magen verlangte mit allem Nachdruck nach der deliziösen Süßigkeit. Deshalb nahm sie mit spitzen Fingern eines der verführerischen Baiserstücke und biss hinein. Während sie kaute, gelang es ihr nur mit Mühe, ein wohliges Stöhnen zu unterdrücken, denn etwas derart Feines hatte sie noch nie zuvor gekostet, obwohl sie auch bei ihrer früheren Herrin gut versorgt worden war. Augenblicklich verlor sie alle Scheu, schlürfte genüsslich die cremige Flüssigkeit und aß ein weiteres Stück Mandelgebäck.

Nachdem sie das dritte Stück verzehrt hatte, wandte sie sich an Marie Antoinette und hauchte mit kaum hörbarer Stimme: »Majestät, es wäre mir die größte Ehre, Euch dienen zu dürfen, aber ich weiß nicht …« Sie verstummte, erschrocken über ihre eigene Courage, ohne Aufforderung die Königin direkt angesprochen zu haben. Ein eklatanter Verstoß gegen die höfische Etikette, wie sie wusste.

»Du weißt nicht, ob du meinen Ansprüchen genügst? Wolltest du mir das zu verstehen geben?« Die Königin lachte amüsiert. »Ich denke, anfangs werde ich dich anleiten müssen, aber nach einiger Zeit wirst du wissen, was zu tun ist. Du sollst mich schminken und mit Léonard zusammenarbeiten, der dich in die Geheimnisse der allerneuesten Frisurendekoration einweihen wird. Ich möchte über neuartige Duftkreationen unterrichtet werden, und du gehst mir mit allem zur Hand, was meine öffentlichen Auftritte betrifft. Ich beabsichtige, die eleganteste, kultivierteste und modischste Dame bei Hofe zu werden, und deine Aufgabe wird es sein, mir dabei zu helfen. Um meine Kleider musst du dich nicht kümmern, dafür gibt es eine Intendantin sowie eine Gewandmeisterin. Außerdem berät mich Rose Bertin, meine heimliche Modeministerin, wie ich sie zu nennen pflege. Ihrem Urteil vertraue ich blind. Aber für alles andere bist du zuständig. Natürlich werde ich dich für deine Aufgaben gut entlohnen. Aber darum wird sich Madame Campan kümmern, nicht wahr, meine Liebe?«

Sie setzte sich zurecht und strich die Falten ihrer puderblauen Satinrobe glatt, bevor sie fortfuhr: »Madame Campan ist meine Erste Kammerfrau, ihr unterstehen alle Zofen und Kammerjungfern. Du, Manon, bist allerdings die Ausnahme, denn du nimmst deine Anweisungen ausschließlich von mir entgegen und hältst dich zu meiner ständigen Verfügung. Niemandem außer mir ist es gestattet, dir Befehle zu erteilen, verstehst du?«

Als Manon nickte, verzog die Erste Kammerfrau so säuerlich das Gesicht, als hätte sie in eine Zitrone gebissen. Manon sah, welche Mühe es die Frau kostete, eine scharfe Bemerkung zurückzuhalten. Obwohl sie nur drei Jahre älter war als ihre junge Herrin, wirkte sie um mindestens zehn Jahre älter als Marie Antoinette, die verspielt war wie ein junges Kätzchen. Die Erste Kammerfrau verstand sich als die graue Eminenz in den Gemächern der Königin. Kein noch so kleiner *faux pas* entging ihren eisgrauen Augen, das geringste Vergehen wurde mit einem bissigen Tadel oder sogar einer Strafe geahndet.

Marie Antoinette schien Madame Campans Missbilligung gleichgültig zu sein, denn sie erhob sich und zupfte Rock und Dekolleté zurecht. Ihr Äußeres wirkte nicht mehr so nachlässig wie zu ihrer Zeit als Dauphine, als Manon ihr im Spiegelsaal zum ersten Mal begegnet war. Obwohl sie dicht neben der Königin saß, nahm sie keine unangenehmen Gerüche an ihr wahr. Heute konnte die Kammerjungfer weder Schmutzflecken, zerrissene Spitzen noch abgetretene Säume an ihrer Kleidung entdecken, alles sah sauber und ordentlich aus. Auch auf der Perücke lag jedes einzelne Haar akkurat an seinem Platz. Doch Manon erkannte auf einen Blick, dass noch einiges an der königlichen Erscheinung verbesserungswürdig war. Sie machte sich gedanklich erste Notizen, was sie verändern wollte.

»Doch jetzt möchte ich bei dem schönen Wetter lieber im Park promenieren, als untätig herumzusitzen, und ihr alle sollt mich begleiten. Ja, auch du, Manon. Ich liebe unterhaltsame Gespräche, während ich mir die Wasserspiele ansehe oder durch die Laubengänge flaniere, und du hast sicher viel zu erzählen. Madame Campan, wollt Ihr nicht mit uns kommen? Ein wenig frische Luft täte auch Euch gut. Euer Teint sieht recht fahl aus, regelrecht ungesund.«

Die Kammerfrau knickste und erwiderte kühl: »Es wäre mir ein aufrichtiges Vergnügen, Majestät, aber auf mich wartet noch eine Menge Arbeit. Ein Teil Eurer Wäsche und Kleider wird soeben von Eurem offiziellen Schlafgemach in das *Kleine Appartement* gebracht. Es gehört zu meinen Aufgaben, den Transport zu überwachen und dafür zu sorgen, dass alles nach Euren Wünschen in den Schränken und Kommoden deponiert wird.«

»Wenn das so ist, will ich Euch nicht mit sinnfreien Amüsements von Euren wichtigen Aufgaben abhalten, Madame«, entgegnete die Königin spitz. »Kommt, meine Damen, und vergesst die Schirme und Fächer nicht. Die Sonne brennt, und wir wollen unseren Teint doch nicht von hässlichen Sommersprossen verunstalten lassen.«

Kichernd rauschte Marie Antoinette allen anderen Damen voraus aus dem Zimmer.

Es war Madame Campan, die Manon am späten Nachmittag ihr Kämmerchen zuwies, das, wie schon in den Räumen der Gräfin du Barry, neben dem Ankleidezimmer der Königin lag. Es war genauso schlicht möbliert wie ihre frühere Unterkunft; lediglich die Laken waren nicht nur weiß, sondern mit winzigen Röschen bestickt und mit üppigen Spitzen verziert, und es gab ein dickes Federbett anstelle einer einfachen Wolldecke, denn die Nächte im Schloss waren sommers wie winters empfindlich kühl. Nachdem Manon ihre Wäsche, Kleider, Hauben, Schuhe und Accessoires verstaut hatte, sah sie sich im königlichen Ankleidezimmer um. Ein Schminktisch von gewaltiger Größe stand vor einem hohen dreiteiligen Spiegel, daneben ein Regal, auf dem Dutzende von Flakons aneinandergereiht standen. Manon entkorkte einen davon und schnupperte. Ein Potpourri aus Vanille, Moschus, Rose und Maiglöckchen kitzelte sie in der Nase, sodass sie niesen musste. Rasch drückte sie den Korken in die Öffnung und wollte das Fläschchen zurück an seinen Platz stellen.

»Was hast du mit den Parfümflakons der Königin vor?«, erklang eine zornige Stimme hinter ihrem Rücken.

Manon hob den Kopf und sah im Spiegel das misstrauische Gesicht der Ersten Kammerfrau.

»Ich inspiziere meine neue Wirkungsstätte, wenn Ihr erlaubt, sowie die Materialien, die mir für meine Aufgaben zur Verfügung stehen«, entgegnete die neu ernannte königliche Kammerzofe frostig.

»Aber das Parfüm ist das Eigentum der Königin, es ist dir nicht erlaubt, es zu benutzen«, nörgelte die Kammerfrau.

»Das hatte ich auch nicht vor. Doch jetzt entschuldigt mich, ich habe noch viel zu tun. Ich prüfe gerade, was beschafft werden muss, und werde Euch umgehend informieren, damit Ihr meine Bestellungen weiterleiten könnt.«

Nachdem Manon die Campan mit diesen Worten zu ihrer Gehilfin degradiert hatte, drehte sie ihr den Rücken zu, ohne ihr weiter Beachtung zu schenken, und stellte fest, dass es weder Khol noch Lampenruß gab, mit denen sie den königlichen Augen feurigen Glanz und den Augenbrauen und Wimpern verführerische Schwärze verleihen konnte.

Madame Campan, der alle Zofen und Kammerjungfern mit äußerstem Respekt begegneten, wandte sich zum Gehen, sprachlos angesichts dieses Affronts, und verließ hoch erhobenen Hauptes den Raum. Eine Freundin hatte sich Manon mit dieser unbedachten Bemerkung nicht geschaffen, doch das war ihr egal.

Die Erste Kammerfrau war eine gefürchtete Institution in den Appartements der Königin. Keine andere von Marie Antoinettes Hofdamen legte derart großen Wert auf höfische Etikette wie Jeanne Louise Henriette Campan, keine wusste über jeden einzelnen Menschen bei Hofe so gut Bescheid wie sie, mit Ausnahme von Madame Noailles, der Ersten Ehrendame der Königin. Beide scheuten sich nicht, ihrer Herrin ohne Umschweife mitzuteilen, welches Benehmen sich für eine junge Königin schickte und welches nicht. Jahrelang hatte Madame Campan den drei Töchtern des verstorbenen Königs als Vorleserin gedient, bevor sie zur Ersten Kammerfrau der Dauphine ernannt wurde. Die Gräfin Noailles hatte bei Königin Maria Leszczyńska in Diensten gestanden. Nach deren Ableben hatte sie von König Ludwig XV. den Auftrag erhalten, das unbedarfte österreichische Gänschen in allen Regeln der strengen französischen Etikette zu unterweisen. Doch die Kronprinzessin war eine unaufmerksame Schülerin und hatte sich nicht als beratungswillig gezeigt. So hatte sie als 15-jährige Dauphine das *grand habit de cour* abgelehnt, ein allein den hochadeligen Damen vorbehaltenes enges Korsett, das sowohl das Atmen als auch die Bewegungsfreiheit enorm einschränkte; eine Beleidigung, die man bei Hofe nicht vergessen hatte, auch weil die Damen Adélaïde, Victoire und Sophie, die missgünstigen Töchter von Louis XV., die Höflinge immer wieder daran erinnerten.

Weder gedachte die rebellische Prinzessin, auf den strengen Tadel der Damen Campan und Noailles zu hören noch auf den mütterlichen der Kaiserin Maria Theresia, deren schriftliche Ratschläge in regelmäßigen Abständen in Versailles eintrafen und die Dauphine mit Belehrungen überschütteten. Der österreichische Gesandte, Graf Mercy, war beauftragt, die Briefe mit weiteren Ermahnungen der renitenten Kaisertochter zu überreichen, die sie jedoch rasch beiseitelegte, um sie erst Tage später zu lesen.

Marie Antoinette war gerade einmal 19 Jahre alt, als sie an der Seite ihres Gemahls, Louis XVI., den Thron bestieg. Das französische Volk war anfangs begeistert von ihrer liebreizenden Königin und jubelte ihr enthusiastisch zu, wann immer sie in der Öffentlichkeit erschien. Die Erwartungen der Franzosen an ihr junges Königspaar waren hoch. Der alte König hatte sich nicht um die Not seines Volkes gekümmert und das Staatsvermögen mit vollen Händen für Mätressen, Protz und Prunk verschleudert, sodass die ehemals reich gefüllten Schatzkammern schon lange leer waren. Vom neuen König wurden Wunder erwartet.

Doch auch Marie Antoinette zeigte an Staatsgeschäften nicht das geringste Interesse, sie hatte nur eines im Sinn: schöne Kleider, kostbare Juwelen, Tanzvergnügen, Kartenspielen, Theaterbesuche, Opernbälle und rauschende Feste. Nun, da ihr Gemahl König war, konnte sie ihr Leben ganz nach Lust und Laune gestalten. Als erste Amtshandlung bestellte Marie Antoinette bei ihrer *Marchande de mode*, ihrer Modehändlerin, 30 Staatsroben, von denen eine einzige den horrenden Preis von 900 Livres verschlang. Für stolze 10.000 Livres erwarb sie ganz nebenbei Hüte, Hauben, Schals, Strümpfe, Fichus, Fächer und Handschuhe. Zweimal wöchentlich erschien von nun an die Modistin Rose Bertin in den Gemächern Ihrer Majestät, im Gepäck ihre *mannequins de couture,* neuartige Schneiderpuppen mit den Maßen der königlichen Kundin, bekleidet mit den modischsten Kleiderkreationen. Eine Putzmacherin folgte ihr mit umfangreichen Büchern, die mit Stoffproben aus Frankreich, England, China und dem Orient bestückt waren.

Wie nur sollte ein junges Mädchen all diesen Herrlichkeiten aus Brokat, Satin, Taft, Chintz, Damast, Calico, Baumwolle, Gaze oder Musseline widerstehen, die Madame Bertin in den herrlichsten Farben vor der jungen Königin ausbreitete? Die Modistin schneiderte die eleganten Roben, Morgen- und Hauskleider, Mäntel und Capes nicht selbst, sondern beauftragte die talentiertesten Schneiderinnen des Reiches mit deren Anfertigung. Sie selbst fungierte lediglich als Putzmacherin, die Kleider fantasievoll mit Juwelen, Spitzen, Federn, Bändern, Schleifen, Blüten und Blumen zu dekorieren verstand. Manon war bei vielen Anproben der Königin in Anwesenheit ihrer Modemacherin dabei, und mehr als einmal verschlug es ihr die Sprache bei den gigantischen Summen, die ihre Herrin für ihre Garderobe ausgab, ohne auch nur einmal darüber nachzudenken. Die Dauphine mit unordentlicher Frisur und schmutzigem Kleid gehörte längst der Vergangenheit an. Beinahe über Nacht hatte sich Marie Antoinette vom unscheinbaren Entlein zum wunderschönen Schwan gewandelt, und war mit Anmut und Eleganz zum modischen Vorbild aller adeligen Damen aufgestiegen, nicht nur in Frankreich, sondern in ganz Europa. An allen Höfen wurden nicht nur ihre extravaganten Roben kopiert, sondern auch ihr Schmuck und ihre verwegenen Frisuren. Der Ruf ihrer Schönheit drang über die Grenzen hinaus, und selbst der türkische Sultan und der Bey von Algier zollten dem Glanz der alles überstrahlenden Königin von Frankreich mit kostbarsten Geschenken Tribut.

Von nun an arbeitete Manon unermüdlich daran, ihre Schminktechniken weiter zu verfeinern. Von Genueser Händlern erwarb sie modisch neue Farben. Ganze Nachmittage verbrachte sie damit, für ihre anspruchsvolle Herrin ausgefallenen Haarschmuck zu kreieren. Um deren makellos reine Haut hervorzuheben, ließ sie Perlmutt zu feinstem Pulver zermahlen, das sie unter das Reispuder mengte. Diese Mischung verlieh dem zarten Teint der Königin einen unvergleichlichen Schimmer. Im Sortiment eines venezianischen Kaufmanns hatte Manon eine indische Indigopaste entdeckt, mit der sie die dünnen blauen Äderchen nachzeichnete, die unter der durchscheinenden Gesichtshaut der Königin sichtbar waren, um ihre vornehme Blässe noch weiter hervorzuheben. Damit schuf sie eine neue Mode, die sogleich von allen Damen und Herren bei Hofe kopiert wurde. Aus Zypern und Sizilien wurden Umbra und Ocker in verschiedenen Brauntönen herbeigeschafft, die Manon, gemischt mit kleinen Mengen Fett, mit der Spitze ihres kleinen Fingers vorsichtig auf die königlichen Lider rieb. Acht bis zwölf Lagen Rouge trug sie auf die Wangen der Königin auf, bis der gewünschte Farbton getroffen und ihre Herrin mit dem Ergebnis restlos zufrieden war.

Eines Tages war Manon dabei, den *Pouf* der Königin

mit fragilen Tierfigürchen aus Holz und Stoff zu schmücken, deren lebende Vorbilder sie im zoologischen Garten von Versailles beobachtet hatte, als ein Monsieur Michel-Jean Sedaine gemeldet wurde. Marie Antoinette klatschte vor Freude in die Hände und gebot Manon Einhalt, während ein älterer Mann den Raum betrat, den Hut mit Schwung vom Kopf riss und mit dessen Straußenfeder theatralisch den Boden fegte.

»Monsieur Sedaine, was verschafft mir die Freude Eures Besuchs? Ich sollte Euch eigentlich sehr böse sein, denn Ihr habt Euch rar gemacht in den letzten Monaten. Dabei wäre ich entzückt, wieder einmal eine Eurer komischen Opern in Versailles zu erleben«, lächelte sie und reichte ihm die Hand zum Kuss.

»Hochverehrte, liebste Majestät, ich bin hier, um Euch um die Gunst zu bitten, mein Werk *Le roi et le fermier* in der Königlichen Oper von Versailles aufführen zu dürfen.«

»Das ist schön, aber warum kommt Ihr mit dieser Bitte zu mir? Solltet Ihr Euch mit Eurem Anliegen nicht besser an den König wenden?«, entgegnete Marie Antoinette.

»Aber Majestät, Ihr seid doch die Schutzpatronin der Oper, Ihr seid es, die wie ein guter Engel über die schönen Künste wacht und das Zepter schwingt. Euer Gemahl würde Euch diese kleine Bitte sicher nicht abschlagen, darum bin ich zuerst zu Euch gekommen. Mein Ensemble brennt darauf, mit den Proben zu beginnen.«

Er verbeugte sich erneut, trat einen Schritt näher und musterte die junge Frau mit aufmerksamem Blick. »Verzeiht meine Kühnheit, Majestät, aber Ihr seht einfach formidable aus, so schimmernd wie ein kostbares Juwel. Eure Gesichtsbemalung ist in der Tat so exquisit, wie ich noch keine gesehen habe. Darf ich fragen, wer Euch dabei zur Hand gegangen ist?«

Die Königin lachte erfreut und deutete mit einer Handbewegung auf Manon, die sich bescheiden im Hintergrund hielt.

»Mein blendendes Aussehen verdanke ich Mademoiselle la Belle. Sie ist es, die mich Tag für Tag aufs Neue strahlen lässt.«

Nun richtete Monsieur Sedaine sein Augenmerk auf Manon. Sekundenlang taxierte er sie mit anerkennenden Blicken von Kopf bis Fuß, dann sagte er mit einer kleinen Verbeugung: »Mademoiselle, solltet Euch jemals der Sinn danach stehen, ans Theater zu wechseln, biete ich Euch hiermit den Posten der Ersten Schminkmeisterin an, denn Ihr zeigt ein besonderes Talent dafür. Normalerweise wird diese Aufgabe ausschließlich männlichen Bewerbern übertragen, aber ich halte Euch für mindestens ebenso geeignet. Nein, verzeiht, Ihr seid weitaus mehr als nur geeignet, Ihr seid zur Schminkmeisterin berufen!«

»Monsieur Sedaine, Ihr versucht doch nicht etwa, mir Mademoiselle la Belle abspenstig zu machen? Das dulde ich nämlich nicht! Ich kann sie Euch nicht für das Theater überlassen, denn sie ist bereits meine Schminkmeisterin.«

Damit hatte Manon den Titel erhalten, den sie während ihrer gesamten Dienstzeit tragen sollte, den der Schminkmeisterin von Versailles. Als einzige Dienerin der Königin hatte sie bisher noch keinen offiziellen Titel erhalten, war weder Kammerfrau noch Zofe, sondern hatte eine Sonderstellung inne, die aus der königlichen Privatschatulle bezahlt wurde. Doch nun hatte ihre junge Herrin sie mit einem einzigen Satz zur Schminkmeisterin befördert.

Kapitel 11

Vom Coiffeur Léonard lernte Manon alles, was es über extravagante Frisuren zu wissen gab. Er schätzte Manons ruhiges, besonnenes Wesen und bewunderte ihr Talent für kunstvolle Gesichtsbemalung. Oft saßen sie beisammen, der weibisch aufgeputzte junge Mann und das bildhübsche Mädchen, und tauschten Ideen aus, denn ihre Herrin legte Wert darauf, nie zweimal mit demselben Kostüm in den Salons zu erscheinen. So musste nicht nur ständig neuer Haarschmuck, sondern auch für jede Robe, für jedes Kleid eine andere Verzierung entworfen werden. Einmal schlug Léonard vor, die knapp ein Meter hohe Turmperücke der Königin mit einem Kriegsschiff zu schmücken, ein anderes Mal mit einem Bauerndorf, bestehend aus einer Mühle, Katen, einer halb verfallenen Ruine, Kühen und Schafen. Von diesem Einfall war Marie Antoinette derart entzückt, dass in ihr der Wunsch wuchs, ein solch idyllisches Dorf in natura zu besitzen.

Schon kurz nachdem ihr Gemahl die Königswürde erlangt hatte, erbat sie sich von ihm das verwaiste *Petit Trianon* als Geschenk. Gleich zu Beginn von Louis' Regentschaft hatte seine kapriziöse Gattin nach einem Rückzugsort verlangt, einem Ort, an dem sie nicht Königin, sondern ausschließlich Privatperson und somit ganz sie selbst sein konnte. In der Abgeschiedenheit des Sommerschlösschens wollte sie nur Besucher empfangen, die zu ihren vertrautesten Freunden zählten, die Tage mit Musik und Tanz, die Nächte am Kartentisch oder bei Brettspielen vertändeln. Ludwig, ein träger junger Mensch mit Doppelkinn und schläfrigen Augen ohne nennenswerte Ambitionen, sah sich nicht in der Lage, seiner reizvollen Gemahlin auch nur einen einzigen Wunsch abzuschlagen und versprach ihr großzügig das Refugium der ehemaligen Königsmätresse.

Sogleich ging die Königin mit Feuereifer ans Werk, sowohl das Gebäude als auch die umliegenden Gärten nach ihren Vorstellungen umzugestalten. Zum Entsetzen der Architekten und Gartenbauer, die zaghaft dagegen protestierten, befahl sie, die Gewächshäuser niederzureißen und die botanischen Raritäten zu entfernen, die ihr Schwiegergroßvater in Jahrzehnten angesammelt hatte. Nach ihrem Willen sollte ein englischer Landschaftspark entstehen, mit idyllisch ins Gelände eingebetteten Seen, Bächen und Wiesen vor dem Hintergrund malerischer Wäldchen und schattiger Haine. Verschlungene Wege wurden geplant mit Burgruinen und Aussichtspunkten auf künstlich erschaffenen Hügeln, auf denen nach englischem Vorbild Picknicks veranstaltet werden konnten. Es sollte ein Ort der Erholung entstehen, an dem Marie Antoinette ihren königlichen Pflichten zu entfliehen gedachte. Im Palast war sie vom Augenblick des Erwachens bis zum Zubettgehen von zahllosen Menschen umringt, die der Königin nicht einen Moment der Ruhe gönnten. Im *Petit Trianon* würden nur wenige geladene Gäste Zutritt erhalten. Dagegen durfte in Versailles jedermann überall umherspazieren und sogar das Königspaar beim Staatsakt des öffentlichen Diners ungeniert begaffen, solange er nur in ordentlicher Kleidung erschien.

Manon begleitete ihre Herrin bei ihren Rundgängen durch die barocken Gärten des Lustschlösschens auf Schritt und Tritt. Wegen der anhaltenden Hitze hielt sie stets Puderquaste und Kamm bereit, um Gesicht und Dekolleté ihrer Herrin zu pudern und gelöste Strähnen aufzustecken. Aus Holz hatte sie einen Kasten anfertigen lassen, den sie an Schultergurten vor dem Leib trug und in dem sie alle notwendigen Gerätschaften und Farben mit sich führte. Schon bald wurde diese sinnvolle Vorrichtung von anderen Kammerfrauen übernommen.

»Du weißt ja nichts von dieser unsäglichen ›Übergabe‹ auf der Rheininsel bei Straßburg, als ich aus österreichischen in französische Hände übergeben wurde«, vertraute die Königin eines Abends ihrer Schminkmeisterin an, die gerade dabei war, mit Lampenruß deren dichte blonde Wimpern zu schwärzen. »Alles haben die Franzosen mir damals genommen, sogar meinen Namen. Maria Antonia wurde mit einem Federstrich zu Marie Antoinette. Nicht einmal mein Hündchen durfte ich behalten, mit der Begründung, in Frankreich gäbe es genug Hunde. Selbst den Ring, ein Andenken an meine Schwester Maria Karolina, haben sie mir vom Finger gezogen, obwohl ich gebeten hatte, ihn behalten zu dürfen. Das Schlimmste aber war, dass ich splitterfasernackt dem gesamten Hofstaat präsentiert wurde, alten Männern, die mich grinsend anstarrten, allen voran Botschafter Rohan, dem vor Lüsternheit der Speichel aus dem Mund tropfte. Kannst du dir vorstellen, wie ich mich damals gefühlt habe? Ein 14-jähriges Kind, dem man jeden Faden vom Leib gerissen hatte, um es der gierigen Menge zu präsentieren? Ich wollte davonlaufen und mich irgendwo verkriechen, nur weg von den hämischen, neugierigen Blicken. Niemals werde ich den Franzosen diese Demütigung vergessen.«

Sie schwieg, während Manon bei der Vorstellung, nackt den geilen Blicken der Hofschranzen ausgeliefert zu sein, die Schamröte ins Gesicht schoss. Die Königin war an diesem Abend in sentimentaler Stimmung und hatte ihre Damen um einen Moment des Alleinseins gebeten. Wieder einmal plagte sie schreckliches Heimweh, und mehr als sonst sehnte sie sich nach ihren Geschwistern und der Mutter. Obwohl sie schon fünf Jahre am französischen Hof lebte, hatte sie ihre Kindheit im Schloss Schönbrunn nicht vergessen. Frei von jeder Verpflichtung war der jüngste Spross der Kaiserfamilie mit 15 Geschwistern aufgewachsen. Außer Tanz, Gesang, Cembalo- und Harfespielen hatte sie nichts gelernt, denn wann immer sich die Gelegenheit bot, schwänzte sie den Unterricht und zeigte sich während der seltenen Lehrstunden unkonzentriert und faul. Das Lernen war ihr ein Gräuel, das sie tunlichst zu vermeiden suchte. Da für die Jüngste keine glänzende Partie in Aussicht war, achtete niemand auf eine ordentliche Ausbildung, und das Mädchen wuchs frei und ungezwungen auf. Als der französische König für seinen Enkelsohn überraschend um die Hand des Nesthäkchens anhielt, beeilte sich Maria Theresia zuzusagen, obwohl sie von Anfang an ihre Zweifel an dem Erfolg dieser Ehe hatte. Sie kannte die zahlreichen Schwächen ihrer Tochter nur zu gut.

Darum war sie auch nicht verwundert, dass Marie Antoinette als Königin ihre Zeit vor allem mit Musik, Spiel und Mode vertrödelte und sich keiner ernsthaften Beschäftigung länger als ein paar Minuten widmen konnte.

»Später amüsieren wir uns beim Tanz«, murmelte die Königin und drehte ihr perfekt geschminktes Gesicht im Spiegel hin und her, um sich von allen Seiten zu betrachten.

»Das Wangenrot ist zu hell. Trag noch eine Schicht auf«, ordnete sie schließlich an. »Und etwas mehr Pomade auf die Lippen, wenn ich bitten darf.«

Unvermutet wandte sie sich zu Manon um.

»Ich wünsche, dass du heute Abend mit dabei bist, und habe Madame Campan bereits gebeten, dir ein schlichtes Taftkleid sowie die passenden Schuhe herauszulegen. Mach dich hübsch zurecht, es wird ein fröhliches kleines Fest geben. Du kannst doch tanzen?«, forschte sie.

»Nein, Majestät, wann hätte ich es lernen sollen? Seit frühester Kindheit war ich gezwungen zu arbeiten und damit zum Lebensunterhalt meiner Familie beizutragen. Da blieb keine Zeit zum Tanzen oder Singen«, gestand Manon errötend.

»Ach, du armes Ding«, bedauerte die Königin, ohne auch nur einen Moment darüber nachzudenken, was es tatsächlich hieß, von Jugend an arbeiten zu müssen, um nicht zu verhungern. »Aber du kannst der Musik lauschen und dir die Tanzschritte einprägen. Beim nächsten Mal wirst du in der Lage sein mitzumachen.«Bei dieser Bemerkung musste Manon insgeheim den Kopf schütteln. Wie naiv ihre Herrin doch war. Glaubte sie denn im Ernst, allein vom Zusehen waren die komplizierten Schritte des Menuetts, des Branle oder der Gavotte zu erlernen? Dazu wäre ein Tanzmeister vonnöten, dachte das Mädchen, doch der will bezahlt werden. Wie stellt sich die Herrin das denn vor? Dennoch freute sie sich auf die Unterhaltung, die eine schöne Abwechslung zu ihrem arbeitsreichen Leben bieten würde. »Amüsement« – dieses Wort hatte sie vor ihrer Zeit in Versailles nicht gekannt. Weder ihre Mutter noch die Dirnen im *Maison Reine Margot* fanden ihr armseliges Leben *amüsant*, darum hatte Manon ihren dunkelhäutigen Freund nach der Bedeutung des Wortes fragen müssen. Im Palast dagegen amüsierte sich der Adel ständig, und zwar auf Kosten des Volkes.

Während drei Kammerfrauen ihrer Herrin halfen, in eine prachtvolle roséfarbene Robe mit seitlich gerafftem Rock und champagnerfarbenen Spitzen zu steigen, schlüpfte Manon in ihrer Kammer rasch in das wasserblaue Taftkleid. Es sah zwar einfach aus, der Schnitt jedoch war so raffiniert, dass er ihre schmale Taille aufs Trefflichste zur Geltung brachte. Die Farbe schmeichelte ihrem blassen Teint. Übermütig wirbelte sie herum, um den Rock schwingen zu lassen, in der Gewissheit, an diesem Abend so hübsch wie nur möglich auszusehen.

Als sie zurück in das königliche Ankleidezimmer kam, reichte ein Kammermädchen der Königin gerade einen kunstvoll bemalten Fächer mit Lackstäben, eines der zahllosen Geschenke des Kaisers aus dem Reich der Mitte, die der chinesische Abgesandte zusammen mit verschiedenfarbigen Seidenstoffen, Schmuckstücken aus Jade, Achat und Koralle sowie wertvollem Porzellan dem Königspaar zur Thronbesteigung überreicht hatte.

Im achteckigen Salon gaben sich Marie Antoinettes engste Freunde bereits ein Stelldichein. Mit reichlich Champagner wurde ein ums andere Mal auf das Wohl der Gastgeberin angestoßen. Neben Gabrielle de Polignac waren die Prinzessin Lamballe, der Herzog und die Herzogin von Chartres, Karl Philipp Graf von Artois mit seiner Gemahlin Maria Theresia von Savoyen, der Graf de Provence, Philippe Herzog von Bourbon d'Orleans, Baron Jean-Pierre de Batz, der Fürst de Ligne sowie die Prinzessin Guémené und der Minister Maurepas versammelt, die auf das Erscheinen der Königin warteten. Maurepas war bei weitem der Älteste, doch Marie Antoinette amüsierten seine geistreichen, bisweilen boshaften Bonmots und Spottverse, mit denen er die Gesellschaft unterhielt.

Sobald Marie Antoinette den Raum betrat, stürzte ihr de Batz entgegen, beugte den Rücken und murmelte atemlos: »Majestät, Eure Schönheit überstrahlt die aller anderen Damen. Ihr seid nicht nur die schönste Frau Frankreichs, sondern ganz Europas und der funkelndste Diamant in der französischen Krone.«

Er griff nach ihrer Hand und hauchte einen Kuss darauf.

»Und Ihr, werter Freund, seid ein schamloser Schmeichler«, lachte die Königin und entzog ihm ihre Hand.

Verborgen hinter einem Paravent, begann das vierköpfige Orchester bei ihrem Eintreten leise zu spielen. Marie Antoinette begrüßte ihre Freunde derart freudig, als wären Wochen seit ihrem letzten Treffen vergangen, dabei hatten sie sich erst vor wenigen Stunden getrennt. Dann stellten sich drei Paare zum Menuett auf, darunter auch die Königin, und die Musiker stimmten eine Melodie des Komponisten Lully an.

Einer der Herren meinte bewundernd: »Wenn sie geht, ist unsere Königin die Anmut in Person. Man sagt, sie tanze nicht ganz im Takt, aber wenn es stimmen sollte, dann ist es eindeutig die Schuld des Taktes. Gibt es etwas Schöneres, als sie beim Tanzen zu betrachten?«

Die anderen lachten beifällig über diese geistreiche Bemerkung, denn es stimmte: Keine andere Dame bewegte sich mit so auffallender Grazie wie die Königin, keine tanzte so leichtfüßig wie sie. Beinahe schwerelos schien sie übers Parkett zu schweben.

Doch da raunte eine boshafte männliche Stimme, die Manon, halb verdeckt von einem Rosenbouquet, nicht zuordnen konnte: »Wie viel schöner wäre es noch, wenn die Dame uns endlich einen Thronfolger schenken würde. Nach fünf Jahren Ehe wäre das doch nicht zu viel verlangt, oder was meint Ihr, meine Herren?«

Diese Stichelei wurde mit verlegenem Schweigen hingenommen.

Manon beugte sich vor, um den Sprecher zu sehen, und erkannte das verschlagene Gesicht des Ministers Maurepas, dem scharfsinnigsten Spötter bei Hofe. Obwohl ein erklärter Gegner der Mätressenwirtschaft am französischen Hof, war der betagte Adelige auch in den Gemächern der du Barry ein gern gesehener Gast gewesen, der sie mit seinen treffend-giftigen Bemerkungen zum Lachen gebracht und mit Gerüchten über die neuesten Hofintrigen bestens unterhalten hatte.

Als die Ankunft des Königs gemeldet wurde, verstummten die Instrumente. Beim Betreten des Salons grüßte er freundlich nach allen Seiten, ging auf seine Gemahlin zu, ergriff ihre Hand und küsste sie.

»Eine intime Festlichkeit? Was ist der Anlass, Liebste?«, verlangte er mit einem Lächeln zu wissen.

»Das *Petit Trianon*, dessen Neugestaltung in Kürze beendet sein wird. Schon bald werde ich dort einziehen können. Jeder einzelne Raum wird soeben nach meinen Plänen neu eingerichtet. Wartet nur, bis Ihr alles selbst in Augenschein genommen habt. Die Räumlichkeiten sind schon jetzt zauberhaft. Sicher werdet Ihr genauso begeistert sein wie ich.«

»Davon bin ich überzeugt«, stimmte ihr Gemahl zu und betrachtete sie mit bewunderndem Blick. »Niemand besitzt einen so exquisiten Geschmack wie Ihr, meine Liebe!«

»Und einen so überaus teuren«, murmelte der Spötter Maurepas so laut, dass jeder der Umstehenden es hören konnte.

Der König, dessen wichtigster Berater Maurepas war, tat, als wäre ihm die Bemerkung über die ungebremste Verschwendungssucht seiner Gemahlin entgangen. Er drehte sich um und rief den Musikern zu: »Spielt eine Pavane!«

Dieser feierlich-getragene Schreittanz war ganz nach seinem Geschmack. Schnelle Tänze wie die Courante oder die Bourrée schätzte er nicht, da er sich wegen seiner Leibesfülle nur schwerfällig und ungeschickt bewegte. Seine Brüder, der Graf d'Artois und der Graf de Provence, steckten hämisch kichernd die Köpfe zusammen, um über die bescheidenen Tanzkünste des königlichen Bruders zu lästern.

»Sire, Ihr solltet in der Tat einen Tanzmeister engagieren, der Euch die korrekten Schritte lehrt«, rief ihm sein jüngster Bruder, der Graf de Provence, spöttisch zu, nachdem er Ludwigs ungelenke Bemühungen auf dem Parkett eine Weile verfolgt hatte.

Errötend ließ der König sogleich die Hand seiner Gemahlin los und trat mit einer kleinen Verbeugung ein paar Schritte zurück.

»Ich entschuldige mich für mein Ungeschick, Teuerste, aber mein Bruder hat vollkommen recht. Ihr solltet Euch einen Tanzpartner wählen, der Euch mit der Grazie zu führen vermag, die Euch gebührt, denn ich bin dazu nicht in der Lage.«

Sein feistes Gesicht glühte vor Verlegenheit. »Es ist wohl besser, wenn ich mich jetzt zurückziehe und Euch Eurem Vergnügen überlasse. Ich wünsche allen eine gesegnete Nachtruhe!«

Abermals verneigte er sich vor seiner Ehefrau und schickte sich an, zu gehen.

»Nein, lieber Louis, so wartet doch!«, rief Marie Antoinette, trat zu ihm und hielt ihn ganz unzeremoniell am Ärmel fest. »Ihr dürft uns noch nicht verlassen. Es erwartet uns noch eine kleine Überraschung.«

Mit fliegenden Röcken wirbelte sie herum und klatschte dreimal in die Hände. Die doppelflügelige Tür schwang auf, und ein Zug von Lakaien hielt feierlich Einzug. Jeder trug ein silbernes Tablett in Händen, das er vorsichtig auf einem der umstehenden Tische absetzte. Auf einigen waren kleine Torten, Petit Fours, Baisertörtchen, Konfekt, farbiges Marzipan, Eiercremes, Obstkuchen und Scherbett dekorativ arrangiert, auf anderen standen Silberkännchen mit Schokolade und die dazugehörenden Tassen bereit.

»Mmh, wie himmlisch das duftet!« Die Königin beugte sich über ihre Tasse, in der die dickflüssige braune Essenz dampfte. »Ich habe vor Kurzem den Hofapotheker beauftragt, der Schokolade einen neuen Geschmack zu verleihen. Diese hier riecht eindeutig nach Muskatnuss und Zimt, und die daneben nach Kardamom und Nelken. Kommt, liebe Freunde, und genießt mit mir diese aufregend neuen Kreationen.« Sie nahm einen Schluck, wobei sie vor Wonne die Augen verdrehte. »Oh, schon eine Prise Zimt schenkt der leicht bitteren Zartheit ein völlig anderes Aroma. Kommt und probiert es selbst, es schmeckt einfach göttlich!«

Aufgeregt wies die Königin den Diener an, ihr auch eine Tasse mit Kardamom gewürzter Schokolade einzugießen. Ihre Gäste zeigten sich zurückhaltender, denn nicht jedem mundete das zähflüssige, mit Honig gesüßte Getränk. Einige der Herren nippten nur höflich an ihren Tassen, bevor sie diese beiseitestellten, um sich dem Champagner oder dem mit Früchten und Wein aromatisierten Halbgefrorenen zu widmen. Nur der Schmeichler de Batz ließ sich, wie Marie Antoinette, eine zweite Tasse füllen und lobte ihre neueste Errungenschaft in den höchsten Tönen. Auch der König verlangte nach einer zweiten Tasse, denn genau wie Marie Antoinette liebte er Süßes in jeder Form.

»Liebster Louis, was haltet Ihr von der Idee, die Oper *Le roi et le fermier* in unserem Theater aufführen zu lassen? Ach bitte, macht mir doch die Freude! Seit der Krankheit des verstorbenen Königs hatten wir keinen Opernabend mehr im Schloss!«

Sie blickte ihrem Gatten mit lockendem Lächeln in die Augen.

»Nein, das geht nicht, denn in Kürze machen wir uns auf den Weg zur Krönung nach Reims«, widersprach ihr Gemahl kleinlaut. Wie es aussah, hatte Marie Antoinette dieses für Frankreich so wichtige Ereignis vergessen, wie sie den meisten Dingen keine Beachtung schenkte, bei denen sie nicht selbst im Mittelpunkt stand.

»*Eurer* Krönung, mein Gemahl, da Ihr Euch weigert,

mich an Eurer Seite zur Königin krönen zu lassen«, korrigierte ihn Marie Antoinette gereizt. Das lockende Lächeln war wie fortgewischt.

»Aber ich habe Euch doch erklärt, dass für Eure Krönung die nötigen Mittel fehlen. Die Staatskasse ist so gut wie leer. Meine Krönung wird ganz einfach gestaltet sein, um so wenig Kosten wie nur möglich zu verursachen.«

»Papperlapapp, das sind doch nur Ausreden!«, erwiderte Marie Antoinette ungehalten und wandte ihre Aufmerksamkeit vom König ab, dem sichtlich unwohl zumute war.

»Manon, komm und koste die Schokolade!«, rief sie stattdessen und winkte ihre Bedienstete zu sich, die bisher still am Rande des Festes ausgeharrt hatte. Eigenhändig goss die Königin eine Tasse voll, die sie ihrer Schminkmeisterin reichte. Nun richteten sich alle Blicke auf Manon, besonders die missgünstigen der hochadeligen Damen, die empört über den Affront waren, eine Bedienstete in ihren Reihen dulden zu müssen. Die der Herren zeigten teils unverhohlene Kritik, teils amouröses Interesse, wie die von Maurepas und der Graf d'Artois. Der König dagegen nickte Manon wohlwollend zu, während er sie über den Rand seiner Tasse musterte.

»Danke!«, hauchte das Mädchen, nahm die Tasse entgegen und errötete bis zu den Haarwurzeln, als sie die Aufmerksamkeit der illustren Gesellschaft plötzlich auf sich gerichtet sah.

»Ist *das* etwa die vielgerühmte Schminkmeisterin, über die *tout Versailles* tuschelt?«, fragte d'Artois und hielt sich geziert ein Lorgnon vors Auge, um Manon besser begutachten zu können. Sein Blick glitt an ihrer Gestalt auf und ab, als wolle er eine preisgekrönte Stute taxieren.

»Sehr apart!«, lautete sein Urteil, nachdem er sie eingehend mit Blicken abgetastet hatte. »Man sagt, sie käme aus dem stadtbekannten Bordell *Maison Reine Margot*, genau wie ihre frühere Herrin, die Hure du Barry. Womöglich haben sich die beiden ... äh, Damen in diesem Etablissement kennengelernt. Haltet Ihr es für klug, Majestät, Euch mit einer derart zwielichtigen Person zu umgeben und ihr Euer Vertrauen zu schenken?« Er räusperte sich affektiert.

»Sorgt Euch nicht um meinen Umgang, lieber Schwager, ich weiß schon selbst, wer mein Vertrauen und meine Zuneigung verdient und wer nicht.« Die Königin lächelte ihm schmallippig zu. Mit einem Ruck schlug sie den Fächer auf und wedelte sich damit heftig Luft zu, verärgert über die unpassende Bemerkung ihres Schwagers.

»Madame, Eure Frisur gerät in Unordnung!«, mahnte Manon sanft, denn durch die Luftbewegung begannen sich Strähnen aus der kunstvollen Frisur zu lösen.

»Und wenn schon!« Unwillig strich sich die Königin das Haar aus der Stirn. »Wir sind hier ganz unter uns, da stört es mich nicht.«

Obwohl es sie selten nach alkoholischen Getränken gelüstete, weil sie reines Quellwasser aus dem französischen Jura bevorzugte, griff sie nach einem Glas Champagner und leerte es mit einem Zug. Dann nahm sie die Hand von Herzog Philipp, dem Cousin des Königs, der die Aufforderung verstand und sie zum Tanz führte. Sogleich folgten ihnen der jüngste Bruder des Königs mit seiner Gemahlin sowie die Herzogin Polignac, die exzentrische Herzensfreundin der Königin, an der Hand ihres Ehemanns. Eine flotte Bourrée erklang, zu der die Paare mit schnellen Drehungen übers Parkett wirbelten.

Manon drückte ihren Rücken gegen die Wand, in der Hand die Tasse mit der lauwarmen Schokolade. Die übrigen Gäste hatten bereits das Interesse an ihr verloren. Zügig leerten sie die Platten mit den Gebäckstücken, die ständig durch volle ersetzt wurden, und beobachteten dabei die Tanzenden, während sie ein Stück nach dem anderen verzehrten. Obwohl Manon große Lust auf ein Schälchen Scherbett verspürte, wagte sie nicht, einen der Diener darum zu bitten.

Sicher haben sich die Damen und Herren schon während des abendlichen Diners die Mägen bis zum Platzen vollgeschlagen. Jetzt stopfen sie Kuchen, Gelee und Scherbett in sich hinein, während meine Mutter und meine Geschwister wahrscheinlich hungrig zu Bett gehen, schoss es Manon beim Anblick der übervollen Dessertteller durch den Kopf. Das ist nicht gerecht, und der König sollte dafür sorgen, dass nicht nur seine Familie und Freunde, sondern alle Bürger seines Reiches satt werden.

Erschrocken über ihre aufrührerischen Gedanken sah sie sich rasch um, ob einer der Gäste ihren zornigen Gesichtsausdruck bemerkt hatte. Aber keiner der Adeligen achtete mehr auf die kleine Dienerin. In Grüppchen standen sie beisammen und schnatterten aufgeregt wie eine Entenschar über den allerneuesten Hofklatsch.

Manons Beine wurden mit jeder Minute schwerer, und sie wäre am liebsten auf eines der zierlichen Sofas gesunken, aber das war natürlich undenkbar, denn es war einer Dienerin nicht gestattet, in Anwesenheit des Königs zu sitzen. Nur mit Mühe gelang es ihr, ein herzhaftes Gähnen zu unterdrücken. Seit dem Morgengrauen war sie auf den Füßen, und bereits in wenigen Stunden endete ihre Nachtruhe, wenn ein neuer Arbeitstag begann. Viel Schlaf würde sie in dieser Nacht nicht mehr bekommen. Verstohlen blickte sie um sich, ob nicht die Gelegenheit bestand, sich unbemerkt davonzuschleichen. Gerade als sie sich an der Wand entlang in Richtung der Tür schieben wollte, trat der König zu ihr.

»Ihr seid also die junge Dame, deren Arbeit meine Gemahlin in den höchsten Tönen lobt und auf die sie unter keinen Umständen mehr verzichten kann«, stellte er fest. »Wie lautet Euer Name, Mademoiselle?« Seine braunen Augen musterten sie freundlich.

»Manon la Belle, Majestät«, hauchte das Mädchen atemlos vor Verwunderung und Schrecken darüber, dass der König von Frankreich geruhte, das Wort an sie zu richten.

»Das ist ein schöner Name, der Euch gut zu Gesicht steht«, lobte Louis. »Dient Eure Familie auch bei Hof?«

»Nein, Sire, meine Mutter und meine Geschwister sind in Paris zu Hause.«

»Tatsächlich? In Paris?«, fragte der König so erstaunt, als könne er nicht glauben, dass jemand anderswo zu leben vermochte als in Versailles. »Und was tun sie dort, wenn ich fragen darf?«

»Meine Mutter ist Weißnäherin. Sie repariert beschädigte Wäschestücke, die ihr aus den wohlhabenden Haushalten und Gasthäusern zum Ausbessern gebracht werden.«

»Ah, ich verstehe.« Der Monarch nickte gütig. »Eine sinnvolle Aufgabe, wie mir scheint, die Eurer Frau Mutter ein gutes Auskommen sichert.« Wie seine Gemahlin schien auch er völlig ahnungslos zu sein, was die armseligen Lebensumstände seiner Untertanen betraf.

»Nein, Majestät, es reicht meist nicht zum Leben. So oft ich kann, schicke ich meiner Mutter einen Teil meines Lohns, damit sie und meine Schwestern sich satt essen können, weil sie sonst nicht mehr als einen Kanten Brot zum Beißen haben.« Bevor sie sich besinnen konnte, waren die Worte ihrem Mund entschlüpft.

Louis' Wangen röteten sich vor Verlegenheit, und er schlug die Augen nieder. Manons Worte hatten wie eine Anschuldigung geklungen. Um sie herum verstummten Gelächter und Unterhaltung schlagartig, denn alle lauschten nun aufmerksam dem Gespräch zwischen König und Dienerin.

»Das höre ich mit Bedauern, Mademoiselle«, murmelte der König. »Ich hoffe, Ihr erhaltet für den Dienst bei Hofe einen guten Lohn, um Eure Familie unterstützen zu können.« Da er wie sein Großvater jeder Frau, egal, ob Wäscherin oder Herzogin, Respekt zollte, neigte er leicht den Kopf vor der Bediensteten seiner Gemahlin. »Ich wünsche Euch gesegnete Ruhe. Gute Nacht, Mademoiselle.«

Er drehte sich zu den Gästen um und rief: »Schlaft wohl, liebe Freunde, ich bin müde und ziehe mich nun zurück!«

Danach verließ er fluchtartig den Raum.

Sacre bleu! Ein eisiger Schreck ließ Manons Herzschlag stolpern. Ich habe den König beleidigt und in die Flucht geschlagen. Dafür wird er mich in die Bastille werfen lassen! Am liebsten wäre sie ihm nachgelaufen, um sich ihm weinend zu Füßen zu werfen und um Vergebung zu betteln.

»Was hast du meinem Gemahl denn erzählt?«, forschte Marie Antoinette, die Herzog Philipp mitten in einer Drehung stehen gelassen hatte, um zu ihrer Schminkmeisterin zu eilen. »Mein Gemahl schien ganz erschüttert zu sein.«

»Nicht viel, Madame, ich habe ihm lediglich von meiner Mutter erzählt«, verteidigte sich das Mädchen angsterfüllt. »Aber nur, weil der König mich ausdrücklich danach gefragt hat. Ansonsten hätte ich es mir nicht erlaubt.«

»Aha!« Die Königin schüttelte verwirrt den Kopf. »Manchmal hat Louis wirklich die drolligsten Einfälle. Aber sorge dich nicht, Kind, morgen hat er deine Worte längst vergessen. Er beschäftigt sich nie lange mit Dingen, die nichts mit der Jagd oder seiner Schlosserwerkstatt zu tun haben.«

»Madame, erlaubt Ihr mir, mich zurückzuziehen? Ich fühle mich sehr erschöpft«, flüsterte Manon.

»Ja, natürlich, geh nur!« Marie Antoinette deutete ihr mit einem Nicken ihre Erlaubnis an. »Mir ist noch nicht nach Schlafen zumute, ich bleibe noch eine Weile hier. Tanzen macht mich immer hungrig. Gleich werden kalter Braten, Schinken und Käse aus dem Perigord serviert. Falls du auch Appetit verspürst, solltest du noch ein Weilchen bleiben. Nach dem Mitternachtsimbiss ist immer noch Zeit zum Schlafen.«

Natürlich, du kannst bis mittags in den Federn liegen und dich von den Strapazen der vergangenen Nacht erholen. Ich dagegen muss bei Tagesanbruch mit der Arbeit beginnen, huschte es Manon anklagend durch den Kopf. Rasch sank sie in eine tiefe Reverenz, damit ihr niemand die rebellischen Gedanken vom Gesicht ablesen konnte.

»Was ist nur mit dir los, Mädchen?«, herrschte sie, zurück in ihrer bescheidenen Kammer, ihr Spiegelbild an, während sie vorsichtig aus dem kostbaren Gewand schlüpfte. »Solltest du nicht täglich Gott auf Knien danken, dass du im Haushalt der Königin dienen darfst? Warum bist du so undankbar gegenüber deiner Wohltäterin?«

»Weil sie Augen und Ohren vor dem Elend ihres Volkes verschließt! Die kleinen Leute sind ihr völlig egal«, antwortete sie sich selbst, bevor sie sich vom Spiegel abwandte. Sie nahm eine Bürste zur Hand und bearbeitete die kostbare Robe damit, um Staub und Flusen zu entfernen, bevor sie es mit *Eau de Lavande* besprühte. Morgen würde sie das Kleid sauber und wohlriechend an Madame Campan zurückgeben.

Kaum hatte sie am nächsten Morgen das Ankleidezimmer der Königin betreten, um ihre Werkzeuge für ihre anstehenden Tätigkeiten zu reinigen und bereitzulegen, als ein arabischer Kaufmann gemeldet wurde. Manon kannte den Mann, denn er hatte schon Madame du Barry mit den kostbarsten Düften des Orients beliefert.

»Bitte Monsieur Omar herein«, forderte sie die Zofe auf, die davoneilte, um den Händler zu holen.

»Allah sei mit Euch, Mademoiselle!«, begrüßte sie der Mann und verbeugte sich so tief vor Manon, als wäre sie eine Dame von Stand. »So finde ich Euch also in den königlichen Gemächern wieder. Was für ein Aufstieg für ein so junges Mädchen, wie Ihr es seid. Ich beglückwünsche Euch zu Eurem Erfolg, denn Ihr habt ihn mehr als verdient!«

»Ich danke Euch, Monsieur Omar!«, lächelte Manon. »Was habt Ihr mir denn heute Schönes mitgebracht?«

Der Händler beeilte sich, seine Waren vor der Schminkmeisterin auszubreiten. Filigrane goldene Duftkugeln, verziert mit Perlen und Edelsteinen, gefüllt mit einer Paste aus Mandelöl, Bienenwachs, Moschus, Orangenessenz, Nelke und Zimt, die an feingliedrigen Goldketten um den Hals getragen wurden, verströmten einen betörenden Wohlgeruch. Eine Lotion zum Auftragen auf das Dekolleté entfaltete einen leicht holzigen, erdigen Duft, in dem ein Hauch von Ambra mitschwang. Verschiedene leichte Duftwässer mit dem flüchtigen Bouquet von Verbene, Bergamotte, Freesie, Jasmin, Orange, Lotusblüte und Iris waren ebenso im Angebot wie schwere Parfüms mit dem unverkennbar intensiven Geruch nach Leder, Patschuli, Ambra, Moschus und Bibergeil. Alle Duftwässer kamen in edlen venezianischen Glasflakons, von denen jedes einzelne ein kleines Kunstwerk war. Wie immer wusste Manon bei der Fülle des Angebots nicht, wofür sie sich entscheiden sollte.

Doch Monsieur Omar zauberte zudem noch allerlei Salben aus seiner Truhe, die so verlockende Namen wie *Schwanenweiß* oder *Seidenglatt* trugen und bei regelmäßiger Anwendung eine milchweiße, seidige Haut versprachen. Er präsentierte Manon duftende Pomaden, die den kompliziertesten Haartürmen einen festen Halt garantierten.

»Und mit diesem Henna könnt Ihr den Fingernägeln Ihrer Majestät eine rubinrote Farbe verleihen.« Monsieur Omar hielt seiner Kundin ein hölzernes Döschen mit einem unscheinbar grün-braunen Pulver unter die Nase.

»Oh nein, das würde meiner Herrin sicher nicht gefallen«, wehrte diese ab und schob seine Hand beiseite. »Aber ich nehme zwei Duftkugeln, drei verschiedene Duftwässer mit Bergamotte, Jasmin und Verbene, sowie die beiden Salben und die Haarpomade.« Ihr war eingefallen, dass der König am Vorabend gesagt hatte, dass die Staatskasse beinahe leer wäre, darum wollte sie nicht mehr

Kosten als unbedingt nötig verursachen. Ohne die mahnenden Worte hätte sie sich bedenkenlos für das gesamte Sortiment entschieden. Doch Monsieur Omar zeigte sich mit ihrer Wahl durchaus zufrieden und verabschiedete sich mit blumigen Segenswünschen für seine spendable Kundin.

Sobald der Händler die Tür hinter sich geschlossen hatte, erklangen erregte Stimmen aus dem Schlafgemach der Königin. Manon presste ihr Ohr an die Tür, um zu hören, was dort gesprochen wurde. Offensichtlich war die Gräfin Noailles, die Erste Ehrendame der Königin, erzürnt über die Tanzveranstaltung des gestrigen Abends, die allem Anschein nach bis in die Morgenstunden gedauert hatte und deren Teilnehmer bei ihrer Heimkehr betrunken und lautstark in den Gängen des Schlosses randaliert hatten.

»Madame, ich muss Euch leider sagen, dass es sich für eine Königin nicht geziemt, an Festen teilzunehmen, bei denen lose Sitten herrschen und sich die Gäste in Anwesenheit der Ersten Dame des Hofes sinnlos betrinken, um sich anschließend vor den Appartements des Königs sowie im Spiegelsaal zu erleichtern.« Die Stimme der Gräfin zitterte vor Empörung. »Solche Geschichten werden von den Dienstboten bis nach Paris getragen und machen dort rasch die Runde. Was soll das Volk von einer Königin halten, die sich solchen vulgären Ausschweifungen hingibt?«

Marie Antoinettes Antwort war nicht zu verstehen, doch es schien, als schicke sie sich an, aus dem Bett zu steigen, um sich ankleiden zu lassen. Lautlose Minuten später ertönte wieder die Stimme der Gräfin, diesmal schrill vor Entsetzen.

»Majestät! Ihr wollt Euch doch nicht etwa in diesem Aufzug in der Öffentlichkeit zeigen?! Nein, nein, das ist gegen die Etikette, das geht auf gar keinen Fall!«

Wieder war die Antwort auf den empörten Protest nicht zu verstehen.

Manon wusste, dass sie sich nicht mehr lange gedulden musste, bis ihre Herrin erschien, um von ihr geschminkt und geschmückt zu werden. Doch nebenan brach gerade ein erbitterter Streit los, der auch ohne lauschendes Ohr an der Wand weithin zu hören war.

Mittlerweile war Léonard eingetroffen. Er und Manon nahmen auf dem Sofa Platz und orderten bei einer Zofe Kaffee, ein Privileg, das die Königin dem Meistercoiffeur großzügig gewährt hatte.

»Was herrscht nebenan für ein Tumult? Worüber streiten die Damen denn heute?«, fragte der junge Mann, hielt seine Tasse mit drei Fingern und führt sie mit graziöser Bewegung an den Mund.

»Huch, der Kaffee ist siedend heiß. Fast hätte ich mir die Lippen verbrannt!« Mit einer eleganten Bewegung zog er ein Spitzentüchlein aus dem Ärmel und tupfte sich damit geziert den Mund ab.

»Madame Etikette regt es auf, dass die Königin gestern eine kleine Tanzerei veranstaltet hat, zu der sie nicht eingeladen war. Sie ist neidisch und wütend und hat wie immer eine Menge am Verhalten der Herrin zu kritisieren.«

In Anwesenheit von Léonard scheute sich Manon nicht, den Spottnamen für die Erste Ehrendame zu benutzen, den sie von der Königin gehört hatte. Die jungen Leute kicherten, denn wie jedermann in Versailles wussten sie, wie vehement sich die Königin gegen die strengen Regeln des Hofzeremoniells wehrte, die ihr die Gräfin seit ihrer Ankunft in Frankreich aufzuzwingen versuchte. So weigerte sie sich nicht nur, das starre *Grand Corps* zu tragen, sondern auch, jeden Morgen das *Grand Lever,* den pompösen Morgenempfang vor unzähligen Höflingen, über sich ergehen zu lassen. Stattdessen ließ sie sich lieber von ihren Kammerfrauen ankleiden, ein Affront gegen den Hochadel, der auf sein Privileg pochte, beim königlichen *Lever* anwesend zu sein. Doch Marie Antoinette waren solche Ansprüche herzlich egal, was die Betroffenen in höchste Rage brachte. Eine Vielzahl von Beschwerden war deshalb schon an den König herangetragen worden, der sich jedoch nicht gegen die Launen seiner Gemahlin zu wehren wusste.

Da flog die Tür auf, und die Königin rauschte ins Ankleidezimmer. Bei ihrem Anblick verschlug es selbst Manon die Sprache, die von der du Barry eklatante Verstöße gegen das Protokoll gewohnt war. Ihre Herrin steckte von Kopf bis Fuß in Männerkleidung, hautengen flohfarbenen Kniehosen, die ihre schlanken Schenkel modellierten, übers Knie reichenden schwarzen Soldatenstiefeln und einem tannengrünen Mantelrock sowie einem Spitzenjabot. In den behandschuhten Händen hielt sie eine Reitgerte, mit der sie unentwegt gegen die hohen Reitstiefel trommelte, und einen einfachen Dreispitz.

»Keine aufwendige Frisur heute Morgen, Léonard!«, befahl sie bereits beim Eintreten übellaunig. »Binde mir die Haare im Nacken einfach zum Zopf und spute dich! Mein Gemahl wünscht, dass ich ihn auf die Jagd begleite, und ich habe mich bereits verspätet.«

Im Handumdrehen hatte der Coiffeur das prachtvolle Haar seiner Auftraggeberin gebürstet, mit einer grünen

Schleife zusammengebunden und mit einer leichten Mehlschicht bestäubt.

»Nein, Manon, heute keine Schminke, und vor allem kein Parfüm, wenn ich bitten darf, sonst wittert mich das Wild schon von Weitem.«

Ihr Blick fiel dabei auf die Taftrobe, die Manon ordentlich an einem der Schränke aufgehängt hatte.

»Gefällt dir das Kleid?«, fragte ihre Herrin leichthin, und das Mädchen nickte. »Dann behalte es, ich brauche es nicht mehr, weil ich es schon einmal getragen habe. Ohnehin passt es zu deiner kindlichen Erscheinung wesentlich besser als zu mir.«

Mit einem Ruck stieß sie den Sessel zurück, sprang auf und stürmte ohne ein weiteres Wort davon. Die beiden jungen Leute starrten ihr verdutzt hinterher. Erst als die Tür ins Schloss gefallen war, räusperte sich Léonard: »Wenn meine Augen mich nicht getäuscht haben, trägt die Königin heute Männerkleidung. Hat sie etwa vor, im Herrensitz auf die Jagd zu reiten? Mit weit gespreizten Schenkeln im Sattel sitzend? Was werden wohl ihr Gemahl und die Hofgesellschaft von ihrem neuesten Schabernack halten?«

»Ich glaube nicht, dass sie es als Scherz auffassen werden«, vermutete die Schminkmeisterin, nachdem sie ihre Sprache wiedergefunden hatte. »Das kann sie doch nicht machen. Es verstößt gegen jede Anstandsregel, die ich kenne. Ich wette, Madame Etikette ist in Ohnmacht gefallen bei dieser neuen Provokation.«

»Es wäre für Frankreich besser, die Königin würde im Ehebett die Schenkel öffnen, und nicht nur auf dem Pferderücken«, murmelte der Friseur kaum hörbar vor sich hin.

Manon wirbelte herum. »Léonard, halt sofort den Mund! Das ist respektlos! Wenn jemand deine Worte hört!«

Als wäre die leise Unterhaltung der beiden durch die geschlossene Tür gedrungen, ertönten nebenan im königlichen Schlafgemach zornbebende Stimmen. Die schrille von beiden gehörte ohne Zweifel der Ersten Ehrendame, die zusammen mit einer anderen Hofdame ihrer Wut freien Lauf ließ.

»Was bildet sich dieses österreichische Gänschen eigentlich ein?«, wetterte sie lautstark. »Habt Ihr das gesehen, Madame? Sie wagt es, in aller Öffentlichkeit Männerkleidung zu tragen! Soldatenkleidung, um genau zu sein. Wann hat man am Hof von Versailles einen solchen Affront erlebt, frage ich Euch? Eine Monarchin in Hosen und Stiefeln!«

Die andere Stimme antwortete: »Man sagt, sie hat in den letzten vier Monaten bei der Kleidermacherin Rose Bertin einen Schuldenberg von 500.000 Livres für Roben und Accessoires angehäuft, obwohl ihr dafür nur ein Betrag von 150.000 Livres jährlich zur Verfügung steht. Außerdem soll sie beim Juwelier Charles August Boehmer Schmuck im Wert von mehr als 250.000 Livres geordert haben. Von den immensen Kosten für den Umbau des *Petit Trianon* ganz zu schweigen. Diese sollen sich mittlerweile auf mehrere Millionen belaufen, wie man so hört. Wer soll das alles bezahlen, frage ich Euch? Angeblich hat der alte König das gesamte Staatsvermögen an die Dirnen Pompadour und du Barry verschleudert, sodass die Schatzkammern so gut wie leer sind.«

»Was man auch hört, ist, dass sie und ihr Gemahl eine Josefseheführen, weil der König sich weigert ...« Der

Rest ging im aufgeregten, aber geflüsterten Getuschel unter, sodass die Lauscher nicht verstehen konnten, was der König verweigerte.

»Eine Schande ist das!« Das war wieder die Stimme der Noailles. »Eine unfruchtbare Königin, die keinen Gedanken an ihre königlichen Pflichten verschwendet, sondern nur um ihr persönliches Vergnügen besorgt ist. Mir wurde zugetragen, dass selbst der König nur mit ihrer ausdrücklichen Erlaubnis Zutritt zum *Petit Trianon* erhalten soll. Dort werden nur ihre engsten Vertrauten empfangen, allen anderen wird der Eintritt verboten.«

»Angeblich arbeitet die Bertin schon an einer neuen Garderobe, die die Österreicherin in ihrem Lustschloss zu tragen gedenkt. Durchsichtige, lose fallende Gewänder aus Musselin oder Baumwolle, die kein Korsett erfordern. Könnt Ihr Euch das vorstellen, Gräfin? Das sind doch keine Roben, sondern nichts anderes als Nachthemden und freizügige Negligés; eine Aufforderung an alle lüsternen Männer, sich nach Lust und Laune an der Trägerin zu bedienen. Warum erlaubt der König seiner Gemahlin solch ein anstößiges Verhalten? Alle Welt spricht nur über sie und ihre Kapriolen und spottet über die Schwäche des Königs und seine Unfähigkeit, seine Gemahlin zur Vernunft zu bringen. Das französische Königspaar steht im Mittelpunkt von Klatsch und Tratsch an allen Königshöfen Europas. Man könnte fast meinen, das Ziel der Österreicherin ist es, unser Königreich zu zerstören. Diese Megäre zieht mit ihrer Liederlichkeit Frankreichs ruhmreichen Namen in den Schmutz!«

»Am liebsten umgibt sich das Weib mit zwielichtigen Gestalten niederster Herkunft wie diesem Theaterfriseur Léonard und der Straßendirne Manon, die in den königlichen Appartements ein und aus gehen, als wären sie dort zu Hause. Auch die Campan ist keine Adelige, und ich frage mich schon lange, warum sie hier Dienst verrichten darf. Dazu noch die Herzogin Polignac mit ihrer Bande armer Verwandter, die sich auf Kosten des Königs die Taschen vollstopfen und sowohl Ämter wie Vergünstigungen untereinander aufteilen. Sobald die Herzogin Gefallen an einem Schmuckstück oder einer Robe findet, bekommt sie es von ihrer Gönnerin geschenkt. Erst neulich bewunderte sie ein Perlenhalsband, und ihr werdet es nicht glauben, meine Liebe, was dann geschah …«

Nebenan wurde eine Tür geöffnet, und die erregten Stimmen entfernten sich. Im benachbarten Raum kehrte Ruhe ein.

Die beiden Lauscher, die angestrengt den Atem angehalten hatten, schnauften erleichtert auf und sahen einander an. Léonard räusperte sich verlegen: »Nun ja, es ist ja kein Geheimnis, dass die Adeligen nichts von uns und unserer niederen Herkunft halten, nicht wahr?«

»Aber sollte ich nicht der Königin berichten, wie abfällig sich ihre Erste Ehrendame über sie äußert? Welche Gerüchte sie verbreitet? Das ist doch Hochverrat, oder etwa nicht?«, fragte Manon verlegen.

Léonard schüttelte den Kopf: »Auf keinen Fall darfst du über das soeben Gehörte sprechen, oder willst du mit durchtrennter Kehle in der Seine landen? Die Noailles gehören zu den mächtigsten Familien des Landes. Glaubst du, sie dulden es, dass eine namenlose Dienerin sie des Verrats bezichtigt? Halt einfach den Mund und vergiss ganz schnell, was du gerade gehört hast, verstanden?«

Er griff nach der Tasche, die seine Werkzeuge enthielt, und machte sich zum Aufbruch bereit. An der Tür drehte er sich zu Manon um und legte den Finger auf die Lippen, um ihr noch einmal in Erinnerung zu rufen, den Mund verschlossen zu halten. Dann verschwand er.

Kapitel 12

In den nächsten Tagen hatte Manon kaum Zeit zum Nachdenken, denn sie war damit beschäftigt, alles Notwendige für die Reise nach Reims zu packen. Um sie herum trugen Kammerfrauen und Zofen Kleidungsstücke, Wäsche, Schuhe, Mäntel und Schmuck zusammen, die die Königin während der Feierlichkeiten zu tragen wünschte. Obwohl sie bei der Krönung keine Rolle innehatte, gedachte sie, im Glanz ihrer kostbarsten Gewänder zu brillieren. Eine Zeit lang hatten die königlichen Ratgeber überlegt, den König in Paris krönen zu lassen, was den Parisern nicht nur ein herrliches Schauspiel geboten, sondern auch die erhitzten Gemüter ein wenig besänftigt hätte. Der Mehlpreis war erneut gestiegen, aber zu diesem Anlass wären Brot, Wein, Fleisch und Münzen in der Menge verteilt worden. Es hätte erst einmal genug Essen gegeben, und das Volk wäre durch die Festlichkeiten von seinem Zorn abgelenkt worden.

Doch der König war traditionsbewusst und wollte dort die Krone erhalten, wo sie in den vergangenen Jahrhunderten allen französischen Monarchen aufs Haupt gesetzt worden war – in der Kathedrale von Reims. Obwohl er nachdrücklich darauf bestanden hatte, seine Gemahlin an seiner Seite krönen zu lassen, hatten weder Staatsfinanzen noch Minister eine solch aufwendige Zeremonie erlaubt, sodass Marie Antoinette lediglich als Zuschauerin dem Krönungsgottesdienst beiwohnen sollte. Obwohl sie ihren Unmut über diese Entscheidung mit keinem Wort laut äußerte, hörte Manon bei manch einer Gelegenheit ihren Schmerz über die Kränkung heraus. Sie war zutiefst verletzt über die Herabsetzung ihrer Person, hütete sich jedoch, offen ihre Verärgerung zu zeigen.

Anfang Juni 1775 zog der König mit feierlichem Pomp in der Stadt Reims ein. Umgeben von den wichtigsten Adelsfamilien des Landes hoch zu Ross, saß er allein in der vergoldeten Kutsche mit den vier weißen Federbüschen auf dem Dach. Der 20-Jährige wirkte scheu und unsicher. Misstrauisch huschten seine Augen über die Menschenmenge, die sich am Straßenrand versammelt hatte, um einen Blick auf ihren Souverän zu erhaschen. Seine Gemahlin war schon Stunden vor ihm in der Stadt eingetroffen. An ihrer Seite reisten d'Artois mit seiner Gattin sowie die Schwestern des Königs. Nicht nur der König, auch seine Gemahlin wurden mit frenetischem Jubel von der Bevölkerung der Krönungsstadt empfangen, die trotz sommerlicher Hitze stundenlang auf das Eintreffen der Kutschen gewartet hatte. Als Residenz hatte der Erzbischof dem Königspaar sein eigenes Palais zur Verfügung gestellt, das durch eine überdachte Galerie mit der Kathedrale verbunden war. So hatte der König die Möglichkeit, am Tag der Krönung ungesehen von den Wohnräumen in die Kirche zu gelangen.

Doch am nächsten Tag hatte sich Louis bereits von den Strapazen der Fahrt in der unbequemen Krönungskutsche erholt und überraschte nicht nur den Erzbischof mit seinem Wunsch, an der Seite seiner Gemahlin durch die Straßen zu spazieren. Er wollte die Einwohner von Reims persönlich kennenlernen, die ihm einen so herzlichen Empfang bereitet hatten. Wenig verwunderlich reagierte der hohe Geistliche mit Entsetzen, wogegen die Königin vor Freude wie ein Kind in die Hände klatschte und ihre Entourage aufforderte, ihr bei diesem ungewöhnlichen Spaziergang Gesellschaft zu leisten. Auch Manon wurde eingeladen, sich ihrer Herrin anzuschließen.

Die Ehrendamen der Königin jedoch schnappten entgeistert nach Luft bei der Vorstellung, sich unters gemeine Volk zu mischen. Allein bei dem Gedanken, wie die Säume der edlen Roben durch den Straßendreck schleiften und dabei rettungslos verschmutzten, wurde es der Gräfin Noailles schwindelig. Hektisch fächelte sie sich mit ihrem japanischen Fächer Luft zu, bevor sie mit erstickter Stimme: »Das könnt Ihr nicht ernsthaft in Erwägung ziehen, Majestät«, murmelte.

»Warum denn nicht? In Wien bin ich mit meinen Geschwistern oft durch die Stadt gegangen. An den Ständen des Kärtnertormarkts haben wir Schmalzgebackenes gekauft und es noch warm aus der Hand gegessen. Das war damals ein Jux, und ist heute eine meiner schönsten Erinnerungen. Nennt mir einen Grund, weshalb wir den freundlichen Bürgern von Reims nicht begegnen sollten, Madame!«

Noch während sie sprach, ließ sie sich ein neckisches Hütchen reichen, das eine Zofe auf ihren ungepuderten Locken feststeckte.

»Majestät!«, mischte sich nun auch die Gräfin de Gramont ein. »Es ist zu gefährlich, sich unter den Pöbel zu mischen. Wie leicht könnte einer von ihnen ein Messer zücken und …« Sie keuchte bei der Vorstellung. »Denkt nur an das Attentat, dem der gute König Heinrich IV. zum Opfer fiel, weil er die Nähe seines Volkes suchte.

Wenn Ihr spazieren gehen wollt, können wir doch den Gärten des erzbischöflichen Palais einen Besuch abstatten.«

»Dann macht das, Gräfin, meine Erlaubnis habt Ihr. Erholt Euch von mir aus im Garten, während der König und ich uns Reims ansehen.«

Sie nahm einen rosafarbenen Sonnenschirm zur Hand, dessen Farbton auf ihr Seidenkleid abgestimmt war, und drehte sich zu Louis um, der ihr seinen Arm reichte. Ohne ein weiteres Wort verließen sie den Raum.

»Welch ein unverzeihlicher Leichtsinn! Sie fordern einen Königsmord ja geradezu heraus«, raunte einer der Edelmänner kaum hörbar, doch Manon stets aufmerksamen Ohren entging es nicht.

Kopfschüttelnd beobachteten die Ehrendamen den Zug, der sich hinter dem Paar formierte. Doch sobald sie merkten, dass keiner der anderen Höflinge sich um ihren Verbleib scherte, schlossen sie sich den Spaziergängern an, nicht ohne sich weiterhin düstere Voraussagen zuzuflüstern.

Die Königin hatte Manon und Léonard zu sich gezogen, sodass die beiden nur zwei Schritte hinter ihrer Herrin gingen. Sobald sie ins Freie traten, schallte ihnen unbeschreiblicher Jubel entgegen. Zahlreiche Menschen hatten sich vor dem Palast versammelt, in der Hoffnung, einen Blick auf das junge Königspaar werfen zu können. Als diese nun *in persona* auf sie zutraten, nahmen die Hochrufe kein Ende. Kleine Mädchen mit Blumen kamen angerannt, um sie der Königin zu überreichen, wobei sie artig knicksten und ihr die Hände küssten. Als die Leibgardisten die Kinder verscheuchen wollten, gebot der König selbst den Wachen Einhalt. Als seine Gemahlin sich schließlich zu einem Bauernmädchen mit blonden Zöpfen, Holzpantinen und zerlumptem Kleid beugte, das ihr einen Strauß Feldblumen entgegenstreckte, und der Kleinen gerührt übers Haar strich, brach donnernder Applaus los, der nicht mehr enden wollte. Nach allen Seiten grüßend spazierten Louis und Marie Antoinette durch ein Spalier von Menschen, die ihnen Segenswünsche zuriefen und vor Begeisterung ihre Hüte in die Luft warfen. Noch nie zuvor hatten die beiden jungen Leute die Liebe ihres Volkes so hautnah gespürt, darum genossen sie mit allen Sinnen das Bad in der Menge.

Nie mehr in den 18 Jahren ihrer Regierungszeit würden König und Königin ihrem Volk so nahekommen, nie mehr sollten sie so voller Hoffnung und Liebe bejubelt werden wie an diesem Tag.

Als der Bürgermeister ihnen mit hochrotem Kopf entgegengelaufen kam, um den hohen Gästen auf einem Kissen den Schlüssel der Stadt zu überreichen, nahm Louis diese symbolische Willkommensgeste lächelnd entgegen. Nachdem er sich nach allen Seiten dafür bedankt hatte, lehnte er allerdings die Einladung ab, im Rathaus eine Erfrischung einzunehmen. Mittlerweile stand die Sonne nämlich im Zenit, und die Hitze war schier unerträglich. Erschöpft machten die Spaziergänger nach mehr als einer Stunde kehrt, um in die kühlen Hallen des erzbischöflichen Palastes zurückzukehren.

Dort empfing sie ihr Gastgeber mit Champagner und *biscuits rose,* dem knusprigen rosafarbenen Löffelbiskuit, einer Spezialität der Stadt. Selbst die Königin, die alkoholische Getränke nur sehr sparsam genoss, nahm das eisgekühlte Getränk dankbar entgegen. Auch Manon wurde ein Glas gereicht, doch anders als ihre Herrin genoss sie ausnahmsweise das kalte Prickeln auf der Zunge mit vor Wonne halb geschlossenen Lidern. Auch das angebotene Biskuit nahm sie gerne an und ließ die süße Köstlichkeit auf der Zunge zergehen. Léonard neben ihr hatte das erste Glas durstig mit einem Zug geleert und griff bereits nach dem zweiten.

Erst am frühen Nachmittag nahm die Schminkmeisterin ihre Arbeit in dem Ankleidezimmer auf, das für die Königin reserviert war. Sorgsam entnahm sie Farben, Puder, Pomaden, Pinsel und Schwämmchen der Eichenholztruhe, in der sie ihre Arbeitsutensilien aufbewahrte, fein säuberlich in dünnes Seidenpapier gewickelt, und reihte sie auf dem mit Blattgold überzogenen Schminktisch auf, den ein riesiger Kristallspiegel im Goldrahmen zierte. Selbst der dazugehörende Hocker war goldfarben und mit allerfeinster cremefarbener Seide bespannt.

Nicht übel für einen Mann der Kirche, der eigentlich bescheiden leben sollte, dachte Manon und fuhr mit der Hand über die edlen Materialien. Hier wurde an nichts gespart, das Mobiliar ist genauso prächtig wie das in Versailles – und sicher ebenso teuer.

Ordentlich reihte sie ihre Werkzeuge und Farben nebeneinander auf dem Schminktisch auf. Während sie damit beschäftigt war, kam eine der Kammerfrauen herein und besah sich die Roben und Tageskleider, die weiter hinten im Raum auf einer Stange hingen.

»Ah, da ist es ja!«, meinte sie und nahm das Prachtstück an sich, ein champagnerfarbenes Kleid, das über und über mit Goldfäden und kleinen Perlen bestickt war. Sie hielt es hoch, um es vorsichtig glattzustreichen. Damit sie keine Spuren auf dem empfindlichen Stoff hinterließ, trug sie hauchdünne Seidenhandschuhe.

Manon trat näher, um das Wunderwerk der Pariser Schneiderkunst aus der Nähe betrachten zu können.

»So ein schönes Kleid habe ich noch nie gesehen«, bekannte sie, wobei ihr der Mund vor Staunen offenstand. »Es ist einzigartig, selbst für eine königliche Robe.«

»Da hast du recht, Mädchen.« Stolz hielt die Frau die Staatsrobe weiterhin hoch, sodass Manon das kostbare Stück von allen Seiten bewundern konnte.

»Die Bertin hat sich diesmal wirklich selbst übertroffen. Auch wenn sie eine schamlos habgierige Person ist, ihr Handwerk versteht sie wie keine Zweite, das muss ich zugeben!«

Mit der Robe über dem Arm ging die Frau davon und ließ eine vor Staunen sprachlose Manon zurück, die auf den Hocker sank, wobei sie überlegte, wie lange ihre Familie wohl von dem Geld leben könnte, das dieses Staatsgewand gekostet hatte. Ein Jahr, oder sogar zwei? Und das nur für ein Kleid, das ihre Herrin an einem einzigen Tag, und danach nie wieder tragen würde. Doch sie besaß nicht nur ein Kleid, sondern Hunderte andere, die beinahe ebenso prachtvoll und teuer waren. Man munkelte im Volk, dass eines 1.000 Livres oder mehr verschlang. Was für eine unglaubliche Verschwendung!

Gleichzeitig überkam sie wieder einmal ein Gefühl der Scham für ihre aufsässigen Gedanken. Sollte sie nicht eigentlich Gott jeden Tag auf Knien danken, dass die Königin sie bei sich aufgenommen hatte und fast wie eine Dame von Stand behandelte? Wie oft schon hatte sie ihrer Schminkmeisterin Wäsche, Kleider oder Schuhe geschenkt! Nachdem ihre Gönnerin du Barry aus Versailles verjagt worden war, hätte sie leicht das gleiche Schicksal wie die Kammerfrau Fanny treffen können.

Und wo wäre sie dann gelandet? In einem der Pariser Bordelle oder als Bettlerin in der Gosse?

Fahrig strich sie sich mit dem Handrücken über die Stirn, als wollte sie so ihre rebellischen Ideen verscheuchen. Nein, sie durfte niemals an ihrer Herrin zweifeln, denn sie und der König waren Herrscher von Gottes Gnaden. Alles, was sie sagten und taten, war richtig, denn ihr Amt war ihnen von Gott gegeben. Manon atmete ein paar Mal tief durch, bevor sie sich erneut ihren Aufgaben zuwandte.

Am übernächsten Tag wurde Louis XVI. in Anwesenheit der ältesten Adelsfamilien des Landes feierlich zum König von Frankreich gekrönt.

Natürlich war es weder Manon noch Léonard gestattet, an der Krönungszeremonie teilzunehmen, doch sie vertrieben sich unterdessen die Zeit damit, durch die Gärten des erzbischöflichen Palais zu flanieren, die fast ebenso prächtig und weitläufig waren wie die von Versailles. Dämmrige Laubengänge spendeten den Müßiggängern trotz der drückenden Hitze ausreichend Schatten. Ein Heer von Gärtnern war damit beschäftigt, Unkraut zu zupfen, Hecken in Form zu schneiden und Laub zu rechen. Respektvoll zogen sie ihre Hüte vor den vermeintlichen Höflingen, als das junge Paar an ihnen vorbeischlenderte.

Schließlich kamen die beiden zu einem Labyrinth aus dichten Hecken, das zum Versteckspielen einlud. Während Léonard, an einen Baum gelehnt, die Augen mit der Hand verdeckte und langsam bis 20 zählte, schickte Manon sich an davonzulaufen, als eine Hand sie an ihrem grün gestreiften Baumwollkleid festhielt.

»Lasst mich mitspielen!«, rief Marie Antoinette übermütig und stürzte an ihrer Dienerin vorbei in die verschlungenen Wege des Irrgartens. Noch immer trug sie das luxuriöse perlenbestickte Seidenkleid, dessen Röcke sie jetzt bis über die Knie raffte, um ungehindert rennen zu können. Offensichtlich war sie direkt aus der Kirche in den Garten geeilt, um zwischen Bäumen und Blumen Luft zu schnappen und sich von der stundenlangen Krönungszeremonie zu erholen.

Kaum war sie zwischen den mannshohen Hecken verschwunden, da rannte auch Manon los. Vor ihr lag ein Gewirr aus Gängen und Wegen, die offensichtlich alle in engen Sackgassen mündeten. Sie blieb stehen und lauschte, ob Marie Antoinettes Schritte zu hören waren. Doch es blieb still, bis Léonard endlich rief: »19! 20! Ich komme!«

Nun begann eine wilde Hetzjagd durch die Irrgänge. Vor Vergnügen kreischend liefen die jungen Frauen vor Léonard davon, der versuchte, sie im Gewirr der Gänge einzufangen. Sie quietschten vor gespieltem Schreck, wenn sich ihre weiten Röcke an vorstehenden Heckenästen verfingen und sie so festhielten. Eine ganze Weile dauerte das vergnügliche Spiel, bis alle drei erhitzt und außer Atem endlich den Ausgang fanden. Lachend ließen sie sich auf eine Marmorbank fallen, die gegenüber eines Neptunbrunnens stand, aus dessen hoch sprudelnder Fontäne ihnen feine Wassertröpfchen ins Gesicht wehten.

»Ist das nicht herrlich? Es fühlt sich an, als wären wir Adelige, die sich die Zeit mit Müßiggang und Spaß vertreiben!«, jauchzte der Coiffeur und kniff Manon in die Wange. Erst dann besann er sich auf die Gegenwart der Königin, sprang auf und verneigte sich.

»Verzeihung, Majestät!«, murmelte er, puterrot vor Verlegenheit. »Ich vergaß Eure Anwesenheit.«

»Kein Grund, sich zu entschuldigen, lieber Freund!«, kicherte diese, völlig außer Atem wegen des engen Korsetts. »Für mich war unser Spiel der Höhepunkt dieses langweiligen Tages. Und wie gut mir die Erfrischung tut!« Sie reckte ihr Gesicht dem kühlen Schauer der Wassertropfen entgegen, ohne zu bemerken, dass sie kleine dunkle Flecken auf dem hellen Stoff der Robe hinterließen.

»*Mon dieu*, Majestät, das Wasser ruiniert Euer Kleid!«, stöhnte Manon. »Kommt, wir suchen uns ein trockenes Plätzchen zum Atemholen.« Sie sprang auf und stellte sich so vor ihre Herrin, dass das Spritzwasser nicht noch mehr Schaden anrichten konnte.

Die Königin schaute an sich hinab und besah die Wasserflecken auf Oberteil und Rock, die bleibende Spuren auf dem kostbaren Material hinterließen.

»Manon, beruhige dich! Ich werde diese Robe nie mehr tragen. Was macht es da schon, wenn sie durch Wassertropfen ruiniert wird? Nachher werde ich mich umziehen und zum Souper eine andere Toilette tragen. Die hier wird … ach, ich weiß nicht, was mit meinen abgelegten Kleidern geschieht. Vermutlich wird die Gewandmeisterin wissen, was mit einem Kleid voller Flecken zu tun ist.«

In diesem Augenblick waren aufgeregte Rufe und hastige Schritte im Kies zu vernehmen. Nur wenige Sekunden später bog Madame Noailles mit fliegenden Röcken um die Ecke, hochrot im Gesicht vor Zorn und Hitze, und hielt mit einer Hand den Hut fest, den der Wind ihr vom Kopf wehen wollte.

»Majestät«, keuchte sie und presste die andere gegen ihr pochendes Herz. »Wir suchen Euch schon seit einer ganzen Weile. Der Erzbischof bittet zu Tisch, und Ihr seid weder umgezogen noch frisiert.« Sie hielt inne und musterte ihre Herrin, deren Haar in Strähnen über die Schultern hing, die sich aus ihrer komplizierten Haartracht gelöst hatten. Dann glitten ihre Augen über die Seidenrobe.

»Euer schönes Kleid! Es ist ruiniert, und in Eurem Haar haben sich Blätter und Ästchen verfangen. Auch Eure Frisur ist zerstört. Was habt Ihr nur getan?«

»Nichts, wofür Ihr Verständnis hättet, Madame«, entgegnete die Königin resigniert und ließ sich widerspruchslos von ihrer Ehrendame davonführen. Léonard und Manon folgten mit großem Abstand dem Zug der empört schnatternden Hofdame. Die kunstvollen Schönheitstricks von Coiffeur und Schminkmeisterin waren nun gefragt, wenn die Königin beim Souper in vollem Glanz erstrahlen wollte.

Nach der Rückkehr in die königlichen Appartements von Versailles umfing Manon der Alltag mit seiner ermüdenden, täglich wiederkehrenden Routine. Ein Tag nach dem anderen verstrich in gleichförmigem Takt. Seit dem vergnüglichen Nachmittag im erzbischöflichen Garten zu Reims behandelte die Königin Manon immer mehr wie eine Freundin denn als Bedienstete.

Während Manon ihr Werkzeug reinigte und Léonard türkisfarbene Straußenfedern in der turmhohen königlichen Perücke feststeckte, drehte sich die Königin plötzlich um.

»Majestät!«, rief der Coiffeur. »Ihr müsst stillsitzen, wenn Ihr nicht wollt, dass die Frisur wie ein Kartenhaus in sich zusammenfällt.«

»Manon! Léonard! Warum nennt ihr mich immer ›Majestät‹ und nicht bei meinem Namen? Natürlich nur, wenn wir unter uns sind. Bei meinen Geschwistern und Freunden in Wien hieß ich ›Antonia‹. Niemand nennt mich mehr so, dabei ist es doch mein Taufname. Außerdem bin ich keine Greisin, sondern kaum älter als ihr. Mit keinem meiner Höflinge verstehe ich mich so gut wie mich euch beiden. Also nennt mich in Zukunft ›Antonia‹, wenn wir *entre nous* sind. Ihr seid meine Vertrauten, darum will ich, dass ihr mich beim Vornamen nennt, wie es unter guten Freunden üblich ist.«

Bei diesem Angebot zuckten die Angesprochenen zusammen und wechselten hilflose Blicke. Die Königin Frankreichs mit ihrem Namen ansprechen? Das grenzte an Hochverrat, und Manon dachte mit Schrecken daran, was die Erste Ehrendame oder Madame Campan davon halten mochten, sollte diese vertrauliche Anrede je an deren Ohren gelangen. Doch die Königin bestand mit Nachdruck darauf.

»Nicht so schüchtern, Manon, komm, sag meinen Namen!«, befahl sie ihrer Schminkmeisterin.

Manon räusperte sich mehrmals, bevor sie mit rauer Stimme: »Antonia, Majestät«, herauspresste.

Die Königin klatschte erfreut in die Hände. »Sehr gut, liebe Freundin. Das nächste Mal lässt du das ›Majestät‹ aber weg. Ab heute sind wir ein kleiner Kreis von Verschworenen, die ein Geheimnis teilen.«

»Ja, Majes… Antonia«, wisperte Manon und wischte sich verstohlen den Schweiß von der Stirn.

Da beugte sich die Königin nach vorn, um ihr Gesicht aus der Nähe im Spiegel zu betrachten. Mit starrem Blick drehte sie den Kopf hin und her und betrachtete ihr makelloses Antlitz von allen Seiten, als hätte sie es vorher noch nie wahrgenommen.

»Unter Freunden, die getrost die Wahrheit aussprechen dürfen, ohne Strafe zu befürchten – findet ihr mich schön? Glaubt ihr, dass Männer Gefallen an mir finden?«, fragte sie mit unsicherer Stimme.

Sowohl Manon als auch Léonard beeilten sich, ihr einstimmig zu versichern, dass sie die begehrenswerteste Frau im Palast sei und kein Mann ihrer Schönheit und ihrem Charme zu widerstehen vermochte. Doch statt diese Worte mit einem Lächeln zu quittieren, brach die junge Frau in Tränen aus.

»Antonia, was ist denn? Was hast du?«, fragte Manon bestürzt und fiel neben dem Stuhl ihrer Herrin auf die Knie. »Du bist die schönste Dame Frankreichs. An allen Königshöfen Europas wird deine Schönheit gepriesen, dein Stil, deine Eleganz sind in aller Munde. Keine ist so graziös, so anmutig wie du. Aber das weißt du doch, die Herren werden nicht müde, dich Tag für Tag mit Komplimenten zu überschütten.«

»Nur mein Ehemann bemerkt es anscheinend nicht«, schluchzte die Königin und barg ihr Gesicht in der Armbeuge. Die Turmfrisur geriet bedrohlich ins Schwanken und kippte langsam zur Seite, wobei sich der Drahtaufbau, über dem das Haar gespannt war, löste, und der *Pouf*, das dreieckige Stützkissen aus Pferdehaar, zu Boden fiel. Der Haarkünstler nahm die Zerstörung seines Kunstwerks mit einem spitzen Entsetzensschrei zur Kenntnis.

»Mein Gemahl rührt mich nicht an. Die körperliche Liebe stößt ihn ab, sie widert ihn an, so wie meine Berührungen ihm unangenehm sind. Wir sind jetzt beinahe sechs Jahre verheiratet, und ich bin immer noch Jungfrau. Könnt ihr euch das vorstellen? Nach all den Jahren eine jungfräuliche Ehefrau? Was stimmt nicht mit mir? Warum will mein Gemahl nicht mit mir schlafen? Alle Welt tut es, nur der König von Frankreich nicht. Bin ich so abstoßend? Riecht mein Atem schlecht? Weist mein Körper irgendwelche Makel auf? Louis zuliebe bade ich sogar regelmäßig. Ihr seid meine Freunde, also sagt mir die Wahrheit! Es liegt an mir, habe ich recht? Es ist allein meine Schuld, dass der König nicht bei mir liegen will, nicht wahr?« Sie hielt einen Augenblick inne, bevor sie fortfuhr: »Gestern habe ich erfahren, dass meine Schwägerin, Maria Theresia, erneut schwanger ist, wieder einmal. Alle Welt starrt nun auf meinen Bauch, in der Hoffnung, dort eine Wölbung zu sehen. Sie warten auf die Geburt eines Dauphins. Aber wie soll das gehen? Mein Mann weigert sich, seinen ehelichen Pflichten nachzukommen. Hinter meinem Rücken wird bereits getuschelt, ich sei nicht in der Lage zu empfangen. Aber es liegt nicht an mir, ich bin nicht unfruchtbar!«

Die letzten Worte schrie sie zornig heraus. Am ganzen Körper zitternd griff sie nach einer elfenbeinernen Puderdose und schleuderte sie ihrem Spiegelbild ins verweinte Antlitz. Mit klirrendem Krachen zerbarst das venezianische Spiegelglas in tausend Scherben. Sofort wurde die Tür aufgerissen, die das königliche Schlafgemach mit dem Ankleidezimmer verband, und Madame Campan steckte ihren Kopf herein.

»Was, um Himmels willen, geht hier vor? Was hat dieser Lärm zu bedeuten?«

Als sie sah, dass Marie Antoinette in Tränen aufgelöst war, kam sie ins Zimmer und schlang einen Arm um die Schulter ihres Schützlings. Sie raunte ihr beruhigende

Worte ins Ohr, und als das Schluchzen nachließ, drehte sie sich zu Manon um und rief: »Steh nicht da wie eine Kuh! Lauf und hole heiße Schokolade für Ihre Majestät. Siehst du denn nicht, dass sie unter einer *crise nerveuse* leidet?«

Manon, froh, der Gesellschaft der strengen Kammerfrau zu entrinnen, rannte los, um das Gewünschte zu ordern. Kurz darauf brachte ein Lakai ein Tablett mit dem dampfenden Getränk sowie einen Teller mit verschiedenfarbigen Macarons, die die Königin gerne zu ihrem Lieblingsgetränk aß.

Nachdem die Campan ihrer Herrin die gefüllte Tasse gereicht und das Eierschaumgebäck angeboten hatte, versiegte der königliche Tränenstrom im Nu. Nur leises Schniefen erinnerte noch an den leidenschaftlichen Gefühlsausbruch der Königin vor wenigen Minuten. Nachdem Schokolade und Macarons verzehrt waren, bat Marie Antoinette, ihren Schwager, Graf d'Artois, zu benachrichtigen.

»Sagt ihm, dass ich morgen die Pferderennen in Fontainebleau zu besuchen wünsche, das wird seine Schritte beschleunigen.« Marie Antoinette erhob sich, nahm den Arm ihrer Kammerfrau und ließ sich von ihr aus dem Raum führen.

Léonard, der auf dem Boden umherkroch und Haarschmuck, Spangen und Haarnadeln zusammensuchte, kam auf die Beine, sobald er mit Manon allein war.

»*Sacre bleu!*«, rief er kopfschüttelnd. »Was war denn das? Warum erzählt sie uns diese intimen Details? Ich will nicht wissen, was sich im Schlafzimmer der Königin abspielt!«

»Das will ich auch nicht!« Entgeistert starrte Manon zur Tür, die sich hinter den beiden Damen geschlossen hatte. »Aber hast du gewusst, dass der König sich weigert, mit seiner Frau zu schlafen?« Fassungslos schüttelte sie den Kopf. »Warum tut er das? Ob er vielleicht krank ist? Oder ist ihm ein Mann im Bett lieber?«

Bei Hofe war es kein Geheimnis, dass sich manche Männer zum gleichen Geschlecht hingezogen fühlten, und die Adeligen sahen großzügig über diese Vorliebe hinweg.

Sie sank auf den Hocker, der vor dem zerbrochenen Spiegel stand. Léonard kramte in der Tasche herum, die seine Werkzeuge enthielt, und zog ein zerfleddertes Stück Papier hervor. Mit einem kleinen Grinsen hielt er es Manon hin.

»Lies das!«

Sie nahm es und faltete es auseinander. In verschmierten schwarzen Lettern stand zu lesen:

Die Leute fragen sich flüsternd:
Kann der König, oder kann er nicht?
Die Königin ist ganz verzagt.
Der eine sagt, er kriegt ihn nicht hoch,
der andere meint, er kriegt ihn nicht rein.
Der Dritte sagt, er sei verbogen.
Aber daran liegt es nicht,
*sagt die königliche Klit**ris.*
Denn es kommt nichts raus als klares Wasser.
Kleine zwanzigjährige Königin,
die Sie Ihr Volk so schlecht behandeln,
man wird Sie wieder über die Grenze expedieren.

Daneben war eine pornografische Zeichnung des Königspaars zu sehen, so schändlich, dass Manon den Blick abwenden musste. Angeekelt warf sie das Flugblatt zu Boden und trampelte mit den Füßen darauf herum.

»Das ist ... das ist widerlich!«, zischte sie. »Woher hast du diesen Dreck?«

Der Friseur zuckte nur gleichgültig die Schultern.

»Du als Pariser Straßengöre müsstest solche Blätter doch eigentlich kennen. Die liegen in der Stadt an jeder Straßenecke. Die Gassenjungen verteilen sie in den Bordellen, Schenken und Herbergen. Auf den Marktplätzen wandern sie von Hand zu Hand. Nicht nur bei Hofe macht man sich Gedanken darüber, aus welchem Grund die königliche Wiege nach all den Jahren noch immer leer ist. Auch die einfachen Leute fragen sich, an wem es wohl liegen mag, dass dem Paar der Kindersegen versagt bleibt, wogegen der jüngere Bruder des Königs ein Kind nach dem anderen zeugt. Die Höflinge schließen bereits Wetten ab, wann die Ehe des Königs für ungültig erklärt und Marie Antoinette nach Wien zurückgeschickt wird, weil sie keinen Erben zur Welt bringt.«

»Darüber redet man bei Hof bereits?« Manon erschrak. »Dass ihre Ehe annulliert und die Herrin nach Österreich zurückgeschickt werden soll?«

»Was dachtest du denn? Ihre erste Pflicht als Königsgemahlin ist es, einen gesunden Thronfolger zu gebären. Wenn sie dazu nicht in der Lage ist, kann sie nicht länger Königin bleiben. Vielleicht ist das ja einer der Gründe, warum sie nicht gekrönt wurde.«

Léonard nahm seine Tasche und winkte Manon zu.

»Mach dir nicht allzu viele Sorgen, mein Täubchen. Selbst wenn sie nicht mehr in Versailles ist – du findest mühelos im Haushalt einer anderen großen Dame eine Anstellung, ebenso wie ich. Man wird sich um unsere

Dienste reißen. Unser Auskommen ist also gesichert. *Au revoir, ma petite*, bis morgen.«

Am Abend teilte eine Kammerfrau Manon mit, dass Ihre Majestät die Anwesenheit ihrer Schminkmeisterin beim morgigen Pferderennen wünsche. Sie solle sich dem Anlass entsprechend kleiden und ihren Farbenkasten nicht vergessen.

»Dem Anlass entsprechend? Was heißt das?«, fragte das Mädchen, die noch nie bei einem Pferderennen war.

»Natürlich ein leichtes, aber elegantes Tageskleid«, näselte die Kammerfrau herablassend, und grinste verächtlich über so viel Unwissenheit. »Ihre Majestät sagt, du sollst dir das lindgrüne Halbleinene mit den weißen Rüschen geben lassen. Es gefällt ihr nicht, weil diese Farbe ihren Teint aussehen lässt wie Käse. Frag einfach die Gewandmeisterin, sie wird dir schon das richtige Kleid heraussuchen.«

Damit drehte sie sich um und verließ grußlos Manons Kammer.

Es gefällt ihr nicht?, sinnierte das Mädchen, nachdem die Frau die Tür hinter sich zugezogen hatte. Warum hat sie es dann gekauft? Sie hätte es nicht nehmen müssen, wenn es ihrem Geschmack nicht entspricht.

Wieder einmal überfielen sie Zweifel über ihre Gefühle für die Königin. Zu ihren wenig liebenswürdigen Attributen gehörten ihr Leichtsinn, ihre Gedankenlosigkeit, ihre Naivität und Ignoranz. Andererseits war sie großzügig, gutmütig und freundlich. Manon wusste, dass ihre Herrin stets sorglos mit ihrem Besitz umging und ihre abgelegten Kleider, Schuhe und Wäsche an ihre Bediensteten verteilte. Die Herzogin Polignac, ihre liebste Freundin, wurde immer wieder mit Geldgeschenken, teurem Schmuck und Staatsroben bedacht, sobald sie ihre Bewunderung für ein besonders schönes Stück äußerte. Aber nie würde das Mädchen aus armen Verhältnissen den Leichtsinn verstehen, mit dem die Königin ihre Besitztümer, ohne über deren Wert nachzudenken, verschleuderte.

Zeitig am nächsten Morgen kleidete sich Manon in das luftige grüne Kleid und band eine Schürze darüber, damit es nicht durch die Puder oder Cremes beschmutzt wurde, mit denen sie hantierte, sobald ihre Herrin sich am Schminktisch niedergelassen hatte. Der zerbrochene Spiegel war noch in der Nacht durch einen neuen, noch prachtvolleren ersetzt worden.

Marie Antoinette war an diesem Morgen bester Laune. Léonard hatte sie bereits frisiert und, dem Anlass entsprechend, kleine bemalte Pferde- und Reiterfiguren aus Holz sowie eine vergoldete Miniaturkutsche in der Turmfrisur befestigt. Wippende gelbe Straußenfedern, gehalten von einer auffälligen antiken Diamantagraffe, vervollständigten den Kopfputz.

Manon gelang es heute auf Anhieb, die perfekte Nuance Wangenrot zu treffen. Sie färbte die königlichen Wimpern mit einer Rußmischung schwarz und danach die Lippen mit einer glänzend rosenfarbenen Pomade, sodass sich die Königin zufrieden mit ihrem Aussehen von der Morgentoilette erhob. Léonard beeilte sich, ihr das weiße Leintuch abzunehmen, das ihr feuerfarbenes Kleid mit den safrangelben Borten und Schleifen vor Flecken geschützt hatte. Die Robe war im Stil eines Jagdgewands geschnitten und wirkte einfach, aber dennoch elegant.

»Nun denn, meine Lieben, lasst uns aufbrechen, sonst sind die aufregendsten Rennen vorbei, wenn wir uns nicht beeilen«, lachte sie und beugte sich nach vorn, um ihre Aufmachung noch einmal im Spiegel zu bewundern.

Im Hof wurden sie bereits von Graf d'Artois, seiner Gemahlin und dem Herzog de Chartres empfangen, die plaudernd vor ihren Kutschen standen und auf das Erscheinen der Königin warteten. Auch die Lamballes, die Polignacs und der Baron de Batz waren wie üblich mit von der Partie. Beim Anblick des Herzogs de Chartres runzelte Marie Antoinette die Stirn, denn sie schätzte ihn nicht, weil er immer wieder durch respektlose Äußerungen ihren Unmut erregte. Aber er war derjenige, der die Pferderennen in dem soeben eröffneten *Hippodrome* organisierte, das inmitten grüner Wälder und Wiesen in Fontainebleau errichtet worden war. Sobald die Königin im Landauer Platz genommen hatte, stiegen auch die Begleiter in ihre gepolsterten Vierspänner, während Manon und Léonard weniger bequem im Gepäckwagen untergebracht wurden.

Manon, der sich nicht oft die Gelegenheit bot, das Schloss zu verlassen, presste ihre Nase ans Fenster, um nichts von der reizvollen Landschaft zu verpassen, die sie durchquerten. Léonard dagegen, der beinahe täglich zwischen Paris und Versailles hin- und herfuhr, lehnte sich zurück und schloss die Augen.

»Weck mich, wenn wir im *Hippodrome* ankommen«, wies er Manon an, bevor er leise zu schnarchen begann.

Als sie nach mehr als zwei Stunden Fontainebleau erreichten, schüttelte sie ihren Begleiter an der Schulter, bis er die Augen aufschlug.

»Sind wir schon da?«, murmelte er verschlafen.

»Ich nehme es an, weil alle Kutschen anhalten.«

Da wurde auch schon der Schlag aufgerissen, und der Kutscher forderte sie in barschem Ton auf, den Wagen zu verlassen.

Léonard sprang ins Freie und streckte die Hand aus, um Manon beim Aussteigen zu helfen. Dann sahen sich die beiden um. Nur ein paar Schritte entfernt spannte die Königin gerade ihren feuerfarben und gelb gestreiften Sonnenschirm auf, um sich vor den Sonnenstrahlen zu schützen. Links von ihnen waren zwei Zelte aufgebaut, ein geräumiges mit bequemen Polstersesseln und kleinen Tischen, dessen Boden mit Teppichen bedeckt und auf einer Seite offen war. Im anderen, das ein Stück entfernt hinter dem großen stand, hantierten Köche geräuschvoll mit Töpfen und Schüsseln. Lakaien in rot-weißer Livree standen vor dem Eingang des herrschaftlichen Zelts bereit, die Gäste ins Innere zu geleiten. Ein hochgewachsener, schlanker Herr mit erhitztem Gesicht und starkem Akzent forderte die Besucher auf einzutreten, um sich nach der Fahrt zu erholen und eine Erfrischung reichen zu lassen.

»Wer ist das?«, flüsterte Manon Léonard zu, von dem sie wusste, dass er jede Person von Rang mit Namen und Titel benennen konnte.

»Ich glaube, es handelt sich um Lord Stormont, den britischen Botschafter. Wie allgemein bekannt, ist er ein versierter Pferdeliebhaber, der bei keinem Rennen fehlt. Er wettet für sein Leben gern, und meistens gewinnt er auch. Heute scheint er der Gastgeber zu sein, wie es aussieht.«

Die jungen Leute blieben stehen und beobachteten, wie der Botschafter sich um seine Gäste bemühte. Die Königin wurde zum Ehrenplatz geführt, von dem aus sie den besten Blick auf die Rennstrecke hatte. Als sie ihre beiden Bediensteten entdeckte, winkte sie sie zu sich und bat um eine Sitzgelegenheit für die beiden.

Sobald sich alle mit Wein, Kaffee, Tee und einer englischen Neuheit, die der Botschafter *Sandwich* nannte, gestärkt hatten, wurde das erste Rennen angekündigt. Begeistert sprang Lord Stormont auf und rief: »Ich setze 100 Livres auf Xerxes! Wer hält dagegen?«

Sogleich erhob sich lautes Geschrei, denn nun wollten alle Anwesenden ihre Wetten platzieren.

»Hercules gewinnt! 150 Livres auf Hercules!«, schrie der Herzog.

»200 auf den Hengst Le Soleil!«, hielt Baron de Batz dagegen.

»Und Ihr, Majestät? Habt Ihr keinen Favoriten?«, fragte Stormont mit süffisantem Lächeln.

»1.000 Livres auf Penelope!«, lächelte die Königin spöttisch, und ignorierte das ungläubige Raunen, das sich bei dieser Summe erhob.

»1.000 Livres? Seid Ihr sicher, Majestät? Die Stute hat bisher noch kein einziges Rennen gewonnen«, warnte Lord Stormont.

»Für ihre Königin wird sie sich anstrengen und gewinnen«, versicherte Marie Antoinette, stand auf und trat vor das Zelt, um das Rennen aus der Nähe zu verfolgen. Die anderen folgten ihr, die Männer gingen nach vorn ans Geländer, das die Bahn von den Zuschauern trennte, und feuerten ihre Favoriten mit lauten Rufen an. Um die Königin herum herrschte fröhliche Aufregung.

Kopf an Kopf lieferten sich die edlen Rennpferde einen harten Kampf, nur eines blieb weit hinter den anderen zurück.

»Penelope hat verloren, Majestät«, bedauerte der Lord, als die Stute als Letzte durchs Ziel ging.

Die Königin zuckte nur gleichgültig die Schultern, hob die Hände, öffnete den Verschluss ihres brillantenbesetzten Colliers und hielt es dem Gewinner hin.

»Hier, Herr Botschafter, das sollte reichen, meine Schulden zu begleichen. Es ist 1.000 Livres wert, hoffe ich.« Damit legte sie den Schmuck in Stormonts Hand.

Der wehrte entsetzt ab. »Aber, Majestät, ich bitte Euch! Das kann ich nicht annehmen. Dieses Collier ist Euer persönlicher Besitz und mehr als das Zehnfache wert.«

»Wettschulden sind Ehrenschulden, Monsieur, also behaltet es.«

Alle hielten den Atem an, als sie bemerkten, wie leichtfertig sich die junge Frau von ihrem exquisiten Schmuck trennte. Doch bevor sich jemand dazu äußern konnte, meldete die Stimme eines Livrierten: »Seine Majestät, der König!«, und Louis betrat das Zelt. Er kam anscheinend von der Jagd, denn die Aufschläge und Ärmel seines Rocks waren blutbespritzt. Die Herren verbeugten sich, die Damen knicksten. Nur Marie Antoinette sah ihrem Gemahl mit unbewegter Miene entgegen.

»Louis, du hier? Woher wusstest du, dass wir in Fontainebleau sind?«

»Mein Bruder Charles Philipp war so freundlich, mich am Morgen davon in Kenntnis zu setzen«, erwiderte er, während sein Blick über den entblößten Hals seiner Gemahlin glitt.

»Wolltet Ihr heute nicht das Collier anlegen, das Euch Zarin Katharina geschenkt hat?«, fragte er leise. »Ich dachte, es gefällt Euch.«

»Ja, aber nicht so gut, als dass ich es jeden Tag tragen möchte«, erwiderte sie munter.

Er drehte sich um und musterte die Anwesenden, einen nach dem anderen. Der Botschafter eilte schnellen Schrittes davon, um einen Imbiss für den König zu ordern, aber vor allem, um dem wissenden Blick seines Besuchers zu entgehen. Auch wenn viele Louis XVI. für denkfaul und dumm hielten, so war er alles andere als das. Ihm fehlte zwar die schmeichlerische Gewandtheit seiner Höflinge, dafür war er gebildet und sehr belesen.

»*Au revoir*, meine Liebe.« Galant küsste er die Hand seiner Gemahlin. »Meine Jagdbegleiter sind müde und wollen auf schnellstem Weg nach Hause, darum möchte ich sie nicht länger warten lassen. Ich kam nur vorbei, um Euch einen unterhaltsamen Tag im *Hippodrome* zu wünschen. Anscheinend habt Ihr den Reiz des Rennsports für Euch entdeckt.«

Damit verbeugte er sich und verließ das Zelt. Draußen traf er auf Stormont, der ihm das Collier der Königin entgegenhielt. Louis nahm es wortlos entgegen und steckte es in die Tasche seines Jagdrocks.

»Vergebt meine Offenheit, Sire, aber Eure Gemahlin sollte nicht so freigiebig mit ihren kostbaren Besitztümern umgehen«, murmelte der Engländer verlegen. »Ich hatte nicht vor, diesen Schmuck zu behalten, sondern hätte ihn noch heute von einem Kurier zurückbringen lassen. Durch Euren überraschenden Besuch ist es nicht mehr nötig.«

»Ich danke Euch, auch für Eure ehrlichen Worte.«

»Darf ich Euch noch eine Erfrischung anbieten, bevor Ihr aufbrecht, Majestät?«

»Nein, meine Freunde erwarten mich. *Adieu*, Herr Botschafter.«

Als Louis am nächsten Morgen Marie Antoinette den Halsschmuck zurückgab, legte sie ihn ohne ein Wort des Dankes achtlos beiseite. Auch die sanfte Ermahnung ihres Ehemanns ignorierte sie lediglich mit einem charmanten Lächeln. Da wurde dem König klar, dass seine Gemahlin weder seinem Rat noch dem eines anderen Menschen folgen würde. Sie würde weiterhin jeder augenblicklichen Laune nachgeben und ihrem Vergnügen folgen, ohne auf wohlmeinende Ratschläge zu hören.

Kapitel 13

Nach beinahe zwei Jahren Bauzeit war das *Petit Trianon* endlich fertiggestellt. Der König überreichte Marie Antoinette mit den Worten »Da Ihr Blumen so sehr liebt, nehmt diesen Strauß von mir – das *Petit Trianon*«, den Schlüssel zu dem Lustschlösschen, das ganz nach ihren Wünschen umgestaltet worden war. Die Einrichtung der verhassten früheren Bewohnerin, Madame du Barry, war entfernt worden, ebenso wie die dunklen Wandverkleidungen, und durch modernes, hochwertiges Mobiliar und weiß-golden verzierte Wände ersetzt worden. In jedem Detail zeigte sich der Geschmack der Königin: hell, luftig und sehr feminin. Den größten Wert legte sie jedoch auf ihre Privatsphäre. Um zudringliche Blicke abzuwehren, wurde vor den Fenstern eine mechanische Einrichtung angebracht, durch die eine hölzerne Verkleidung aus der Bodenversenkung gehoben wurde, um die Glasflächen blickdicht zu verdecken. Statuetten, Gemälde, feinstes Porzellan der Manufaktur *Sèvres* und Kunstwerke aller Art wurden angeschafft, um damit alle Räume nach den Wünschen der Königin auszustatten. Im Erdgeschoss war – neben den Küchen- und Wirtschaftsräumen – ein Billardzimmer untergebracht, in dem ein übergroßes Porträt der Königin in Staatsrobe hing. Eine weiße Marmortreppe mit schwarz-goldenem Geländer schwang sich elegant bis in die obere Etage, wo es ein Zimmer mit Spieltischen gab, in dem sie nach Lust und Laune dem Kartenspiel frönen konnte. Einige Türen weiter lag ihr eigenes Appartement, gegenüber das des Königs, das jedoch meistens leer stand, da er sich nur auf ausdrücklichem Wunsch seiner Gemahlin dort aufhalten durfte, die eher selten den Wunsch nach seiner Gesellschaft verspürte. Selbst ein kleines Theater fehlte nicht, denn die Hausherrin hatte beschlossen, bei Singspielen selbst auf der Bühne zu stehen. Eine Reihe von Gästezimmern stand für Besucher bereit, jedes einzelne so vornehm ausgestattet wie die Räume des Königs.

Nicht nur in Versailles, auch in Paris erhoben sich kritische Stimmen, die behaupteten, dass der Umbau gigantische Summen verschlungen hätte. Von mehreren Millionen Livres war die Rede, die der König nun angeblich aus seiner Privatschatulle begleichen müsste, da derart hohe Beträge nicht mehr aus der Staatskasse bezahlt werden konnten. Mehr denn je wurde über das Königspaar gelästert, die bösartigsten Gerüchte machten die Runde, vor allem als die Klatschmäuler erfuhren, dass die Königin gleich nach ihrem Einzug angeordnet hatte, dass sich keiner ihrer Gäste von seinem Platz erheben musste, wenn sie den Raum betrat. Diese Anweisung war ein Skandal, schlimmer noch als ihr Wunsch, selbst im Theater aufzutreten.

Doch wie immer scherte sich Marie Antoinette nicht um den Klatsch und Tratsch, der ihre Person schmähte. Schon bald kehrte sie dem großen Schloss endgültig den Rücken und hielt sich ausschließlich in ihrem eigenen Schlösschen auf. Nur noch zu offiziellen Anlässen betrat sie von da an den Palast. Schloss Versailles war ihr vom ersten Augenblick an verhasst gewesen. Das *Petit Trianon* bot ihr die Gelegenheit, der riesigen Anlage mit dem giftigen Geschwätz, seiner Eiseskälte, den dunklen, zugigen Gängen und dem üblen Gestank zu entfliehen.

Manon wurde ein eigener Raum zugewiesen, der wie gewohnt, nur durch das Ankleidezimmer getrennt, neben dem Schlafgemach der Königin lag. Im Gegensatz zu ihrer früheren Unterkunft war dieses Zimmer geräumig, hell und sonnig. Es war mit nagelneuen weißen Möbeln ausgestattet, die kostspielig und hochmodern aussahen. Noch nie hatte die Schminkmeisterin so feudal gewohnt. Mehr und mehr fühlte sie sich als Vertraute ihrer Herrin, immer weniger wie deren Dienstbotin. Wenn sie nachts im Bett lag, glitt ihr zufriedener Blick hinüber zu dem Schrank mit den aufwendigen Holzmalereien, in dem mittlerweile nicht nur zwölf Kleider aus dem Atelier Bertin hingen, sondern auch ein Cape mit weißem Fehpelz an der Kapuze, auf dem nur ein winziger Fleck Wangenrot prangte, der sich aber leicht verdecken ließ. Auch ein weißer Muff und eine von der königlichen Putzmacherin kreierte Pelzhaube *á la Franklin* lagen dort, eingehüllt in Seidenpapier. Drei passende Hüte, mehrere Jabots und drei Paar Handschuhe ergänzten die Garderobe der Schminkmeisterin. Außerdem standen farbige Seidenpantöffelchen, helle und dunkle Schnürstiefel aus feinstem Ziegenleder und bequeme Lederschuhe in Reih und Glied, alles Geschenke ihrer Herrin, für die diese nach einmaligem Tragen keine Verwendung mehr hatte. Oft dachte Manon dabei an die Tage im *Maison Reine Margot*, wo sie die Kurtisanen um den Besitz zweier schäbiger Kleider beneidet hatte. Dann tastete sie stolz nach der dünnen Perlenschnur, die sie seit Kurzem um den Hals trug. Ein anonymer Bewunderer hatte sie ihr verehrt; das Päckchen hatte eines Abends auf ihrem Bett gelegen. Ein Brief, in dem sich der freigiebige Schenker offenbarte, war nicht dabei. Aber Manon hatte bereits mehrere Angebote aus dem Kreis um Marie Antoinette erhalten, ihren Dienst bei der Königin aufzugeben, um sich als Mätresse eines hochgestellten Adeligen zu etablieren. Doch sie hatte alle dankend abgelehnt, da sie ihre Herrin trotz deren Charakterschwächen liebte. Die Königin ihrerseits war dem jungen Mädchen sehr zugetan.

In ihren eigenen Räumlichkeiten, in denen sie die alleinige Herrscherin war, hatte sich Marie Antoinette auf wundersame Weise verändert. Die Sprunghaftigkeit ihrer Launen war verschwunden, es gab kein »Himmelhoch jauchzend – zu Tode betrübt«, keine Stimmungsschwankungen mehr, die von Minute zu Minute umschlugen und sowohl ihre Dienerschaft als auch ihre Entourage verunsichert hatten. Im *Petit Trianon* war sie nichts als eine zufriedene, charmante junge Frau, die singend umherging und sich in luftige farbenfrohe Chiffon- oder Musselingewänder hüllte, die weder Korsett noch *Panier* oder *Cul de Paris* benötigten. Ihr Haar ließ sie ungepudert locker aufstecken, weder ihr ebenmäßiges Gesicht noch ihr makelloser Teint bedurften einer kunstvollen Bemalung. Für Léonard und Manon gab es daher wenig zu tun.

Im *Petit Trianon* herrschte eine zwanglose Landhausatmosphäre, die all seine Bewohner von ganzem Herzen genossen.

Doch die gelassene Ruhe währte nicht lange. Schon nach kurzer Zeit erschien der Königin die Parkanlage rund um das Lustschlösschen als gewaltiges Ärgernis. Nach zwei Jahren Umbau mit Hunderten Arbeitern war sie noch immer nicht fertiggestellt. Nun wurde der Architekt Richard Mique täglich ins *Petit Trianon* gerufen und mit immer neuen Forderungen traktiert. Die königlichen Wünsche nach einem künstlichen Fluss mit idyllischen Seen, versteckten Felsgrotten, rauschenden Wasserfällen, chinesischen Brücken und aufgeschütteten Hügeln am Ufer erschwerten die Arbeit des Architekten und zogen sie unaufhaltsam in die Länge.

»Aber jetzt ist immerhin der *Temple d'Amour* fertig. Konntet Ihr schon einen Blick darauf werfen? Ich hoffe, er gefällt Eurer Majestät«, hörte Manon aus dem Nebenzimmer Miques Stimme. »Der Bau wurde exakt nach Euren Vorstellungen errichtet, eine marmorne Rotunde mit der Statue des bogenschnitzenden Amor in der Mitte, genau wie Ihr es gewünscht habt. Wenn Ihr Euch in den Park begeben wollt, könnt Ihr den kleinen Tempel dort bewundern.«

Es folgten die Geräusche rückender Stühle, dann die Stimme der Königin: »Ich glaube Euch, Meister Richard, dass der Liebestempel entzückend ist. Bei Gelegenheit werde ich ihn mir ansehen.«

Das erleichterte Aufseufzen des armen Mannes war bis in den Nebenraum zu hören.

»Es ist nur schade, dass wir die herrlichen Rosenbüsche, Hyazinthen, Jasmin, Lilien und Narzissen ausreißen mussten, die dieses Gebäude umgaben. Ihr Duft war betörend, und erfüllte im Frühling und Sommer jeden Raum des *Petit Trianon.*«

»Diese Blumenbeete wurden von der Pompadour und der du Barry angelegt«, schnaubte die Königin verächtlich. »Die will ich nicht ständig vor Augen haben, weil sie mich an die Mätressenwirtschaft des alten Königs erinnern. Ich möchte vergessen, dass diese Dirnen sich hier eingenistet haben. Ich beabsichtige nicht, deren Erbe zu pflegen, versteht Ihr, Monsieur Mique? Darum brauchen wir etwas ganz Neues, Verwegenes, das auch andere Monarchen zur Errichtung von modernen Gartenanlagen inspiriert. Ein englischer Park ist genau das Richtige. Und ich habe bereits Ideen, wie wir ihn noch weiter ausschmücken können. Mir schwebt eine dörfliche Idylle vor, mit Kühen, Schafen und Lämmern und einem türkisfarbenen Weiher inmitten saftig grüner Wiesen. Um den Teich herum stehen unter anderem eine Mühle und eine Meierei, die die Bauern, die dort ansässig werden, mit Mehl, Butter und Käse versorgen. In der Mitte des Dorfes wird ein gemauerter Ofen zum Brotbacken stehen. Außerdem sollen strohgedeckte Bauernhäuser mit Ställen und eine verfallene Burgruine errichtet werden. Ich wünsche mir eine Szenerie wie aus einem Märchenbuch.«

Dem bedauernswerten Architekten hatte es offenbar die Sprache verschlagen, denn er musste sich mehrmals räuspern, bevor er seine Stimme wiederfand: »Und diese, äh ... neuen Pläne habt Ihr bereits mit dem König besprochen, Majestät? Bitte bedenkt, welche enormen Kosten der Bau einer solchen Anlage noch einmal verursachen würde.«

»Der König ist damit einverstanden, da bin ich sicher«, behauptete die Bauherrin leichthin. »Er hat mir noch nie einen Wunsch abgeschlagen.«

Im Empfangsraum schüttelte Manon fassungslos den Kopf. Noch immer war der Königin nicht bewusst, welche enormen Summen für ihre extravaganten Wünsche aufgebracht werden mussten. Jede ihre Forderungen zog eine neue Steuererhöhung für das gemeine Volk nach sich, das schon jetzt diese Last kaum noch zu tragen vermochte.

Wann immer der Mehlpreis erhöht wurde, breiteten sich Hungersnöte im ganzen Land aus, denen Aufstände folgten, die nur mit militärischer Waffengewalt niedergeschlagen werden konnten. Manon selbst schickte den größten Teil ihres Lohns ihrer Mutter nach Paris, damit sie sich und ihre Schwestern mit dem Nötigsten versorgen konnte. Sie hatte dem Boten auch schon einfache Baumwollkleider, Schuhe und Wäsche für die Frauen mitgegeben, da sie wusste, dass es zu Hause an allem fehlte. Manchmal, wenn sie nachts wach lag, dachte sie über den Umstand nach, dass eine kleine Dienerin sich größere Sorgen um Land und Leute machte als die Königin, die ausschließlich mit Plänen für die Verschönerung ihres Schlosses sowie ihren nicht enden wollenden Vergnügungen beschäftigt war.

Während die Königin täglich stundenlang mit Monsieur Mique und Mademoiselle Bertin konferierte, brach zwischen der Gräfin Noailly und der Herzogin Polignac ein erbitterter Streit aus. Neben ihren Plänen für den Park beschäftigte Marie Antoinette vor allem das Kostüm für den Maskenball, der in Kürze in der Pariser Oper stattfinden sollte. Am liebsten zog sie sich mit Rose Bertin in ihre privaten Gemächer zurück, wo die beiden Damen Bücher mit Stoffproben wälzten und verschiedene Schnittmuster besprachen. Vom Zank zwischen den beiden Edeldamen bekam Marie Antoinette in ihrer Traumwelt nichts mit, selbst dann nicht, als Angehörige beider Familien eingriffen, um sich offen und mit harten Anschuldigungen einen Kampf um Amt und Würden zu liefern. Mit boshafter Genugtuung beobachteten die Höflinge, dass sich Hochadelige wie Straßenhunde bekämpften und sich sogar ein blutiges Duell lieferten.

Leichtsinnig und ohne nachzudenken hatte Marie Antoinette das heiß begehrte Amt des königlichen Stallmeisters einem Verwandten ihrer Freundin Polignac versprochen, obwohl der König dafür bereits einen Cousin der Noaillys vorgesehen hatte. Zudem hatte die Königin ihre Erste Ehrendame bereits vor ihrem Umzug mit der strikten Weigerung gedemütigt, ihr freien Zugang zum *Petit Trianon* zu gewähren. Ohne Erklärung hatte sie die Hofdame im Palast zurückzulassen und auch bisher keine Einladung an sie ausgesprochen. Ihrer Seelenfreundin Polignac dagegen erlaubte sie die ständige Anwesenheit in ihrer privaten Residenz, eine Tatsache, über die sich die Höflinge spitzzüngig die Mäuler zerrissen und die die Gräfin zutiefst verletzte. Die altehrwürdige Familie Noailly würde diese Kränkungen weder vergessen noch vergeben, sondern sie der Königin zeit ihres Lebens nachtragen.

»Ich habe bei Rose auch ein Kostüm für dich in Auftrag gegeben, Manon!«, rief ihr die Königin zu, als sie an ihr vorüberwirbelte. »Aber du darfst es erst am Abend des Balls sehen, es soll nämlich eine Überraschung werden.« Sie warf ihrer Schminkmeisterin eine Kusshand zu.

Kichernd tänzelte sie an Manon vorbei zur Tür, um dort die Prinzessin Lamballe in die Arme zu schließen. Diese hatte einen Weidenkorb, gefüllt mit gelben, weißen und roten Rosen, für ihre Freundin mitgebracht. Arm in Arm zogen sich die beiden Frauen ins Musikzimmer zurück, wo die Prinzessin einige Lieder von Mozart auf dem Cembalo zum Besten gab. Manon, die Musik über alles liebte, blieb an der Tür stehen, um den Melodien zu lauschen.

»Oh, das Wolferl habe ich seinerzeit in Schönbrunn kennengelernt, wo er für meine Eltern und Geschwister ein privates Konzert gab«, erinnerte sich Marie Antoinette wehmütig bei den vertrauten Klängen. »Ich war noch ein Kind, nicht älter als sechs oder sieben Jahre, im gleichen Alter wie er. Nachdem er seinen Auftritt beendet hatte, sprang er von der Bank, umarmte und küsste mich und rief: ›Willst du mich heiraten?‹ Alle lachten, klatschten und fanden das sehr charmant. Aus ihm ist ein berühmter Kompositeur geworden, wie ich höre.«

»Offensichtlich ist er für den Erzbischof von Salzburg tätig«, berichtete die Lamballe, nachdem das Lied zu Ende war. »Er soll recht erfolgreich sein für sein junges Alter. Vielleicht könnt Ihr Euren Gemahl bitten, Euren Jugendfreund nach Versailles einzuladen. Oder er könnte im *Petit Trianon* für Euch spielen. Was meint Ihr dazu?«

»Das ist eine ganz reizende Idee, liebste Freundin!«, trällerte die Königin begeistert. »Ich werde Louis gleich morgen zu einem Picknick einladen, denn es gibt so vieles, das ich mit ihm besprechen muss.« Sie zog die Prinzessin am Arm mit sich. »Doch jetzt kommt, wir wollen heiße Schokolade trinken. Wie wollt Ihr Eure, liebste Freundin, mit Muskatnuss, Nelken oder Kardamom? Außerdem habe ich Vanillekipferl, Apfelstrudel und Aprikosenküchlein vorbereiten lassen, wie sie in Wien gebacken werden. Sie werden Euch munden, das verspreche ich!«

Die beiden Damen ließen sich im Salon nieder, wohin die Erfrischungen gebracht wurden. Doch es dauerte nicht lange, dann war aus dem Garten Gelächter zu hören. Manon beugte sich vor, um aus dem Fenster zu blicken.

An mehreren der hohen Kastanienbäume hatte Marie Antoinette Schaukeln befestigen lassen. Jetzt schaukelte die Königin von Frankreich mit der Prinzessin Lamballe um die Wette, während Baron de Batz und Graf d'Artois die Damen anstießen, bis sie mit wehenden Röcken hoch in die Luft flogen und dabei vor Vergnügen kreischten.

Über so viel kindischen Unfug konnte Manon nur den Kopf schütteln. War das alles, woran ihre Herrin dachte? Kinderspiele, Musik und Maskenbälle? Gab es nichts Wichtigeres in ihrem Leben? Sie seufzte. Erst heute Morgen hatte sie zwei verwaschene Baumwollkleider und ein Paar Schnürstiefelchen zusammengepackt, zwischen die sie zwei Gewürzbrote und einen kleinen Schinken, sorgfältig in Zeitungspapier eingeschlagen, gelegt hatte. Thierry, der Koch, hatte Gefallen an der hübschen Manon gefunden und steckte ihr gelegentlich Reste zu, die an der königlichen Tafel übriggeblieben waren. Das Paket hatte sie einem Boten mitgegeben, der einen Auftrag zum Atelier Bertin brachte, zusammen mit 20 Livres für ihre Mutter. Die würde sowohl das Geld als auch die Lebensmittel dringend benötigen, um über die Runden zu kommen, ahnte Manon. Mit den paar Sou, die sie für ihre Näharbeiten erhielt, konnte sie unmöglich drei Personen ernähren, denn schon wieder war der Preis für Mehl nach oben geschnellt.

Am Nachmittag vor dem Maskenball rief die Königin ihre Schminkmeisterin zu sich. Rose Bertin hatte die Kostüme der Damen geliefert und wollte sich nun persönlich von ihrem untadeligen Sitz überzeugen und, falls erforderlich, kleine Änderungen anbringen. Für Manon hatte die Königin das bunte Gewand einer türkischen Haremsdame mit durchsichtigem Gesichtsschleier gewählt, der an einem neckischen Hütchen befestigt war. Für sich selbst hatte sie eine silberne Brokatrobe mit raffiniertem Dekolleté und goldener Bordüre sowie eine schwarz-goldene Spitzenmaske bestellt, die ihr Gesicht von der Stirn bis zu den Wangen verdeckte. Als Vorlage für das gewagte Kostüm hatte das Gemälde einer venezianischen Kurtisane des Malers Pozzoserrato aus dem 17. Jahrhundert gedient.

»Ihr wollt Euch als Kurtisane verkleiden, Hoheit?«, fragte Manon entsetzt, als diese ihr kichernd von ihrem verwegenen Einfall berichtete. »Stellt Euch nur den Skandal vor, falls man Euch darin erkennt!«

»Niemand wird mich erkennen, du dummes Ding. Auf einem Maskenball schert sich niemand darum, ob du Königin oder Küchenmagd bist, nicht wahr, Rose? Die Leute wollen nur trinken, tanzen und sich amüsieren. Niemand wird auf uns achten. Außerdem tragen alle Masken, wer also sollte mich erkennen?«

Wieder einmal konnte das junge Mädchen über die Sorglosigkeit ihrer Herrin nur den Kopf schütteln. In Paris wurden jeden Tag Flugblätter mit obszönen Zeichnungen der Königin unter die Leute verteilt. Man musste nicht des Lesens mächtig sein, um zu verstehen, dass man ihr einen anstößigen Lebenswandel und maßlose Verschwendungssucht vorwarf. Über den König wurden vulgäre Gassenhauer gesungen, die einer anständigen Frau die Schamröte ins Gesicht trieben. An Marie Antoinette jedoch glitten Spott und Anklagen unbeachtet ab.

Am Abend wurden die Damen von der königlichen Entourage, zur Abfahrt bereit, im Ehrenhof erwartet.

Léonard hatte sich mit seiner neuesten Kreation selbst übertroffen und die außergewöhnlich hohe Turmfrisur seiner Kundin mit allerlei Flitter, Federn, Spangen und einem schwarz-goldenen Spitzenschleier geschmückt.

Reispuder, vermischt mit Perlmuttstaub, brachte Marie Antoinettes zarten Teint zum Strahlen. Auf ihre Lippen hatte Manon eine leuchtend rote Karmesin-Wachs-Paste aufgetragen, die den sinnlichen Mund vorteilhaft betonte. Ausgestattet mit der prächtig glitzernden Robe, der kunstvollen Gesichtsbemalung und der raffinierten Spitzenmaske wirkte die Königin wie ein Wesen aus einem Märchen. Bewunderndes »Ah« und »Oh« war von allen Seiten zu hören, als sie in Begleitung ihrer Schminkmeisterin die Treppe hinabschritt, jeder Zoll eine Herrscherin. Selbst der König, den seine Gemahlin zur Teilnahme gedrängt hatte, konnte seine Bewunderung nicht verhehlen.

Allerdings erwies sich die königliche Frisur als Hindernis, denn sie war so hoch geraten, dass die Königin während der Fahrt nach Paris in der Kutsche knien musste, um Léonards mühsam aufgebauschtes Kunstwerk nicht zu zerstören.

Vor der Pariser Oper herrschte bereits lebhaftes Treiben, eine Kutsche nach der anderen fuhr vor und blockierte minutenlang den Eingang. Maskierte Gestalten sprangen aus Prunkwagen und Mietdroschken. Dominos, Kardinäle, Musketiere, Schäferinnen und Marketenderinnen eilten, so schnell es die aufwendigen Kostüme zuließen, ins Gebäude, denn es hatte zu regnen begonnen, und man wollte keinesfalls sein Gewand durch die Nässe verderben.

Schon auf der Treppe waren eine anmutig-leichte Melodie von Vivaldi, lautes Stimmengewirr und trunkenes Gelächter zu hören. Die Damen rafften die Röcke, und man stieg die Treppen hinauf in den Saal, in dem das Fest stattfand. Champagnergläser klirrten, und die warme Luft war erfüllt vom Duft schwerer Parfüms und leichtem Puder. Seidengewänder raschelten verführerisch, wenn sie im Vorbeigehen die Waden der Herren streiften. Auf der Galerie verharrte die kleine Gruppe kurz, um die Augen an das helle Kerzenlicht zu gewöhnen und auf die dicht gedrängte Menschenmenge im Saal hinunterzublicken, die sich zum schwungvollen Klang eines Menuetts drehte.

»Komm tanzen!«, rief Marie Antoinette übermütig, griff nach der Hand ihres Gemahls und zog ihn mit sich hinein ins Getümmel. Die lustlose Miene des Königs jedoch sprach Bände. Augenscheinlich wünschte er sich weit fort von Lärm und Gedränge des Maskenballs, zurück in seine Metallwerkstatt, um in Ruhe an einem komplizierten Schloss zu arbeiten. Doch seine Gemahlin nahm darauf keine Rücksicht. Sie stellte sich bereits auf, um am Tanz teilzunehmen.

Auch die anderen Mitglieder von Marie Antoinettes Hofstaat hatten sich beeilt, ihren eigenen Vergnügungen nachzugehen, sodass Manon sich plötzlich allein auf der Galerie befand. Suchend blickte sie sich nach allen Seiten um, doch ihre Begleiter waren verschwunden. Da sie das erste Mal auf einem Maskenball war, wusste sie nicht so recht, wie sie sich verhalten sollte. Sie war durstig, hatte jedoch nicht die kleinste Münze bei sich, um sich ein Glas Wein oder wenigstens einen Becher Wasser zu kaufen. So lehnte sie sich an die Balustrade und beobachtete die Tanzenden.

»Verzeihung, Mademoiselle, aber ich habe den Eindruck, als wärt Ihr einem Gläschen Champagner nicht abgeneigt.«

Langsam drehte sich Manon zu dem Sprecher um, der ihr einladend ein Glas entgegenhielt. Es war ein junger Mann im Kostüm eines Musketiers und einer kleinen dunklen Gesichtsmaske, die nur seine Augenpartie verdeckte. Sein junges Gesicht war glattrasiert, sein breiter Mund zu einem Lächeln verzogen.

»Greift nur zu, ich beiße nicht!«, versicherte er und strahlte sie an. Zögernd streckte Manon die Hand aus und nahm das verlockend kühle Getränk entgegen.

»Auf Eure Gesundheit, Mademoiselle, möge es Euch wohl bekommen!« Er hob sein eigenes Getränk an die Lippen.

Während sie tranken, musterte sie den Mann über den Rand des Glases hinweg. Er bemerkte ihren Blick, riss den breitkrempigen Filzhut mit der weißen Feder vom Kopf und verneigte sich so tief, dass die Hutkrempe mitsamt Feder über den Boden fegte.

»Gestattet, dass ich mich vorstelle. Hauptmann Eugen Ritter van Cronsteed, Adjutant und Freund von Graf Fersen, Gesandter der schwedischen Botschaft.«

»Oh, Ihr seid also kein Franzose, sondern …«

»Schwede, Mademoiselle. In Stockholm geboren«, ergänzte er, und als er ihren unsicheren Blick bemerkte, fügte er rasch hinzu: »Das ist die Hauptstadt von Schweden.«

Daher also der fremdartige Akzent, der ihr gleich zu Beginn ihrer Unterhaltung aufgefallen war.

»Und was tut Ihr auf einem Maskenball in der Pariser Oper, Monsieur Cronsteed?«

Ihre Zunge stolperte über den exotisch klingenden Namen.

»Das gleiche wie alle anderen auch, Mademoiselle, ich

amüsiere mich und lerne dabei das schönste Mädchen von Frankreich kennen.« Er lachte und beugte sich vertraulich über sie.

»Wollt Ihr mir nicht verraten, wie Ihr heißt, schöne Unbekannte?«, wisperte er ihr ins Ohr.

»Man nennt mich Manon.«

Mehr wollte sie nicht preisgeben.

»Manon, wie reizend! Seid Ihr etwa ganz allein hier, Mademoiselle Manon, ohne jegliche Gesellschaft?« Er rückte näher.

»Nein, natürlich nicht.« Sie trat zwei Schritte zurück. »Aber ich habe die Höf… ich wollte sagen, meine Begleiter im Gedränge verloren. Jetzt halte ich Ausschau nach ihnen, denn ich bin müde und möchte am liebsten sofort nach Hause fahren.«

»Wie könnt Ihr denn müde sein? Ihr habt noch nicht einmal getanzt!«, widersprach er ihr.

»Woher wollt Ihr das wissen?«, fuhr sie ihn an.

»Weil ich Euch schon eine ganze Weile beobachte, Mademoiselle. Eure Begleiter haben sich gleich zu Beginn aus dem Staub gemacht. Seitdem steht Ihr hier und schaut zu, wie die anderen tanzen und lachen. Ihr dagegen zieht ein Gesicht wie drei Tage Regenwetter.«

Auf dem Parkett formierte man sich zu einem Reigentanz. Cronsteed griff nach ihrer Hand und zog sie mit sich. Manon wehrte sich und versuchte, sich loszureißen.

»Lasst mich, ich kann nicht tanzen!«, schrie sie ihn an.

Doch er lachte nur und schüttelte den Kopf. »Jeder kann tanzen, auch Ihr. Vertraut mir einfach, Mademoiselle!«

Sein ansteckendes Lachen besänftigte das Mädchen, und so ließ sie sich von ihm aufs Parkett führen, wo gerade der Kreistanz begann. Aufmerksam beobachtete sie die Schritte der anderen, ahmte sie nach, und nach kurzer Zeit fand sie Gefallen daran, sich herumwirbeln zu lassen. Dem Reigen folgten ein Branle sowie eine Bourrée, durch die sie sich von ihrem Partner führen ließ.

»Das war schön!«, gestand sie, als sie schließlich außer Atem auf eine Treppenstufe sanken.

»Ich wusste doch, dass es Euch gefällt. Seid Ihr durstig?«, wollte Cronsteed wissen. Als sie nickte, sagte er: »Wartet hier, ich hole ein Glas Champagner!«

Kaum war er in der Menge verschwunden, als d'Artois auf sie zugestürzt kam. »Da bist du ja. Wir suchen dich schon überall, der König möchte nach Hause fahren. Komm jetzt!«

Grob packte er sie am Arm und zerrte sie hoch. Aller Protest nützte nichts; er schleifte sie hinter sich her zum Ausgang. Verzweifelt drehte sie den Kopf nach allen Seiten, doch von Cronsteed war nicht zu sehen. Wie gerne hätte sie dem jungen Mann noch Adieu gesagt. Er war freundlich zu ihr gewesen und hatte dafür gesorgt, dass der Maskenball für sie zu einem unvergesslichen Erlebnis wurde. Insgeheim musste sie zugeben, dass ihr der stattliche junge Offizier mit den braunen Locken und den breiten Schultern nicht schlecht gefallen hatte. Gerne hätte sie dem Schweden ein Rendezvous gewährt, wenn er sie darum gebeten hätte. Wie schade, dass diese Gelegenheit nun verpasst war. Sie würde ihren Schwarm nie mehr wiedersehen, dessen war sie sicher.

»Was fällt dir ein, den König von Frankreich warten zu lassen?« Mit einem derben Stoß schleuderte d'Artois sie gegen die Kutsche. »Für diese Frechheit sollte mein Bruder dich in die Bastille werfen lassen, du Flittchen.«

Er öffnete den Wagenschlag und stieß das Mädchen ins Innere.

»Hier ist sie, Eure Schminkmeisterin! Sie wollte lieber mit einem Mannsbild schäkern, als mit Euch nach Hause zu fahren«, grollte er und schlug die Tür zu.

Schuldbewusst versuchte sich Manon aufzurappeln, doch der Absatz des Schuhs hatte sich im Saum des ausladenden Rocks verfangen und hinderte sie am Aufstehen.

»Lasst mich Euch helfen, Mademoiselle!«

Der König, gegenüber jeder Frau ein Kavalier, beugte sich vor, befreite den Pantoffel und streckte ihr seine Hand hin, um der Dienerin seiner Gemahlin auf die Beine zu helfen. Sobald sie auf ihren Platz gesunken war, klopfte er mit dem goldenen Knauf seines Stocks gegen die vordere Wand, um dem Kutscher zu signalisieren, dass man nun zur Abfahrt bereit war.

Das Königspaar saß ihr eine Zeit lang schweigend gegenüber. Doch schließlich lehnte sich Louis mit geschlossenen Augen in seine Ecke und begann kurz darauf geräuschvoll zu schnarchen.

Marie Antoinette dagegen starrte aus dem Fenster, ohne ihre Mitreisenden zu beachten. Sonst plauderte sie während langer Kutschfahrten immer munter drauflos, doch in dieser Nacht war ihr offensichtlich nicht nach heiterer Konversation zumute. Manon fragte sich, was ihr die Laune verdorben hatte, denn ihre Herrin hatte sich wie ein Kind auf diesen Maskenball gefreut. Doch nun saß sie in sich gekehrt da, als wäre ihr ein Unglück widerfahren. Als sich ihr Blick mit dem ihrer Vertrauten kreuzte, wandte sie den Kopf ab und schloss die Augen. Sie wünschte keine Unterhaltung, das gab ihr die Königin mehr als deutlich zu verstehen.

So ratterte die Kutsche im Galopp über Kopfsteinpflaster und sandige Landstraßen durch die Nacht in Richtung Versailles, während die beiden Frauen ihren Gedanken nachhingen und der König mit offenem Mund schnarchte und im Schlaf grunzte und stöhnte. Erst als sie sich dem Schloss näherten, erwachte er und richtete sich auf. Ein Blick aus dem Fenster zeigte ihm den Silberstreifen am Horizont.

»Wollen wir den Tagesanbruch am Drachenbrunnen begrüßen, meine Teure?«, fragte er seine Gemahlin, die sonst solche romantischen Ausflüge über alles liebte. »Es dämmert bereits und verspricht, ein schöner Tag zu werden. Der Sonnenaufgang ist sicherlich sehenswert.«

»Nein!«, antwortete sie ungnädig. »Ich bin müde und gehe gleich zu Bett.«

Der König schwieg verdutzt nach dieser schroffen Abfuhr.

Sobald die Kutsche im Ehrenhof anhielt, küsste er seiner Gemahlin die Hand, wünschte gesegnete Ruhe und verabschiedete sich. Marie Antoinette blieb sitzen und befahl dem Kutscher, sie zum *Petit Trianon* zu fahren. Kaum hatte der Wagen angehalten, sprang sie mit einem Satz ins Freie, rannte die Treppe hinauf und zog sich ohne ein weiteres Wort in ihr Appartement zurück.

»Was hat sie denn nur?«, fragte Manon laut, die vom Foyer aus den stürmischen Abgang ihrer Herrin beobachtete. »Warum ist sie so übellaunig? Ausgerechnet nach diesem wundervollen Maskenball?«

»Liebeskummer vielleicht?«

Die Stimme gehörte dem Koch Thierry, der um diese Zeit auf dem Weg in die Küche war, um das königliche Frühstück vorzubereiten.

»Du hast mich erschreckt, Thierry. Schleichst du dich immer derart lautlos an junge Damen heran?«, schimpfte Manon. Sie mochte Thierry, der ihr gelegentlich eine besondere Leckerei oder Proviant für ihre Familie zusteckte.

»Ich dachte, du wüsstest einen interessierten Zuhörer bei deinen Selbstgesprächen zu schätzen, kleines Fräulein«, lachte der Mann. »Bist du seit Neuestem schon bei Tagesanbruch auf den Beinen oder noch von letzter Nacht übriggeblieben?« Er musterte sie von Kopf bis Fuß. »Du siehst erschöpft aus. Hast du Hunger?«

Erst jetzt bemerkte Manon, dass ihr Magen laut nach Nahrung verlangte, darum bejahte sie dankbar.

»Dann komm mit in die Küche. Ich bereite dir ein Omelett mit Schinken und Käse zu.«

In der geräumigen Küche des Schlösschens war es angenehm warm, denn die Lehrlinge hatten bereits Feuer im Herd angefacht. Ein köstlicher Duft nach frischem Brot hing in der Luft. Manon lief vor Vorfreude auf die bevorstehende Mahlzeit das Wasser im Mund zusammen.

»Komm, setz dich!«, forderte ihr Freund sie auf und schob ihr mit dem Fuß einen Hocker hin. »Willst du einen Schluck Milch trinken, während ich mich um das Frühstück kümmere?«

Das Mädchen nickte und nahm den Becher mit der kuhwarmen Milch entgegen, die das Milchmädchen offenbar gerade erst abgeliefert hatte.

Während Thierry mit Töpfen und Pfannen hantierte, nippte das Mädchen an dem Becher. Es dauerte nicht lange, dann roch es verlockend nach gebratenem Schinken, und ein perfektes Omelett glitt auf ihren Teller.

»Voilà, ein Omelette *Jambon et Fromage* für Mademoiselle la Belle. Ich wünsche guten Appetit!«

Hungrig fiel Manon über die feine Eierspeise her. Mittlerweile hatte ein Lehrling das Brot aus dem Ofen gezogen und reichte Manon eine dicke, noch warme Scheibe, auf der ein Klecks Butter zerrann. Es schmeckte einfach göttlich, und wie so oft meinte sie, noch nie zuvor etwas Besseres gegessen zu haben.

Während sie aß, beugte sich Thierry zu ihr und flüsterte: »Ich hab gepökeltes Schweinefleisch und würzigen Käse beiseitegeschafft. Soll ich etwas für deine Mutter abschneiden? Es reicht für uns alle.«

»Ach, Thierry, das wäre wunderbar. Ich wollte, ich könnte mich für deine Hilfe revanchieren. Aber ich glaube nicht, dass ich dir mit Lippenrot und Reispuder eine Freude mache.«

Er räusperte sich. »Das könntest du schon, wenn du nur wolltest. Es gäbe da auch andere Möglichkeiten als Rouge und Puder.«

»Nein, Thierry, kein Schäferstündchen im Weinkeller, keine verstohlenen Küsse auf der Hintertreppe, das habe ich dir schon gesagt. Wenn du solche Gefälligkeiten von mir verlangst, dann verzichte ich lieber auf die Viktualien für meine Familie.«

Obwohl ihr Teller noch halb voll war, stand sie auf und schickte sich an zu gehen, doch der Koch hielt sie am Arm zurück.

»Schon gut, schon gut!«, knurrte er und zog den Kopf ein. »Sei nicht gleich böse, es war doch nicht so gemeint!« Er legte ihr noch eine Scheibe Brot auf den Teller. »Hier, lang nur tüchtig zu, du kannst ein wenig Fleisch auf den Rippen vertragen. So dünn, wie du bist, bläst dich jeder Windhauch aus den Pantoffeln!«

Versöhnt nahm sie wieder ihren Platz vor dem Kamin

ein, um die Reste des Frühstücks zu verspeisen, während sie und Thierry sich in gedämpftem Ton unterhielten. Als Manon vom Maskenball und dem fröhlichen Tanzvergnügen erzählte, schüttelte der Koch den Kopf.

»Die Herrin sollte sich lieber bemühen, einem Thronfolger das Leben zu schenken, und ihre Zeit nicht mit sinnlosen Amüsements vergeuden. Wie man hört, streiten die Minister schon darum, wann sie nach Österreich zurückgeschickt werden soll. Die einen würden sie am liebsten noch heute in ihre Kutsche setzen, andere wollen abwarten, um ihre kaiserliche Mutter nicht zu verärgern, die recht streitbar sein soll und gerne Krieg führt. Aber wenn nicht bald etwas geschieht, dann wird in wenigen Monaten eine neue Königin auf Frankreichs Thron sitzen.«

»Davon habe ich auch schon reden hören«, bestätigte Manon und wischte mit dem letzten Bissen Brot den Teller sauber. »Warum nur lässt sich der König so viel Zeit damit, seine Frau zu schwängern? Weiß er nicht, dass ganz Frankreich auf einen Thronfolger wartet?«

»Hinter vorgehaltener Hand erzählen sie sich drüben im Palast, dass angeblich der Bruder der Königin nach Frankreich kommen soll, als Abgesandter der österreichischen Kaiserin und mit ihrem Auftrag im Gepäck, die widerborstige Tochter an ihre Pflichten zu erinnern.«

»Und du meinst, eine Unterhaltung mit dem Bruder bringt unsere Herrin zur Vernunft?«, zweifelte Manon.

»Dieser Kaiser Joseph soll ein strenger Mann sein, der keine Widerworte duldet, sagen die Leute. Seine Mutter hat ihn zum Mitregenten ernannt, weil er gebildet ist, ein offenes Ohr für Reformvorschläge hat, Weitblick besitzt und sich nicht von Schmeicheleien einlullen lässt. Wenn er es nicht schafft, sein Schwesterlein an ihre Aufgaben zu erinnern, sehe ich schwarz für Frankreichs Zukunft.«

Manon hatte ihre Mahlzeit beendet und erhob sich.

»Danke für das Essen, Thierry, es war wie immer ausgezeichnet. Jetzt muss ich mich noch eine Stunde hinlegen, weil ich sonst den heutigen Tag nicht überstehe.«

»Komm am Nachmittag vorbei, dann gebe ich dir Fleisch und Käse für deine Familie«, brummte der Koch und wies den Lehrburschen mit einer Geste an, das Geschirr abzuräumen.

Kaum lag Manon im Bett und hatte die Augen geschlossen, da kam ihr der schwedische Hauptmann in den Sinn. Sie sah sein männliches Gesicht vor sich mit dem Grübchen am Kinn, der römischen Nase und den übermütig funkelnden Augen hinter der Maske, umrahmt von widerspenstigen braunen Locken, von denen eine ihm immer wieder in die Stirn fiel. Er hatte ihr ausnehmend gut gefallen, dieser Fremde, und seine Stimme mit dem seltsamen Akzent klang in ihrem Herzen nach.

Erst als das Tageslicht verblasste, wurde Manon zur Königin in den kleinen Salon gerufen. In einem schlichten Leinenkleid ruhte Marie Antoinette auf einer Ottomane am Fenster, bleich und unfrisiert. Unter ihren müden Augen lagen blaue Schatten, so, als hätte sie seit der Rückkehr aus Paris kein Auge zugetan. Auf einem Tischchen an ihrer Seite lag ein aufgeschlagenes Buch, daneben stand ein unberührter Teller mit Schaumgebäck.

»Manon, komm, setz dich zu mir.« Sie rückte beiseite, sodass sich das Mädchen auf der Kante des Sitzmöbels niederlassen konnte. »Sag, wie hat dir der Maskenball gefallen? Hast du dich amüsiert? Wie schade, dass wir uns aus den Augen verloren haben, aber es waren einfach zu viele Menschen dort.«

Manon schaute sich misstrauisch um, doch sie und ihre Herrin waren allein. Keine neugierige Zofe oder Kammerfrau machte sich mit gespitzten Ohren im Zimmer zu schaffen, alle Türen waren geschlossen.

»Wie fühlst du dich, Antonia?«, fragte sie ihre Herrin. Die vertrauliche Anrede kam ihr noch immer schwer über die Lippen. »Du warst auf der Heimfahrt so schweigsam und in dich gekehrt. Ist auf dem Ball etwas vorgefallen, das dich verärgert oder gekränkt hat?«

Die Königin blickte versonnen aus dem Fenster, ihre Hände spielten mit dem diamantbesetzten Medaillon, das sie an einer langen Kette um den Hals trug. Eine Weile war es still, dann begann Marie Antoinette zu erzählen: »Stell dir vor, meine Kleine, ich habe *ihn* wiedergesehen.« Ihre Miene hellte sich auf, ihr Gesicht begann zu leuchten. »*Er* war auf dem Ball, wir sind uns ganz zufällig begegnet. Bevor ich mich besinnen konnte, hat *er* mich an der Hand genommen und zum Tanz geführt.«

Bei der Erinnerung daran färbten sich ihre bleichen Wangen rosig.

»Es war ein magischer Moment, einfach unbeschreiblich. Ich konnte nicht glauben, dass ich *ihm* wiederbegegnet bin. In all den Jahren habe ich nichts von *ihm* gehört, dabei habe ich jeden Tag auf seinen Brief gewartet. Als *er* mir gestand, dass *er* schon seit Wochen in Paris lebt, ohne mich zu benachrichtigen, bin ich böse geworden und davongelaufen. So lange habe ich auf ein Wort von *ihm* gewartet, und *er* hält es nicht für nötig, mir eine Nachricht zukommen zu lassen.«

»Er?«, fragte das Mädchen verwirrt. »Wer? Von wem sprichst du?«

Die Königin öffnete das Medaillon und zeigte es Manon. Es enthielt das Porträt eines stattlichen jungen Adeligen mit gepuderter Perücke, maskulinem Gesicht und hellwachen blauen Augen, die dem Betrachter offen entgegenblickten.

»Wer ist das?«, wollte die Dienerin wissen, denn diesen Mann hatte sie noch nie zuvor gesehen. Bestimmt war er kein Höfling. An eine so auffallend attraktive Erscheinung würde sie sich erinnern.

»Das ist Hans Axel Graf von Fersen, Mitglied der schwedischen Botschaft.« Das Gesicht der Königin glühte. »Er ist ein alter – nein, ein ganz besonderer Freund.«

»Ein Schwede?« Manons Atem stockte, und sie erinnerte sich mit wohligem Schauer an Eugen van Cronsteeds Arm, der beim Tanz ihre Taille so fest und warm umschlungen hielt.

»Ja, ein persönlicher Gesandter des schwedischen Königs und Berater des Botschafters. Vier Jahre ist es her, seit wir uns das letzte Mal gesehen haben, aber jetzt ist der Graf wieder da, noch dazu in Paris, also ganz in meiner Nähe.«

»Wo hat er sich denn vier Jahre lang aufgehalten?«, fragte Manon. »In seiner Heimat?«

Die Königin schüttelte den Kopf. »Nein, zuerst in seiner Heimat, dann aber in der Neuen Welt. Er hat dort im Krieg auf Seiten des amerikanischen Volks gekämpft, das sich vom Joch der englischen Herrschaft befreien will. An der Seite von Monsieur Washington hat er einige Schlachten geschlagen. Doch der schwedische König braucht ihn dringender als die amerikanischen Freiheitskämpfer, und hat ihn nach Stockholm zurückgerufen. Jetzt ist er auf Befehl König Gustavs nach Paris gekommen, um erneut den Dienst an der schwedischen Botschaft aufzunehmen.«

»Aber dir bedeutet er weitaus mehr als ein einfacher Abgesandter, habe ich recht? Bist du in den Grafen verliebt?«

Marie Antoinette schloss die Augen, als müsse sie über die Antwort erst nachdenken.

»Ja, das bin ich«, gestand sie schließlich kaum hörbar, und als sie die Augen wieder öffnete, waren sie tränenfeucht. Sie griff nach Manons Hand; die der Königin war kalt und verschwitzt. »Aber niemand darf etwas davon erfahren, versprichst du es mir? Wenn du mich verrätst, ist das mein Ende. Alle glauben, ich wüsste nicht, dass die Berater des Königs mich nach Österreich zurückschicken wollen. Wenn sie wüssten, dass ein anderer Mann mir nahesteht … Es wäre mein Ende. Die Minister halten mich für ein dummes Spatzenhirn, das nicht einmal ahnt, welches Schicksal ihm bevorsteht. Aber sie täuschen sich.«

Tränen tropften aus ihren Augen und hinterließen dunkle Flecken auf dem hellen Leinen.

»Manon, es ist nicht meine Schuld, dass noch kein Thronfolger in der Wiege liegt, das musst du mir glauben. Ich habe wirklich alles versucht, alle Ratschläge meiner Mutter und meiner Freundinnen befolgt, um Louis' Leidenschaft zu entfachen. Doch egal, wie sehr ich mich bemühe, sein Glied bleibt schlaff. Er will mich nicht! Meine Berührungen lassen ihn kalt.«

Nun weinte sie laut.

»Er findet mich hässlich und unattraktiv, das ist der Grund. Jedes Mal, wenn ich mich ihm mit zärtlichen Gesten zuwende, wehrt er mich ab, läuft davon und versteckt sich in seiner Schlosserwerkstatt oder geht auf die Jagd. Wie soll ich ein Kind gebären, wenn mein Mann sich weigert, mich auch nur anzufassen?«, schrie sie plötzlich wie von Sinnen.

Sofort wurde die Tür aufgerissen, und eine Kammerfrau starrte neugierig auf die weinende Königin in den Armen ihrer Schminkmeisterin.

»Madame, ist etwas nicht in Ordnung? Kann ich Euch helfen?«, fragte sie schließlich.

Da es im *Petit Trianon* zwanglos zuging, hatte die Königin entschieden, sich vom Personal mit *Madame* ansprechen zu lassen, und nicht, wie vom Protokoll vorgeschrieben, mit *Majestät*.

»Nein, alles ist gut. Geh und lass uns allein«, befahl Manon schroff, da die Königin nicht in der Lage war zu antworten.

Die Frau zögerte und überlegte, ob sie von einer anderen Dienerin einen Befehl entgegennehmen sollte. Doch dann besann sie sich auf Manons bevorzugte Stellung im königlichen Haushalt, zog sich zurück und schloss lautlos die Tür hinter sich.

Es dauerte eine ganze Weile, bis die Königin sich so weit beruhigt hatte, dass Manon den Raum verlassen konnte, um bei der Kammerfrau, die mit neugierig gespitzten Ohren neben der Tür gelauert hatte, Wasser, Tee und einen Imbiss für ihre Herrin zu ordern. Dann ging sie zurück zu Marie Antoinette, wiegte sie in den Armen und streichelte ihr tröstend über Kopf und Rücken, wie sie es bei ihren kleinen Schwestern getan hatte, wenn diese krank waren. Als es klopfte, sprang sie auf, eilte zur Tür und nahm das Tablett entgegen. Sie reichte der Königin ein Glas mit kaltem Quellwasser und fütterte sie mit sahnigem Hühnerragout, einem Lieblingsgericht ihrer Herrin, während das soeben Gehörte in einer Endlosschleife durch ihren Kopf wirbelte.

Marie Antoinette hatte ihre Schminkmeisterin in die intimsten Geheimnisse des königlichen Schlafzimmers eingeweiht, doch Manon fühlte sich dadurch keineswegs geschmeichelt. Ganz im Gegenteil, ein Gefühl von Angst und Unsicherheit beschlich sie. Sollte auch nur ein einziges Wort von Marie Antoinettes Geständnissen an fremde Ohren gelangen, wäre sie die Erste, die unter Verdacht geriet. Ein Gedanke, der sie fast zu Tode erschreckte und ihr einen kalten Schauer nach dem anderen über den Rücken jagte. Verräter, wenn auch zu Unrecht beschuldigt, fanden oft einen schnellen Tod. Die Königin besaß einen großen Freundeskreis. Manon ahnte nicht einmal, wem von ihnen die naive junge Frau ihre Schlafzimmergeheimnisse noch anvertraut hatte. Nicht jeder dieser sogenannten Freunde war der Königin auch tatsächlich wohlgesonnen. Die meisten der adeligen Speichellecker heuchelten lediglich Zuneigung für die Monarchin, weil sie sich davon Vorteile versprachen.

Nachdem der letzte Bissen verzehrt und der letzte Schluck getrunken waren, sank die Königin ermattet zurück. Manon schüttelte die Kissen auf und breitete eine Decke über Marie Antoinettes Beine, denn die Abendluft, die wohltuend durch das offene Fenster strich, hatte die Wärme des Tages vertrieben.

Bevor Manon den Raum verlassen konnte, ertönten draußen auf der Galerie zornige Stimmen, gefolgt vom Klatschen einer Ohrfeige und lautem Wehgeschrei.

Marie Antoinette hob den Kopf und verdrehte die Augen.

»Was ist denn nun schon wieder? Kehrt hier niemals Ruhe ein?«, fragte sie irritiert. »Manon, geh und schau nach, was draußen vor sich geht«, bat sie ihre Vertraute, die aufsprang, um den Wunsch ihrer Herrin zu erfüllen. Doch bevor sie aus dem Salon eilen konnte, wurde die Tür aufgerissen, und eine der altgedienten Kammerfrauen zerrte eine der jüngeren Zofen hinter sich her. Sie gab ihr einen heftigen Stoß in den Rücken, sodass das Mädchen den Halt verlor und vor der Ottomane auf die Knie fiel.

Die Königin richtete sich auf.

»Louise, was soll das?«, fragte sie verärgert die alte Kammerfrau, die ihr seit ihrer Ankunft in Frankreich diente.

»Diese Diebin hat Euer dreireihiges Brillantarmband mit den Saphiren gestohlen, Madame!«, schrie die Kammerfrau erregt. »Ich habe es Euch gestern eigenhändig um das Handgelenk gelegt, doch es befindet sich nicht bei dem Schmuck, den Ihr nach Eurer Heimkehr abgenommen habt und den ich in der silbernen Schatulle verwahren sollte. Nur dieses Mädchen war in Eurem Schlafgemach, also kann nur sie es genommen haben. Ich habe den ganzen Raum, alle Schubladen, Eure Gewänder, sogar Eure Schuhe abgesucht, aber das Armband ist und bleibt verschwunden.«

»Louise, um Himmels willen, mäßige dich! Das arme Mädchen ist unschuldig, sie hat nichts verbrochen!«, rief die Königin, bückte sich und zog die schniefende Zofe neben sich auf die Ottomane. »Ich habe das Armband gestern Abend meiner Freundin Gabrielle geschenkt, die es so sehr bewunderte, dass ich nicht anders konnte, als es abzunehmen und ihr ums Handgelenk zu legen.«

»Madame!« Louises Mund stand vor Entsetzen offen. »Das Armband war neu und wurde Euch von Monsieur Boehmer lediglich zur Ansicht überlassen. Er hat schon zweimal vergebens vorgesprochen, um an die Begleichung der Rechnung zu erinnern, da es sich schon so lange in Eurem Besitz befindet. Gestern habt Ihr es zum ersten Mal getragen. Und nun ist es weg, und Ihr hattet nur wenige Stunden Freude daran.«

»Warum? Weil den Schmuck in Zukunft nicht ich trage, sondern meine liebste Freundin? An Gabrielles Arm macht er mir doch ebenso viel Freude wie an meinem eigenen. Also schick Monsieur Boehmer hinüber in die Schreibstuben des Schlosses, wenn er das nächste Mal hier vorspricht. Ich werde Minister Maurepas in einem Brief anweisen, alle Rechnungen der Firma Boehmer umgehend und ohne Nachfragen zu begleichen.«

»Und du«, wandte sie sich an das junge Ding neben ihr, »darfst dir das roséfarbene Kleid mit den weißen Schleifen nehmen. Es tut mir leid, dass man dich zu Unrecht des Diebstahls verdächtigt hat, aber die schöne Robe wird dich sicher trösten. Nun geh zurück an die Arbeit, Mädchen, und höre auf zu weinen.«

»100.000 Livres, verschleudert an eine geldgierige Hure!«, hörte Manon, die neben der Tür stand, die Kammerfrau beim Verlassen des Salons empört murmeln. Bei Louises harten Worten zuckte Manon zusammen, denn sie wusste, dass diese Geschichte sowohl im *Petit Trianon* als auch im Schloss in kurzer Zeit die Runde machen würde. Ob die Königin je darüber nachdachte, wie viel Hass, Missgunst und Wut ihre unbedachten Handlungen bei den Untertanen hervorriefen?

Léonard erzählte ihr beinahe täglich von den Spottliedern auf die unfruchtbare Monarchin und ihren schwachen Tölpel von Ehemann, der nicht imstande war, sich gegen sein liederliches Weib zu behaupten. Ständig tauchten neue Pamphlete auf, die die Königin verhöhnten und wegen ihrer enormen Ausgaben als *Madame Defizit* beschimpften. Ganz Paris lachte hämisch über Marie Antoinettes angebliche Ausschweifungen mit ihren Freundinnen Polignac und Lamballe, die in obszön bebilderten Flugblättern verbreitet wurden.

Wohin wird dieser Volkszorn noch führen?, fragte sich Manon und zog dabei fröstelnd die Schultern hoch. Wenn nicht bald ein Wunder geschieht, das die Königin zur Mäßigung zwingt, wird ein großes Unglück über das Königshaus und ganz Frankreich hereinbrechen.

Angenehmer als solche düsteren Gedanken waren da die Erinnerungen an den Pariser Maskenball und ihre Begegnung mit dem schneidigen Hauptmann. Wenn sie nach getaner Arbeit die Augen schloss, träumte sie sich in seine Arme zurück, die sie beim Tanz an sich gedrückt hatten. Doch sie wusste, dass sie den jungen Schweden nie mehr wiedersehen würde, so sehr sie sich dieses Treffen auch wünschte.

Kapitel 14

Als Nächstes bewahrheitete sich das Gerücht, das seit einiger Zeit in Versailles kursierte. Nur wenige Wochen nach dem Maskenball wurde bei Hof der Besuch des österreichischen Kaisers, Joseph II., angekündigt. Die Klatschmäuler flüsterten hinter vorgehaltener Hand, dass seine Mutter, die Kaiserin Maria Theresia, ihn mit dem Auftrag nach Frankreich geschickt hatte, seiner leichtlebigen Schwester ins Gewissen zu reden und herauszufinden, weshalb das königliche Paar nach mehr als sieben Jahren Ehe noch immer kinderlos war.

Die Königin sah der Ankunft ihres Bruders mit sehr gemischten Gefühlen entgegen. Einerseits freute sie sich, nach all den Jahren fern ihrer Heimat ein Familienmitglied willkommen zu heißen, andererseits fürchtete sie die scharfe Zunge und gnadenlose Kritik ihres Bruders, der 14 Jahre älter war als sie selbst. Schon während ihrer Kindheit in Wien hatte er sie ständig ermahnt und sie für ihr wildes Temperament getadelt. Sie erinnerte sich, wie er sie schmerzhaft am Ohr gezogen hatte, wenn er sie bei kleinen Flunkereien ertappte oder beim Diebstahl von Süßigkeiten von der kaiserlichen Tafel. Für ihre hemmungslose Verschwendungssucht und ihre unsinnigen Vergnügungen würde der Bruder kein Verständnis zeigen. Eine gehörige Standpauke nebst eindringlichen Ermahnungen waren der Königin gewiss.

Doch obwohl seine Ankunft immer wieder gemeldet

wurde, wartete man in Versailles vergeblich auf sein Eintreffen. Erst der Herzog de Croy berichtete eines regnerischen Tages im April, dass ein gewisser Graf von Falkenstein mitsamt Dienerschaft im nahegelegenen *Hotel de Treville* Quartier bezogen hatte. Dieser Herr sei ganz unauffällig in einer Postkutsche in Begleitung zweier Diener angereist und mache einen eher unscheinbaren Eindruck. Der neugierige Herzog schickte daraufhin einen Lakaien ins *Hotel de Treville*, der nach kurzer Zeit zurückkam, um aufgeregt zu vermelden, es sei der österreichische Kaiser höchstselbst, der dort logiere, und seine Majestät habe sich sogar herabgelassen, ein paar freundliche Worte mit ihm zu wechseln.

Sowohl seine Schwester als auch sein Schwager reagierten verärgert auf die anonyme Ankunft des Kaisers, die nicht nach Protokoll verlaufen war, doch das französische Volk feierte den bescheiden auftretenden Monarchen für seine Bodenständigkeit, obwohl die Franzosen den Habsburgern ansonsten nur wenig Sympathie entgegenbrachten. Doch an diesem hochgewachsenen, attraktiven Mann im schlichten Kutschermantel und Dreispitz, der so leutselig mit einfachen Bauern und Handwerkern sprach, fanden sie durchaus Gefallen.

Erst zwei Tage nach seinem Eintreffen im Hotel ließ sich Joseph inkognito zum *Petit Trianon* fahren. Ein überraschter Diener führte ihn in die obere Etage zum Ankleidezimmer seiner Schwester. Die räkelte sich, trotz der Mittagsstunde, noch ungeschminkt und unfrisiert im Negligé vor dem Spiegel, um in aller Ruhe die erste Tasse Tee des Tages und eine Erdbeer-Tartelette mit Schlagrahm zu genießen, als plötzlich die Tür aufschwang und ein Unbekannter in einem schäbigen Reisemantel auf der Schwelle stand.

Mit einem erschrockenen Aufschrei sprang die Königin in die Höhe. Manon ließ vor Angst angesichts des Überfalls die Puderquaste fallen, und Léonard, der müßig auf dem Sofa gelümmelt hatte, fiel beim Anblick des Eindringlings die Tasse aus der Hand. Erst nach einigen Schrecksekunden erkannte die Königin ihren Bruder, den sie zuletzt als 14-jähriges Mädchen gesehen hatte. Mit einem Freudenschrei stürzte sie in seine Arme, und die Geschwister umarmten und küssten sich. Selbst der Kaiser, sonst eher kühl und beherrscht, vergoss beim Anblick seiner reizenden Schwester eine Träne der Rührung. Nachdem Marie Antoinette ihn losgelassen hatte, nahm er neben ihr am Schminktisch Platz.

»Wer sind denn all diese Leute?«, fragte er irritiert beim Anblick von Manon, Léonard und Louise. »Schick sie weg, ich habe Privates mit dir zu bereden.«

Wie Marie Antoinette befürchtet hatte, verlor ihr Bruder keine Zeit mit höflichem Geplänkel. Manon durfte auf Bitten der Königin bleiben, doch den Coiffeur und die Kammerfrau schickte der Kaiser in barschem Ton hinaus. Dann kam er ohne lange Vorrede zum Grund seines Besuchs: »Nach sieben Jahren hast du noch kein Kind geboren. Was ist da los, Antonia? Was stimmt nicht mit deiner Ehe? Nicht nur unsere Mutter ist in größter Sorge um dich, auch deine Geschwister sind es. Deine Schwester Maria Karolina schickt dir 1000 Küsse sowie diesen Ring.« Er legte ein schwarzes Schmuckkästchen auf den Schminktisch. »So, und nun erzähle mir alles offen und ehrlich. Vor mir musst du nichts verheimlichen!«

Rot vor Scham bekannte seine jüngste Schwester, dass sie trotz langen Ehejahren noch immer Jungfrau war, da Louis den Geschlechtsakt bisher nicht oder nur recht halbherzig vollzogen hatte. Aus welchem Grund der König sie nicht begehrte, vermochte sie nicht zu sagen, in Liebesdingen naiv und unerfahren, wie sie nun einmal war.

Der Kaiser kratzte sich nach diesem Geständnis ratlos am Kopf.

»Wenn ich einer Frau begegnen würde, die nur halb so bezaubernd wäre wie du, meine Liebe, wäre ich auf der Stelle bereit, sie zu heiraten. Mich müsste anschließend niemand zwingen, die Ehe zu vollziehen, das darfst du mir glauben.«

Bei diesem unerwarteten Kompliment ihres resoluten Bruders errötete die Königin noch heftiger, beugte sich zu ihm und hauchte ihm dankbar einen Kuss auf die Wange.

»Ist Louis auch hier?«, wollte Joseph wissen. »Dann gehe ich auf der Stelle zu ihm. Was er braucht, ist ein aufklärendes Gespräch unter Männern, wie mir scheint. Ich werde ihm alles Wissenswerte über die Techniken eines erfolgreichen Geschlechtsaktes erzählen. Wenn nötig, peitsche ich ihn eigenhändig wie einen Esel, und zwar so lange, bis er ejakuliert!«

Bei seinen derben Worten zuckte seine Schwester zusammen und wandte verlegen die Augen ab.

»Nein, Louis ist nicht hier. Er hält sich nur ungern im *Petit Trianon* auf. Es gefällt ihm nicht. Ich glaube, die Atmosphäre ist ihm zu feminin. Entweder arbeitet er im Schloss in seiner Werkstatt oder er ist bereits in aller Früh zur Jagd aufgebrochen. Dann wird er vor Anbruch der Dunkelheit nicht zurückkehren«, teilte ihm Marie Antoinette mit.

»Gut, dann knöpfe ich mir den Schwager eben morgen vor. Heute verbringe ich den Tag mit dir, meine Liebe. Wir haben noch so viel zu bereden.«

Nachdem Marie Antoinette ihre Toilette beendet hatte, bat sie ihren Bruder, ihr bei einem Spaziergang durch den frühlingshaft blühenden Garten Gesellschaft zu leisten. Joseph, der sich am liebsten in der freien Natur aufhielt, stimmte einem Rundgang gerne zu. Manon erhielt die Erlaubnis, das Geschwisterpaar zu begleiten.

»Wer ist denn dieses hübsche Kind, auf dessen Begleitung du nicht verzichten willst?«, wollte ihr Bruder wissen und musterte Manon wohlwollend von Kopf bis Fuß. Doch als er den Titel »Schminkmeisterin« vernahm, schüttelte er ungläubig den Kopf.

»Welch eine unsinnige Geldverschwendung!«, rügte er. »Bist du nicht in der Lage, dir selbst ein wenig Puder ins Gesicht zu stäuben? Oder eine deiner zahllosen Zofen damit zu beauftragen? Wozu brauchst du eine Schminkmeisterin, die dir mit einem Bauchladen voller Farben auf Schritt und Tritt hinterherläuft?«

Zum Glück erreichten sie nun den Teil des Gartens, den Monsieur Mique bereits erfolgreich nach englischem Vorbild umgestaltet hatte. Doch der Kaiser zeigte sich vom Charme der neuen Anlage in keiner Weise beeindruckt, sondern schaute sich nur suchend um.

»Wo sind denn die berühmten Gewächshäuser mit den seltenen tropischen Pflanzen, die der verstorbene König jahrzehntelang in allen Ländern dieser Erde gesammelt hat?«, fragte er unwillig.

In den Rabatten entlang der elegant gewundenen Wege sprossen Hyazinthen, Tulpen und Narzissen, die Äste des Goldregens bogen sich unter der gelben Blütenlast, an den Fliederbüschen trieben die ersten Knospen. Die botanischen Schätze von Louis XV. jedoch waren verschwunden. Schon längst hatte man sich gezwungen gesehen, einen kleinen Teil der Pflanzen im *Jardin du Roi* in Paris unterzubringen, weil sie dem modischen Ideal der Königin nicht entsprachen. Aber der größte Teil der unersetzlichen Sammlung war auf dem Komposthaufen gelandet.

Enttäuscht flanierte der Kaiser an der Seite seiner Schwester entlang der gepflegten Blumenrabatten, immer gefolgt von Manon, bis die Königin ihn zu einem Imbiss im Schatten des Amortempels einlud. Dort waren in der Zwischenzeit Sessel und Tische aufgestellt worden, und sobald die Geschwister ihre Plätze eingenommen hatten, wurden zartes Lammfleisch, würzige Soßen, frische Erdbeeren, Sahne und Milch serviert, ein einfaches Mahl, wie der Kaiser es bevorzugte. Manon wartete in Rufweite auf die Befehle ihrer Herrin, wobei sie mit gespitzten Ohren der Konversation zwischen Kaiser und Königin lauschte.

Nach dem Essen lehnte er sich zufrieden zurück, um seine Schwester von Kopf bis Fuß zu mustern.

»Du bist eine wahrhaft entzückende Frau, liebe Schwester, das Schmuckstück deines Hofs. Aber sag, ist es wirklich nötig, eine turmhohe Frisur zu tragen, als wärst du eine Schauspielerin vom Theater? Ich stelle mir vor, dass die Krone darauf keinen sicheren Halt findet, und auf diesem Haarungetüm bedenklich hin und her wackelt. Und das meine ich durchaus auch im übertragenen Sinn.«

Bei so viel erbarmungsloser Kritik fehlten Marie Antoinette wieder einmal die Worte. Doch das war bei Weitem nicht alles. Ihr Bruder jedoch hatte noch mehr zu beanstanden.

»Und musst du dich wirklich in teuerste Seiden- und Brokatgewänder kleiden? Wäre nicht ein wahrhaft bescheidenes Auftreten deiner Stellung eher angemessen? Dein Volk jedenfalls würde dich dafür verehren und wäre dir dankbar für deine Sparsamkeit.«

»Wie kommst du nur auf eine derart absurde Idee?«, zischte seine Schwester erbost, nachdem sie sich von dem verbalen Angriff erholt hatte. »Vor allem würde es die französische Seidenindustrie ruinieren, die von meinen Aufträgen lebt! Immerhin bin ich das modische Vorbild aller adeligen Damen, die ihre Roben nach meinen Mustern anfertigen lassen und dafür große Mengen französisches Tuch erwerben. Selbst aus Russland, Italien, Sachsen und Preußen erhalten die Weber Aufträge für unsere exquisiten Stoffe. Und das ist einzig und allein mein Verdienst, weil mich alle Welt für meine Mode bewundert!«

»Ach, so siehst du das. Nun ja, schließlich bin ich nicht derjenige, der deine protzigen Toiletten bezahlen muss. Aber unser Gesandter, Graf Mercy, sprach auch von horrenden Summen, die du für Schmuck, dein Lustschlösschen und vor allem am Spieltisch ausgibst. Da ist von Spielschulden in Millionenhöhe die Rede. Er sagt, dass die Pariser wegen deiner Verschwendungssucht bereits zu murren beginnen.«

Er beugte sich über den Tisch, um nach ihrer Hand zu greifen.

»Antonia, verstehe mich nicht falsch. Ich meine es doch nur gut mit dir. Nicht nur ich, auch unsere Mutter ist in größter Sorge um dich. Besonders Mama rät dir zur Mäßigung. Kümmere dich weniger um Mode, Maskenbälle und andere Frivolitäten, sondern mehr um deinen Gemahl. Du scheinst den Amüsements mit deinen Freundinnen dem Zusammenleben mit Louis den Vorzug zu geben.«

»Was haben denn meine Freundinnen damit zu tun?«, begehrte seine Schwester auf. »Wenn sie mir nicht zur Seite stünden und mich aufheitern würden, wäre mein Leben am französischen Hof unerträglich.«

»Deine Ehe ist unglücklich, das sieht jeder, der Augen hat. Du und Louis, ihr passt einfach nicht zusammen. Aber trotzdem musst du alles daransetzen, damit diese Ehe funktioniert, Antonia, sonst schicken dich die Franzosen mit Schimpf und Schande nach Wien zurück. Überwinde deine Abneigung, behandle deinen Mann zärtlich und liebevoll, verbringe mehr Zeit mit ihm und zeige dich interessiert an Dingen, mit denen er sich beschäftigt. Oder ziehst du es vor, als arme alte Jungfer in einem Schönbrunner Seitenflügel zu enden? Du darfst nicht glauben, dass unsere Mutter dein Scheitern mit einer fürstlichen Apanage belohnen wird, sollte deine Ehe annulliert werden.«

Nach diesen Vorwürfen versprach Marie Antoinette ihrem Bruder reumütig, ihr Möglichstes zu tun, um sowohl ihren Gemahl als auch ihr Volk zufriedenzustellen.

In den darauffolgenden Tagen knöpfte sich der Kaiser auch immer wieder seinen widerstrebenden Schwager vor. Louis fürchtete sich vor dem kraftstrotzenden, zupackenden Bruder seiner Gemahlin, der ihn um mehr als eine Haupteslänge überragte und dessen energisches Auftreten ihn einschüchterte. Joseph nahm kein Blatt vor den Mund und befragte den König eingehend nach dessen sexuellen Erfahrungen. Wie befürchtet, sparte er auch nicht mit guten Ratschlägen. Devot und mit größter Aufmerksamkeit lauschte der König den Worten seines Schwagers wie ein braver Schuljunge und stellte gelegentlich Fragen zur weiblichen Anatomie, die dem Kaiser bewiesen, wie unerfahren der junge Mann im Ehebett war. Nach eindringlichen Appellen, endlich seine ehelichen Pflichten zu erfüllen, kam der Kaiser zu der ernüchternden Einsicht, dass Marie Antoinette und Louis »ein Paar von hoffnungslosen Stümpern« wären, wie er dem Grafen Mercy ehrlich mitteilte.

»Ungeschickte Tölpel sind sie, einer wie der andere!«, schimpfte der Kaiser. »Ich habe mein Bestes getan, doch ich befürchte, dass es nicht fruchten wird.«

Diese sehr privaten Unterhaltungen wurden von neugierigen Dienern des Grafen Mercy belauscht und sofort den Dienstboten anderer Herrschaften zugetragen. In kürzester Zeit summte der Versailler Hof vor Gerüchten über die Unfähigkeit des Königs, seiner Gemahlin beizuwohnen. Von der Küchenmagd bis zur Herzogin gab es in Versailles bald nur noch ein Thema: den königlichen Beischlaf.

Doch der Habsburger dachte nicht daran, seine Zeit ausschließlich damit zu verschwenden, die angeschlagene Ehe seiner Schwester zu retten. Trotz mehrfacher Einladungen seines königlichen Schwagers weigerte er sich, sein Quartier im Hotel aufzugeben, um ein Appartement im Schloss zu beziehen. Stattdessen besuchte er Abend für Abend die Pariser Oper, die Comédie Française sowie die unterschiedlichsten Theateraufführungen. Im Anschluss an die Vorstellungen dinierte er mit hübschen Soubretten und ambitionierten Schauspielerinnen, sodass er seine Nächte in angenehmer Damengesellschaft in so manchem Pariser Etablissement verbrachte.

Mehr als alles andere aber liebte er es, durch die Straßen der Stadt zu spazieren, um das einfache Volk kennenzulernen. Obwohl er auf seinem Inkognito bestand und sich nach wie vor als Graf von Falkenstein ausgab, erkannten ihn die Pariser auf den ersten Blick. Der Kaiser war eine imposante Erscheinung, groß, breitschultrig, muskulös, gutaussehend, und daher einfach zu erkennen. Sie folgten dem kaiserlichen Besucher auf Schritt und Tritt und brachen in Jubel aus, sobald er der Menge zuwinkte. Von all den hochherrschaftlichen Palais und Kirchen, und besonders von Les Invalides, zeigte sich der Österreicher zutiefst beeindruckt, wie von der französischen Architektur im Allgemeinen.

Weniger Gefallen fand er an den Höflingen, und vor allem an der Clique der Königin. Obwohl die Freunde seiner Schwester bemüht waren, sich von ihrer besten Seite zu zeigen, um den Kaiser zu beeindrucken, verachtete er sie vom ersten Augenblick an und zeigte diese Abneigung auch ganz unverhohlen. Bereits nach ihren ersten Worten erkannte er den habgierigen, skrupellosen Charakter der Herzogin Polignac, die nur ihre eigenen Vorteile im Blick hatte. Die Prinzessin Lamballe zeigte sich im Gespräch mit ihm als derart dumm und geistlos, dass der Kaiser ein zweites Treffen mit ihr verweigerte. Als besonders unangenehm aber fiel ihm der Bruder des Königs, Graf d'Artois, auf, den er für durch und durch verkommen und vulgär hielt. Selbst über dessen Gemahlin, Maria Theresia, urteilte er streng, denn sie befand er als hinterhältig und charakterlos. Auch über Baron de Batz wusste er nichts Gutes zu sagen.

»Ein durch und durch liederliches Pack, mit dem du dich da umgibst, liebe Schwester.« Sein Urteil war erbarmungslos, aber zutreffend. »Widerwärtige Speichellecker, einer wie der andere. Nimm dich vor ihnen in Acht, denn keiner dieser Lumpen ist ein wirklicher Freund. Entweder gieren sie nach Geld und lukrativen Posten für ihre Familien, oder sie neiden dir deine Stellung als Königin. Meiner Meinung nach sind sie nichts anderes als hundsgemeiner Abschaum. Gibt es denn in Versailles keine Damen aus gutem Haus, die dir Gesellschaft leisten können?«

Doch Marie Antoinette, die es allmählich leid war, sich maßregeln zu lassen wie ein Kind, hatte längst ihre Ohren vor den ständigen Vorwürfen verschlossen. Mittlerweile wünschte sie sich nichts sehnlicher als die Abreise ihres ständig nörgelnden Bruders. Als er nach Wochen endlich seinen Aufbruch in Aussicht stellte, war ihre Geduld erschöpft, und so kam es kurz vor seiner Abreise noch zum Streit.

Da der Kaiser schon lange plante, das Wasserwerk von Marly zu besichtigen, teilte er seiner Schwester mit, bei dieser Gelegenheit auch Madame du Barry in ihrem Schloss Louveciennes seine Aufwartung zu machen, da es gewissermaßen auf dem Weg liege.

»Du willst diese Dirne besuchen?«, kreischte die Königin, außer sich vor Wut, und sprang so ungestüm auf, dass ihr Sessel nach hinten umfiel. »Ebenso gut könntest du ein Pariser Freudenhaus mit deinem Besuch beehren.«

»So weit brauche ich gar nicht zu fahren«, entgegnete Joseph kalt. »Es reicht, wenn ich dich in deinem Lustschloss aufsuche. Dort gibt es mehr Huren als in jedem Pariser Bordell.«

Bei diesen harten Worten wurde Marie Antoinette bleich. »Was willst du damit sagen?«, schrie sie.

»Dass du dich mit Dirnen und Zuhältern umgibst. Und damit meine ich deine raffgierigen Freundinnen und ihre lasterhaften Ehemänner. Madame du Barry war dem verstorbenen König sehr zugetan und eine gute Gefährtin. Sie hat ihm seine letzten Lebensjahre versüßt und dem alten Mann nichts als Freude bereitet. Wie man mir berichtet, ist sie noch immer eine der schönsten Frauen Frankreichs, also eine nationale Sehenswürdigkeit. Meinst du, ich lasse mir diesen Anblick entgehen? Und nun entschuldige mich, ich bin sehr beschäftigt.«

Damit erhob er sich und ließ seine zornbebende Schwester einfach stehen.

»Du bist ein ... ein rücksichtsloser Flegel!«, schrie sie ihm hinterher und stampfte hilflos mit dem Fuß auf. »Ich werde Mutter berichten, wie schäbig du mich behandelt hast!«

Er drehte sich um und musterte sie spöttisch. »Nicht doch, liebe Antonia, spar dir die Mühe! Ich weiß schon jetzt, was sie dir antworten wird. Willst du es tatsächlich hören?«

Als sie stumm blieb, verbeugte er sich, schwenkte lachend den Dreispitz und schlenderte durch den Garten davon.

Trotz der vorausgegangenen Unstimmigkeiten fiel der Abschied, jedenfalls seitens der Königin, tränenreich aus.

»Wann werden wir uns wiedersehen?«, schluchzte sie, als ihr Bruder sich über sie beugte, um sie auf beide Wangen zu küssen. »Ich vermisse meine Familie so sehr. Richte Mama meine besten Grüße und Wünsche aus. Ich denke jeden Tag an sie.«

Obwohl ihm sein Schwager eine Staatskarosse und Geleitschutz angeboten hatte, bestieg der Kaiser gemeinsam mit seinen Dienern unter dem Pseudonym Graf von Falkenstein eine Postkutsche, die ihn nach Straßburg bringen würde. Von dort sollte die Reise über Passau zurück nach Wien gehen. Das Königspaar stand lange auf den Stufen zum Ehrenhof und winkte ihrem Gast noch nach, als die Kutsche schon längst in einer Staubwolke verschwunden war.

Der Besuch des Kaisers bewirkte für einige Zeit eine positive Veränderung in Marie Antoinettes Verhalten. Sie schränkte ihre Festivitäten und die Besuche am Spieltisch ein, zeigte sich ihrem Gemahl gegenüber aufmerksamer und lud ihn immer öfter dazu ein, mit ihr zu speisen und anschließend im *Petit Trianon* zu nächtigen. An milden Frühlingsabenden sah man die beiden Seite an Seite durch die blühenden Gärten spazieren und danach in heiterer Laune am Amortempel dinieren. Nur wenige Wochen nach dem kaiserlichen Besuch verbreiteten die Kammerfrauen im *Petit Trianon* das Gerücht, dass die Laken der Königin eines Morgens mit Blut befleckt waren. Daraufhin fragten sich alle, ob der König seiner Gemahlin nun endlich beigewohnt hatte. Nicht nur die Dienstboten spekulierten darüber, ob die Königin schon bald einen Erben gebären würde. Ganz Versailles befand sich nun in hoffnungsvoller Erwartung.

Kapitel 15

An einem heißen Frühsommermorgen tänzelte die Königin in Hochstimmung ins Ankleidezimmer.

Es ist endlich so weit!, jubilierte Manon innerlich. Die Ungewissheit ist vorbei, das Warten hat ein Ende. Sie ist schwanger, und wir alle sind gerettet! Antonia bleibt unsere Königin.

»Manon!«, rief ihre Herrin, und ließ sich im duftigen Negligé in ihren Sessel vor dem Spiegel fallen. »Heute muss ich ganz besonders hübsch aussehen. Gib dir also alle Mühe, damit ich vor meinem Gast strahle wie noch nie.«

Léonard, der darauf wartete, die Königin zu frisieren, richtete sich kerzengerade auf dem Sofa auf, die fragenden Blicke der Schminkmeisterin und des Coiffeurs trafen sich im Spiegel. Was hatte das zu bedeuten?

»Er kommt!«, jubelte Marie Antoinette und schwenkte einen zerknitterten Brief. »Heute Morgen habe ich seine Nachricht erhalten.«

Ohne dass die Königin den Namen nannte, wusste Manon sofort, wer gemeint war.

»Erst begleitet er den schwedischen Botschafter zu einem Treffen mit dem König, danach kommt er ins *Petit Trianon*. Oh, *mon Dieu*, ich bin so aufgeregt!« Hektisch drehte sie sich um und winkte Louise, die wartend im Türrahmen stand, ins Zimmer.

»Welches Kleid ist dem Anlass angemessen? Das gelbe?

Nein, nein, gelb lässt meinen Teint fahl aussehen. Vielleicht eher das grüne? Nein, das spannt an der Taille. Das rosenrote, Louise! Hol die rosenrote Satinrobe mit den silbernen Streifen, und bürste sie vorsichtig aus. Überprüfe, ob nicht ein Saum heruntergetreten oder eine Naht aufgerissen ist. Meine Erscheinung muss heute tadellos sein. Manon, das Wangenrot muss exakt auf den Farbton des Kleides abgestimmt sein, genau wie die Lippenpomade. Léonard, zu welcher Frisur rätst du mir?« Sie sprudelte förmlich über vor freudiger Erwartung.

»Madame, Ihr habt das schönste Haar der Welt«, schwärmte der Coiffeur. »Dieses helle Blond kleidet Euch einfach wunderbar. Kein Haarschmuck, keine Perücke vermag es, Eurem zarten Teint mehr zu schmeicheln. Warum lasst Ihr es nicht ungepudert und ganz natürlich über die Schultern fallen? Das lässt Euch jung und mädchenhaft erscheinen. Ich fasse es nur im Nacken mit einer farblich passenden Schleife zusammen.«

Die Königin klatschte derart begeistert in die Hände, als hätte Léonard soeben das Rad neu erfunden.

»Was für eine zauberhafte Idee, liebster Léonard, genauso machen wir es!«, jubelte sie.

»Antonia, wenn du weiterhin so zappelst, kann ich dich nicht schminken«, flüsterte Manon ihrer Herrin ins Ohr, weil diese vor Ungeduld nicht stillzusitzen vermochte.

Es dauerte geraume Zeit, bis die Königin geschminkt, frisiert und angekleidet war, denn gerade heute, an diesem besonderen Tag, war sie äußerst unzufrieden mit ihrem Aussehen. Hier lag eine Strähne nicht an ihrem Platz, dort schien das Wangenrot fleckig. Die Robe warf an einer Stelle Falten, das Halsband verrutschte bei jeder Drehung des Kopfes. Endlich saß alles am rechten Platz, und sie rauschte die Treppe hinunter in den Salon, wo sie am Fenster Platz nahm. Die Königin duldete nur die Schminkmeisterin in ihrer Nähe, alle anderen Bediensteten wurden in die oberen Räume verbannt.

Endlich war aus der Ferne das Knirschen von Rädern auf dem Kies zu hören.

»Gleich ist es so weit!«, wisperte Marie Antoinette atemlos und griff nach Manons Hand, während die andere einen prachtvollen chinesischen Seidenfächer aufklappte, um sich Luft zuzufächeln. Die Finger der Königin waren eiskalt, feucht und zitterten.

Dann hielt die Kutsche vor der Treppe an. Livrierte eilten hinaus, um dem Besucher den Wagenschlag zu öffnen. Auf der Treppe waren rasche Schritte zu hören, als könne es der Besucher nicht erwarten, seine Gastgeberin zu begrüßen. Ein Lakai riss die doppelflügelige Tür auf, und ein Mann trat ein.

»Graf Fersen!«, hauchte die Königin mit unsicherer Stimme, während flammende Röte aus dem Dekolleté über den Hals in ihr Gesicht stieg.

»Majestät!« Graf Axel von Fersen verbeugte sich tief vor ihr, bevor er die Hand küsste, die sie ihm zum Gruß entgegenstreckte. »Es ist mir eine Ehre – und zugleich eine unermessliche Freude!«

Doch der Graf war nicht allein gekommen. Ein Offizier in weiß-blauer Uniform mit gelber Schärpe begleitet ihn. Der Graf stellte ihn der Königin mit Namen und Rang vor, dann verneigte sich auch der Offizier vor der Monarchin. Als er sich aufrichtete, schnappte Manon, die etwas abseits stand, hörbar nach Luft. Diesen Soldaten kannte sie, doch sie hatte nicht erwartet, ausgerechnet am Hof von Versailles auf ihn zu treffen.

»Setzt Euch zu mir, lieber Graf, und berichtet mir von Euren Abenteuern in der Neuen Welt. Bestimmt habt Ihr viel erlebt. Ihr wart lange fort und wurdet schmerzlich vermisst«, hörte sie ihre Herrin sagen, und bemerkte, dass diese den Blick nicht von ihrem Besucher abwenden konnte. Erst nach einer Weile erinnerte sie sich an ihre Pflicht als Gastgeberin, zog am Klingelzug, und kurz darauf wurden Tee und Gebäck gebracht. Mit anmutiger Geste forderte die Königin den Grafen auf, sich selbst zu bedienen. Zwanglos sollte dieses Zusammentreffen sein und nicht von vorwitzigen Dienern gestört werden.

Währenddessen schaute Fersens Begleiter neugierig umher. Als sein Blick auf Manon fiel, glitt ein überraschtes Lächeln über sein Gesicht. Einen Moment lang schien es, als wolle er aufspringen und zu ihr gehen, doch er besann sich noch rechtzeitig auf seine guten Manieren. Aber immer wieder glitt sein Blick zu der Frau hinüber, die mit ineinander verschlungenen Händen schüchtern in der Ecke stand.

Nach einer Weile lud die Königin ihre Besucher zu einem Spaziergang in den Gärten ein. Als sie bereits an der Tür waren, drehte sich Marie Antoinette um und winkte ihre Bedienstete zu sich.

»Manon, warum begleitest du uns nicht und leistest dem Hauptmann Gesellschaft?«

Das musste sie ihrer Schminkmeisterin nicht zweimal sagen. Im Nu trat diese an Cronsteeds Seite. Angeregt plaudernd flanierte der Graf mit der Königin voraus, während die jungen Leute dem Paar schweigend folgten und nicht wussten, wie sie ein Gespräch beginnen sollten. Es war Cronsteed, der sich mehrmals verlegen räusperte, bevor er mit rauer Stimme gestand: »Ihr habt mich überrascht,

Mademoiselle. In der Tat hätte ich alles geglaubt, nur nicht, Euch im Gefolge der französischen Königin anzutreffen.«

»Was dachtet Ihr denn?«, fragte Manon neugierig. »Wofür habt Ihr mich auf dem Maskenball gehalten?«

»Jedenfalls nicht für eine Hofdame der Königin«, stellte Cronsteed fest.

Diese Bemerkung quittierte Manon mit einem amüsierten Lachen.

»Ihr hattet recht, Monsieur. Das bin ich auch nicht.«

»Was seid Ihr denn? Ihre Gesellschafterin? Oder vielleicht ihre Vorleserin? Jedenfalls seid Ihr eine Dame von Stand.«

»Ich muss Euch schon wieder enttäuschen, Herr Hauptmann, ich bin weder das eine noch das andere, auch keine Dame von Stand, sondern eine einfache Bedienstete. Die Königin hat mir aus reiner Güte den Titel *Schminkmeisterin* verliehen. Einzig aus diesem Grund ist es mir erlaubt, sie auf Schritt und Tritt zu begleiten, denn ich bin für ihr makelloses Aussehen verantwortlich.«

»Schminkmeisterin?«, staunte der junge Mann. »Was ist das für ein Titel? Am Hof von König Gustav gibt es so etwas jedenfalls nicht.«

Bei dem Gedanken runzelte er verwundert die Stirn.

Dass der schwedische Hof mit seinen eisigen Palästen und einer Königin, deren Tagesablauf aus Gottesdiensten und Gebetsstunden bestand, eine Frivolität wie eine Schminkmeisterin weder benötigte noch duldete, ließ er unerwähnt.

»Bisher glaubte ich, dass die Dienste eines Schminkmeisters nur am Theater gebraucht werden. Aber Graf Fersen hat mich bereits gewarnt, dass man in Versailles viele seltsame Bräuche pflegt.«

Wieder wanderten sie eine Weile stumm nebeneinander her.

Dann fragte der Hauptmann unvermittelt:

»Seid Ihr glücklich in Versailles? Gefällt Euch Eure ungewöhnliche Stellung? Behandelt Euch die Königin gut?« Sein schwedischer Akzent klang in ihren Ohren hart und fremd.

Abrupt blieb sie stehen und sah dem Offizier direkt in die Augen.

»Warum wollt Ihr das alles wissen, Monsieur? Noch nie hat mich jemand gefragt, ob ich glücklich bin. Auch ich selbst stelle mir diese Frage nicht, weil ich keine andere Wahl habe, als mit meinem Leben zufrieden zu sein, versteht Ihr? Die Anstellung bei Hofe ist ein einmaliger Glücksfall für mich, das Beste, worauf ich je zu hoffen wagte. Muss ich darüber nicht glücklich sein? Und da Ihr es wissen wollt: Ja, meine Herrin ist überaus gütig. Sie behandelt mich mehr wie eine Freundin und nicht wie eine Dienstmagd.«

»Verzeiht, Mademoiselle, ich wollte Euch nicht kränken«, versicherte der Hauptmann kleinlaut. »Ich würde Euch gerne besser kennenlernen, finde aber nicht die rechten Worte, wie mir scheint. Seit ich Euch im Salon der Königin gesehen habe, zerbreche ich mir den Kopf, wie ich Euch um ein Rendezvous bitten kann.«

»Vielleicht, indem Ihr mich einfach fragt, Herr Hauptmann?« Verschmitzt lächelte sie ihn von der Seite an.

Da nahm er all seinen Mut zusammen.

»Mademoiselle, wollt Ihr mir ein Stelldichein gewähren?«

Nun lächelte auch er, und als sie nickte, griff er zaghaft nach ihrer Hand, die sie in den Falten ihres Kleides versteckt hielt. Doch bevor die jungen Leute ein Treffen vereinbaren konnten, hörte Manon die Königin rufen. Rasch entzog sie ihm ihre Finger und stob davon, um ihre Herrin zu suchen. Die saß, an Fersens Schulter gelehnt, auf einer schattigen Marmorbank, die in einer dicht bewachsenen Laube stand, sodass sie vor neugierigen Blicken geschützt waren. Marie Antoinettes Augen strahlten, als sie zu ihrer Dienerin aufblickte.

»Manon, hatten wir nicht erst kürzlich darüber gesprochen, dass es für dich an der Zeit wäre, reiten zu lernen?«, fragte sie, ohne deren Antwort abzuwarten. »Es stört mich, dass du mich nicht zur Jagd begleiten kannst, weil du noch nie auf einem Pferd gesessen hast. Darum habe ich soeben beschlossen, diesen Zustand zu ändern, weil ich den perfekten Lehrer für dich gefunden habe. Ach, da ist er ja schon!«, rief sie, als Cronsteed zu ihnen trat.

»Hauptmann, Ihr werdet dieses charmante Fräulein das Reiten lehren. Macht Euch nicht die Mühe, sie an den Damensattel zu gewöhnen, der Herrensitz genügt vollkommen. Graf Fersen wird Euch alles Weitere mitteilen.«

Die Königin erhob sich, schüttelte ihren zerdrückten Rock und schob das Korsett zurecht. Dann griff sie nach Fersens Arm und hakte sich bei ihm unter, eine Geste großer Vertrautheit.

»Aber nun kommt, es ist spät, wir sollten uns auf den Heimweg machen, bevor sie die Garde losschicken, um nach uns zu suchen.«

Nach Fersens Antrittsbesuch im *Petit Trianon* vergaß Marie Antoinette über Nacht jeden ihrer guten Vorsätze.

Nun hatte sie nur noch einen Wunsch: in den Augen ihres Verehrers so schön zu sein wie irgend möglich. Dafür mussten neue Kleider angefertigt, neue Schuhe gekauft, neuer Schmuck in großen Mengen bestellt werden. Sowohl die sanften Ermahnungen ihrer kaiserlichen Mutter als auch die bitteren Vorwürfe ihres Bruders waren vergessen. Graf Mercy, der Gesandte der österreichischen Kaiserin, sprach beinahe täglich im *Petit Trianon* vor, um die Königin im Namen ihrer Mutter zu Sparsamkeit und Mäßigung aufzurufen. Doch vergebens! Marie Antoinette gab sich einem ungezügelten Kaufrausch hin. In nur wenigen Wochen häufte sie erneut Schulden in Höhe von mehr als einer halben Million Livres an.

Wie vor dem Besuch des Kaisers war die Modistin Rose Bertin, ihre »Modeministerin«, wie die Königin sie zu nennen beliebte, nun wieder ein ständiger Gast im königlichen Sommerschlösschen, immer bepackt mit Schneiderpuppen, Stoffmusterbüchern und Tuchballen. Tagtäglich wurden neue Roben, Mäntel, Capes, Handschuhe, Hüte, Fächer, Federn und 1000 andere Accessoires ins *Petit Trianon* geliefert.

Auch die Pariser Juweliere Boehmer und Bassenge ließen sich Woche für Woche melden, um der Hausherrin die neuesten Kollektionen ihrer Diademe, Ringe, Armbänder, Colliers und Ohrgehänge zu präsentieren. Mit ihren Koffern voll kostbarster Preziosen wurden sie bereits ungeduldig von ihr erwartet und schnurstracks in den Salon geführt. Jedes Mal, wenn sie ihre prachtvollsten Stücke auf schwarzem Samt ausbreiteten, meinte Manon, noch nie so herrlichen Schmuck gesehen zu haben. Verführerisch funkelten verschiedenfarbige Steine im weichen Schein des Kerzenlichts, cremeweiße und zartrosa Perlen schimmerten geheimnisvoll und zogen die Frauen magisch in ihren Bann. Ein Paar Chandelierohrringe, großzügig mit Brillanten und Smaragden besetzt, hatten es der Königin besonders angetan. Immer wieder hielt sie sie ins Licht, um sie ausgiebig zu bewundern.

»Wie viel, sagtet Ihr, sollen sie kosten?«, wollte sie erneut wissen. Schon zweimal zuvor hatte sie Monsieur Boehmer danach gefragt.

»450.000 Livres, Majestät.« Er trat näher. »Seht nur den ungewöhnlichen Schliff der Steine und ihre kunstvolle Fassung. Nirgends werdet Ihr exquisitere Stücke finden. Niemand außer Euch vermag diese Ohrringe zu tragen.« Der Juwelier verneigte sich fast bis zum Boden.

Doch die Königin zögerte. 450.000 Livres waren ein ungeheuer hoher Preis, selbst für eine Landesfürstin. Schon seit Tagen überlegte sie, wie sie ihren Gemahl dazu bewegen konnte, den Schmuck für sie zu erwerben.

»Monsieur Boehmer, wärt Ihr bereit, diese Preziosen für mich zu reservieren? Ich denke noch darüber nach, ob ich sie tatsächlich kaufen soll.«

»Selbstverständlich, Majestät. Aber welche andere Dame sollte dieses unvergleichliche Geschmeide schmücken, wenn nicht Euch? Es wartet nur darauf, Eure Schönheit unterstreichen zu dürfen«, schmeichelte der Juwelier, während er die Schatulle an sich nahm und sie in seinem Koffer verstaute.

Bei ihrem nächsten Besuch hatte Rose Bertin außer dem üblichen Putz für die Königin ein Jagdkostüm für Manon, bestehend aus Kniehosen, Hemd, Rock, Jabot,

Ziegenlederhandschuhen und einem weichen Filzhut mit Feder à la Musketier im Gepäck. Kniehohe Reitstiefel hatte die königliche Schusterwerkstatt schon vor Tagen geliefert. Der ersten Reitstunde stand nun nichts mehr im Wege.

Schon am nächsten Nachmittag ließ sich Graf Fersen mit Begleitung bei der Königin melden. Marie Antoinette, herausgeputzt in einer hinreißend eleganten Robe aus türkisfarbener Seide mit eingestickten gelben Rosenranken, begrüßte die Gäste im Foyer. Manon, zum ersten Mal in Hosen und Stiefeln, fühlte sich reichlich unwohl in der ungewohnten Männerkleidung. Unentwegt zupfte sie an Jabot und Rock und sah dem bevorstehenden Abenteuer angsterfüllt entgegen.

»Habt Ihr das passende Pferd für eine Anfängerin gefunden?«, war Marie Antoinettes erste Frage, als sie dem Grafen die Hand zum Kuss reichte.

»Überzeugt Euch selbst, Majestät!«

Galant bot er ihr den Arm, um sie nach draußen zu führen. Manon folgte ihnen mit schleppenden Schritten, denn ihr war alles andere als wohl zumute. Sie fürchtete sich vor Pferden, vor ihrem Stampfen, Schnauben, den langen Zähnen und gefährlich ausschlagenden Hufen. Und nun sollte sie gezwungen werden, auf einem solchen Untier zu sitzen? Bei dieser Aussicht rumorte es gefährlich in ihrem Bauch.

Vor der Freitreppe erwartete Hauptmann Cronsteed auf einem riesigen schwarzen Hengst und mit einer zierlichen goldbraunen Stute am Zügel seine Schülerin.

»Komm her, Manon, und sieh dir dein neues Reitpferd an!«, rief die Königin über ihre Schulter. »Ihr Name ist Hera. Ist sie nicht eine wahre Schönheit, und noch dazu lammfromm, wie der Graf mir versichert. Steig auf, denn gleich beginnt deine erste Unterrichtsstunde.«

Cronsteed war in der Zwischenzeit aus dem Sattel gesprungen, um Manon beim Aufsitzen behilflich zu sein. Er legte ihren Fuß in den Steigbügel, umfasste ihre Taille mit festem Griff und hob sie mit Schwung in den Sattel. Dann zeigte er ihr, wie man die Zügel ordnete und hielt, bestieg mit müheloser Eleganz sein Pferd, und Seite an Seite verließen Reiter und Pferde in gemächlichem Schritt den Garten. Als Manon noch einmal den Kopf wandte, um zurückzublicken, sah sie Marie Antoinette mit ihrem Besucher im Haus verschwinden. Fersens Arm lag vertraulich um die Taille der Königin.

Ein böser Verdacht beschlich das Mädchen. Hatte die Königin sie fortgeschickt, um mit dem Grafen ungestört allein zu sein? War das der Grund, warum sie nicht nur ihre Schminkmeisterin, sondern auch alle anderen Bediensteten aus dem Haus haben wollte? Damit diese nicht Zeugen wurden … wovon? Einem Schäferstünden in den Armen des Schweden? Außer der treuen Louise war niemand zugegen, wie Manon erst jetzt bemerkte. Selbst die anderen beiden Zofen waren mit Aufträgen ins Dorf oder ins große Schloss geschickt worden, sodass die Königin mit dem Grafen ungestört war. Nur in der Küche, die im Erdgeschoss weitab von den Privatgemächern der Königin lag, hatte sie Thierry eine Elsässer Weise singen gehört, dazwischen die kindliche Stimme des Lehrjungen, der dem Meister Fragen stellte.

»Ihr macht eine gute Figur im Sattel, der Rücken gerade, der Kopf erhoben. So muss es sein. Sollen wir einen Trab wagen?«, unterbrach Cronsteed ihr Grübeln nach einer Weile. Sie befanden sich auf einem breiten Sandweg, der an einem kleinen Wäldchen vorbeiführte. Manon zögerte, deshalb ermutigte er sie: »Nur keine Angst, ich bin neben Euch, es kann Euch nichts geschehen.«

Als sie nickte, schnalzte er aufmunternd mit der Zunge, und die Pferde fielen in eine schnellere Gangart. Allmählich verlor Manon ihre Scheu vor den Tieren und begann, an dem Ausflug Gefallen zu finden. In der Luft lag der Geruch von frisch gemähtem Gras, die Sonne schien warm, und es wehte ein laues Lüftchen. Der perfekte Tag für einen Ausritt.

»Schaut, drüben bei den Kastanienbäumen fließt ein Bach, dort können wir die Pferde tränken und eine Rast einlegen«, schlug ihr Lehrer vor, nachdem sie eine Strecke geritten waren.

Er griff nach Heras Zügel und brachte beide Pferde zum Stehen. Schwungvoll sprang er von seinem Hengst, trat neben die Stute und reichte Manon die Hand, um ihr beim Absteigen zu helfen. Noch etwas unbeholfen glitt sie aus dem Sattel, fiel in seine Arme, und für einen kurzen Moment stand sie so dicht an ihn gelehnt, dass sie seinen warmen Atem auf ihrer Wange spürte. Er roch nach Pferd, geöltem Leder, frischem Heu und ein wenig nach Schweiß, ein durch und durch maskuliner Duft, der sie schwindelig machte. Plötzlich sehnte sie sich danach, ihren Kopf einfach an seine Brust sinken zu lassen, damit er seine Arme um sie legen konnte.

Doch stattdessen rückte sie verlegen von ihm ab, machte sich los und nahm den Hut vom Kopf. Cronsteed führte sie zu einem schattigen Plätzchen unter den ausladenden Ästen einer alten Kastanie.

»Seid Ihr durstig?«, fragte er. »Ich habe einen Weinschlauch in der Satteltasche, gefüllt mit einem süffigen Portugieser. Wollt Ihr ihn kosten?«

Sie nickte, und er ging, um den Lederschlauch zu holen, während Manon den Kopf an den Stamm lehnte und nach oben blickte, wo die jungen Blätter sacht in der leichten Brise rauschten.

»Hier, trinkt!«

Cronsteed, der sich neben ihr ins Gras fallen ließ, hielt ihr den Schlauch hin.

»Ihr müsst mir schon zeigen, wie!«, lachte sie. »Ich habe noch nie aus einem Weinschlauch getrunken.«

Nachdem er es demonstriert hatte und sie das weiße Jabot bei ihrem ersten ungeschickten Versuch mit Rotwein bespritzt hatte, richtete er sich auf und rückte näher an sie heran.

»Ihr seid das hübscheste Mädchen, das ich kenne«, raunte er.

Manon errötete heftig und schwieg. Was sollte sie darauf antworten? Ihn fragen, wie viele andere hübsche Mädchen er kannte? Ihr Herz pochte so laut, dass sie fürchtete, er würde es hören, wenn er den Kopf nur ein klein wenig nach vorn neigte.

Als seine Lippen ihre streiften, schloss sie erwartungsvoll die Augen. Seine Zunge schmeckte nach der Süße des Weins, den sie soeben getrunken hatten. Ihr Innerstes geriet bei seinen feurigen Küssen in Aufruhr, und in ihrem Körper breitete sich ein heißes Wonnegefühl aus, als sie sich an ihn klammerte und stammelte: »Noch einmal!«

Erschrocken über ihre eigene Begierde fuhr sie zurück, den Mund noch halb geöffnet, die Hand wie zur Abwehr erhoben. Doch sogleich zog er sie wieder an sich. Nach kurzem Zögern schlang sie die Arme um seinen Hals, griff in sein Haar und ließ die seidigen Strähnen durch ihre Finger fließen, während sein Mund an ihrem Hals entlang glitt. Ihr Puls raste.

Hör nicht auf!, dachte sie, während er sie so fest an sich presste, dass sie die Hitze seines Körpers spürte. Doch als er die Knöpfe ihres Rocks einen nach dem anderen öffnete und ihre Brüste streichelte, richtete sie sich auf.

»Nein, das will ich nicht! Jedenfalls nicht so!«, murmelte sie und schob seine Hand weg, die immer noch auf ihrer Brust lag.

»Warum denn nicht?«, fragte er enttäuscht. »Ich dachte, es gefällt dir. Oder habe ich mich geirrt?«

Sie schüttelte den Kopf, während sie sich erhob, ihren Rock zuknöpfte und glattstrich. Wie von selbst fuhr ihre Hand durch seine kastanienbraunen Locken.

»Nein, nein, es hat mir gefallen. Sehr sogar. Aber mein erstes Mal soll nicht im Wald, im Gras ... wie eine Gänsemagd ...« Sie wusste nicht weiter und wandte verlegen das Gesicht zur Seite.

Auch er war in der Zwischenzeit aufgestanden und zog seine Kleider zurecht.

»Dein erstes Mal?« Er hielt inne und schaute sie ungläubig an. »Willst du mir damit sagen, dass du noch Jungfrau bist? Nein, das kann ich nicht glauben. Du flunkerst oder willst mich veralbern.« Er umschloss ihr Kinn mit der Hand und zwang sie, ihn anzusehen.

»Bist du tatsächlich noch unberührt?« Sie hörte das Misstrauen in seiner Stimme, sah die Skepsis in seinen Augen. »Eine Jungfrau im Dienst der dekadentesten Königin Europas? Am sündigsten Hof der Welt? Wo es jede mit jedem treibt? Du lügst doch!«

Bei seinen groben Worten schoss ihr die Röte ins Gesicht. Zutiefst verletzt stieß sie ihn beiseite, wandte sich um und rannte hinüber zu den Pferden, die friedlich am Ufer des Baches grasten. Ohne Hilfe setzte sie den Fuß in den Steigbügel und zog sich in den Sattel. Es gelang ihr, Hera zu wenden und auf den Sandweg zu lenken, wo das Tier von selbst antrabte. Cronsteeds warnende Rufe wehten ungehört an ihren Ohren vorüber.

Sie war so damit beschäftigt, sich die Tränen abzuwischen, die unentwegt über ihre Wangen strömten, dass sie nicht auf ihre Umgebung achtete und die Schafherde nicht bemerkte, die von einem großen Hütehund umkreist wurde. Als das Pferd sich näherte, begann er zu bellen und rannte mit gefletschten Zähnen auf sie zu, um den vermeintlichen Angreifer zu vertreiben. Die Stute geriet in Panik und fiel in einen gestreckten Galopp, um der Bestie, die bereits nach ihren Hinterläufen schnappte, zu entkommen. Egal, wie fest Manon an den Zügeln zog, Hera galoppierte unbeirrt schneller und schneller, und Manon blieb nichts anderes übrig, als sich mit beiden Händen in ihrer Mähne festzukrallen, um nicht den Halt zu verlieren. Immer wieder musste sie sich weit nach unten über den Hals des Tieres beugen, damit sie nicht von tiefhängenden Ästen aus dem Sattel geschleudert wurde.

Manon schloss die Augen und murmelte ein Gebet, denn sie sah sich schon tot im Graben liegen. Da ertönte donnernder Hufschlag neben ihr und eine Hand griff nach Heras Zügel.

»Brr, ganz ruhig, Hera! Bleib stehen!«

Es gelang dem Offizier nur mit Mühe, die Stute zu beruhigen, aber nach ein paar wilden Kopfstößen, mit denen sie seinen harten Griff abschütteln wollte, trabte sie brav neben dem Hengst her. Der erfahrene Reiter behielt die Zügel fest in der Faust, dann beugte er sich zu Manon hinüber und knurrte: »Mach das nie wieder, hörst du? Oder hast du vor, zu Tode zu stürzen?«

Ohne zu antworten, blickte die junge Frau starr geradeaus, noch immer gekränkt von seinen verächtlichen Worten. Den Rest des Weges legten sie schweigend zurück.

Vor der Treppe des *Petit Trianon* ließ sich Manon ohne Cronsteeds Hilfe vom Pferderücken gleiten. Er versuchte sie aufzuhalten und rief: »Manon, lass mich doch erklären …«

Doch sie drehte sich um und fauchte: »Für einen einzigen Nachmittag habt Ihr genug geredet, Monsieur Cronsteed. Verschwindet, Ihr seid ein Rüpel, und ich will Euch nie mehr wiedersehen!«

Dann stürmte sie die Treppe hinauf, immer zwei Stufen auf einmal nehmend. Nicht einen einzigen Blick warf sie über die Schulter zurück, gönnte ihm kein letztes »Adieu« zum Abschied. Der Nachmittag, der so verheißungsvoll begonnen hatte, endete mit einem schrillen Missklang.

Als Manon das Foyer betrat, hörte sie von oben das perlende Lachen der Königin. Wahrscheinlich verbrachte sie die nachmittägliche Teestunde in Gesellschaft ihres Verehrers. Seitdem der chinesische Kaiser dem französischen König eine Kiste feinsten Tees zum Geschenk gemacht hatte, bevorzugte die Königin seit Neuestem die Teezeremonie, noch vor dem Genuss der heißen Schokolade. Manon überlegte kurz, ob sie sich bei ihrer Herrin zurückmelden sollte, entschied sich aber dagegen, denn sie wollte das intime Rendezvous der beiden nicht stören. Zuerst musste sie die Männerkleidung ablegen, sich den Schweiß abwaschen und in ein bequemes Hauskleid und Pantoffeln schlüpfen.

Auf Zehenspitzen huschte sie ins Ankleidezimmer, dessen Tür zum königlichen Schlafgemach halb offenstand. Sie ließ sich auf das Sofa fallen und bemühte sich, die hohen Stiefel auszuziehen. Von nebenan drangen Geräusche zu ihr. Auf Strümpfen schlich Manon näher und spähte durch den Türspalt. Die Kammerfrau Louise war dabei, Ordnung zu schaffen, wobei sie verärgert vor sich hinmurmelte: »Wenn sie so weitermacht, wird niemand wissen, am wenigsten sie selbst, ob sie von ihrem Gemahl oder ihrem Liebhaber geschwängert wurde. Dann sitzt in einigen Jahren vielleicht ein Schwede auf Frankreichs Thron. Eine Schande ist das, eine gottlose Schande! Man sollte dem König von dieser skandalösen Liebschaft berichten, und ihn davor warnen, dass ihm ein Kuckuckskind untergeschoben werden könnte!«

Bei den unheilvollen Worten stieß Manon einen Laut der Empörung aus, die Kammerfrau ließ erschrocken den Spitzenunterrock fallen und drehte sich um, die Augen ängstlich aufgerissen.

»Ach, du bist es nur, Manon.« Erleichtert atmete sie auf. »Und ich dachte schon ...«

»Was dachtest du, Louise? Dass unsere Herrin deine Worte gehört hat? Das würde dir nur recht geschehen, du Verräterin! Sie würde dich auf der Stelle bestrafen und danach entlassen, wenn ihr deine Lügen zu Ohren kämen.«

»Was weißt du denn schon, Mädchen?« Die Kammerfrau hatte sich rasch gefasst und kam mit finsterem Blick auf Manon zu. »Du treibst dich im Park herum und amüsierst dich mit deinem fremdländischen Galan. Aber ich bin immer hier und halte Augen und Ohren offen. Du würdest sowieso kein Wort glauben, wenn ich erzählen würde, was ich alles gesehen und gehört habe. Aber meine Lippen sind versiegelt, und ich rate dir gut, es ebenso zu halten, wenn dir dein Leben lieb ist.«

»Drohst du mir etwa?«

»Nein, ich warne dich nur. Mische dich nicht in die Affären der hohen Herrschaften ein. Mach es wie ich: nichts sehen, nichts hören, nichts reden. Damit fährst du am besten. Ich habe keine Lust, an einer mysteriösen Magenverstimmung zu krepieren oder in einem Abwassergraben zu verrotten, wenn du verstehst, was ich damit sagen will. Und nun lass mich weiterarbeiten.«

Mit einem lauten Knall schlug sie Manon die Tür vor der Nase zu.

Doch Manons Zorn hielt nicht lange an.

Bereits am nächsten Tag gab ein Bediensteter der schwedischen Botschaft ein Päckchen für Mademoiselle La Belle ab, dem ein Brief beilag. Wortreich entschuldigte sich der Hauptmann für sein schlechtes Benehmen und bat seine Angebetete um Verzeihung. Zum Zeichen seiner Verehrung schickte er ein goldenes Armband, in dem ein Medaillon eingearbeitet war, das sein Porträt zeigte. Manons Antwort auf die Nachricht klang durchaus versöhnlich, sodass der Hauptmann schon bald wieder bat, im *Petit Trianon* empfangen zu werden.

In den folgenden Wochen entwickelte sich die pferdescheue Schminkmeisterin zu einer passablen Reiterin, denn Cronsteed holte sie noch oft zu ausgedehnten

Ausritten durch den neu gestalteten Park ab. Mit eigenen Augen beobachtete sie, wie die Landschaft sich von Woche zu Woche veränderte. Die Arbeiten gingen zügig voran, denn zahllose Gärtner waren damit beschäftigt, ein königliches Paradies zu erschaffen. Hügel, gekrönt von malerischen Ruinen, waren aufgeschüttet worden, zwischen denen sich ein sanft rauschendes Flüsschen schlängelte, das in einen malerischen Wasserfall mündete. Am Rand eines Weihers hatte man mit dem Bau einer Mühle begonnen, die allerdings noch nicht fertiggestellt war und deren Arbeiten ruhten. Während die königliche Schminkmeisterin an der Seite ihres Lehrers stundenlang zu Pferde durch Wiesen, Wald und Felder streifte, leistete der schwedische Gesandte der Königin Gesellschaft, eine verliebte Idylle, die sie in trauter Zweisamkeit im *Petit Trianon* verbrachten.

Der Zwist zwischen Manon und ihrem Lehrmeister war längst vergeben und vergessen, denn trotz der Kränkung hatte sich das Mädchen in den feschen Hauptmann verliebt. Der Offizier behandelte sie nun mit der gebotenen Achtung, und bald war die gegenseitige Anziehung so stark, dass sie sich wieder näherkamen. Aber außer glühenden Küssen gestattete die junge Dame ihrem Verehrer keine Freiheiten, auch wenn er gelegentlich dicht an ihrem Ohr stöhnte: »Wie lange willst du mich noch hinhalten, Liebste? Ich ertrage es nicht mehr, immer wieder vertröstet zu werden. Lass mich nicht mehr länger warten! Du sollst endlich ganz mir gehören.«

Doch trotz ihrer Verliebtheit war die Schminkmeisterin nicht bereit, sich dem Soldaten leichtfertig hinzugeben. Sie war zu sehr an den höfischen Luxus gewöhnt, weshalb sie für ihr erstes Mal auf ein breites Bett mit sauberer, frisch duftender Wäsche bestand, auf dem Tisch daneben eine Flasche Wein und Naschwerk. Nach ihrer Einführung in die körperliche Liebe wollte sie in Cronsteeds Armen einschlafen, ohne zu fürchten, von Bediensteten oder, Gott bewahre, der Königin ertappt zu werden. Deshalb wies sie weiterhin den Gedanken, sich mit dem Geliebten zwischen Laub und Schmutz auf der blanken Erde zu wälzen, weit von sich.

So begnügte sich das Paar mit leidenschaftlichen Küssen und gewagten Zärtlichkeiten, bis auch Manon glaubte, vor Verlangen den Verstand zu verlieren. Ein Gasthof in der Nähe von Versailles bot saubere Zimmer und diskrete Bedienung, ein Luxus, den Liebespaare nur allzu gerne in Anspruch nahmen. In dieser Herberge vergnügten sich zumeist Lakaien und Gardesoldaten, die ihre Schlafstätten mit anderen Bediensteten teilen mussten, mit ihren Liebschaften. Auch der Hauptmann überlegte, dort für ihre erste gemeinsame Nacht ein Zimmer zu mieten, und Manon hatte sich schließlich damit einverstanden erklärt. Ihrer ersten Liebesnacht stand nun nichts mehr im Wege. Für den kommenden Donnerstag hatte Manon ihre Herrin um einen freien Tag gebeten, an dem sie angeblich ihre Mutter in Paris besuchen wollte. Eine Lüge, damit sie sich mit Cronsteed in der *Auberge Le Postillon* treffen konnte. Der freie Tag wurde ihr nur ungern gewährt, und Manon sah dem Treffen mit ihrem Verehrer halb ungeduldig, halb ängstlich entgegen.

Viel zu rasch für die Verliebten war in diesem Jahr der Herbst ins Land gezogen. Die Bäume hatten ihr Laub verloren und reckten die kahlen Zweige in den Himmel. Das Wetter war kalt und regnerisch. Damit fanden auch die Reitausflüge im Park ein Ende, denn die Königin hatte Manon weitere Ausritte verboten, aus Angst, ihre Schminkmeisterin könne sich erkälten und krank werden. Sie brauchte Manons Künste mehr denn je, weil sie für ihren Liebhaber die Allerschönste sein wollte.

An einem nebligen Oktobernachmittag wurde der Königin Graf Fersens Ankunft gemeldet. Aus seinem Umhang tropfte Regenwasser auf dem Marmorboden, das eine feucht glänzende Spur hinterließ, als er die Treppe hinaufstürmte. Manon, die sein Eintreffen vom Fenster aus beobachtet hatte, wunderte sich, dass er nicht, wie sonst üblich, in Begleitung seines Adjutanten Cronsteed gekommen war. Was hatte das zu bedeuten?

Ein Gefühl der Unruhe breitete sich in ihrem Bauch aus.

Auf Zehenspitzen schlich sie aus dem Raum und machte sich im Flur vor der verschlossenen Salontür zu schaffen. Als sie näher rückte, hörte sie aufgeregt flüsternde Stimmen, gefolgt von einem gedämpften Aufschrei. Dann begann die Königin so laut zu weinen, dass es bis hinaus auf den Flur zu hören war.

»Nein, nein, nein!«, schluchzte sie. »Du darfst jetzt nicht gehen. Ich lasse dich nicht fort! Wie soll ich denn ohne dich leben? Bitte verlasse mich nicht, Liebster, bleib bei mir!«

Fersen antwortete jedoch so leise, dass Manon kein Wort von dem verstand, was er seiner Geliebten zuraunte.

Obwohl sie es besser wusste, trat sie so dicht an die Tür, dass sie ihr Ohr gegen das Holz pressen konnte. Aber Fersen unterhielt sich flüsternd mit der Königin, sodass nur unverständliches Murmeln nach außen drang. Mühsam unterdrückte Manon einen Fluch, denn jetzt war sie ernstlich besorgt.

Die Tür wurde ruckartig aufgerissen, und nur ein rascher Sprung zur Seite bewahrte die Schminkmeisterin davor, kopfüber ins Zimmer zu fallen. Graf Fersen stürzte an ihr vorbei aus dem Salon und rannte die Stufen hinunter.

Auf dem Treppenabsatz drehte er sich noch einmal um und herrschte Manon an: »Du da, steh nicht da wie ein dummes Schaf, sondern geh und kümmere dich um deine Herrin. Sie braucht dich jetzt!«

Dann war er im Foyer, durchquerte es mit langen Schritten und rief, bevor er noch die Eingangspforte erreicht hatte, nach seinem Pferd.

Vorsichtig trat Manon in den Salon und näherte sich der Königin, die auf der Ottomane am Fenster lag, das Gesicht in den Armen verborgen. Ihr Rücken bebte, als weinte sie herzzerreißend.

»Antonia, ich bin es, Manon. Was ist denn geschehen? Was hat er dir angetan?«, wisperte sie, und begann, ihre Herrin sanft zu streicheln, um sie zu beruhigen.

Langsam ebbte das Schluchzen ab, die Königin richtete sich auf und wandte Manon ihr von Tränen und Kummer verzerrtes Gesicht zu. Die kunstvolle Gesichtsbemalung war dahin, der sorgfältig auf die Wimpern aufgetragene Ruß, vermischt mit einer Prise gebranntem Kork, lief ihr in hässlichen schwarzen Schlieren über die Wangen. Das Rouge hatte sich über Nase, Mund und Kinn verteilt, die Augen waren rot und vom Weinen geschwollen. Manon zog ein Spitzentüchlein aus dem Ärmel und begann, damit das Gesicht der Königin abzutupfen.

»Willst du mir nicht erzählen, was vorgefallen ist, liebe Freundin?«, fragte sie in ruhigem Ton.

Da schlang Marie Antoinette die Arme um den Hals ihrer Schminkmeisterin, und die Tränen flossen erneut.

»Er ist fort!«, weinte sie, den Kopf an Manons Schulter gelehnt. »Er ist fort und kommt nicht mehr wieder!«

Manon erstarrte, schob ihre Herrin ein Stück zurück, und packte mit festem Griff ihre Oberarme, um ihr ins Gesicht zu blicken.

»Fort? Was meinst du damit? Nun sag schon, Antonia!« Sie musste sich beherrschen, um die Weinende nicht zu schütteln wie eine Flickenpuppe.

»Der schwedische König hat Graf Fersen zurück in die Heimat beordert. Es bahnt sich irgendein Grenzkonflikt mit Russland an; ich habe es nicht richtig verstanden. Aber König Gustav verlangt nach seinem Berater, deshalb reist der Graf schon morgen nach Stockholm ab.«

»Und Hauptmann Cronsteed? Bleibt er in der Botschaft? Oder kehrt er mit dem Grafen in die Heimat zurück?«

Die Königin machte sich los und griff nach Manons feuchtem Taschentuch, um sich zu schnäuzen.

»Ich weiß es nicht, aber wahrscheinlich reist er mit dem Grafen. Warum sollte er denn ohne den Gesandten in Paris bleiben, frage ich dich? Er hätte keine Aufgaben mehr.«

Manon erstarrte. Hauptmann van Cronsteed würde Frankreich verlassen.

Es war vorbei.

Ihr geliebter Eugen würde an der Seite eines Freundes nach Schweden reisen, ohne einen Blick zurück. So wie Graf Fersen die Königin verlassen hatte, würde auch

Cronsteed Manon im Stich lassen. Wenn der schwedische König seine Offiziere zu den Waffen rief, gehorchten diese ohne zu zögern. Jede noch so stürmische Liebschaft war vergessen, sobald es um die Verteidigung des Vaterlandes ging. Und dieses Mal war die Möglichkeit eines zufälligen Zusammentreffens ausgeschlossen, das ahnte Manon. Obwohl sie nicht sagen konnte, wo genau dieses Schweden lag, war ihr klar, dass die Entfernung zwischen Stockholm und Paris zu groß war für einen bloßen Höflichkeitsbesuch. Und wenn dem Land ein Waffenkonflikt mit Russland bevorstand, mussten sowohl Hauptmann Cronsteed als auch Graf Fersen in den Krieg ziehen. Niemand wusste, ob sie den Feldzug überleben würden.

In dieser Nacht fand die Schminkmeisterin keinen Schlaf. Bei jedem Geräusch, das von draußen in ihr Zimmer drang, sprang sie aus dem Bett und lief ans Fenster, in der Hoffnung, Cronsteed wäre gekommen, um ihr Lebewohl zu sagen. Doch es waren nur die Wachen, die zum Schutz der Königin in der Dunkelheit vor dem *Petit Trianon* auf und ab patrouillierten.

Als am darauffolgenden Tag die Uhr die Mittagsstunde schlug, öffnete eine der Zofen die Tür des Ankleidezimmers, in dem Manon damit beschäftigt war, verschiedene Farbpaletten zusammenzustellen und Pinsel und Puderquasten zu reinigen.

»Was willst du?«, schnauzte Manon das verschreckte Mädchen an.

Nicht nur wegen des Schlafmangels war sie übelster Laune. Ein schlimmer Schmerz hämmerte in ihren Schläfen, während ihre Gedanken pausenlos um Eugen und ihre verlorene Liebe kreisten. Die Königin lag noch im Bett und hatte den Bediensteten verboten, sie zu stören. Manon konnte sich diesen Luxus nicht erlauben. Sie musste ihrer Arbeit nachgehen, als wäre nichts geschehen.

»Ein Brief wurde für Euch abgegeben, Mademoiselle.«

Die Zofe hielt ihn mit beiden Händen an ihre Brust gedrückt, bevor sie sich besann und ihn der Schminkmeisterin aushändigte. Sie war noch sehr jung, kaum mehr als zwölf Jahre alt, und bewunderte die schöne Vertraute der Königin, die stets mit erhobenem Kopf umherging und dem Hauspersonal mit freundlicher Distanz begegnete, von ganzem Herzen.

»Danke, Mädchen, du kannst gehen.«

Manon sank auf den Sessel vor dem Spiegel, den Blick fest auf das Schriftstück geheftet, das mit rotem Wachs versiegelt war. Etwa ein amtliches Schreiben? Noch nie in ihrem Leben hatte sie einen versiegelten Brief erhalten. Aber wer sollte ihr auch schreiben? Weder ihre Mutter noch ihre Schwestern waren des Schreibens mächtig.

Hastig schob sie zwei Finger zwischen Siegel und Papier, um das Schriftstück zu öffnen. Dann faltete sie es auseinander. Die schwarzen Buchstaben tanzten vor ihren Augen und verschwammen. Sie holte noch einmal tief Luft, bevor sie in der Lage war zu lesen.

Geliebte,
wenn du diese Zeilen liest, bin ich bereits auf dem Weg nach Calais, wo ein schwedisches Schiff für unsere Überfahrt bereitliegt. König Gustav hat Graf Fersen und mich nach Hause befohlen, denn es steht zu befürchten, dass russische Truppen unser Land überfallen werden. Glaube mir, dass ich Paris nicht freiwillig verlassen habe, aber

als Offizier habe ich keine andere Wahl, als zu gehorchen.
Wirst du auf mich warten?
Ich schwöre bei Gott, zu dir zurückzukehren, sobald es mir möglich ist.
Bete für mich und glaube fest an mich und meine Liebe zu dir!
In Treue auf ewig der Deine
Eugen van Cronsteed

Kraftlos sank die Hand, die den Brief umklammert hielt, auf ihren Schoß. Sollte sie sich über seinen Liebesschwur freuen oder über die unerwartete Abreise in Tränen ausbrechen, fragte sie sich. Ihr Liebster hatte Paris also verlassen; für sie würde es keine Umarmungen, Küsse und Zärtlichkeiten mehr geben. Tieftraurig, aber um Haltung bemüht, faltete sie das Papier zusammen und ließ es in der Kleidertasche verschwinden.

Während Manon versuchte, ihren Kummer vor den anderen Dienstboten zu verbergen und stoisch ihre Pflichten erfüllte, gab sich die Königin tagelang ihrem Kummer hin. Sie blieb im Bett und war für niemanden zu sprechen, weder für Manon noch für ihre Freundinnen Polignac und Lamballe.

Erst nach vier Tagen erschien sie in übelster Laune und mit einem schlampigen Negligé bekleidet im Ankleidezimmer. Sie ließ sich in den Sessel fallen und befahl Manon, sie präsentabel herzurichten. Ihre Haut war blass und mit hässlichen roten Flecken übersät. Es würde nicht einfach werden, ihr das übliche strahlende Aussehen zu verleihen. Manon entschied sich, für Gesicht und Dekolleté dieses eine Mal die Bleiweißpaste zu verwenden, eine Prozedur, die sie sonst lieber vermied, weil sie die Haut schädigte. Doch nichts eignete sich besser, Flecken und Unreinheiten zu kaschieren.

Auch Léonard war inzwischen eingetroffen, um die verfilzten Locken der Königin zu entwirren und zu einer ansehnlichen Frisur aufzutürmen.

Als er die letzte Strähne mit einer Diamantschleife festgesteckt hatte, besah sich die Königin kritisch von allen Seiten im Spiegel. Marie Antoinette sah so reizend aus wie immer, wenn man von den verquollenen Augen einmal absah. Aber gegen verweinte Augen waren selbst Manons raffinierteste Kunstgriffe machtlos.

Louise und die kleine Zofe hatten in der Zwischenzeit die Kleider bereitgelegt. Nun streiften sie der Königin hellrote Seidenstrümpfe über die Beine, steckten farblich passende Pantoffeln mit weißem Pelzbesatz an ihre Füße und ließen ein rotes, mit cremefarbenen Ornamenten bedrucktes Samtkleid über die Unterröcke gleiten.

»Die flache rote Samtkappe mit der in die Stirn reichenden Silberspitze, wenn ich bitten darf!«

Gebieterisch streckte die Königin die Hand danach aus, doch Léonard kam ihr zuvor und befestigte die Kopfbedeckung keck über ihrem linken Auge. Dann trat er einen Schritt zurück, um sein Werk zu bewundern.

»*Superb,* Madame!«, lobte er. »Ihr seht wie immer bezaubernd aus!«

»Das will ich meinen«, entgegnete sie kühl. »Für das Diner mit meinem Gemahl will ich so verführerisch wie möglich erscheinen. Die Tafel im Esszimmer ist bereits gedeckt. Du, Manon, bleibst in der Nähe, falls ich deine

Dienste benötige. Und auch du, Léonard, hältst dich heute Abend zur Verfügung.«

Dem Coiffeur war während Fersens ständigen Besuchen ein eigenes Kämmerchen im Schlösschen zugewiesen worden, um der Königin bei Bedarf jederzeit zur Verfügung zu stehen.

Es waren viele Wochen vergangen, seit der König das letzte Mal seine Gemahlin in ihrem privaten Domizil aufgesucht hatte. In der Zeit, als sich Fersen jede Woche mehrmals im *Petit Trianon* aufhielt, hatte Marie Antoinette es tunlichst vermieden, ihren Gemahl dorthin einzuladen. Doch nun besann sie sich erneut auf ihre Pflichten als Ehefrau und Königin, und versuchte, ihrem Gemahl näherzukommen. Der hatte in der Zwischenzeit geduldig darauf gewartet, von seiner Gemahlin bemerkt und mit einer freundlichen Geste bedacht zu werden. Denn dass sie noch immer nicht schwanger war, beunruhigte sie mittlerweile selbst. Aus diesem Grund hatte sie sich vorgenommen, alles Notwendige in die Wege zu leiten, um endlich ein Kind zu empfangen. Für das bevorstehende Diner plante sie, ihren Gemahl mit all ihrem Charme zu becircen, ihn mit zärtlichen Liebkosungen zu stimulieren und ihm ihre ganze Aufmerksamkeit zu schenken. Vielleicht würde es ihr damit gelingen, ihn wieder in ihr Bett zu locken.

Es war ein intimes Diner, das die Königin für diesen Abend arrangiert hatte. Nur sie und ihr Gemahl saßen sich bei Tisch gegenüber. Den Koch hatte sie angewiesen, ausschließlich die Lieblingsspeisen des Königs zuzubereiten. Diener servierten Platten mit gespicktem Rehrücken, Hirschkeule und gebratenem Fasan, und Louis ließ sich immer wieder von Neuem den Teller füllen. Als Dessert hatte die Königin Wiener Apfelstrudel mit Schlagrahm bestellt, von dem sie wusste, dass auch ihr Gemahl ihn gerne aß.

Währenddessen saßen die Schminkmeisterin und der Coiffeur zusammengepfercht in einem winzigen Kämmerchen neben dem Esszimmer inmitten von Tischwäsche und Geschirr, die hier zur raschen Verwendung aufbewahrt wurden.

»Das Essen war in der Tat hervorragend, meine Liebe. Ich beneide Euch um Euren exzellenten Koch«, lobte der König und wischte sich den Mund mit einer Serviette ab. »Im Schloss speise ich nie so gut wie bei Euch. Bis im Palast die Mahlzeiten aus der Küche gebracht und auf meinem Teller angerichtet werden, sind sie meist kalt.«

»Nun, im *Petit Trianon* sind die Wege eben nicht so weit wie in Versailles. Ihr seid herzlich eingeladen, jeden Abend mit mir zu dinieren, wenn es Euch Freude macht, mein Lieber. Möchtet Ihr vielleicht noch ein Glas Malvasier?«

Bevor er antworten konnte, klatschte sie in die Hände und befahl dem Diener, dem König Wein nachzuschenken.

Als er sich schließlich zufrieden von der Tafel erhob, beeilte sie sich, nach seinem Arm zu greifen und ihn hinüber in den Salon zu führen. Es war ein kühler Winterabend, aber im Kamin prasselte ein einladendes Feuer, auf dem Tisch standen Mokka, Wein und Gebäck bereit. Manon lauschte auf das Klirren der Tassen und das Gemurmel der beiden. Sie hatte sich aus der Kammer geschlichen und trat lautlos näher, um einen Blick durch den offenen Türspalt zu werfen. Marie Antoinette saß dicht neben Louis auf dem Sofa, hielt einen Teller mit

Petit Fours in der Hand und fütterte ihn eigenhändig mit dem Gebäck. Dabei leckte er hingebungsvoll ihre Finger ab. Das Paar war so vertieft in das intime Spiel, dass die Schminkmeisterin entschied, ihre Dienste wären an diesem Abend nicht mehr vonnöten.

Tatsächlich dauerte es nicht lang, bis sich die Eheleute in Marie Antoinettes Schlafzimmer zurückzogen und die Tür sich hinter ihnen schloss.

Am Morgen danach war Marie Antoinette bester Laune. Ihr Gemahl war schon in aller Früh aufgebrochen, denn auf ihn warteten seine Brüder und ein Jagdtag in den Wäldern von Versailles, die für ihren Reichtum an Dam- und Niederwild bekannt waren.

»Manon, morgen gibt es eine große Sauhatz. Da heißt es zeitig aus den Federn zu kommen. Du wirst mich und den König begleiten«, teilte sie ihrer Schminkmeisterin fröhlich mit.

Rasch blickte Manon sich um. Sie war mit der Königin allein.

»Aber Antonia, ich war noch nie auf einer Jagd. Muss ich denn wirklich dabei sein? Mir graut vor diesem blutigen Sport. Ich hatte noch nie ein Gewehr in der Hand, kann also nicht schießen. Darf ich nicht hierbleiben?«, fragte sie bestürzt.

»Aus welchem Grund, glaubst du, hat dich dieser schwedische Soldat das Reiten gelehrt? Doch nur, damit du mich jederzeit zu Pferd begleiten kannst. Natürlich kommst du morgen mit. Auch Léonard wird uns folgen. Ihr müsst nicht jagen, sondern euch nur im Hintergrund bereithalten, falls ich eure geschickten Hände benötige.« Sie drehte den Kopf und warf Manon einen argwöhnischen Blick zu. »Du willst mich doch nicht etwa enttäuschen?«

»Nein, natürlich nicht!«, lenkte Manon widerwillig ein.

»Gut!«, lächelte Marie Antoinette. »Eine andere Antwort habe ich nicht erwartet.«

Trotzig biss Manon die Zähne zusammen und fühlte sich wieder einmal den ständig wechselnden Launen ihrer Herrin hilflos ausgeliefert.

Der darauffolgende Tag begann mit Regenschauern und Kälte. Windböen rüttelten an den Fenstern, sodass Manon hoffte, die Hatz würde abgesagt.

Jedoch weit gefehlt!

Eine der Zofen reichte ihr einen schweren wetterfesten Umhang, den sie sich um die Schultern warf. Der Regen würde den schmucken Filzhut verderben und das Stiefelleder erst aufweichen, bevor es hart wie Stein wurde, dessen war sie sich sicher. Sie bedauerte, die Kleidung im Dauerregen zu ruinieren, denn mittlerweile hatte sie Gefallen an der bequemen Männerkleidung gefunden.

Auch Léonards Gesicht zeigte wenig Begeisterung, als sich die kleine Gruppe in der Morgendämmerung auf die Gäule schwang. Am Flussufer, unweit des *Petit Trianon,* trafen sie mit dem König und seinen Jagdgefährten zusammen.

Wie ein grauer Schleier zogen tiefhängende Wolken übers Land, aus denen ohne Unterlass eisiger Nieselregen fiel. Doch niemand, außer Manon und Léonard, schien sich daran zu stören. Die Jagdgesellschaft hatte ihre Umhänge bis an die Ohren gezogen und die Filzhüte, von denen das Wasser tropfte, tief in die Stirn.

Im gestreckten Galopp ging es über aufgeweichte Wiesen, bis hin zu den dunklen Wäldern, die sich rund um Versailles ausdehnten. Hier war sie schon einmal gewesen, erinnerte sich Manon wehmütig, und verspürte bei dem Gedanken daran ein schmerzhaftes Ziehen im Herzen. Es war an einem der letzten Tage gewesen, die sie mit ihrem Liebsten verbracht hatte. Damals hatte das Laub gerade begonnen, sich bunt zu verfärben, jetzt muteten die wenigen rotbraunen Blätter wie Rostflecke an den Ästen an. Am Waldrand standen die Hatzmeister, triefend vor Nässe, mit ihrer Hundemeute bereit. Die Wildschweinjagd konnte beginnen.

Wie von der Königin befohlen, ließen Manon und Léonard den hochadeligen Herrschaften den Vortritt und hielten sich beinahe unsichtbar im Hintergrund. Heute waren auch die Schwägerinnen des Königs, beide passionierte Jägerinnen, mit von der Partie. Die Saufinder, zwei mächtige Doggen, zerrten kläffend an ihren Leinen, begierig darauf, losgelassen zu werden, um sich auf die Fährte zu stürzen. Sobald die Hatzmeister sie von der Leine ließen, rannten sie durchs Dickicht, um das Wild aufzustöbern. Mit aufgeregtem Bellen folgte die restliche Hundemeute den Spuren, die Nasen dicht am Waldboden. Die Jäger gaben den Pferden die Sporen und setzten den Hunden nach. Es dauerte nicht lang, bis heiseres Jaulen anzeigte, dass die Meute den Keiler gestellt hatte. Als das wütende Quieken des Schweins, gefolgt vom schmerzerfüllten Aufheulen eines Hundes, erklang, hielt sich Manon die Ohren zu. Auch Léonard erbleichte bei den Todesschreien des Tieres.

Als Nächstes brachen zwei Jagdgehilfen durchs Unterholz, die das erlegte Wildschwein, mit den Läufen an einen starken Ast gebunden, zwischen sich trugen. Ihnen folgte ein Hatzmeister, der eine blutende Dogge hinter sich herzog.

»Achilles war unser bester Saufinder, und jetzt liegt er zerfetzt im Gras«, hörte ihn Manon schimpfen, als er an ihr vorüberging. »Zum Glück hat die Königin den Keiler erlegt. Diese elende Bestie hatte schon zwei unserer besten Hunde auf dem Kerbholz. Bei der letzten Hatz hat er Hector den Bauch aufgeschlitzt.«

»Hast du das gehört?«, raunte Léonard entsetzt seiner Leidensgenossin zu. »Lass uns noch weiter zurückreiten, damit wir nicht zufällig einem dieser Untiere über den Weg laufen. Ich habe keine Lust, mich von einer rasenden Wildsau aufspießen zu lassen.«

Gerade wollte Manon ihre Stute wenden, als das Pferd der Königin zwischen den Bäumen auftauchte. Ihre Handschuhe waren bis oben hin blutbespritzt, ihr Gesicht rosig vor Aufregung und Kälte. An ihrem Hut steckte ein grünes Tannenzweiglein, das Bruchzeichen, das nur einer erfolgreichen Jägerin gebührte. In der rechten Hand hielt sie eine blutige Saufeder, die Linke umfasste lässig die Zügel. Geschickt lenkte sie ihr Pferd neben das von Manon.

»Ich habe das Wildschwein angeschossen und ihm danach eigenhändig mit dem Speer den Gnadenstoß versetzt«, jubelte sie mit funkelnden Augen.

»Majestät, selbst Diana, die Göttin der Jagd, würde Euch heute um Euren Erfolg beneiden. Alle Männer bewundern Eure Courage. Euer Fangstoß war einfach bravourös.«

Graf d'Artois, der Marie Antoinette gefolgt war, überschüttete seine Schwägerin mit Komplimenten, und sie sonnte sich in seiner Anerkennung. Während er sich weiter in Lobeshymnen erging, winkte sie mit ungeduldiger Geste ihren Coiffeur zu sich.

»Léonard, mein Zopf hat sich gelöst. Komm und sieh dir das Malheur an.« Und tatsächlich hingen ihr zerzauste Strähnen über die Schultern, die ihre untadelige Erscheinung beeinträchtigten.

Behände sprang sie aus dem Sattel, und der Coiffeur bemühte sich, so gut es inmitten der Wildnis ging, die königliche Frisur zu ordnen. Manon stand mit Puderquaste und Lippenpomade parat, um die Gesichtsbemalung ihrer Herrin aufzufrischen.

»Ist dir kalt?«, fragte Marie Antoinette, die sowohl Manons eiskalte Hände als auch ihr Zittern bemerkte.

Die Schminkmeisterin nickte. Der Regen durchnässte selbst den wetterfesten Umhang, sodass die Kleidung darunter sich kalt und klamm anfühlte und sie bis auf die Knochen fror.

»Dann reitet zurück. Ich warte noch auf meinen Gemahl, danach folgen wir euch. Auch mir ist es inzwischen kalt, jetzt, wo die Hitze der Jagd vorbei und der Keiler tot ist.«

D'Artois eilte herbei, um der Königin beim Aufsitzen zu helfen, doch sie war schneller, und schwang sich mühelos wie eine Amazone in den Sattel.

»Bis bald, ihr beiden, wir sehen uns nachher im *Petit Trianon*.«

Sie wendete ihr Pferd und trabte zurück ins Dunkel des Waldes, auf der Suche nach ihrem Gemahl.

Manon und Léonard machten sich in aller Eile davon, bevor die Herrin ihre Meinung ändern und sie zurückrufen konnte.

»Wie kann eine zarte Dame wie unsere Herrin Freude an einem so blutigen Zeitvertreib haben?«, sinnierte der Friseur, als sie den Weg erreicht hatten, der leicht bergan zum Palast führte. »Man stelle sich nur vor, wie sie einem wilden Keiler die Saufeder in die Flanke bohrt.« Er schüttelte sich vor Ekel bei der Vorstellung.

Ins Gespräch vertieft trabten sie auf das im Dunst liegende Schloss zu, als aus dem Gebüsch das Krachen von dürren Ästen, gefolgt von wütendem Schnauben drang. Dann brach eine Bache aus dem Unterholz und stürmte mit gesenktem Kopf auf die Pferde zu. Drei Frischlinge blieben in sicherer Entfernung am Waldrand zurück. Hera sprang erschrocken vorwärts, aber Léonards Wallach stieg und schlug mit den Vorderhufen aus, als wolle er die Angreiferin abwehren. Sein Reiter wurde dabei aus dem Sattel katapultiert und blieb auf dem Rücken liegen, schutzlos dem Wüten der Wildsau ausgeliefert.

Manon riss die Zügel herum und trieb ihre Stute dorthin, wo das Tier gerade im Begriff war, Léonard zu attackieren. Ohne nachzudenken, beugte sie sich aus dem Sattel und schlug mit der Reitgerte wie besessen auf Schnauze und Augen des überraschten Tieres ein, wobei sie aus voller Kehle Verwünschungen brüllte.

Ob durch die Hiebe oder das Geschrei verwirrt, blieb das Muttertier abrupt stehen und schnaubte noch einmal drohend, bevor es kehrtmachte und mit seinen Jungtieren im Wald verschwand.

Manon sprang vom Pferd und rannte zu Léonard, der mit geschlossenen Augen bewegungslos im Sand lag.

»Léonard! Léonard!« Sie klopfte ihm unsanft so lange auf beide Wangen, bis er die Augen aufschlug.

»Ist die Bestie weg?«, hauchte er.

»Ja, sie ist in den Wald gerannt. Komm, steh auf, hier kannst du nicht liegen bleiben, du holst dir sonst den Tod!«

Mühsam kam ihr Leidensgenosse auf die Füße, das Gesicht vor Schmerzen zur Grimasse verzerrt.

»Ich kann den rechten Arm nicht bewegen. Wahrscheinlich ist er gebrochen«, krächzte er und stützte sich mit dem linken schwer auf Manons Schulter. »Du musst mir beim Aufsteigen helfen, allein schaffe ich es nicht.«

Es dauerte geraume Zeit und mehrere schmerzhafte Versuche, bis der Verletzte endlich im Sattel saß. Manon griff nach den Zügeln des Wallachs, und im Schritttempo kehrten sie nach Hause zurück.

Kapitel 16

Erschöpft schloss Manon die Tür hinter sich. Der königliche Leibarzt hatte vor wenigen Minuten Léonards Krankenlager verlassen, nachdem er den verletzten Arm in einer steifen Schiene eingebunden und dem Patienten vorerst strenge Bettruhe verordnet hatte.

In der Küche hatte Thierry inzwischen einen Schlaftrunk aus Baldrianwurzel, Lavendelblüten und Melisseblättern gebraut, den Manon dem Kranken Löffel für Löffel eingeflößt hatte. Für sie selbst stand in ihrem Zimmer eine Kanne Tee bereit, gesüßt mit einer ordentlichen Portion Honig, in dem Minzblätter, zerstoßene Holunderblüten, Thymian und Hagebuttenpulver schwammen, denn sie hatte sich bei dem nasskalten Jagdausflug erkältet. Sowohl ihr Hals als auch ihre Glieder schmerzten, die Stirn fühlte sich heiß und verschwitzt an, zudem hustete sie ohne Unterlass. Mit schweren Gliedern schlurfte sie in ihr Zimmer, wo sie entkräftet aufs Bett fiel. In der Nacht wurde sie von so heftigen Fieberschüben geschüttelt, dass sie im Morgengrauen das Bewusstsein verlor.

Nachdem die Königin einige Male vergeblich nach ihrer Schminkmeisterin geklingelt hatte, schickte sie die Kammerfrau Louise, um nach ihr zu sehen. Eine solche Saumseligkeit passte nicht zu Manon, die ihre Pflichten äußerst ernst nahm, weshalb die Königin sich Sorgen machte. In heller Aufregung kam Louise zu ihrer Herrin zurück und berichtete, dass sie die junge Frau ohnmächtig auf ihrem Bett gefunden hatte und diese nicht ansprechbar sei.

Sofort wurde erneut der königliche Leibarzt gerufen. Er untersuchte Manon, die davon nichts bemerkte, presste sein Ohr auf ihre Brust, ließ sie kräftig zur Ader und verordnete kalte Wadenwickel. Die Königin selbst erteilte Agathe, der jüngsten Kammerzofe, den Auftrag, sich Tag und Nacht um die Kranke zu kümmern und dafür zu sorgen, dass ihre Vertraute das Fieber überlebte.

»Gnade dir Gott, wenn sie stirbt, Mädchen! Dann mache ich dich für den Verlust meiner Schminkmeisterin verantwortlich«, drohte die Herrin der Kleinen, die bei dem bloßen Gedanken an den möglichen Tod der Patientin um ein Haar die Fassung verlor.

Fünf Tage lang lag Manon ohne Bewusstsein im Fieber, versorgt von der kleinen Zofe, die sich gewissenhaft um sie kümmerte. Ständig wechselte sie die Wadenwickel, tupfte die glühende Stirn der Fiebernden mit kalten Lappen ab und träufelte ihr löffelweise Tee zwischen die aufgesprungenen Lippen. Der Arzt, der täglich kam, um zu prüfen, ob eine Besserung eingetreten war, zuckte bei Manons Anblick nur ratlos mit den Schultern und riet zu Geduld. Selbst die Königin schaute gelegentlich im Krankenzimmer vorbei, um sich nach dem Befinden ihrer Vertrauten zu erkundigen, zog sich jedoch jedes Mal rasch zurück, wenn sie hörte, dass das Fieber noch immer nicht gesunken war.

Es war am sechsten Tag, als Manon die Augen aufschlug. Sie war allein im Zimmer, doch auf dem Tisch stieg Dampf aus einer Kanne auf, im Kamin prasselte ein fröhliches Feuer, das eine angenehme Wärme verbreitete. Eine Felldecke lag über dem Federbett. Offenbar war vor

Kurzem jemand hier gewesen, der für all diese Annehmlichkeiten gesorgt hatte, dachte sie. Ein Blick zum Fenster sagte ihr, dass gerade erst ein frostiger Morgen heraufdämmerte. Obwohl laut Kalender der Frühling kurz bevorstand, waren die Scheiben bis zur Hälfte mit Eisblumen bedeckt, durch die ein kaltes blaues Licht schimmerte. Als sie sich aufrichten wollte, fiel sie entkräftet in die schweißnassen Kissen zurück. Ihr Kopf schmerzte, ihre Kehle war rau und fühlte sich wund an. Nur mit großer Anstrengung gelang es ihr nach mehreren Versuchen, sich aufzusetzen und die Beine aus dem Bett zu schwingen.

»Mademoiselle! Was macht Ihr denn da?«

Der entsetzte Schrei ließ sie in der Bewegung innehalten.

»Das dürft Ihr nicht! Ihr sollt doch im Bett bleiben!«

Agathe stand jetzt neben ihr, schob ihr die Füße zurück auf die Matratze und stopfte das Federbett um sie herum fest. Dann befühlte sie die Stirn der Kranken.

»Das Fieber geht langsam zurück. Eure Stirn ist nicht mehr so heiß wie gestern«, stellte sie erleichtert fest. »Aber Ihr müsst endlich etwas essen, damit Ihr wieder zu Kräften kommt. Ich werde in der Küche nachfragen, ob noch Brühe vom Abend übrig ist.«

Die Zofe wollte schon davonlaufen, aber Manon erwischte gerade noch einen Zipfel ihres Kleides und hielt sie daran fest.

»Was ist denn geschehen, Mädchen? Warum liege ich hier und bin zu schwach zum Aufstehen?«

Mit knappen Worten schilderte ihr Agathe die Ohnmacht und das darauffolgende heftige Fieber, das Manon fünf Tage lang ans Bett gefesselt hatte.

»Fünf Tage!« Die Kranke schlug die Hände vors Gesicht. »Die Herrin wird darüber außer sich sein. Ich werde meine Stelle verlieren. Vielleicht hat sie mich schon durch jemand anderen ersetzt, vielleicht durch den Schminkmeister der *Comédie Française*, von dem man sich wahre Wunderdinge erzählt!«

»Aber nein, Mademoiselle, ganz im Gegenteil!«, versuchte die Kleine sie zu beruhigen. »Die Königin ist sehr besorgt um Euch. Bestimmt kommt sie später vorbei, um sich nach Eurem Befinden zu erkundigen. Das tut sie jeden Tag. Sie wird sich freuen, wenn sie sieht, wie viel besser es Euch heute geht.«

»Oh, tatsächlich?« Mehr brachte Manon vor Erleichterung nicht heraus.

»Aber jetzt muss ich den Koch bitten, Euch das Essen aufzuwärmen. Bleibt im Bett, rührt Euch nicht von der Stelle, ich bin gleich wieder zurück.«

Flink wie eine Maus huschte sie davon und war schon nach kurzer Zeit mit einem Tablett voller Köstlichkeiten zurück.

»Monsieur Thierry entbietet Euch seine besten Wünsche für eine rasche Genesung, Mademoiselle.« Vorsichtig stellte Agathe ihre Last auf dem Tisch ab. »Er hat es sich nicht nehmen lassen, Euch ein paar ausgesuchte Leckereien zu schicken.«

Sie breitete eine Serviette auf dem Bett aus, setzte sich neben ihre Patientin auf das Bett und nötigte sie, Löffel für Löffel der Hühnerbrühe zu schlucken. Danach fütterte das junge Mädchen die Kranke mit zwei Scheiben Schinken, Rührei und kleinen Häppchen Weißbrot. Anschließend bot sie ihr nach Zimt duftende Apfelbeignets an, die Manon jedoch ablehnte. Zum Schluss gab es einen Becher heißen Wein, gewürzt mit Honig, Nelken und Ingwer, der helfen sollte, die wunde Kehle zu heilen. Erst als Manon den Kopf zur Seite drehte, hörte die Zofe auf, ihr Essen an die Lippen zu führen.

»Ihr habt ein paar Bissen gegessen, Mademoiselle, das ist ein gutes Zeichen. Bald werdet Ihr wieder ganz gesund sein«, lächelte sie, während sie das schmutzige Geschirr abräumte.

»Wie heißt du eigentlich?«, fragte Manon, die völlig ermattet in den Kissen lag. Das Essen hatte sie angestrengt, und alles, wonach sie nun verlangte, war ein wenig Ruhe.

»Agathe, Mademoiselle. Ihr kennt mich, ich habe Euch damals den Brief gebracht, erinnert Ihr Euch? Sonst gehe ich der Kammerfrau Louise zur Hand, aber Ihre Majestät hat mir befohlen, mich um Euer Wohlbefinden zu kümmern, und seitdem habe ich …«

»Danke, Agathe, das machst du wirklich sehr gut«, lobte Manon. »Aber jetzt brauche ich ein wenig Schlaf.« Erschöpft schloss sie die Augen.

»Dann lass ich Euch allein und schaue später wieder nach Euch.«

Mit dem Tablett in den Händen verließ das Mädchen das Krankenzimmer, und Manon atmete auf. So viel Fürsorge war sie nicht gewohnt, und Agathes ständige Anwesenheit war ihr unangenehm. Es verunsicherte sie einigermaßen, wenn sich jemand den ganzen Tag um ihr Wohlbefinden sorgte. Sie drehte sich zur Seite und versuchte einzuschlafen.

Für einen Moment musste sie eingenickt sein, denn sie schrak hoch, als die Tür so schwungvoll aufgerissen wurde, dass sie gegen die Wand schlug.

»Wie ich höre, klingt das Fieber ab, und du befindest dich auf dem Weg der Besserung. Das freut mich, *ma petite,* denn ich habe dich und deine unterhaltsame Gesellschaft sehr vermisst.«

Die Stimme riss Manon aus ihrem leichten Schlummer. Samt knisterte, die Spitzen der Unterröcke raschelten, und der verführerische Duft von Sandelholz, Rose und Ambra füllte den Raum, in dem es nach Krankheit, Kräutern und Minztee roch. Schwerer Schmuck klirrte leise.

»Antonia!« Schlaftrunken blinzelte die Patientin ins Licht, als Marie Antoinette neben ihr auf der Bettkante Platz nahm und sie neugierig musterte.

Die Königin war an diesem Tag von Kopf bis Fuß in jadegrünen Samt gekleidet, Rock und Dekolleté mit zartgrüner Bordüre eingefasst. An ihren Ohren baumelten mit Smaragden besetzte Brillantohrringe, die ihr fast bis auf die Schulter reichten. Bei jeder Bewegung klimperten sie dezent.

»Bist du wach, Manon? Du musst mir zuhören: Es gibt Neuigkeiten, die du aus meinem Mund erfahren sollst, bevor dich der Klatsch der Dienerschaft erreicht.«

Die Kranke richtete sich auf, wobei sie die Bettdecke bis ans Kinn zog. Auf keinen Fall wollte sie sich ihrer Herrin im Nachthemd präsentieren.

»Manon, ich bin guter Hoffnung!«, platzte es aus der Königin heraus, die die freudige Nachricht nicht länger für sich behalten konnte.

»Vor zwei Tagen haben es sowohl die Hebamme als auch der Leibarzt bestätigt, obwohl meine Kammerfrau es bereits vermutete, seit mein monatliches Übel ausgeblieben ist. Aber ich dachte, das wäre all der Aufregung um deine Krankheit sowie den anstrengenden Jagdausflügen geschuldet. Doch nun ist es wahr, und ich bekomme tatsächlich ein Kind.«

»Aber das ist ja wundervoll, Antonia«, freute sich Manon, und griff nach den Händen der Königin, doch die zog sie rasch zurück.

»Nein, Manon, das sollten wir nicht tun, denn du bist noch nicht gesund. Doktor Pelletan sagt, ich muss mich gerade jetzt vor Krankheiten in Acht nehmen. Er würde meinen Besuch bei dir sicher nicht gutheißen, weil er mir davon abgeraten hat. Er hält ihn für gefährlich, denn er glaubt zu wissen, dass die bloße Berührung und selbst der Atem eines Kranken zur Ansteckung führen. Aber ich wollte mich selbst davon überzeugen, dass du auf dem Weg der Genesung bist.«

Sie warf den Kopf mit der neckischen Lockenperücke zurück, die mit grünen Straußenfedern und eleganten Samtschleifen geschmückt war, wobei die Chandeliers an ihren Ohren klingelten. Diese Preziosen hatte Manon schon einmal gesehen.

»Madame, sind das nicht die Ohrringe, die der Juwelier Boehmer damals …?«, fragte sie.

Agathe war mit Wasserkrug und einer Schüssel eingetreten, darum wechselte die Schminkmeisterin von der vertraulichen zur formellen Anrede.

»Ach, du erinnerst dich? Stell dir vor, der König war zu Tränen bewegt, als er von meiner Schwangerschaft erfuhr, und hat mir den Schmuck zum Geschenk gemacht. Alle sind überglücklich, dass bald ein Thronfolger geboren wird. Selbst das einfache Volk jubelt und tanzt auf den Straßen. Louis lässt in der Hauptstadt Brot und Wein unter die Leute verteilen. Jeder soll an unserem Glück teilhaben. Selbst die Zunft der Pariser Wäscherinnen und der Marktfrauen hat Abgesandte nach Versailles geschickt, um mir Präsente zu überreichen. Das ganze Land befindet sich in einem wahren Freudentaumel.«

Vor dem Fenster knirschten die Räder einer Kutsche auf dem Kies.

Marie Antoinette stand auf und schüttelte ihre Röcke aus.

»Das wird Louis sein, den ich zum *Petit Dejeuner* eingeladen habe. Er besucht mich nun jeden Tag, um sich zu überzeugen, dass es mir an nichts fehlt.«

Sie hob die Hand, um den Sitz ihrer Perücke zu prüfen.

»Heute werde ich ihn darum bitten, Monsieur Mique endlich den Auftrag zu erteilen, den Weiler am Teich fertigzustellen. Die Mühle und zwei Bauernkaten stehen bereits. Sobald der Boden nicht mehr gefroren ist, sollen weitere Gebäude folgen. Das wird ein wundervoller Ort inmitten ländlicher Natur. Ideal für ein heranwachsendes Kind, meinst du nicht auch? Ich stelle mir eine Wiese mit Lämmern vor, die von einem kleinen Mädchen gehütet werden, einen Hühnerstall, in dem wir jeden Morgen frische Eier einsammeln, und Kühe, aus deren Milch wir in der Meierei Butter und Käse herstellen. Es soll ein Garten angelegt werden, in dem wir Gemüse ziehen. Zusätzlich lasse ich noch Obstbäume pflanzen. Wir werden das idyllische Leben einfacher Bäuerinnen führen. Das wird herrlich, sage ich dir! Dafür werde ich schon sorgen, denn ich habe die Pläne bereits im Kopf.«

Sie tänzelte zur Tür, wo sie sich umdrehte, um der Kranken eine Kusshand zuzuwerfen.

»*Adieu, ma chère*! Morgen komme ich wieder, um nach dir zu sehen. Erhole dich rasch, denn ich vermisse deine Gesellschaft!«

Dann wirbelte sie davon, um mit ihrem Gemahl das

Frühstück einzunehmen. Nur der Duft ihres Parfüms hing noch lange in der Luft.

Schweigend zog Agathe ihrer Patientin das verschwitzte Nachthemd über den Kopf und wusch sie von Kopf bis Fuß mit warmem Wasser, in dem eine Handvoll Rosenblätter schwamm, die ihr Thierry aus seinen Vorräten abgetreten hatte. Dann streifte sie ihr ein frisches Hemd über und schüttelte fürsorglich die Kissen auf.

Manon aber grübelte über das soeben Gehörte nach, während sie Agathe gewähren ließ. Das idyllische Leben einfacher Bäuerinnen gedachte die Königin in ihrem Spielzeugdorf zu führen? Sollte das ein Witz sein? Wenn ja, dann war es ein recht geschmackloser. Die Frau hatte nicht die geringste Ahnung vom harten Leben einfacher Leute. Manon schlug sich fassungslos gegen die Stirn, als sie an ihre Mutter und Schwestern dachte, die von der Hand in den Mund lebten, und an all die anderen Menschen, die nie genug zum Essen hatten, denen es an allem fehlte. Nichts, aber auch gar nichts war idyllisch an der Armut. Sie war menschenunwürdig, schmutzig und hungrig.

Geschmeide für 450.000 Livres hatte der König seiner Gemahlin dafür geschenkt, dass sie ein Kind gebären sollte; für einen Vorgang, den Tausende Bäuerinnen und Bürgerfrauen ertrugen, ohne dafür von ihren Männern mit Geschenken überhäuft zu werden. Die meisten waren froh, wenn genügend Essbares auf den Tisch kam, um alle hungrigen Mäuler zu stopfen. Diese Frauen brachten ihre Kinder zur Welt, nachdem sie in der Schwangerschaft klaglos schwerste Arbeiten verrichtet hatten.

Aber die kostbaren Ohrringe waren Marie Antoinette noch nicht genug. Zudem verlangte sie den Bau eines ganzen Dorfes, eines weiteren sinnlosen Zeitvertreibs, der Unsummen verschlingen würde. Die Geburt eines Thronfolgers würde das französische Volk teuer zu stehen kommen, dachte Manon aufsässig. Und was würde geschehen, wenn es kein männliches Kind war, sondern »nur« eine Tochter? Für die Thronfolge war ein Mädchen wertlos, denn nur der erstgeborene Sohn des Königs, der Dauphin, hatte ein Recht auf den Thron. Wie würde das französische Volk wohl auf die Geburt einer Tochter reagieren? Die Königin sollte besser beten, dass sich die Hoffnungen Frankreichs auf einen Thronerben erfüllten.

Durch Agathes sorgfältige Pflege war Manons Gesundheit nach wenigen Tagen so weit hergestellt, dass sie das Bett verlassen und sich ankleiden konnte. Marie Antoinette, großzügig wie eh und je, hatte ihrer Schminkmeisterin aus Freude über deren Genesung ein türkisblaues Kleid aus einem leichten Wollstoff schicken lassen, das sich über einem gestärkten Leinenunterrock mit besticktem Saum bauschte.

»Es ist schade, dass Ihr dieses wunderschöne Kleid bei Eurer Arbeit unter einer Schürze verstecken müsst«, bedauerte Agathe, während sie die Bänder am Rücken festband. »Dieses Türkis kleidet Euch wunderbar und passt zur Farbe Eurer Augen. Ihr werdet damit alle Blicke auf Euch ziehen, Mademoiselle. Soll ich Euch noch das Haar richten, bevor Ihr geht?«

Wenn Eugen sie in dieser hübschen Ausstattung sehen könnte, würde auch er sicher eine Bemerkung darüber machen, wie gut ihr diese Farbe zu Gesicht stand, dachte Manon wehmütig, bevor sie ein Lächeln auf ihr Gesicht zauberte und sich bei Agathe für das Kompliment bedankte. Immer häufiger überfiel sie die Sehnsucht nach dem stattlichen Schweden, dem ersten Mann, in den sie sich verliebt hatte. Wenn sie an ihre verpasste Liebesnacht dachte, erfasste sie eine Traurigkeit, die sich nicht so leicht abschütteln ließ.

Doch nun schob sie die Erinnerungen an ihre verlorene Liebe beiseite und machte sich auf den Weg in das königliche Ankleidezimmer. Es dauerte nicht lange, dann trat Marie Antoinette ein, in einen weiten Seidenkaftan mit exotischen Stickereien gehüllt, dessen kurze Schleppe hinter ihr herschleifte. Das Kleidungsstück war offenbar das Geschenk eines orientalischen Fürsten, denn etwas Ähnliches hatte Manon bei Hofe noch nicht gesehen.

»Guten Morgen, Madame!«, wünschte die Schminkmeisterin, als ihre Herrin sich in ihren Sessel sinken ließ. Louise war damit beschäftigt, Marie Antoinettes Kleidung zurechtzulegen und dabei zu kontrollieren, ob sie Flecken oder Risse aufwies.

»Das ist wahrhaftig kein besonders guter Morgen, *ma petite*!«, jammerte die Königin, die auffallend blass war. »Mir ist nicht nur schwindelig, auch der Geruch von Kaffee verursacht mir seit Neuestem solche Übelkeit, dass ich mich erbrechen muss. Beim Anblick von Eierspeisen muss ich mich abwenden, denn ich ekle mich regelrecht davor. Außerdem ist mein Gesicht voll eitriger roter Flecken, sodass ich aussehe, als wäre ich von Aussatz befallen!«

Manon besah sich das Malheur und beschloss, die unschönen Hautrötungen zuerst mit Kamillenwasser abzutupfen und danach mit einer Maske aus Heilerde zu bekämpfen. Nachdem sie die dunkle Masse vorsichtig entfernt hatte, ließ sie die Unreinheiten unter einer dicken Schicht Reispuder verschwinden.

Je weiter die Schwangerschaft fortschritt, umso launischer wurde die Königin. Der Leibarzt hatte ihr wilde Jagdausflüge zu Pferd verboten, um das in ihrem Leib heranwachsende Kind nicht zu gefährden. Abwechselnd unternahm sie deshalb in Gesellschaft der Prinzessin Lamballe, der Herzogin Polignac oder Manons Spaziergänge durch den Garten, die sie aber bereits nach wenigen Schritten ermüdeten. Das eintönige Geplapper der Prinzessin langweilte sie, während die Herzogin sie allzu oft mit Anliegen ihrer Familie belästigte und ihre Freundin immer wieder um große Geldsummen bat, um ihre Schulden zu tilgen. Nur Manon pflegte schweigend neben ihrer Herrin herzugehen, weshalb Marie Antoinette schon bald ihre wohltuend ruhige Begleitung bevorzugte. Darüber waren die hochadeligen Freundinnen der Königin höchst verstimmt, und ohne es zu ahnen, hatte sich Manon zwei Rivalinnen geschaffen, die der Königin mit bösen Anschuldigungen Gift ins Ohr träufelten, allerdings ohne Erfolg. Denn trotz aller gehässigen Gerüchte blieb Manons Lebenswandel untadelig, und das wusste ihre Herrin zu schätzen.

Pausenlos klagte die Königin nun über Kopfschmerzen, Unwohlsein, Schwindel und geschwollene Gelenke. Mittlerweile waren ihre Füße so dick, dass sie sich nicht mehr in normales Schuhwerk zwängen ließen, und sie nur noch in bequemen Pantoffeln umhergehen konnte. Gerüche aller Art bereiteten ihr Übelkeit, selbst der Duft ihres Lieblingsparfüms war ihr unangenehm. Sie gab sich derart weinerlich, wehleidig und überempfindlich, dass Manon glaubte, ihre königliche Herrin und Gönnerin nicht länger ertragen zu können. Die vor Lebenslust sprühende junge Frau verwandelte sich während der Schwangerschaft in ein jammerndes Häufchen Elend, das die Geduld der Dienerschaft auf eine harte Probe stellte.

Ihr Gemahl versuchte, sie aufzuheitern, indem er Sänger und Schauspieler ins *Petit Trianon* einlud, die amüsante Singspiele, Komödien und Possen aufführten. Doch als der königliche Leibesumfang zunahm, vermochte Marie Antoinette nicht lange genug zu sitzen, um das Ende der Vorführungen zu erleben.

Eine größere Kutsche nach neuester Mode wurde angeschafft, damit Mutter und Kind in allem Komfort reisen konnten. Bei fast jedem Besuch brachte Louis ein Schmuckstück mit, um die Schwangere aufzuheitern.

Eines Nachmittags hatte Marie Antoinette ihre Schminkmeisterin gebeten, ihr im Salon Gesellschaft zu leisten. Zu ihrer Unterhaltung war dort ein neumodisches Instrument aufgestellt worden, das sich *Pianoforte* nannte. Die Königin, die Musik sonst über alle Maßen liebte, saß davor und hämmerte mit zwei Fingern lustlos auf den schwarzen und weißen Tasten herum.

»Vielleicht könnten wir den Mozart einladen, um für uns zu spielen«, sinnierte sie.

»Ist das nicht der junge Mann, der dich heiraten wollte, Antonia?«, fragte Manon belustigt. Den Kopf hielt sie über eine Seidenstickerei gebeugt, ein luxuriöser Zeitvertreib adeliger Damen, an dem sie überraschend Gefallen gefunden hatte. Sie war dabei, den Saum eines Kinderjäckchens, das als Geschenk für den Dauphin bestimmt war, mit Seidenfäden zu besticken. Es bereitete ihr Freude zu sehen, wie unter ihren Händen ein hübsches Muster entstand.

»Ja, eben der. Wusstest du, dass er vor einigen Monaten in Paris war, weil er dort konzertieren wollte?«

»Warum hat er nicht in Versailles vorgesprochen und um eine Audienz bei dir gebeten? Du hättest ihn doch bestimmt mit offenen Armen bei Hofe aufgenommen.«

»Weil diese französischen Ignoranten seine Kunst nicht zu schätzen wissen und ihn nach nur wenigen Tagen zurück nach Salzburg geschickt haben, ohne ihm einen Auftrag zu erteilen. Ein geniales Talent wie er muss über diese Ablehnung sehr gekränkt gewesen sein. Der geistig beschränkte Kardinal Rohan meinte, Frankreich verfüge über genug eigene Konzertmeister, man habe nicht ausgerechnet auf einen 22-jährigen Österreicher gewartet. Dieser Rohan ist ein Idiot!«

Das Gespräch wurde unterbrochen, als ein Lakai den König ankündigte. Schwer atmend von der Anstrengung des Treppensteigens betrat Louis den Raum, begrüßte seine Gemahlin mit einem Handkuss und Manon mit einem freundlichen Nicken.

»Wie ich höre, fühlt Ihr Euch nicht gut, Liebste.« Er nahm auf der Ottomane Platz, und Marie Antoinette setzte sich an seine Seite. »Ich sorge mich sehr um Euch und da dachte ich, ein kleines Präsent würde Euch vielleicht Freude bereiten und Eure Laune heben.« Er winkte einen Livrierten heran, der ihm eine blaue Schatulle reichte.

»Ich hoffe, er gefällt Euch!«

Mit diesen Worten öffnete er den Kasten. Auf nachtblauem Samt lag an einer schimmernden Kette ein riesiger blauer Stein, umrahmt von einer Reihe weißer Brillanten. Als das Licht darauf fiel, erfüllte ihr Funkeln den ganzen Raum.

»*Voilà,* Liebste, das ist *Le Bleu de France*, den schon mein Urgroßvater, der Sonnenkönig, Louis XIV., getragen hat. Man sagt, es wäre ein besonderes Stück, denn blaue Diamanten sind extrem selten. Angeblich hat diesen hier ein französischer Kaufmann aus Indien mitgebracht und ihn seinem Souverän überreicht, aber nun soll er Euch gehören, und Euch für die bevorstehende Geburt Glück bringen.«

Selbst der verwöhnten Marie Antoinette verschlug es beim Anblick dieser Kostbarkeit die Sprache. Manon hatte sich von ihrem Stuhl erhoben, um einen Blick auf das Schmuckstück zu werfen. Es war in der Tat schöner als alles, was sie bisher gesehen hatte. Kein anderes Stück aus Marie Antoinettes umfangreicher Schmucksammlung war mit dieser Rarität vergleichbar.

»Darf ich es Euch umlegen?«, fragte Louis, und als seine Gemahlin nickte, nahm er den Stein aus seinem Samtbett und befestigte die Kette an ihrem Hals. Auf ihrer milchweißen Haut entfaltete der Stein eine fast magische Strahlkraft, die alle Blicke auf sich zog.

»Euer Liebreiz bringt den *Bleu de France* zum Leuchten, Liebste. An Euch entfaltet er seine ganze magische Schönheit.«

Mit verliebtem Blick musterte er Marie Antoinette, die jedoch nur Augen für ihr neuestes Spielzeug hatte.

Kapitel 17

Als der Geburtstermin näher rückte, nahm der königliche Bauch einen so gewaltigen Umfang an, dass jeder Schritt der werdenden Mutter zur Qual wurde. Abends saß Manon am Bett ihrer Herrin und massierte ihr die schmerzenden Füße mit einer Salbe aus Rosskastanien, die der Apotheker eigens für die Königin anrührte. Rose Bertin hatte für ihre schwangere Kundin eine Kollektion zeltartig weiter Kleider aus feinstem Baumwollstoff schneidern lassen, die unter der Brust gebunden wurden, ansonsten aber locker fielen. Die Hebamme logierte seit Tagen in einem der Dienstbotenzimmer, um zur Stelle zu sein, wenn die Wehen begannen. Jeden Tag kam der Leibarzt mehrmals ins *Petit Trianon*, um seiner Patientin den Puls zu fühlen. Alle im Gefolge der Schwangeren waren auf die anstehende Geburt vorbereitet.

Doch dann erschien der Oberhofmarschall im Schlösschen, und Marie Antoinette wurde angewiesen, für die Geburt unverzüglich ins Schloss Versailles umzuziehen, da der Thronfolger an keinem anderen Ort das Licht der Welt erblicken durfte. Bisher hatte sie sich geweigert, ihr Heim zu verlassen, doch nun blieb ihr auf Geheiß ihres Gemahls keine andere Wahl. Der König entschuldigte sich wortreich bei der werdenden Mutter für die Umstände, verwies aber auf das Protokoll, das keine Ausnahmen erlaubte. Es folgte ein aufwendiger Umzug ins Appartement der Königin. Dieses wies allerdings nicht den gleichen Komfort auf wie das luxuriöse Lustschloss im Park. Es war Winter und die riesigen hohen Räume kaum beheizbar. Durch die undichten Fenster wehte eisige Zugluft, über die sich die Königin bitter beklagte.

Am 19. Dezember war es endlich so weit, bereits am frühen Morgen begannen die Wehen. Sobald sich die Nachricht im Schloss verbreitete, drängten sich Hunderte Schaulustige Schulter an Schulter im Geburtszimmer, stiegen auf Stühle und Kommoden und kletterten wie Affen an den Vorhängen empor, nur um einen Blick auf die Gebärende zu werfen. Da die Fenster nicht geöffnet werden durften, war der Raum stickig und mit den unangenehmen Ausdünstungen zahlloser Menschen erfüllt. Die königliche Geburt war ein öffentliches Spektakel, weil man sicher gehen musste, dass das Kind nicht heimlich ausgetauscht wurde.

Manon war ins Geburtszimmer beordert worden und saß am Bettrand ihrer Herrin. Immer wieder tupfte sie ihr die Schweißperlen von der Stirn und legte eine neue Schicht Puder auf. Selbst im Wochenbett verlangte die strenge Hofetikette eine perfekte Erscheinung von der Gebärenden, die zum Anlass der königlichen Geburt tadellos frisiert und mit Juwelen an Hals, Ohren und Handgelenken geschmückt war.

»Pressen, Majestät, Ihr müsst jetzt ordentlich pressen!«, verlangte die Hebamme, die zwischen Marie Antoinettes Beinen kniete. »Strengt Euch an, es dauert nicht mehr lange. Das Köpfchen ist schon zu sehen.«

Die Königin biss die Zähne zusammen und grub vor Anstrengung die Fingernägel so tief in Manons Arm, dass diese vor Schmerz aufschrie. Schweißgebadet drückte die Gebärende noch einmal den Rücken durch, um mit letzter

Kraft das Kind aus ihrem Leib zu schieben. Dann endlich hatte die Qual ein Ende, und die Hebamme hielt das mit Blut und Schleim bedeckte Neugeborene in den Händen.

»Was ist es? Ein Sohn? Ist es ein Dauphin?«, brüllte die Menge, und alle reckten gespannt die Köpfe.

»Es ist ein Mädchen!«, verkündete die Hebamme, die dem Kind sanft auf das winzige Hinterteil klopfte, bis es ein klagendes Maunzen von sich gab. »Ein wunderschönes, gesundes Kind!«

Sie hielt es hoch, damit alle es bewundern konnten. Aber die meisten hatten sich bereits abgewandt. Nur eine Tochter! Was für eine Enttäuschung! Man hatte doch so sehr auf einen Thronfolger gehofft, und nun war es bloß ein nutzloses Mädchen. Aber was war von dieser Österreicherin auch anderes zu erwarten, flüsterten die Höflinge, sobald sie das Geburtszimmer verlassen hatten.

Die jungen Eltern dagegen waren außer sich vor Freude. Louis hielt seine Tochter in den Armen und konnte sich nicht sattsehen an dem rosigen Gesicht, dem blonden Haarschopf, den winzigen Fingern und perfekt geformten Zehen. Alles an ihr fand der Vater einmalig schön, und selbst als sie durchdringend zu schreien begann, brachte er es kaum übers Herz, das Kind der Amme zu übergeben.

Auch Marie Antoinette erwies sich zu aller Überraschung als leidenschaftliche Mutter. Bei erster Gelegenheit übersiedelte sie mit dem Säugling ins bequemere *Petit Trianon*, wo sie die Wiege neben ihrem Bett aufstellen ließ. Keinen Augenblick wollte sie mehr ohne Marie Thérèse sein, wie das kleine Mädchen zu Ehren der kaiserlichen Großmutter getauft wurde. Der Tagesablauf im

Lustschlösschen wurde ganz den Bedürfnissen des Säuglings angepasst, und die Ammen, Kammerfrauen und Zofen flatterten besorgt um das kleine Mädchen herum.

Manons Stellung wandelte sich in der Zeit nach der Geburt von Marie Thérèse mehr und mehr von der Schminkmeisterin zur Gesellschafterin und engen Freundin der Königin. Immer öfter verzichtete die Königin auf aufwendige Gesichtsbemalung oder turmhohe Frisuren. Nur zu offiziellen Anlässen wurde noch der übliche Aufwand betrieben, und Marie Antoinette legte ihre prachtvollsten Staatsroben an, als wären sie eine Rüstung zum Schutz gegen den Hass der Franzosen. Aber wenn keine Audienzen sie ins Schloss Versailles beorderten, bestand die Morgentoilette aus einem Hauch von Rouge und dem Auflegen einer Puderschicht. Anstatt viele Stunden mit Schminken und Frisieren zu vergeuden, saßen die beiden Frauen zusammen, wiegten das Neugeborene in den Armen, stickten, spielten Karten und *Trac Trac* oder tranken Tee. In Gedanken verloren zupfte Marie Antoinette die Harfe, und an den Nachmittagen übte sie auf dem Pianoforte. In Manon fand sie eine aufmerksame Zuhörerin, die eine melodische Stimme besaß. Gelegentlich sang sie zum Spiel ihrer Freundin und gab französische Kinderlieder zum Besten. Manchmal lud die Königin auch Léonard ein, sich an ihren *Pharao*- oder *Piquetspielen* zu beteiligen. Während die Karten gemischt wurden, unterhielt sie der junge Mann mit pikanten Klatschgeschichten über seine hochadeligen Kundinnen, denn er verfügte außer einer scharfen Beobachtungsgabe auch über eine nadelspitze Zunge.

Jeden Nachmittag ließ sich der König melden, um Frau

und Tochter seine Aufwartung zu machen. Obwohl seine Minister die Finanzierung des Dorfausbaus strikt abgelehnt hatten, trug es ihm seine Gemahlin nicht nach, und die kleine Familie lebte in glücklicher Harmonie zusammen.

Nach der Geburt der kleinen Madame Royal, wie Marie Thérèses offizieller Titel lautete, bat Kardinal Rohan im *Petit Trianon* um eine Audienz bei der Königin, doch diese Bitte wurde ihm abgeschlagen. Marie Antoinette verabscheute den lüsternen Kirchenmann, der ihren nackten Leib bei der Übergabe der Österreicher an die Franzosen mit gierigen Blicken begafft hatte. Obwohl dieser Vorfall viele Jahre zurücklag, hatte die junge Frau ihn nicht vergessen und geschworen, niemals seine Anwesenheit in ihrer Nähe zu dulden.

Auch Prinzessin Lamballe und Herzogin Polignac waren häufig zu Gast. Anfangs hatten sich die hochadeligen Damen über die Anwesenheit der Schminkmeisterin mokiert, doch die Königin hatte sich jede Kritik an der Wahl ihrer Gesellschafterin verboten. Darum ertrugen sie Manon zähneknirschend in ihrer Mitte, konnten jedoch auf gelegentliche Sticheleien nicht verzichten. Marie Antoinette ging mit einem Schulterzucken über diese Gemeinheiten hinweg. Noch immer wählte sie ihre Freunde ausschließlich nach Zuneigung und nicht nach Stand, zum nicht enden wollenden Ärger des Adels, der es als sein alleiniges Privileg verstand, die Königsfamilie mit seiner Anwesenheit zu unterhalten.

Bei so viel Liebe und Aufmerksamkeit gedieh die kleine Prinzessin prächtig. Kaum ein Jahr alt begann sie, die ersten Worte zu sprechen und mit tapsigen Schritten zu laufen, sehr zum Entzücken der vernarrten Eltern.

Ohne auf die Etikette zu achten, ließ sich das Königspaar auf die Knie nieder, schichtete Holzklötzchen zu Türmen aufeinander oder kroch auf der Suche nach einer verlorenen Rassel zwischen den Möbeln umher. Nie betrat der königliche Vater ohne ein Geschenk für seine geliebte Tochter oder seine angebetete Gemahlin das *Petit Trianon.*

Im Frühjahr 1781 saßen die vier Damen bei Gugelhupf und Topfenstrudel zusammen, um eine Partie *Whist* zu spielen, ein Kartenspiel, das der englische Botschafter, Lord Stormont, aus seiner Heimat mitgebracht hatte, und das am Hof von Versailles derzeit *en vogue* war.

Nachdem Marie Antoinette zwei Portionen Topfenstrudel verzehrt hatte, wurde sie bleich und legte die Hand auf den Bauch. Manon sah von den Karten auf und bemerkte das Unwohlsein der Freundin.

»Ist alles in Ordnung?«, wollte sie wissen, doch da sprang Marie Antoinette auf und rannte aus dem Zimmer, die Hand an den Mund gepresst.

»Was hat sie denn?«, fragte Prinzessin Lamballe, begriffsstutzig wie immer.

»Was wohl?« Die lebenserfahrene Herzogin lächelte süffisant. »Schwanger wird sie sein, was denn sonst?«

»Schon wieder? Glaubt Ihr wirklich?«, staunte die Lamballe mit großen Augen.

Manon erhob sich und eilte ihrer Herrin hinterher. Aus dem Waschkabinett drangen Würgelaute, und sie fand ihre Freundin über eine Schüssel gebeugt, während Agathe ihr den Kopf hielt.

»Geh!«, befahl Manon dem Mädchen. »Ich kümmere mich um die Herrin.«

Keuchend lehnte Marie Antoinette sich gegen die

Wand und wischte sich den Mund mit einem Tuch ab, das Manon ihr reichte.

»Ich glaube, dass ich wieder guter Hoffnung bin«, murmelte sie dabei. »Und dieses Mal wird es ein Knabe, ich kann es fühlen!«

Vierter Teil
Dem Ende entgegen

Kapitel 18

Die Königin sollte recht behalten. Nach einer problemlosen Schwangerschaft erblickte am 22. Oktober 1781 der Dauphin, Louis Joseph, das Licht der Welt und erhielt den Namen seines kaiserlichen Onkels. Nach elf Jahren Ehe hatte die Monarchin nun endlich ihre Pflicht erfüllt. Zum größten Kummer von Marie Antoinette erlebte ihre Mutter, Kaiserin Maria Theresia, den Triumph der Tochter nicht mehr, denn sie war elf Monate zuvor verschieden, von den Kindern wie ihren Untertanen gleichermaßen betrauert.

Die Franzosen aber gerieten über die Geburt des Dauphins vor Freude schier aus dem Häuschen. Nun war die Thronfolge gesichert, ein Bürgerkrieg um die Nachfolge von Louis XVI. würde dem Volk erspart bleiben. Tagelang wurde in den Straßen der Hauptstadt wie im ganzen Land gesungen, getanzt und gefeiert. Der König ließ Münzen, Wein und Lebensmittel ans Volk verteilen, gefolgt von spektakulären Feuerwerken über den Dächern von Versailles und Paris.

Der einzige Wermutstropfen in Marie Antoinettes Freude war, dass der Bau ihres »Paradieses«, wie sie es nannte, noch immer von den Ministern blockiert wurde.

»Was muss ich denn noch tun, damit mir dieser kleine Wunsch erfüllt wird?«, hörte Manon sie eines Abends zornig schreien, als ihr Gemahl sie über den Ministerbeschluss unterrichtete. »Ich habe den Franzosen ihren Thronerben geschenkt, den sie sich so sehnlich gewünscht haben. Warum verweigert man mir diese Freude?«

Louis' gemurmelte Antwort war nicht zu verstehen, aber Manon vermutete, dass er über kurz oder lang dem Drängen seiner Gemahlin nachgeben würde, so, wie er es immer tat. Das *Hameau de la Reine*, der Weiler der Königin, würde vollendet werden, egal zu welchen Kosten. Nie war der Souverän in der Lage, der Mutter seiner Kinder einen Wunsch abzuschlagen, auch wenn er ihn aus seiner Privatschatulle bezahlen musste.

Und so kam es auch. Im Frühjahr 1782 wurden die Bautätigkeiten wieder aufgenommen, überwacht von der Königin persönlich. Beinahe täglich fuhr sie in Begleitung der Kinder und deren Ammen bei Wind und Wetter hinaus zur Baustelle, um sich mit eigenen Augen vom Fortschritt der Arbeiten zu überzeugen.

»Ach, Manon, es wird einfach himmlisch!«, schwärmte sie nach jeder Rückkehr und schilderte die Entstehung ihrer Fantasiewelt in den glühendsten Farben. »Das *Maison de la Reine* ist beinahe fertig, dort werden wir an warmen Sommertagen logieren. Danach beginnen die Arbeiten an weiteren Bauernhäusern und dem Aussichtsturm. Das Dorf wird wunderschön, eine wahre Augenweide. Dort werden wir leben wie einfache Landleute. Das wird herrlich, du wirst es erleben.«

Bei diesen naiven Worten wandte sich Manon mit mühsam unterdrückter Wut ab. Die Unwissenheit der Königin, was die Lebensumstände der einfachen Leute betraf, kannte keine Grenzen. Aber ihre Freundin hatte es längst aufgegeben, sie über die zahlreichen Irrtümer aufzuklären, die sie über das angenehme Leben des französischen Volkes hegte.

Eines Nachmittags betrat Manon das Musikzimmer im Erdgeschoss, um dort nach Notenblättern zu suchen, die Marie Antoinette für ein kleines Konzert am Abend benötigte. Sie erschrak, als sich eine schmale, zierliche Gestalt mit einem Gewirr dunkler Locken aus dem Sessel erhob und vor ihr knickste.

»Verzeihung, Madame, ich wollte Euch nicht erschrecken.« Die junge Frau lächelte charmant.

»Wer seid Ihr und was macht Ihr hier?«, wollte Manon wissen.

»Ihre Majestät hat nach mir geschickt. Es geht um ein Porträt, das ich malen soll.«

»Um ein Porträt? Seid Ihr Malerin?«

»Ja! Mein Name ist Vigée-Lebrun, Madame. Vielleicht habt Ihr schon eines meiner …«

»Ich kenne Euch, Madame Vigée«, unterbrach Manon den Redefluss der anderen. »Wir sind uns im Salon der Gräfin du Barry begegnet. Vielleicht erinnert Ihr Euch? Ihr habt ein Porträt von ihr angefertigt, das der verstorbene König in Auftrag gegeben hat.«

»Aber natürlich! Ihr seid das junge Mädchen, das damals für die Ausstattung seiner Herrin zuständig war.«

In diesem Augenblick betrat die Königin den Raum.

»Ah, Madame Vigée-Lebrun, Ihr seid schon da, wie schön!«, begrüßte sie die junge Frau. »Manon, würdest du nach den Kindern sehen? Ich fürchte, die Amme ist wieder einmal zu nachsichtig mit Marie Thérèse, die eine wertvolle Vase zerbrochen hat.«

Die Malerin und die Schminkmeisterin nickten einander freundlich zu, dann ging Manon, um Madame Royale zu bändigen, die sich zu einem wahren Temperamentsbündel entwickelt hatte.

»Das wird ein wundervolles Gemälde werden«, schwärmte Marie Antoinette und drehte sich am Pianoforte zu Manon um. »Es ist für Louis bestimmt, als Dank für die Fertigstellung des *Hameau*. Ich trage darauf das weiße Musselinkleid mit dem gerüschten Ausschnitt und den dreifach geschoppten Ärmeln, das Rose letzte Woche geliefert hat. Dazu diesen hübschen Strohhut mit der geschwungenen Krempe, der blauen Straußenfeder und dem blauen Seidenband.«

»Aber Antonia«, wandte Manon ein und blickte von der Näharbeit auf, mit der sie beschäftigt war, »willst du diese Entscheidung nicht noch einmal überdenken? Das ist ein einfaches Morgenkleid, eigentlich nichts anderes als ein Negligé. Vielleicht wäre für ein solches Gemälde eine deiner Seidenroben angebracht. Die rostrote kleidet dich ausnehmend gut.«

»Nein!«, beharrte die Königin. »Ich habe mich für bereits für das Musselinkleid entschieden.«

Manons Befürchtungen erwiesen sich als begründet. Als der König das Bildnis seiner Gemahlin im Schloss Versailles ausstellen ließ, brach ein Sturm der Entrüstung los. Eine Monarchin, die sich im Nachthemd zur Schau stellte, das hatte es in der langen Geschichte Frankreichs noch nie gegeben. Eine neue Schamlosigkeit, urteilten die Betrachter und erinnerten sich daran, dass schon einmal ein Bildnis der damaligen Dauphine für einen regelrechten Skandal gesorgt hatte. Es zeigte sie in Männerkleidung hoch zu Ross, ein Gemälde, das dem des Sonnenkönigs glich und mit viel Spott und Hohn bedacht worden war. Als die empörten Stimmen immer lauter wurden, sah sich der König gezwungen, das Kunstwerk der Madame Vigée-Lebrun aus der Galerie entfernen zu lassen, um es in seinen privaten Gemächern aufzuhängen.

Der kleine Dauphin war ein stilles Kind mit wenigen Bedürfnissen. Äußerlich seiner Mutter wie aus dem Gesicht geschnitten, war ihm die ruhige Gelassenheit seines Vaters zu eigen, anders als die quirlige Marie Thérèse, deren Wesen ganz dem ihrer Mutter ähnelte und die ständiger Aufsicht bedurfte. Als die Königin mit Kindern und Gefolge im Frühling 1784 in den *Weiler der Königin* umzog, waren Louis Joseph und seine Schwester entzückt von all den Tieren, die sie dort vorfanden. Schneeweiße Lämmer wurden von jungen Schäferinnen an blauen Seidenbändern auf die Weide geführt. Hühner gackerten in einem eigenen Stall, Enten und Schwäne bevölkerten den Teich, für das *Hameau* angeschaffte Kühe und Ziegen grasten rund um das *Maison de la Reine.* Neben dem Hühnerstall erhob sich das Taubenhaus, in dem wertvolle Zuchttauben untergebracht waren. Im Gemüsegarten gediehen Radieschen, Karotten und Pastinaken, und am Morgen sammelten die Königskinder Eier im Hühnerstall. Die Mühle sorgte für Mehl, aus dem jeden Morgen frisches Brot gebacken wurde. Die Bauern im *Hameau de la Reine* genossen ein sorgenfreies Leben in sauberen

Katen und mit reichlichem Essen. Was auf dem Tisch übrig blieb, durften die Kinder an die Tiere verfüttern.

An sonnigen Nachmittagen flanierte Marie Antoinette in Begleitung von Kindern und Freundinnen um den Teich. Am liebsten stieg sie auf den Aussichtsturm, um den Ausblick auf die malerische Parklandschaft zu genießen, die ganz nach ihren Wünschen erschaffen worden war, oder sie bestaunte in der Meierei die Herstellung von Butter und Käse. Zum Abschluss des Tages pflückten die Damen dann einen Strauß Wiesenblumen, der in einer unbezahlbaren chinesischen Vase den Salon des *Maison de la Reine* schmückte.

»Genauso habe ich es mir immer vorgestellt.« Mit verklärtem Blick beobachtete Marie Antoinette ihre Kinder, die mit einer Katzenmutter und ihren Kätzchen spielten. »Unsere Bauern haben wirklich ein feines Leben mit all den reizenden Tieren in der herrlichen Natur.«

Manon, die auf dem Rücken im Gras gelegen und die Wolken betrachtet hatte, richtete sich auf.

»Du irrst dich, Antonia. Nicht nur die Menschen in den Städten, auch die Bauern hungern nach mehreren Missernten. Ihr Leben ist die Hölle, nichts als ein einziger Kampf um jeden Bissen Brot. Du weißt nichts über das Leben der einfachen Leute!«, brach es aus ihr heraus, bevor sie sich zügeln konnte.

Marie Antoinette, die dabei war, einen Blumenkranz für ihre Tochter zu flechten, hielt inne.

»Wie kannst du nur so etwas sagen?«, fuhr sie ihre Vertraute an. »Das sind nichts als Lügen! Niemand muss in unserem Land hungern, dafür sorgt der König, der sich wie ein Vater um sein Volk kümmert. Du darfst nicht alle dummen Gerüchte glauben, die dir zu Ohren kommen.«

»Aber es stimmt, Antonia, ich weiß es von …«

»Papperlapapp! Schluss mit diesem langweiligen Gerede! Oder willst du uns den schönen Nachmittag mit deiner Schwarzmalerei verderben?«

Die Königin erhob sich und rief nach Marie Thérèse, der sie den Kranz aus Gänseblümchen und Schlüsselblumen auf die goldblonden Locken setzte.

Im März 1785 brachte Marie Antoinette ihren zweiten Sohn zur Welt, der den Namen Louis Charles erhielt. Von nun an widmete sie sich ausschließlich ihrem Privatleben und nahm auch nicht mehr an öffentlichen Veranstaltungen im Palast teil. Die durchtanzten Nächte in der Pariser Oper, die prachtvollen Bälle, die Abende am Spieltisch oder wilde Parforcejagden gehörten längst der Vergangenheit an.

Die Königin war der Meinung, ihre königlichen Pflichten mehr als erfüllt zu haben, indem sie Frankreich drei gesunde Nachkommen geschenkt hatte. Nun sollte niemand mehr Ansprüche an sie stellen. Sie empfand es als ihr gutes Recht, sich von nun an ungestört ihrem Privatleben zu widmen. Ihre ganze Aufmerksamkeit galt den Kindern, die durch nichts gestört werden durften. Sie verfolgte jeden noch so kleinen Fortschritt mit Argusaugen und kümmerte sich eigenhändig um Erziehung, Nahrung, Hygiene und Kleidung der Kleinen.

Noch immer versuchten einige Adelige, eine Audienz bei der Königin zu erhalten, darunter auch Kardinal Rohan, der hartnäckig blieb und sich durch kein Argument abweisen lassen wollte. Doch Marie Antoinette weigerte sich, Bittsteller zu empfangen, und beschied alle Anfragen abschlägig.

Der Zorn des Adels auf die unzugängliche Fürstin wuchs.

Nur einer einzigen Anfrage entsprach sie voller Neugier – die der Juweliere Boehmer und Bassenge, die kurz vor der Geburt von Louis Charles im Januar 1785 zu einem Besuch gemeldet wurden. Rasch streifte die Königin ihr Morgenkleid ab und ließ sich in eine silbrig glänzende Satinrobe kleiden, dann bat sie die Herren zu sich in den Salon.

»*Messieurs*, was verschafft mir das Vergnügen Eures Besuchs?«, begrüßte sie die Juweliere, die wie immer ihre mit Preziosen gefüllten Koffer mit sich führten, um sie der Königin zu präsentieren. Marie Antoinette ließ ein Brillantarmband nach dem anderen durch ihre Finger gleiten, hielt mit Saphiren, Smaragden und Rubinen geschmückte Ringe ins Licht und bewunderte die schwarz, grau und rosa schimmernden Perlenschnüre. Dann legte sie ein Schmuckstück nach dem anderen zurück in sein Samtbett und lehnte mit großem Bedauern ab.

»Es ist sehr freundlich, dass Ihr mir diese bemerkenswerte Kollektion vorführt, aber ich brauche keinen weiteren Juwelen.«

Monsieur Boehmer zögerte.

»Wollt Ihr vielleicht einen Blick darauf werfen, Majestät? Es wurde für eine Königin gemacht!«

Mit diesen Worten öffnete er eine große schwarze Schatulle. Seine Kundin beugte sich vor, um das prachtvolle Brillantcollier zu betrachten.

»Wollt Ihr mich veralbern, *Messieurs*?« Sie richtete sich auf und funkelte die Juweliere zornig an. »Dieses Halsband ist nicht für eine Königin gemacht, sondern für eine liederliche Dirne!«

Monsieur Boehmer zog erschrocken den Kopf ein.

»Majestät, ich bitte untertänigst um Vergebung, aber keine andere als Ihr kann dieses Collier tragen. Darum bitte ich Euch ...«

»Nein, ein solcher Kauf steht nicht zur Debatte. Diesen Schmuck habt Ihr für die Mätresse des verstorbenen Königs angefertigt, doch ihm fehlten die Mittel für den Kauf, habe ich recht? Beinahe zwei Millionen Livres für ein Halsband, das ist selbst für einen Monarchen zu viel. Nehmt dieses unselige Schmuckstück wieder mit, ich will es nicht, selbst wenn ich es bezahlen könnte!«

Zerknirscht verabschiedeten sich die Herren Boehmer und Bassenger, ohne ein einziges Schmuckstück verkauft zu haben.

Was auf diesen Besuch hin folgte, glich einer Posse aus der Feder des Dichters Molière. Niemand vermochte die Dreistigkeit der Handlung zu glauben, am wenigsten die arglose Königin selbst. Die genauen Umstände des Betrugs erfuhr Manon erst sehr viel später durch die Erzählungen anderer oder aus den Gazetten, die jeden Tag mit Spott und Schadenfreude über die sogenannte *Halsbandaffäre* berichteten.

Enttäuscht durch die Absage der Königin machten sich die Juweliere auf die Suche nach einem solventen Käufer für ihr aufwendigstes Kunstwerk, das aus unzähligen hochwertigen Brillanten bestand, die sie über viele Jahre hinweg für dieses eine besondere Collier gesammelt hatten. Mittlerweile war das Stück aber in ganz Europa berühmt-berüchtigt und erwies sich, nicht nur wegen seines exorbitanten Preises, als unverkäuflich.

Hier kam Kardinal Rohan, der unermesslich reiche Fürstbischof von Straßburg, ins Spiel, der endlich seine Chance witterte, der Königin, die sowohl seine Person als auch seinen sittenlosen Lebenswandel verabscheute, zu Diensten zu sein. Für sie, die er schon lange aus der Ferne verehrte, wollte er das einzigartige Stück erwerben. Seit Jahren strebte er nach ihrer Gunst, um vielleicht durch ihre Fürsprache den begehrten Posten des Ersten Staatsministers von Frankreich zu erhalten. Außerdem fand der alternde Lüstling Gefallen an seiner schönen Monarchin und träumte insgeheim von einem intimen Rendezvous.

In dieser Situation wandte sich eine gewissen Jeanne de Valois-Saint-Rémy, Comtesse de la Motte, an die Juweliere, die durch die Kosten für das Halsband in finanzielle Not geraten waren. Scheinbar selbstlos bot sie ihnen ihre Vermittlung an, um ihre gute Freundin, die Königin von Frankreich, doch noch zum Kauf des Halsbands zu bewegen. Aber obwohl sie tatsächlich von Adel war und dem königlichen Haus Valois entstammte, hatte die verarmte Comtesse, die sich mit kleinen Betrügereien über Wasser hielt, die Königin noch nie gesehen geschweige denn gesprochen.

Als der Kardinal von der Existenz dieser »guten Freundin« der Königin erfuhr, wandte er sich mit der Bitte an sie, zwischen ihm und der Monarchin zu vermitteln. Daraufhin schlug die gerissene Gaunerin ihm vor, das berühmte Halsband in aller Heimlichkeit für Marie Antoinette zu erwerben. Allerdings verlangten die Herren Boehmer und Bassenger von Rohan, mit seinem Namen für die Bezahlung des Schmucks zu bürgen. Sie, ihre Freundin, würde diese schon zum Kauf überreden. Die la Motte versicherte ihm, dass sich die Königin das exquisite Prachtstück mehr als alles andere wünschte und Rohan ihre Dankbarkeit beweisen würde.

Der Kardinal war zwar naiv, aber keineswegs dumm. Obwohl ihm mehrere gefälschte Briefe von vermeintlich königlicher Hand vorlagen, darunter auch der Kaufvertrag, in dem die Königin eine zweijährige Ratenzahlung mit den Juwelieren vereinbarte, und der die Unterschrift »Marie Antoinette von Frankreich« trug, wollte er vor der heiklen Aktion mit Marie Antoinette selbst sprechen. Auch das bedeutete für seine Komplizin keine Schwierigkeit. Mit Unterstützung des italienischen Hochstaplers Alessandro Cagliostro engagierte sie die Straßendirne Nicole d'Oliva. Die sah mit ihrer schlanken Gestalt, dem hübschen Gesicht und den blonden Locken der Königin hinreichend ähnlich, um als ihre Doppelgängerin durchzugehen. In einem lose fallenden weißen Musselinkleid, das Gesicht von einem Schleier verhüllt, reichte das Pariser Freudenmädchen im Venuswald von Versailles dem verliebten Galan in ihrer Rolle als Königin von Frankreich die Hand zum Kuss. Wie verabredet, wisperte sie dazu kaum hörbar: »Ihr dürft nun hoffen, dass die Vergangenheit vergessen ist«, und überreichte ihrem Verehrer eine rote Rose. Der Kardinal sank auf die Knie, um den Saum ihres Kleides zu küssen, bevor die angebliche Königin in der mondlosen Nacht verschwand, gelenkt von der durchtriebenen Intrigantin la Motte.

Nun war der völlig verzauberte Rohan fest davon überzeugt, im königlichen Auftrag zu handeln, und übergab den Kaufvertrag mitsamt seiner Bürgschaft den erleichterten Juwelieren, die nur allzu froh waren, das ungeliebte Stück endlich loszuwerden. Es wurde vereinbart, dass Rohan die Schatulle mit dem Brillanthalsband der Comtesse aushändigen würde, die es an die königliche Freundin weiterreichen sollte.

Sobald die Gaunerin den Schmuck in den Händen hielt, ließ sie die Steine aus der Fassung brechen und verkaufte sie Stück für Stück an diejenigen Hehler, die dafür den besten Preis boten.

Kardinal Rohan jedoch eilte in freudiger Erwartung zum *Petit Trianon.* Jetzt würde ihn seine Herzensdame mit offenen Armen empfangen und ihm für seine Dienste in angemessener Weise danken, davon war er überzeugt. Doch zu seiner Überraschung wurde er erneut von einem Lakaien abgewiesen, der ihm mitteilte, dass die Königin für ihn nicht zu sprechen war.

Rohan wollte seinen Ohren nicht trauen. Was war nur geschehen? Es konnte sich doch um nichts anderes als ein peinliches Missverständnis handeln?

Der verstörte Kirchenmann zog sich in sein Palais zurück, um es am nächsten Tag noch einmal zu versuchen. Doch erneut wurde seine Anfrage abschlägig beschieden.

Nicht nur der Kardinal in seiner verletzten Ehre, auch die beiden Juweliere gerieten ins Grübeln, als die vereinbarten Ratenzahlungen ausblieben. Aufgeregt überlegten sie hin und her, auf welche Weise sie die Königin von Frankreich an ihre Zahlungsverpflichtung erinnern sollten.

»Antonia, dieser Brief wurde soeben von einem Kurier für dich abgegeben.«

Marie Antoinette, die ihren jüngsten Sohn in den Armen hielt und sein Gesicht mit Küssen bedeckte, schaute auf.

»Öffne ihn und lies ihn mir vor!«, wies sie Manon an. Die tat wie befohlen und erbrach das Siegel.

»Die Herren Boehmer und Bassenger erinnern dich untertänigst an die Zahlung der ersten Rate.« Stirnrunzeln hielt Manon ihrer Freundin den Brief hin, damit sie die Forderung selbst lesen konnte.

»Eine Zahlungserinnerung? Was soll dieser Unfug? Wahrscheinlich handelt es sich um ein Versehen, und dieser Brief ist für jemand anderen bestimmt. Wirf ihn einfach ins Feuer.« Sorglos wie eh und je, dachte die Königin nicht daran nachzufragen, worum es sich bei dem Schreiben handelte, und hatte den Vorfall nach wenigen Stunden bereits vergessen.

Umso überraschter war sie, als nur zwei Wochen später die Juweliere angemeldet wurden. Aufgeregt keuchend traten die beiden älteren Herren in den Salon, wo sie bereits erwartet wurden.

»*Messieurs*, was verschafft mir dieses Mal das Vergnügen Eures Besuchs? Ich dachte, ich hätte bei unserem letzten Treffen deutlich gemacht, dass ich nicht in der Lage bin, noch mehr Schmuck zu kaufen, so gerne ich das auch tun würde.«

Mit zitternden Händen wischte sich Monsieur Boehmer den Schweiß von der Stirn.

»Majestät, ich weiß nicht, wie ich es sagen soll …«, begann er zögernd.

»Am besten frei heraus und auf Französisch!«, erklärte sie trocken.

»Wir sind gekommen, um Euch an die ausstehende

Zahlung der ersten Rate zu erinnern«, antwortete der Ärmste kreidebleich.

Marie Antoinettes bestürzter Blick wanderte von Boehmer zu Bassenger und zurück.

»Von welcher Zahlung sprecht Ihr? Mir ist nicht bewusst, dass ich bei Euch in der Schuld stehe.«

»Aber, Majestät, Kardinal Rohan hat doch in Eurem Auftrag das Brillanthalsband gekauft und Euch übergeben. Selbstverständlich sehr diskret und in aller Verschwiegenheit. Doch nun steht die erste Zahlung an.«

Sobald Rohans verhasster Name fiel, reichte Marie Antoinette den Säugling ihrer Freundin und erhob sich zornbebend.

»Wie kommt Ihr zu der Annahme, ich würde eine derart lasterhafte Person mit meinen Angelegenheiten betrauen? Wollt Ihr mich beleidigen? Seid versichert, dass ich dieses Collier weder durch ihn noch einen anderen Mittelsmann in meinen Besitz gebracht habe. Also wendet Euch an denjenigen, der es tatsächlich gekauft hat. Ich bin es jedenfalls nicht. Ihr dürft nun gehen. Guten Tag, meine Herren!«

Die Juweliere wagten keine Widerworte und zogen mit hängenden Köpfen unverrichteter Dinge von dannen. Eine Schuld von fast zwei Millionen Livres stand nun im Raum.

Zwei Tage später kam der König ins Schlösschen seiner Gemahlin, um sie über das Halsband und den Kaufvertrag, den die Juweliere dem Finanzbüro vorgelegt hatten, zu befragen. Zutiefst gekränkt beschuldigte Marie Antoinette Rohan des Betrugs und verlangte seine sofortige Verhaftung und Anklage vor Gericht. Einen hohen Geistlichen aus einflussreicher Familie anzuklagen, war mehr als heikel. Obwohl delikate Vorfälle dieser Art sonst stillschweigend unter den Teppich gekehrt wurden, bestand Marie Antoinette eigensinnig auf dessen Verhaftung und einem öffentlichen Prozess.

In einer aufsehenerregenden Gerichtsverhandlung im Jahr 1786 wurde der Kirchenmann nach einem Jahr Haft in der Bastille schließlich freigesprochen, weil die Richter seine Unschuld an dem Betrug zu Recht erkannten. In den Straßen von Paris wurde der Freispruch gefeiert, denn jedermann glaubte, dass die Königin versucht hatte, dem Kardinal die Schuld für ihren Betrug unterzuschieben. Man unterstellte der Monarchin einen derart frivolen Lebenswandel, dass alle Welt glaubte, sie würde des Nachts im Park fremde Männer treffen, nur mit einem Nachthemd bekleidet. Obszöne Pamphlete machten erneut die Runde. Die Königin wurde aufs Übelste verleumdet und beschimpft und war bei den Franzosen so unbeliebt wie nie zuvor. Der Name *Madame Defizit* war in aller Munde, der Hass auf sie wuchs mit jedem Tag.

Comtesse de la Motte wurde als Diebin mit dem Eisen als *Voleur* (Diebin) gebrandmarkt und setzte sich nach der Entlassung aus dem Gefängnis nach England ab. Ihr englisches Exil wurde durch den Verkauf der erbeuteten Juwelen versüßt, und sie lebte fortan in Saus und Braus.

Die Stimmung im Volk war aufgeheizt, denn es war erneut zu Missernten gekommen. Die Brotpreise schnellten noch einmal in die Höhe und waren für das einfache Volk kaum noch bezahlbar. Unzählige Familien hungerten. Die ersten Aufrührer zogen durch die Straßen und verlangten nach Mehl für ihre Kinder. So viele Bettler wie nie zuvor bevölkerten die Straßen, und bald kam es zu ersten gewaltsamen Übergriffen. Ein Bäcker, der sein Mehl mit Sägespänen gestreckt hatte, wurde an seinem Ladenschild aufgehängt. Der Volkszorn schwoll mit jedem weiteren Hungertag an.

Wie üblich ignorierte Marie Antoinette die Not ihrer Untertanen, denn sie plagten eigene Sorgen. Kurz nachdem Rohan aus dem Gefängnis freikam, wurde ihr viertes Kind, Marie Sophie, geboren. Vom ersten Tag an war die Kleine schwach, hustete ständig und schlief die meiste Zeit. Jeden Tag sahen die Ärzte nach ihr, doch auch sie standen ratlos an der Wiege und wussten nicht, wie dem Kind zu helfen wäre. Schon bald zeigten sich erste körperliche Missbildungen, und im *Petit Trianon* flüsterten die Dienstboten einander zu, dass Marie Sophie nicht lange zu leben hätte.

Trotzdem traf es ihre Mutter hart, als das kleine Mädchen im Juni 1787 nach nur elf Monaten starb. Nachdem die Ärzte den Tod festgestellt hatten, erlitt sie einen Nervenzusammenbruch und musste tagelang das Bett hüten. In den Gazetten stand zu lesen, dass die Königin den Tod ihrer Tochter selbst verschuldet habe, da sie während der Schwangerschaft nicht auf das Korsett verzichten und sich besonders eng schnüren wollte. Eine infame Lüge, da Marie Antoinette weite Musselin- und Baumwollkleider bevorzugte und sich nur zu besonderen Anlässen, und niemals während der Schwangerschaften, schnüren ließ.

Sobald Marie Antoinette das Bett verlassen konnte, ließ sie nach der Malerin Vigée-Lebrun schicken und gab bei ihr ein Gemälde in Auftrag, das sie als Mutter im Kreis ihrer Kinder zeigte. Um ihren Kritikern den Wind aus den Segeln zu nehmen, trug sie darauf keinen Schmuck außer einfachen Ohrringen, jedoch eine Staatsrobe in königlichem Rot. Doch es nützte alles nichts. Die Franzosen hassten »die Österreicherin«, wie sie nur noch genannt wurde, und machten sie für alles Unheil verantwortlich. Marie Antoinette hatte ihre Beliebtheit im Volk im wahrsten Sinn des Wortes verspielt.

Um zu zeigen, wie sehr ihr das Wohl ihres Volkes am Herzen lag, nahm sie von nun an gemeinsam mit ihrem Gemahl an den Staatsratssitzungen teil. Sie begann, sich für Politik zu interessieren, und forderte die Staatsräte auf, ihr von den Lebensumständen der einfachen Leute zu berichten. Aber Frankreich hungerte, daran konnte noch so viel königliche Anteilnahme nichts ändern.

Bei Manon verursachte der Hass auf das Königspaar Angst und Sorgen. Bei den wenigen Malen, die sie ihre Mutter in Paris besuchte, war die kaum noch unterdrückte Wut und Verzweiflung der Menschen deutlich spürbar. Auch ihre Mutter klagte, dass sie nur noch selten Aufträge erhielt, da kaum einer ihrer Kunden es sich noch erlauben konnte, eine Näherin zu beschäftigen. Ihre Schwestern waren längst mit gutbürgerlichen Staatsdienern verheiratet, doch auch sie jammerten über die ständig steigenden Preise für Brot, Fleisch und Gemüse.

Es war im Frühling des Jahres 1788, als die Königin ihre Freundin Manon in ihr Boudoir rief. Zu diesem privaten Raum hatten nur wenige Menschen Zutritt, und außer ihren engsten Freunden war es niemandem erlaubt, ihn zu betreten. Dort stand neben einer goldenen Voliere und mit Seide bezogenen Sofas auch ein zierlicher Schreibtisch, in dessen Geheimfächern sie Fersens Briefe und ein Medaillon mit seinem Bild verwahrte.

»Setz dich, Manon«, forderte sie ihre Schminkmeisterin auf, die nach ihrer eigenen Ansicht kaum noch diese Bezeichnung verdiente. Nur selten beanspruchte die Königin ihre handwerklichen Fähigkeiten, da ihr die Geduld fehlte, stundenlang vor dem Spiegel stillzusitzen. Auch Léonard hatte nicht mehr oft Gelegenheit, die Königin nach neuester Mode zu frisieren.

»Komm zu mir, ich möchte dir das hier geben.« Marie Antoinette hielt ihr ein Dokument hin.

Manon erhob sich, um es entgegenzunehmen.

»Besitzurkunde«, das Wort sprang ihr in großen schwarzen Lettern entgegen. Sie studierte das Schreiben sorgfältig bis hin zur Unterschrift der Königin, dann hob sie den Kopf und schaute ihrer Freundin bestürzt ins Gesicht.

»Warum, Antonia? Warum schenkst du mir einen Gutshof in Riquewihr? Ich weiß nicht einmal, wo dieser Ort liegt. Und was soll ich mit einem Gutshof? Ich lebe hier bei dir. Oder schickst du mich etwa fort?«

Marie Antoinette wandte sich zum Fenster und blickte mit leeren Augen hinaus. Draußen grünte und blühte die Natur in den prächtigsten Farben. Wie lange würde sie noch hier sitzen und sich an diesem Anblick erfreuen dürfen, fragte sie sich zum ersten Mal. Dann drehte sie sich seufzend zu ihrer Freundin um.

»Meine Liebe, im Volk gärt es, selbst in der Abgeschiedenheit des *Petit Trianon* höre ich von den Aufständen in Paris. Deshalb möchte ich, dass dir ein Anwesen auf dem Land gehört. Wenn es zu einer Staatskrise kommt, kannst du dich dorthin zurückziehen. Das Haus steht leer. Der ehemalige Eigner ist ohne Erben gestorben und hat all seinen Besitz der Krone überschrieben. Ich habe beschlossen, dass Gebäude und Grund dir gehören sollen.«

»Wo liegt denn dieses Riquewihr?«, fragte Manon.

»Irgendwo im Elsass, am Rand der Vogesen, glaube ich. Jedenfalls weit genug von Versailles und Paris entfernt, um vor einem Aufruhr sicher zu sein. Wer weiß, vielleicht ähnelt es ja unserem *Hameau*? Dort fühlst du dich doch wohl, nicht wahr? Dann wird es dir auch in deinem neuen Heim gefallen, nehme ich an.«

»Oh, Antonia, ich weiß nicht, was ich sagen soll, außer tausend Dank für dieses großherzige Geschenk. Ein eigenes Haus, ich kann es kaum glauben! Womit habe ich ein solches Geschenk verdient?« Ihre Augen füllten sich mit Tränen der Rührung.

»Seit 14 Jahren bist du an meiner Seite, liebe Freundin, hast mich immer bestärkt und unterstützt und nie etwas von mir gefordert. Keine andere ist so bescheiden wie du, darum war es mir stets eine besondere Freude, dich zu beschenken. Wenn wieder Ruhe im Land einkehrt, reisen wir gemeinsam nach Riquewihr, um dein neues Heim in Augenschein zu nehmen. Was meinst du dazu? Du wirst die Gutsherrin von Riquewihr!«

Manon erhob sich und eilte zum Schreibtisch, um ihre Herrin voller Dankbarkeit in die Arme zu schließen. Lange hielten sich die beiden Frauen umarmt, Marie Antoinettes Kopf müde an Manons Schulter gelehnt.

»Denkst du eigentlich noch oft an ihn?«, flüsterte sie nahe am Ohr ihrer Gefährtin.

Die zuckte zusammen und schob die Königin ein Stück von sich, um ihr ins Gesicht sehen zu können.

»Wen meinst du?«, fragte sie vorsichtig.

»Du weißt, wen ich meine. Diesen schneidigen Hauptmann, den Adjutanten des schwedischen Gesandten. Vermisst du ihn so sehr, wie ich den Grafen vermisse? Ich jedenfalls denke ständig an Fersen und frage mich, ob wir uns in diesem Leben noch einmal wiedersehen. Dabei wünsche ich mir nichts mehr als das.«

»Ich glaube nicht, dass es dafür noch eine Gelegenheit gibt«, antwortete Manon, um Haltung bemüht, da sie sich durch das Geständnis der Königin völlig überrumpelt fühlte.

»Schreibt dir dein ehemaliger Reitlehrer gelegentlich?«, wollte Marie Antoinette mit einem kleinen Lächeln wissen.

Manon schüttelte den Kopf. »Nein, ich habe schon lange keinen Brief mehr von ihm erhalten. Wahrscheinlich hat er mittlerweile Frau und Kinder und seine Zeit in Versailles längst vergessen. Es sind immerhin sieben Jahre seither vergangen. Er wird nie wieder nach Frankreich zurückkommen. Was sollte er auch hier?«

»Wahrscheinlich hast du recht«, seufzte die Königin und wandte sich wieder den vor ihr liegenden Papieren zu.

Doch Manons Vermutung erwies sich als falsch. An einem verschneiten Novembernachmittag des gleichen Jahres wurde im *Petit Trianon* ein Besucher gemeldet, mit dem niemand gerechnet hatte.

»Graf Fersen, Abgesandter des schwedischen Königs, bittet um Audienz!«, verkündete der für den Einlass zuständige Livrierte.

Marie Antoinette, die in Gesellschaft von Manon und ihren Freundinnen Lamballe und Polignac am Spieltisch saß, fielen die Karten aus der Hand, weil sie meinte, sich verhört zu haben.

»Wer bittet um Audienz?«, fragte sie nach.

»Der schwedische Gesandte, Majestät!«, bestätigte der Lakai mit einer Verbeugung.

»Ich lasse bitten!«

Gespannt blickten die Damen zur Tür, durch die jetzt *le beau Suédois* trat, der schöne Schwede, wie er allgemein genannt wurde. Galant zog er den Hut und verbeugte sich tief vor der Königin und anschließend, etwas weniger tief, vor ihren Damen. Beim Anblick seiner kraftvollen Gestalt und des männlichen Gesichts schoss Marie Antoinette das Blut in die Wangen. Völlig aus dem Konzept gebracht, biss sie sich auf die Lippen und brachte kein Wort heraus, um ihren Besucher willkommen zu heißen. Stattdessen bot sie ihm mit einer anmutigen Geste einen Platz am Tisch an.

Es dauerte einige Sekunden, bis sich die Königin gefasst hatte. Erst dann war sie in der Lage, das Wort an Fersen zu richten.

»Seid willkommen am Hof von Versailles und in meinem Heim, lieber Comte. Was verschafft mir die unerwartete Freude Eures Besuchs?« Ihre Augen hingen wie gebannt an seinem Gesicht, und sie vermochte nicht, den Blick abzuwenden.

»Mein König, der ein Freund des französischen Königs ist, war der Meinung, dass Euch in diesen unruhigen Zeiten ein verlässlicher Freund und Verbündeter zur Seite stehen sollte. Darum hat er mich nach Paris geschickt. König Gustav weiß, wie sehr ich Euch und Eurer Familie ergeben bin. Ich bin«, bei diesen Worten streifte ein kurzer Seitenblick Manon, die ihm gegenübersaß, »in Begleitung meines Adjutanten nach Frankreich gekommen.«

Als diese Worte fielen, begann Manons Herz so heftig zu pochen, dass sie glaubte, jeder im Raum müsse es hören.

»Habt Ihr schon mit meinem Gemahl gesprochen?«, forschte die Königin kaum hörbar.

»Ja, Majestät, und er ist wie ich der Meinung, dass man überlegen sollte, wohin die königliche Familie ausweichen kann, falls sich die Pariser Aufstände ausbreiten. Die Festung Montmédy in Lothringen wäre dafür geeignet, denn von dort aus ist die belgische Grenze in kurzer Zeit erreichbar.«

Nun mischten sich auch die anderen Damen mit ängstlichen Fragen ein. Manon jedoch hatte das Interesse an dem Gespräch verloren, denn ihre Gedanken kreisten unentwegt um Cronsteeds Anwesenheit in Paris.

Doch zunächst blieb der Hauptmann dem Hof fern. Marie Antoinette erzählte, dass man in der schwedischen Botschaft damit beschäftigt war, Fluchtpläne zu schmieden, um die Königsfamilie in Falle einer unmittelbaren Bedrohung außer Landes zu bringen. Doch eines Tages wurde der Graf in Begleitung seines Adjutanten gemeldet.

»Ich habe den Gesandten zum Diner eingeladen, damit er mir alles über die Pariser Unruhen berichtet. Er ist der Einzige, der mir die Wahrheit erzählt, während alle anderen meinen, meine Gefühle schonen zu müssen«, teilte die Königin ihrer Freundin mit. »Vielleicht möchtest du in der Zwischenzeit mit dem Hauptmann ausreiten? Deiner Stute täte ein wenig Bewegung gut, genau wie dir selbst.«

Lächelnd kniff sie Manon in die Hüften, die tatsächlich etwas fülliger waren als noch vor einigen Monaten. Die winterliche Trägheit machte sich bemerkbar.

Im Nu war Manon in die Reitkleidung geschlüpft und hatte sich den pelzgefütterten Umhang über die Schultern geworfen. Sie griff nach ihren Handschuhen und schöpfte noch einmal tief Luft, bevor sie den Salon betrat, in dem die Königin mit ihren Gästen saß.

Bei ihrem Eintreten erhoben sich die Herren.

»Wie schön, Hauptmann, dass Ihr Euch bereit erklärt, meiner Freundin bei ihrem Ausritt Gesellschaft zu leisten. Gebt gut auf sie acht, sie ist für mich unentbehrlich!« Die Königin gab mit einem Wink zu verstehen, dass Cronsteed und Manon entlassen waren.

Vor der Treppe führten Stalljungen die Pferde im Kreis herum, damit sie sich im kalten Ostwind nicht erkälteten. Dieses Mal brauchte Manon, die mittlerweile eine geübte Reiterin war, keine Hilfe beim Aufsitzen, sondern schwang sich mühelos aufs Pferd.

»Du sitzt im Sattel wie eine Amazone!«, lobte der Hauptmann, als die Pferde nebeneinander her trabten.

»Ich hatte auch einen guten Lehrmeister«, lachte sie, als sich ihre Blicke kreuzten und sie einander sehnsüchtig ansahen. Eugen van Cronsteed war älter geworden in der Zeit seiner Abwesenheit. Ein Netz aus feinen Fältchen umgab seine Augen, eine strenge Linie hatte sich von der Nase bis zum Kinn eingegraben. An den Schläfen sprossen erste silbergraue Haare. Trotzdem war er immer noch ein schöner Mann in der Blüte seiner Jahre, der die Blicke der Damen auf sich zog. Auch Manon war mit Anfang 30 eine Dame mittleren Alters, eine alte Jungfer, wie sich die blutjungen Zofen der Königin kichernd zuflüsterten.

Sobald sie außer Sichtweite des Schlosses waren, zügelte Cronsteed seinen Hengst und stieg ab. Er zog Manon aus dem Sattel in seine Arme, beugte sich zu ihr und bedeckte ihr Gesicht mit Küssen. Waren seine Schultern schon immer so breit gewesen und sein Körper so muskulös, fragte sie sich, als sie sich an ihn klammerte. Gierig sog sie den vertrauten Duft nach Heu, Pferdeschweiß, Leder und Tabak ein, der in seinen Kleidern hing.

»Du riechst so gut«, murmelte sie, das Gesicht an seine Brust gepresst. »Und du ahnst nicht, wie glücklich ich bin, dich wiederzusehen!«

»Liebste, hör mir zu!« Er griff nach ihren Armen und schob sie von sich, damit er ihr ins Gesicht schauen konnte. »Du kannst nicht länger in Versailles bleiben. Paris ist ein Pulverfass, das in Kürze explodieren und das ganze Land mit in den Abgrund reißen wird. Du weißt nicht, wie es in der Hauptstadt zugeht. Die Hungeraufstände werden von Tag zu Tag gewalttätiger. Komm mit mir nach Schweden. Ich besitze auf Gotland einen Gutshof, umgeben von einem kleinen Dorf, nichts Großartiges, aber dort bist du in Sicherheit.«

Manon machte sich los und schüttelte den Kopf.

»Ich kann nicht mit dir fortgehen. Die Königin braucht mich. Du weißt ja nicht …« Sie hielt inne und schlug die Hand vor den Mund.

»Was weiß ich nicht? Nun rede schon, mir kannst du alles erzählen.«

»Der Dauphin …«, Manon schluckte, »er ist sehr krank. Im Schloss munkelt man, dass er den Winter nicht überleben wird. Er leidet unter Fieberattacken, ist kraftlos und ständig müde. Oft ist er zu schwach, um ein Glas zum Mund zu führen. Dann wird er von der Amme gefüttert wie ein Säugling.« Frierend schlang sie die Arme um ihren Körper. »Wie kann ich die Königin in einer solchen Notlage im Stich lassen?«

Eugen van Cronsteed griff erneut nach ihrem Arm, diesmal härter.

»Du ahnst ja nicht, was Frankreich und der Königsfamilie im Falle einer Revolte bevorsteht, Liebste. Du hast die verzweifelten Menschen nicht gesehen, deren Kinder verhungern, weil es kein Brot mehr gibt. Währenddessen lassen sich in Versailles die Adeligen ihre Perücken mit Mehl pudern. Hier bahnt sich eine Katastrophe an, glaube mir. Wir sollten das Land verlassen, solange es noch möglich ist. Fersen sorgt schon dafür, dass die Königsfamilie in Sicherheit gebracht wird.«

Doch Manon schüttelte trotzig den Kopf.

»Nein, ich bleibe an der Seite meiner Herrin. Sollten wir Versailles tatsächlich verlassen müssen, was ich für ausgeschlossen halte, gehe ich nach Riquewihr.«

Dann erzählte sie dem Hauptmann von dem Geschenk der Königin, dem Haus am Rande der Vogesen.

»Ich habe mich erkundigt: Dieses Riquewihr ist ein winziges Dorf in einer einsamen Gegend, kaum einen Tagesritt von der deutschen Grenze entfernt. Dorthin kann ich mich zurückziehen, wenn es die Lage erfordert. Aber wir werden in Versailles von der königlichen Garde beschützt. Wer sollte uns da etwas zuleide tun? Du willst mir mit deinen Schauergeschichten nur Angst einjagen.«

Ohne eine Antwort abzuwarten, stieg sie in den Sattel und ritt den Weg zurück ins *Petit Trianon.* Ihre erste Begegnung nach sieben langen Jahren, und sie hatten nichts Besseres zu tun, als zu streiten! Sie schüttelte zornig den Kopf und versuchte, die aufsteigenden Tränen zu unterdrücken.

Auch wenn sie es sich nicht eingestehen wollte, so hatten ihr Cronsteeds Worte doch einen gehörigen Schrecken eingejagt. In den darauffolgenden Tagen begann sie, Erkundigungen über die genaue Lage des Dorfes Riquewihr und das Gutshaus einzuholen. Heimlich packte sie eine Tasche, in die sie Geld, Schmuck und Kleidung legte, um für den Ernstfall vorbereitet zu sein.

Doch als das Christfest vorbei war, ging es dem kleinen Thronfolger von Tag zu Tag schlechter, sodass er das Bett nicht mehr verlassen konnte. Geduldig saßen seine Mutter und Manon bei ihm und lasen ihm Fontaines Fabeln vor, während die Amme dem Kranken einen Löffel Suppe nach dem anderen zwischen die bleichen Lippen schob.

Gelegentlich kamen die beiden Schweden ins *Petit Trianon*, um die Damen zu besuchen, doch weder der Königin noch ihrer Schminkmeisterin war nach einem amourösen Stelldichein zumute. Die Sorge um das kranke Kind hielt die Frauen Tag und Nacht beschäftigt, und auch die Nachrichten aus Paris klangen von Mal zu Mal bedrohlicher.

Als es Frühling wurde und der Dauphin sich zu erholen schien, ermutigte Marie Antoinette ihre Gefährtin zu Spaziergängen an der Seite des Hauptmanns, und die beiden Liebenden fanden wieder zueinander. Langsam erkannte auch Manon die Gefahr, die von den Aufständen in Paris ausging.

An einem der ersten warmen Nachmittage flanierten sie in Richtung des *Hameau de la Reine*, als Manon plötzlich stehen blieb.

»Eugen, falls wir tatsächlich gezwungen werden, Versailles zu verlassen, würdest du mich nach Riquewihr begleiten?«, fragte sie zaghaft.

»Als dein Bewacher? Oder als dein Liebhaber? Nein, das kann ich mir bei deinem klösterlichen Lebenswandel kaum vorstellen.« Er grinste spöttisch, dann wurde er ernst. »Aber vielleicht als dein Ehemann?«

Manon starrte ihren Liebsten mit großen Augen an, ohne zu antworten.

»Du hast richtig gehört, *ma chère.*« Er legte den Arm um ihre Taille und zog sie an sich. »Ich bitte dich hiermit in aller Form um deine Hand. Willst du meine Frau werden? Als dein Gatte würde ich dir bis ans Ende der Welt folgen, Liebste!«

Die Überraschung und Freude ließen sie verstummen, sodass sie nur nicken konnte. Mehr als alles andere wünschte sie sich seit langem, Eugen zu heiraten.

Und so nahm Eugen Ritter van Cronsteed die königliche Schminkmeisterin Manon la Belle in einer schlichten Zeremonie in der Kapelle des *Petit Trianon* zur Frau. Ihre Eheschließung wurde von Hans Axel Graf von Fersen und der französischen Königin bezeugt, die der Braut ein prachtvolles Seidenkleid sowie ein Saphirarmband zum Geschenk machte. Der Bräutigam aber steckte seiner Angetrauten den Ring mit dem Familienwappen der Cronsteeds an den Finger, den bereits seine Ururgroßmutter getragen hatte.

Trotz ihrer Heirat sollte Manon weiterhin im Dienst der Königin bleiben, die ihrer Freundin Manon für die gelegentlichen Besuche ihres Ehemanns ein Gästeappartement in ihrem Schlösschen überließ. Jetzt kamen nur noch selten Besucher ins *Petit Trianon,* sodass die Räume seit Langem leer standen. Die Zeit ausschweifender Feste und ausgelassener Picknicks im Park war endgültig vorüber. Marie Antoinette war nicht mehr die leichtsinnige junge Königin, die außer ihren Vergnügungen nur Mode und Juwelen im Kopf hatte, sondern eine vorbildliche Gemahlin und Mutter, die um das Wohl ihrer Familie und Frankreichs besorgt war. Fast täglich trafen sie und ihr Gemahl mit den Staatsräten zusammen, um darüber zu verhandeln, wie die Not der Menschen zu lindern sei. Louis ließ die königlichen Vorratsspeicher öffnen und das dort lagernde Korn verteilen, doch es erwies sich lediglich als ein Tropfen auf den heißen Stein, der außerdem noch zu spät kam. Die Hungerjahre hatten schon zu viele Menschen das Leben gekostet.

Dann brach der schicksalhafte Tag im Juni 1789 an, an dem der siebenjährige Dauphin seinen letzten Atemzug tat und in den Armen seiner untröstlichen Mutter verschied. Auch sein Vater war kaum zu beruhigen, denn mit dem kleinen Louis Joseph war nicht nur sein über alles geliebter Sohn, sondern auch sein Nachfolger gestorben. Wer sollte nun nach ihm die Krone Frankreichs erben? In aller Eile wurde der vierjährige Louis Charles zum Thronfolger ernannt.

Doch den verzweifelten Eltern blieb keine Zeit zu trauern, denn am 14. Juli 1789 erreichte ein Kurier das Schloss Versailles, um zu melden, dass der Pöbel das Pariser Staatsgefängnis, die Bastille, gestürmt hatte. Obwohl der Kommandant Bernard-René Jordan de Launay das Feuer auf die Rebellen eröffnen ließ und mehr als 90 Aufrührer im Kugelhagel starben, kapitulierte die Wachmannschaft angesichts der Übermacht der Randalierer und übergab dem Mob das Gefängnis. Launay selbst wurde von der rasenden Meute enthauptet.

»Veranlasst auf der Stelle den Umzug der Königin ins Schloss, und beeilt Euch!«, befahl der König, nachdem er die Nachricht gehört hatte. »Sie und die Kinder sind im *Petit Trianon* nicht mehr sicher. Jedermann kann sich ungehindert Zutritt zum Park, und damit zu ihrem Domizil, verschaffen.«

Noch am selben Tag wurde Marie Antoinette, trotz ihres Protests, samt Kindern und Dienerschaft in den Appartements des Königs untergebracht. Auch Manon bezog ein Kämmerchen neben dem Schlafzimmer ihrer Herrin, das weder über Fenster noch über irgendwelche Bequemlichkeiten verfügte. Hier war kein Platz für eheliche Gemeinschaft, stellte sie fest, nachdem sie es in Augenschein genommen hatte. War ihr Gatte in der schwedischen Botschaft in Sicherheit? Sie wusste es nicht und wartete voller Sorge auf ein Wort von ihm.

Am 15. Juli wurde ihr ein kurzes Schreiben Cronsteeds übergeben, in dem er sie anwies, sich für die Flucht bereitzuhalten, denn in Paris regierte mittlerweile der bewaffnete Pöbel. Die Lage spitzte sich stündlich zu, jeden Tag konnte ein neuer Angriff auf königliches Eigentum erfolgen.

Noch einmal überprüfte Manon den Inhalt der Tasche, die sie im Schrank versteckt hatte, und legte ihre Reitkleidung griffbereit daneben. Doch im Palast blieb alles ruhig, nichts änderte sich am Ablauf des strengen Hofprotokolls. Noch immer reichten hochadelige Höflinge dem König beim morgendlichen Lever das Hemd, noch immer ließ er sich die Haare pudern und nahm dreimal täglich Mahlzeiten ein, als wäre nichts geschehen. Endlose Tage verstrichen ohne besondere Ereignisse. Manon und Cronsteed tauschten zweimal wöchentlich kurze

Botschaften aus, um dem anderen zu versichern, dass man bei guter Gesundheit war.

Von der Königin erfuhr Manon, dass nicht nur Fersen, sondern auch der spanische Botschafter den König drängten, sich nach Metz abzusetzen. Doch angesichts der ruhigen Lage sah Louis keine Notwendigkeit, sein geliebtes Versailles zu verlassen. Auch weigerte er sich weiterhin, das Dekret zu unterzeichnen, dass die Vorrechte des französischen Adels abzuschaffen seien, und ignorierte den zornigen Aufschrei, mit dem seine Entscheidung aufgenommen wurde.

Am Vormittag des 5. Oktober taumelte ein verstörter Bote in zerfetzter, blutbespritzter Uniform in den Salon und meldete, dass mehrere tausend Menschen, darunter Marktweiber und Nationalgardisten, vom Pariser Rathausplatz aufgebrochen waren, um sich auf den Marsch nach Versailles zu begeben. Das Ziel war, die Königsfamilie in ihre Gewalt zu bringen.

»Aber das ist ja eine Revolte!«, rief der König empört aus, legte seine Serviette beiseite und schob den noch vollen Teller zurück.

»Nein, Sire«, widersprach der Herzog de la Rochefoucauld ruhig. »Das ist eine Revolution!«

Doch anstatt auf der Stelle die Kutschen zu besteigen, um sich in Sicherheit zu bringen, wartete der König erst einmal ab, ob die Nachricht sich tatsächlich als wahr erweisen würde.

Er wurde rasch eines Besseren belehrt.

Noch am gleichen Nachmittag rissen entfesselte Marktweiber, die den Zug mit Mistgabeln und Sensen bewaffnet anführten, das vergoldete schmiedeeiserne Schlosstor nieder und stürmten den Palast, auf der Suche nach dem Königspaar.

Sobald ihr diese Schreckensnachricht zu Ohren kam, stürzte Manon zurück in ihre Kammer. In aller Eile entledigte sie sich ihrer eleganten Samtrobe und zog Männerkleidung an. Als sie sich nach den Stiefeln bückte, packte sie eine starke Hand von hinten, eine andere presste sich hart auf ihre Lippen.

»Ruhig, keinen Laut! Die Aufrührer sind bereits im Schloss, auf der Suche nach dem König.«

Die Stimme gehörte ihrem Ehemann. »Beeile dich, die Pferde warten. Wir müssen sofort aufbrechen, wenn wir nicht abgeschlachtet werden wollen!«

Manon fuhr herum, warf die Arme um seinen Hals und küsste ihn erleichtert. »Liebster! Wie kommst du denn hierher?«, wisperte sie.

»Später! Jetzt ist keine Zeit für Erklärungen.«

Er nahm die Tasche an sich und schob seine Frau energisch aus dem Kämmerchen hinaus. Vorsichtig schaute er sich nach allen Seiten um. Noch hatte der Mob die oberen Gemächer nicht erreicht. Der Volkszorn tobte sich in den unteren Räumen aus. Vom ersten Stockwerk drangen wüstes Gebrüll und das Knallen von Gewehrsalven zu ihnen empor. Dann war das Geräusch rennender Füße auf dem Parkett zu hören.

»Hier hinein!« Mit einem Stoß beförderte er Manon in ein winziges Kabinett, in dem Bettwäsche aufbewahrt wurde. Sie drückte sich ans Regal, er lugte durch einen Spalt in der Tür. Im Flur waren jetzt Kampfgeräusche und Schreie zu hören, gefolgt vom Triumphgeheul der Weiber.

»Wir haben sie gefunden! Jetzt gehört die verfluchte Österreicherin uns!«

Manon fuhr auf und wollte zur Tür hinaus, doch Cronsteed stieß sie zurück und legte den Finger auf den Mund. Sei still!, signalisierte er ihr tonlos. Zitternd kauerte sie sich zusammen und lauschte den verzweifelten Rufen der Königin nach ihren Kindern.

»Du kennst dich doch im Schloss aus. Gibt es Geheimgänge, die aus diesem Narrenhaus hinausführen?«, flüsterte der Hauptmann.

Sie nickte, aber er wartete ab, denn noch immer tobte der Pöbel durch die prächtig ausgestatteten Räume und machte sich einen Spaß daraus, die kostbare Einrichtung mit Musketen und Knüppeln zu Kleinholz zu schlagen. Von allen Seiten drang das Krachen von splitterndem Holz, brechendem Glas und dem betrunkenen Grölen der Randalierer in ihr Versteck. Erst nach Stunden kehrte schließlich Ruhe ein. Ungesehen schlüpften die Eheleute aus dem Kabinett hinüber in Marie Antoinettes Schlafzimmer, das in Trümmern lag. Manon drückte die versteckte Tapetentür auf, hinter der ein Geheimgang verborgen lag. Durch ihn war einst die junge Marie Antoinette auf dem Weg zu den Pariser Maskenbällen und romantischen Ausflügen im Mondschein gehuscht – damals, in glücklicheren Zeiten. Jetzt schlichen Manon und Cronsteed die enge Stiege hinunter bis zu einer Tür, die ins Freie führte. Inzwischen war die Nacht angebrochen, sodass sie im Schutz der Dunkelheit zu den Pferden gelangten, die an einem Busch gebunden auf ihre Reiter warteten.

»Wohin jetzt?«, rief der Hauptmann seiner Gattin zu, als sie ihr Reittier neben seines lenkte.

»Dorthin, Richtung Osten!« rief die Schminkmeisterin ihm nach einem allerletzten Blick auf das Schloss Versailles zu, und die Reiter verschwanden im Dunkel der Nacht.

ENDE

Birgit Ringlein
Wenn der Winter stirbt – Der Fasalecken-Mord
Kriminalroman
304 Seiten, 12,5 x 20,5 cm,
Paperback
ISBN 978-3-8392-0658-4

Ein alter heidnischer Brauch, ein brutaler Mord: Im beschaulichen Baiersdorf steht während des alljährlichen Winteraustreibens der Fasalecken plötzlich ein Winterbär in Flammen und stirbt. Beinahe zufällig und völlig unvorbereitet stolpern die Kleinstadtpolizisten Evita Emmerling und Ludger Dauer in die Ermittlungen. Anfangs noch unbeholfen, doch zunehmend engagiert, beginnen sie auf eigene Faust nachzuforschen und stoßen dabei auf ungeahnte Überraschungen.

GMEINER SPANNUNG

WWW.GMEINER-VERLAG.DE
Wir machen's spannend

Jean Jacques Laurent
Elsässer Bescherung
Kriminalroman
208 Seiten, 12,5 x 20,5 cm,
Broschur
ISBN 978-3-8392-0695-9

Jules Gabin, Major bei der Gendarmerie im schönen Colmar, ist ganz auf Weihnachten eingestellt. Übers vierte Adventswochenende soll in Clotildes Auberge de la Cigogne ein Treffen mit alten Freunden stattfinden. Gemeinsam wollen die einstigen Weggefährten in Erinnerungen schwelgen und »Berawecka«, das beliebte Elsässer Früchtebrot, genießen. Die gemütliche Runde wird jedoch erschüttert, als Clément, ein mäßig erfolgreicher Autor, nach dem Genuss eines vergifteten Plätzchens tot zusammenbricht …

GMEINER SPANNUNG

WWW.GMEINER-VERLAG.DE
Wir machen's spannend